光文社古典新訳文庫

ミドルマーチ3

ジョージ・エリオット

廣野由美子訳

kobunsha classics

光文社

Title : MIDDLEMARCH
1871-72
Author : George Eliot

目次

ミドルマーチ　地方生活についての研究（承前）

第5部　死の手

第43章

この彫像は高価な作品。ずっと昔に愛をこめて
美しい象牙で象《かたど》られたもの。
流行を追わず、純粋で高貴なその姿は、
どんな時代にも通じる女らしさを秘めている。
あの豪華な陶器、マジョリカ焼も
意匠が凝らされ、貴族の目を楽しませるもの。
食卓を飾るファイアンス陶器の見事さ！
その微笑みは完璧で、
華麗な細工に似つかわしい。

ドロシアは夫といっしょでなければ外出することはめったになかった。それでも、たまには買い物だとか慈善事業などのちょっとした用事で、ひとりで馬車に乗ってミ

ドルマーチに出かけることもあった。町から三マイル以内に住んでいる裕福な女性なら誰でも、そういうことはよくあることだ。イチイの並木道での一件から二日たったいま、彼女はできればこの機会を利用して、リドゲイトに会って話をしたいと思った。夫が自分に隠している症状について、落胆するような変化があったのではないか、自分の命が最大でどれくらいもつか教えてほしいというようなことを言ったのではないか——そういうことについて、確認したかったのだ。夫のことを他人に尋ねるのは、後ろめたい気がしたが、知らずにいるのも怖かったので——知らないために、自分が夫に対して不当なことをしたり、きつくあたってしまったりするのが怖かったのだ——その恐怖が良心の咎めに打ち勝ってしまったのである。夫の心のなかに何らかの危機が生じたことはまちがいないと、彼女は思っていた。まさにあの日の翌日から、夫はノートの整理の仕方を新しい方法に切り替え、その計画を進めるために、自分の協力を新たに求めたからだ。辛《つら》いことだが、それに備えて、ドロシアには忍耐力を蓄えておく必要があった。

ローウィック・ゲイトにあるリドゲイトの家に、彼女が馬車で到着したのは、四時ごろだった。途中で、リドゲイトは不在かもしれないという気がして、前もって手紙でひと言知らせておけばよかったと思ったが、着いてみると、やはり彼は留守だった。

「奥様はいらっしゃいますか？」ドロシアはロザモンドと面識はなかったが、リドゲイトと結婚したということは聞いていたので、こう尋ねた。夫人は在宅とのことだった。

「もしよろしければ、お邪魔して、奥様とお話がしたいのですが。お目にかかれるかどうか――カソーボンの家内ですが、数分で結構ですのでお会いいただけるかどうか、お尋ねいただけますか？」

使用人が伝言に行ったあと、開け放った窓から音楽が聞こえてきた。男性の歌声が聞こえ、ピアノのけたたましいルラード[1]の演奏が続いた。ルラードが急にぴたりと止まったかと思うと、使用人が戻って来て、奥様は喜んでカソーボンの奥様とお会いになるとおっしゃっています、と伝えた。

客間のドアが開いて、ドロシアが部屋に入って行くと、ある種のコントラストがそこに生じた。それは、異なった階級の習慣がいまほど混じり合っていない時代に、田舎の生活のなかでおりおり見かけられるようなものだった。そのころの穏やかな秋の季節にドロシアが身につけていたもの――手で触れても、見た目にも、いかにも柔らかそうな白い薄手の毛織物――がどんな生地か、詳しい人にぜひ解説していただきたいものだ。それはいつも洗い立てのように見え、甘い生け垣の香りがしてきそうな婦人用外套《ペリース》で、袖が垂れ下がった流行遅れの形だった。しかし、もし彼女がしーんと静まりかえった観客の前に、イモジェンかカトーの娘の役で登場したのだったなら、この衣装がぴったりに見えたかもしれない。彼女の手足や首は優雅で、気品が漂っていた。くっきりと分けた髪と真っ直ぐ見つめる両目の周囲には、大きな円形のボンネットのひさしが張り出していた。これは当時女性が身につけざるをえなかったものだが、「後光」と呼ばれる金色の丸い盆のようなものと同様、かぶり物として特に奇妙だったというわけではなかった。この場合、観客は二人だけだったが、どんなヒロインの登場にも劣らぬほど、カソーボン夫人が姿を現すのを、いまかいまかと待ち受けていた。ロザモンドにとってカソーボン夫人とは、ミドルマーチの人間とは決して混じり合うことのない、この地域の神のような存在のひとりで、その人の振る舞いや外見は、ほんのわずかな特徴でさえ、しっかり観察するに値するものだった。それだけではなく、これはカソーボン夫人のほうでも私のことを観察する機会なのだわ、と

1　装飾音として挿入された迅速な連続音。
2　イモジェンは、シェイクスピア作『シンベリン』（一六一〇年ごろ初演）の女主人公。カトーの娘マーシャは、アディソン作『カトー』（一七一三）の女主人公。

思うと、ロザモンドは満足感を覚えずにはいられなかった。せっかくの優雅な姿も、お目の高い人に見てもらえないのなら、何の意味があるだろうか？　それにロザモンドは、すでに夫の親戚サー・ゴドウィン・リドゲイトの屋敷で最高の賛辞を受けていたので、自分は身分の高い人々に結構よい印象を与えるのだという自信があった。ドロシアは、いつもながらの気取りのなさで、優しく手を差し出し、リドゲイトの美しい花嫁に賛嘆の眼差しを向けた。そのとき、遠くにひとりの紳士が立っていることに気づいたが、たんに上着を着た姿として視野に入っていたにすぎなかった。紳士のほうでは、部屋に入って来た女性ただひとりに注意が集中してしまって、二人の女性の対照性について考えてみる余裕はなかった。そのコントラストは、落ち着いて観察してみると、たしかに際立っていた。二人とも背が高く、目の高さは同じだった。しかし、まずはロザモンドの姿を想像していただきたい。子供の髪の毛のような金髪を編んで王冠のように結い上げた見事な姿。どんな仕立て屋でもうっとりするほど、ぴったりと身体に合った最新流行の水色のドレス。それを見る人全員にその値段を知らせてまわりたくなるような、刺繡入りの大きな襟。いくつも指輪をはめた見栄えのよい小さな手。飾り気のない態度の代わりに、金銭の力を借りて身につけた、自意識の強い物腰。

「お邪魔をしてしまって、恐れ入ります」ドロシアはすぐに言った。「できれば家に帰る前に、リドゲイトさんにお会いしたかったものですから。どちらへ行けば、ご主人にお会いできるのか、教えていただけるかもしれないと思いまして。それとも、もしすぐにお帰りになるのでしたら、待たせていただけるかもしれないと思ったものですから」

「主人は新病院に行っております」ロザモンドは言った。「いつごろ帰宅するかは、存じません。何でしたら、主人を迎えにやりますが」

「ぼくが迎えに行ってきましょうか？」前に進み出てきたウィル・ラディスローが言った。彼はドロシアが部屋に入って来る前に、帽子を手に取って被ろうとしていた。ドロシアは驚いて顔を赤らめたが、嬉しさを隠せず、微笑《ほほえ》みを浮かべて手を差し出して言った。

「あなただったとは気づきませんでした。こんなところでお会いできるとは、思っていませんでしたわ」

「ぼくが病院に行って、あなたが会いたがっていらっしゃると、リドゲイトさんにお伝えしましょうか？」ウィルは言った。

「リドゲイトさんにお迎えの馬車をやったほうが早いでしょう」ドロシアは言った。

「もしあなたから御者に用件を伝えていただけるのでしたら」

ウィルがドアのほうへ歩いて行きかけたとき、ドロシアの心に、彼につながるさまざまな記憶が一瞬のうちによぎった。彼女はさっと振り返って言った。「せっかくですが、やはり私が行きます。できるだけ早く帰宅したいので、自分で馬車に乗って病院に行き、そちらでリドゲイトさんにお会いします。失礼いたしました、奥様。お世話になって、ありがとうございました」

彼女が急に何らかの想いに捉われたことは、明らかだった。彼女は自分のすぐ周りで何が起こっているのかもほとんど意識しないまま、部屋を出た。ウィルが彼女のためにドアを開けて、馬車まで見送ろうと腕を貸してくれたことも、ほとんど意識していなかった。彼女は彼の腕を取ったが、何も言わなかった。ウィルはいらいらして、惨めな気持ちになったが、自分からは何を言ったらいいのかわからなかった。彼は無言のまま彼女の手を取って馬車に乗せ、二人は別れの言葉を交わし、ドロシアは馬車で去って行った。

病院へと向かって馬車を走らせていた五分間に、彼女はこれまで考えたこともないような思いに囚われた。彼女が自分で病院に行くことに決め、とにかく部屋から出ようと思ったのは、夫にも言えないようなウィルとの関わりをこれ以上続けていたら、夫を裏切ることになりはしないかと、とっさに感じたからだった。リドゲイトに会おうとしている自分の用件自体が、すでに隠し事なのだ。彼女がはっきり意識していたのは、それだけだった。しかし彼女は、漠然とした不安にも駆り立てられた。いま馬車で独りきりになってみると、男性の歌声とピアノ伴奏が、あのときにはさほど気にならなかったのに、いまになって蘇《よみがえ》り、心の耳に響いた。そして、ウィル・ラディスローがリドゲイトの留守中に彼の妻とともに時を過ごしていたことを、自分がいぶかしく思っていることに気づいた。すると、ウィルがそれと似たような状況で、自分とも時を過ごしたことがあったことを思い出してしまい、いぶかしいわけがないと、自分に言い聞かせた。しかし、ウィルは夫の親戚なのだから、自分が親切に振る舞うのは当然の相手だ。それでも自分の不在中に従弟が訪ねて来ることを夫が嫌がっているらしいことに、彼女は気づいていた。「たぶん私は、いろいろと考え違いをしていたのだわ」自分に対してこう言うと、涙がこぼれ落ち、ドロシアは急いで涙を拭かなければならなかった。彼女は心が乱れて、惨めな気持ちになった。そして、それまで澄みわたっていたウィルのイメージが、なぜか曇ってしまった。そうしているうちに、馬車が病院の門の前で止まった。間もなく彼女はリドゲイトといっしょに芝生を歩いていた。そして、面会をしようと思い立ったときの強い気持ちを取り戻した。

一方、ウィル・ラディスローは悔しい思いをしていたが、なぜ自分が悔しいのかという理由も、よくわかっていた。ドロシアに会える機会はめったにない。ところが、こうしてやっと会うチャンスができたのに、自分が不利な立場に置かれるような会い方をしてしまったのだ。彼女が彼ひとりにかかずらっているわけではないことは、いままでと変わらない。しかし今回は、彼もまた彼女ひとりにかかずらっているわけではないと、彼女に思わせてしまった。彼は、彼女との間に距離ができてしまい、自分が彼女の生活とは関わりのないミドルマーチの人間のひとりにされてしまったような気がした。しかし、それは彼のせいではなかった。この町に住むことになったのだから、できるだけ多くの知り合いを作ろうとするのは、当然のことだ。新聞編集に携わっている立場上、彼にはどんな人のことも、どんなものについても知る必要があったのだ。特にリドゲイトは、この辺りでは誰よりも知る価値のある人物だったし、その細君がたまたま音楽的才能に恵まれていて、訪問しがいのある人だっただけのことだ。こういう事情のあったところへ、女神ダイアナ[3]が突如、彼女を崇拝する彼のもとに現れたのである。何たることか。ウィルは、ドロシアがいなければ自分がミドルマーチに住んだりしないということを自覚していた。だのに、ここでの自分の立場のために、彼は彼女から引き離されざるをえないのだ。気持ちの壁が常態化してしまうことは、互いに惹かれ合う者同士にとっては、ローマとイギリスとの距離以上に遠ざかってしまいかねない障害であった。階級や地位に対する偏見が、カソーボン氏からの横暴な手紙のような形をとっているだけなら、ただ無視すればよいことだ。しかし偏見とは、匂いを放つ物体のように、実体と捉えどころのなさという二重の要素を備えているものだ。実体性という点ではピラミッドのように堅いが、捉えどころのなさという点では、谺《こだま》のそのまた谺のように消え入りそうで、暗闇のなかで香りを放つヒヤシンスの記憶のように淡い。そしてウィルは、捉えどころのないものの存在を強烈に感じ取るたちだった。彼に対して思いのままに振る舞うのは不適切だという考えが、彼女の心のなかに初めて生じたこと。そして、彼女が馬車に乗るのを見送ったときの二人の沈黙には、何かよそよそしさが含まれていたこと。ウィルほど感受性の強くない人間なら、こういうことをそこまで敏感には感じ取らなかったかもしれない。きっとカソーボンは、憎しみと嫉妬から、ウィルはドロシアよりも社会的に低い地位に落ちたのだと、妻に言い聞かせているのだろう。カソーボンめ、いまいましいやつ

3　ギリシア・ローマ神話の女神。水浴している自分の姿を見たアクタイオンを呪って、鹿の姿に変え、彼の猟犬に嚙み殺させる。この場面では、ドロシアがダイアナに譬えられている。

だ！

ウィルは客間に戻ると、帽子を取り上げた。裁縫台のところに座っていたリドゲイト夫人のほうへ、いらいらした態度で歩み寄って、彼は言った。

「音楽の演奏や詩の朗読を中断させられると、もうだめですね。また別の日にうかがって、『最愛の人から遠く離れて』[4]を最後まで歌うことにさせていただいてもよろしいでしょうか？」

「もちろん喜んで」ロザモンドは言った。「でも、あなたはその中断のことを、すばらしいと思っていらっしゃるのでしょ？　カソーボンの奥様とお知り合いだなんて、羨ましいですわ。頭のいい方なんですか？　そういうふうに見えますけれども」

「実は、そんなことは考えたことがありません」ウィルはむっつりして言った。

「私がターシアスに、奥様は綺麗な方かと最初に尋ねたときにも、主人はそれとまったく同じ返事をしましたのよ。男の方たちは、カソーボンの奥様といっしょにいるとき、どんなことをお考えになるのでしょう？」

「あの人のことしか考えられませんね」魅力的なリドゲイト夫人を刺激してみたい気持ちになって、ウィルは言った。「完璧な女性に会うと、その人の特徴についてなんて、考えられなくなりますよ。ただ、その人の存在を意識するばかりです」

「じゃあ、ターシアスがローウィックへ行くときには、嫉妬しなきゃなりませんね」ロザモンドは、えくぼを浮かべて、軽い調子で言った。「主人は帰って来ても、私のことなんか考えてくれなくなるでしょうから」

「リドゲイトさんには、これまでそういう影響はなかったようですよ。カソーボン夫人は、ほかの女性とは違いすぎて、比較になりません」

「あなたは熱烈な崇拝者でいらっしゃるのね。あの方によくお会いになるんでしょ」

「いいえ」ウィルはすねたように言った。「崇拝というのはふつう、実践というより理論上のものです。でも、ぼくはまさにいま、それを極端に実践しているんですよ——もうお暇《いとま》しなければ」

「またいつか晩にいらしてください。そうしたら、主人も音楽が聴けるでしょうし、主人がいないと、私もあまり調子が出ませんので」

ロザモンドは夫が帰宅したとき、彼の前に立ち、彼の上着の襟に両手を添えて言った。「今日ラディスローさんが来られて、ここで私といっしょに歌っておられたとき、

4　イタリアの作曲家ジュゼッペ・サルティ（一七二九—一八〇二）のオペラ『ジュリオ・サビーノ』（一七八一）のなかの歌曲。

カソーボンの奥様がいらっしゃったのよ。ラディスローさん、困っておられたみたい。うちなんかにいるところを、奥様に見られるのが嫌だったのかしら？　地位でいえば、あなたのほうがラディスローさんより上なのにね。カソーボンさんのお宅とどういうご関係なのか知りませんけれども」

「いや、もし本当に困っていたとすれば、ほかの理由でだよ。ラディスロー君っていうのは、ジプシーみたいなものだから、革か毛織物かというようなことにこだわる人間じゃないよ」

「歌っているとき以外は、感じがよくないときもあるわね。あなたは、あの人のこと、お好き？」

「うん、ぼくはいいと思うよ。何でも首を突っ込みたがる道楽屋だけれども、好感の持てる人物だと思う」

「あの人、カソーボンの奥様のことを崇拝しているみたいよ」

「かわいそうなやつ！」と言うと、リドゲイトは微笑んで妻の耳を指でつまんだ。

ロザモンドは、女は結婚したあとも、男を征服して虜《とりこ》にすることができるのだと発見して——未婚の娘だったときには、そんなことは時代遅れの衣装をつけて演じられる悲劇じみた話のなかでしか起こりそうもないと思っていたのだが——自分もずいぶん世の中のことがわかってきたものだと思った。当時、地方育ちの若い女性は、たとえロザモンドのようにレモン女学院で教育を受けたとしても、ラシーヌ[6]以降の新しいフランス文学をほとんど読んでいなかったし、新聞もいまほど世間のスキャンダルを大々的に扱っていなかったからだ。それでも虚栄心は、一日かけて女の頭を使うなら、ちょっとした暗示、とりわけ、なんとなく物にできそうな暗示があれば、いくらでもその上に空中楼閣を建てることができるのである。結婚の玉座にあって、皇太子である夫と並んで座り――実は夫も家来なのだが――さらに男たちを虜にするのは、なんと楽しいことだろう。恋の奴隷となった彼らが、永久に希望のないまま玉座を見上げ、夜も眠れず、おまけに食べ物も喉を通らなくなってしまえば、なお楽しい！　しかし、いまのところ、ロザモンドのロマンスは皇太子である夫を中心に回っていた

5　原文では、leather and prunella。ポープの『人間論』（一七三三―三四）第四部よりの引用で、「革か毛織物かという、衣服のうえだけの違い」から「どうでもよいこと」の意味。ここでは社会的な地位の違いを指す。

6　フランスの劇詩人（一六三九―九九）で、古典悲劇の代表作家のひとり。内面心理、ことに恋愛感情を写実的に描いた。代表作に『アンドロマク』『ブリタニキュス』『フェードル』などがある。

ので、夫を確実に家来にできれば、それでじゅうぶんだった。彼が「かわいそうなやつ！」と言ったとき、彼女は好奇心から面白半分に尋ねた。

「どうして、かわいそうなの？」

「だって、君たち人魚のことを崇拝してしまったら、男は何もできなくなってしまうじゃないか。仕事は疎《おろそ》かになるし、請求書は溜まるし」

「でもあなたは、仕事を疎かにしないわ。あなたはいつも病院に行ったきりで、貧しい患者を診たり、お医者さんたちのもめ事について考え事をしたりしてばっかり。で、家に帰ったら、顕微鏡とか薬瓶のことで頭がいっぱいでしょ。あなたは、そういうもののほうが、私のことよりも好きなんでしょ？」

「君は自分の夫に、ただのミドルマーチの医者以上の者になってほしいという野心はないのかい？」リドゲイトは、妻の両肩に手をのせて、愛情のこもったまじめな目つきで見つめて言った。「昔の詩人の歌で、ぼくの好きな一節を教えてあげよう——

一時は存在してもやがて忘れられるようなことのために、
私たちのプライドはなぜ、騒ぎ立てるのか？
書くに値することをなし、読むに値し、世の喜びとなることを書く。

これに勝ることがあるだろうか?[7]

ぼくが望んでいることはね、ロージー、書くに値することをすることなんだよ。そして、自分のしたことを、すべて自分で書いておくことなんだ。そうするために、男は仕事をしなくちゃならないんだよ」

「もちろん、私はあなたにたくさん発見をしてもらいたいわ。ミドルマーチよりもっといい場所であなたに偉くなってほしいと、私ほど願っている者はいないわよ。私があなたのお仕事の邪魔をしようとしたことなんてないはずよ。だからって、世捨て人みたいな生活をするわけにはいかないわ。あなた、私に不満があるわけではないのよね、ターシアス?」

「もちろん。ぼくは完全に満足しているよ」

「ところで、カソーボンの奥様は、あなたに何のお話があったの?」

「ただご主人の健康状態について聞きたかっただけさ。でも、あの人は新病院に対し

---

7 イギリスの詩人サミュエル・ダニエル(一五六二―一六一九)による、詩人の使命を説いた対話詩『ムゾフィラス』(一五九九)より。

て、立派な志を示してくださるようなんだ。毎年、二百ポンド寄付してくれるらしい」

第44章

海岸沿いには進まず、
大海に繰り出そう、星を頼りに。

ドロシアがリドゲイトといっしょに新病院の月桂樹の植え込みの周りを歩きながら、夫の体調には特に変化の兆しはないこと、ただ、夫は自分の病状について本当のことを知りたがって不安だっただけなのだ、という話を聞いたとき、彼女はしばらく黙り込んでしまった。自分はそのような不安を新たに掻き立てるようなことを、夫に対して言うかするかしたのだろうかと、気になったのである。リドゲイトは、自分の目的を推し進めるのに好都合なせっかくの機会を逃したくなかったので、思いきって言ってみた。

「私どもの新病院に必要なものについて、奥様やご主人様が関心をお寄せくださっているかどうかはよく存じません。状況からしますと、ぼくがこの計画を自分勝手に進めているように見えるかもしれませんが、やむをえないのです。と申しますのも、他の医者たちが反対運動を起こしていますので。たしか、ご結婚前にティプトンのお屋敷で初めてお目にかかったさいにも、ひどい住宅環境のせいで貧しい人たちの健康状態が損なわれているということに関して、ぼくにいろいろご質問くださいましたので」

「ええ、もちろんですわ」ドロシアは顔を輝かせて言った。「少しでも状況改善のお役に立つために、私に何ができるのか教えていただければ、とてもありがたいですわ。結婚して以来、私はそういうことを何ひとつしていませんでしたから。と申しますのも」ここで彼女は一瞬ためらってから言った。「私どもの村では、人々の暮らし向きはまあまあよさそうですし、私自身もほかのことで気を取られていたので、それ以上のことは調べることもしていませんでした。でも、ここでは――ミドルマーチのような場所では――しなければならないことが、たくさんあるに違いないですね」

「それはもう、しなければならないことばかりです」リドゲイトはにわかに力をこめて言った。「この病院の設立は、実にすばらしい事業なんです。すべてバルストロードさんのご尽力によるもので、費用もほとんどあの方が出されたのです。しかし、こういう計画は、ひとりで何もかもできるというものではありません。もちろん、あの人もほかの協力を期待しておられたのです。ところがいまこの町で、それを失敗させようと目論む人たちが徒党を組んで、意地の悪い卑劣な反対運動を起こしているんです」

「どういう理由から、そんなことをするのでしょうか？」ドロシアは素朴な驚きを示して言った。

「まずは、バルストロードさんの人気のなさが、第一の理由だと思います。あの人の計画の邪魔をするためなら、いくらでも労を惜しまないという人が、町の半分はいます。この世の中では愚かにも、大方の人間が、自分の仲間がやることでなければ、よいことだと認めようとしないのです。ぼくは、この町に来る前には、バルストロードさんとは何の関係もありませんでした。ぼくは公平な目で見て、あの人には信念というものがあると思います。これまでもいろいろなことに着手してこられましたし。ぼくならそれを公共の目的に向けることができるのです。専門教育を受けた多くの人々が、自分の知見を医学の理論と実践の改革に役立てられるのだと信じて仕事に取り組めば、すぐにも事態をよい方向へ改善できるでしょう。ぼくはそう考えます。バルストロードさんといっしょに仕事をすることを拒めば、医者としての自分の職業を広く役立てるための機会に、背を向けてしまうことになると思うのです」

「まったくそのとおりです」ドロシアは、リドゲイトの語る言葉によって描かれた状況に、ただちに心を惹きつけられて言った。「でも、どういうわけでバルストロードさんは人から反感を持たれるのですか？　伯父はあの方と親しいようですけれども」

「あの人の信心深い物言いが、嫌がられているのです」リドゲイトはそこで言葉を切った。

「でしたら、そういう反対は、ますます軽蔑すべきものだということになります」と言ったドロシアは、ミドルマーチでの事情を、大いなる宗教的迫害という観点から眺めていた。

「公平に申しますと、彼らが反対するのには、ほかに理由があるのです。バルストロードさんは権力者ぶったところがあって、人づき合いもよくありませんからね。それに、商売と関わりのある人だということで、難癖がつけられるようですが、その点はぼくにはよくわかりません。しかし、この地域に以前なかったような立派な病院を建てることがいいかどうかという問題に、そんなことがどう関係するというんでしょう？　反対の直接的な動機は、バルストロードさんが医療方針をぼくに任せたということにあるんですよ。もちろん、ぼくはそれをありがたいと思っています。そのおかげで、ぼくはいい仕事をする機会を得られますし——あの人がぼくを選んでくれたのが正しかったことを、ぼくは証明しなければならないということも、わかっています。しかし、その結果、ミドルマーチ中の医者が、必死で病院に反対しようとしているんです。しかも、自分たちが協力を拒否するだけではなくて、事業全体について中傷し、寄付の邪魔をしようとさえしているのです」

「なんという了見の狭さでしょう！」ドロシアは憤然として叫んだ。

「人は戦いながら道を切り開いていかねばなりません。そうしなければ、何事もなしえないでしょう。それにしても、この辺りの人々の無知さ加減には、呆れ返りますよ。ぼくはたまたま自分の手の届くところにある機会を利用したまでで、それ以外のものを要求する気はありません。ですが、ぼくが若くて、新参者で、古株の医者よりも多少知識があるせいで反発を招いてしまって、それをどうにも抑えられないわけです。でもぼくは、これまでよりも進んだ治療法を採用できると信じています——医療の実践に今後役立つ知見や調査を推し進めることができると信じているのです。だのに、自分が楽をするためにそれを怠ったりしたら、ぺこぺこするだけの卑しい人間に成り下がってしまいます。これは無報酬の仕事なのですから、ぼくがそれを続けることに、何ら疑わしい点がないことは明らかです」

「お話しくださって嬉しいですわ、リドゲイトさん」ドロシアは心をこめて言った。「きっと私にも少しはお手伝いができると思います。私にはいくらか財産がありますが、使い道がないのです――それで、落ち着かない気持ちになることが、時々あるんです。こんな立派な目的のためなら、年に二百ポンドぐらいは払わせていただきます。どうすれば役に立てるかがはっきりわかっていらっしゃるなんて、どんなにかお幸せなことでしょう！　私も毎朝目が覚めたとき、それがわかればいいのにと思いますわ。何の役にも立たないことのために、わざわざ面倒なことをする人がずいぶんいるものですね！」

こう言ったとき、ドロシアの声には、物悲しい調子が含まれていた。しかし、彼女はすぐに元気を出して、つけ加えた。「どうかローウィックのわが家にお出でになって、もっとこのお話を聞かせてくださいね。主人にも、このことを話しておきますので。もう家に帰らなければなりませんわ」

彼女は実際、その夜、夫にその話をした。年に二百ポンド寄付をしたいと言った――彼女は結婚のときの取り決めによって、自分の財産として年に七百ポンドの収入を持つことになっていた。カソーボン氏は、二百ポンドはほかの用途と比べて不釣り合いに多いねと、ちょっと口にしてはみたが、相場を知らないドロシアが夫の言ったことをはねつけると、彼はそれ以上は特に反対しなかった。彼は金を使うことを気にしたり、出し惜しみしたりするたちではなかった。彼がもし金の問題にこだわるとすれば、それは財産そのものに対する愛のためではなく、もっと別の感情が介する場合だけだった。

ドロシアは、リドゲイトに会ったことを夫に話した。そして、病院に関して彼と交わした会話の要点を語って聞かせた。カソーボン氏は、それ以上妻に尋ねなかったが、リドゲイトと自分との間でのやり取りについて、妻は知りたかったのにちがいないと思った。「自分が死ぬかもしれない病気だと知っているということを、彼女は知っているのだ」心のなかで休むことなく囁き続ける声は、そう言う。しかし、暗黙のうちに相手が知っているとわかったからといって、夫婦間の信頼は厚くなるどころか、かえって薄れるばかりだった。彼は妻の愛情を信じられなかった。それにしても、人を信じられないことほど、孤独なことがあるだろうか？

第45章

多くの人々は、祖先の時代を称賛し、いまの時代の不正を批判したがる。しかし、そうするには、過去の時代の助けを借りて、それを風刺しなければ、うまくいかない。自分が褒め称えている時代の悪を表現することによって、自分の時代の悪を非難するわけだが、それによって、過去にも現在にも共通の悪が存在することを示さざるをえなくなる。だから、ホラティウスやユウェナリス、ペルシウス[1]が詩で述べていることは、私たちの時代のことを指しているように見えるけれども、彼らが預言者だというわけではない。

——サー・トマス・ブラウン[2]『伝染性謬見』

新しい熱病病院への反対運動について、リドゲイトはドロシアに概略を語ったが、実はこれも、ほかの反対運動と同様、いろいろな観点から眺めることができた。リドゲイトはそれを、たんに嫉妬と頭の悪い連中の偏見とが混じったものと見なした。一方バルストロード氏は、そこに医者たちの嫉妬以上のものを見た。自分が平信徒の代表者として活性化に努めてきた宗教に対する憎悪――それは実のところ宗教とは関係ない、人間の行動のもつれのなかで口実をいくらでも見つけられる憎悪――に駆り立てられて、自分の行く手を阻もうという人々の決意を、彼はそこに見たのである。しかし、こうした見方は、いわば与党側の考え方である。他方、野党側の反対意見は、知的な人々の間に留《とど》まるわけでもなく、どこまでも無知な下辺へと広がっていく。たしかに、新病院とその管理についてミドルマーチで出た反対意見には、ただ同じものが反響しているだけということも多かった。誰にでも独創的な意見を言えるような頭があるというわけではないのだから、それはしかたない。とはいえ反対意見はミンチ

1　ホラティウス（紀元前六五―前八）、ユウェナリス（六〇ごろ―一二八ごろ）、ペルシウス（三四―六二）は、名高いローマの風刺詩人たち。
2　イギリスの医師・著述家（一六〇五―八二）。ほかに『医師の信仰』（一六四三）、『壺葬論』（一六五八）などの著作がある。

ン医師の洗練された穏健な説から、スローター通りのタンカード亭のおかみドロップ夫人の辛辣《しんらつ》な言い分に至るまで、あらゆる社会階層から出たものだった。

　ドロップのおかみは、こんなふうにまくし立てた――リドゲイト先生は患者に毒を盛るわけではないとしても、とにかく病院で死なせるつもりなのだ。それは遺体を解剖したいからにほかならない。何の許可もなく無断で患者を切り刻もうとしているのだ。現に、ゴビーの奥さんなんか、結婚前から信託財産を持っていたような、パーリ街きっての立派なご婦人なのに、そんな人まで切り刻もうとしたことは、「事実」として知られている。なんとも情けない話じゃないか――ちゃんとした医者なら、病人が死ぬ前に診断を下すべきなのに、死んだあとで身体のなかを覗こうとするとは。解剖が目的でないというなら、何が理由か聞きたいものだと、ドロップのおかみは言いながら、どんどん確信を強めていく。彼女の話を聞いている客たちのなかには、彼女の意見が防壁の役割を果たしていて、それが崩れたら、際限なく解剖が行われるようになる、というような共通の思いがあった。それは、バークとヘア[3]の石膏のマスクを見てもわかることだ――そんな絞首刑絡みの事件がミドルマーチで起こるのはご免だ！

　スローター通りのタンカード亭で述べられる意見など、医者にとっては取るに足りないものかというと、そうとも言い切れなかった。由緒正しいこの古酒場は——ここは、タンカード亭の本舗で、「ドロップの店」の名で知られていた——ある大きな共済組合《ベネフィット・クラブ》の溜《たま》り場で、長年組合のお抱え医師だったギャンビットを解雇して、リドゲイトという医者を採用すべきかどうかを決めるために、数か月前に投票を行ったばかりだったのだ。噂によれば、リドゲイトは、驚くべき治療法を使って、ほかの医者から見放されてしまったような患者でも治してしまうという話だったからだ。しかし投票の結果、二票差でリドゲイトは落選した。リドゲイトに反対した者のうち二人には、個人的な理由があった。死んだも同然の人間を生き返らせることができるというのは、必ずしも褒められるものではなく、神意に対する介入になりかねない、というのが彼らの主張だった。過去一年の間には、市民感情も変化してきていたが、ドロッ

3　アイルランド出身の凶悪殺人犯ウィリアム・バークは、エディンバラの下宿の主人ウィリアム・ヘアと共謀し、宿に泊まった人々を窒息死させ、その遺体を医学研究用に売り渡した。この事件による犠牲者は十五名。ヘアが検察側証人になったあと、一八二九年一月にバークは絞首刑となった。バークはデスマスク、ヘアはライフマスクによって、石膏で象られた顔が知られている。

プの酒場で意見の一致を見たことは、その一端の表れとも言えた。

一年以上前には、リドゲイトの腕前は知られていなくて、鳩尾《みぞおち》とか松果体腺とかそのあたりが得意らしい、というような部位ごとのまちまちの評判があるのみだったが、それでも何もないよりは評価の手掛かりとしてずっと役に立った。慢性的な病気を患っている者や、フェザストーン老人のようによぼよぼで先の長くない者は、ともかく試しにリドゲイトに診てもらおうと思った。また、掛かりつけの医者に金を払いたくない人たちの多くは、新しい医者にかかってみようという気になったし、癇癪《かんしゃく》を起こした子供に薬を飲ませたいのだが、昔ながらの医者は相手にしてくれないというような場合、ためらいなく新しい医者を呼びにやった。こうして、リドゲイトに診てもらおうとする人々はみな、彼のことを優秀な医者だと思うようになった。また、「肝臓のあたりのこと」に関しては、リドゲイトのほうがほかの医者よりも腕が上かもしれないと思う者もいた。少なくともリドゲイトが出す水薬を少しぐらい飲んだって、害はないだろう。もし効き目がないとわかれば、またもとの浄化丸薬を飲めばいいわけで、丸薬では黄疸《おうだん》は取れないけれども、それで死ぬこともないのだから。しかし、こういう考え方をするのは、低い階層の人々だった。ミドルマーチの上層の人々はもちろん、ちゃんとした理由がなければ、医者を替えるようなことはしようとしなかった。ピーコック医師にかかっていた人たちは、ただその後任だという理由だけで、新任の医者に診てもらおうという気にはなれなかった。どうせそんな医者は、ピーコック先生の腕にはかなわないだろうからと。

しかし、リドゲイトがこの町に住むようになって間もなく、詳細な噂が流れるようになると、あれこれ期待が高まる一方で、彼に関する意見の相違は、党派心へと変わっていったのだった。噂のなかには、まったく意味をなさない印象だけのものもあった。言ってみれば、比較の基準もなしに、最後に感嘆詞が付けられる統計の総額のような感じだ。成人男性が一年間に吸い込む酸素は、何立方フィートか――こんな話を聞いたら、ミドルマーチの人たちは恐れ慄《おのの》くかもしれない。「酸素だって！　何だ、それは？　では、コレラがダンツィヒに広がったのも不思議はないというわけか？　それなのに伝染病予防のための隔離は役に立たないという人々がいるとは！」すぐに噂になったことのひとつは、リドゲイトが敢えて薬を処方しないということだった。内科医たちは、これによって自分たちの特権が侵害されるように思って憤慨した[4]。外科医兼薬剤師も、リドゲイトと同じ側に立っているとされるのは迷惑だと怒った。ほんの少し前なら、彼らは、ロンドンで医学博士号を取ってもいない人間が、薬代以外に診療費を請求したら、法律を盾に取って非難しかねない勢いだったからだ。

しかし青二才だったリドゲイトは、自分の新しいやり方が、医者たちよりも素人からさらに激しい反感を買うだろうとは、予想できなかった。大市場《トップ・マーケット》の有力な食料雑貨店主のモームジー氏は、リドゲイトの患者ではなかったが、この問題について彼に気さくに問いかけてみた。するとリドゲイトは、わかりやすく説明しようとして、軽率にもこういうことをモームジー氏に言ってしまった。もし開業医の収入の道が、水薬や大丸薬、混合薬などを大量に処方して代金を請求することしかないとすれば、医者の質はどんどん落ちて、世の中の人間はみなその被害に遭うようになりますよ、と。「そんなことをしていたら、熱心な医者まで、しまいには偽《にせ》医者同様の有害な者になってしまいますよ」リドゲイトはあまり深く考えずに言ってしまった。「医者は自分が食べていくために、国王の臣下たる国民に薬を過剰に飲ませなければならなくなります。それって、国家に対する反逆みたいなものじゃないですか、モームジーさん。国体《コンスティテューション》5に致命的な害を与えているわけですから」

モームジー氏は救貧委員を務めていただけではなく（彼がリドゲイトと話し合っていたのは、救貧院の外で働く者たちの収入問題についてだった）、自分も喘息持ちで、子だくさんだった。だから、医者から見ても、患者として見ても、重要な人物だったのだ。実際、彼は食料雑貨店主としてはめったに見かけないタイプで、髪を炎が立ち上ったような形に整えている。客には誠心誠意、敬意をこめて買う気にさせ、おどけた調子で機嫌を取り、あまり本心を出さないように用心している。リドゲイトがついあんな調子で返事をしてしまったのも、モームジー氏が親しみをこめて、おどけた調子で質問したからである。しかし、たとえ賢い人でも、あまり調子に乗って説明しすぎないほうがよい。勘違いの原因が増えると、合算するときに、誤って数字が大きくなってしまいかねないから。

リドゲイトが話し終えて、にっこりしながらあぶみに足をかけたとき、モームジー氏もにこやかに笑った。しかし彼がもし国王の臣下とは誰のことを指すのか理解していたなら、こんなに何もかも心得たような調子で「ではまた、さようなら、先生」などとは挨拶していられなかっただろう。しかし、実のところモームジー氏の頭のなか

4　内科医の主な仕事は、診察で患者の病歴を調べて、薬剤師に指示するための処方箋を書くことだった。ミドルマーチではたいていの外科医も薬を処方していたため、リドゲイトのやり方は、薬に対する反発を招きかねないものと懸念された。

5　constitution には、「体質」という意味と、「国家の組織形態」という意味があり、ここでは両義を兼ねている。

は混乱してしまっていた。長年にわたって彼は、処方された薬の代金を払ってきていたので、半クラウン払ったにせよ十八ペンス払ったにせよ、払っただけの見返りは受け取ってきたと思っていた。薬代を払うことは、夫として父親としての務めの一部だと思っていたので、その責任を果たすことに満足感を覚えていたし、請求額が多ければ多いほど、自分の威厳が増すような誇りさえ感じていた。そればかりか彼は、自分も家族も、薬にはずいぶん世話になっていることに加えて、薬に効き目があったことを逸《いち》早く見抜いて、ギャンビット氏の参考になるように詳しく話して聞かせることを楽しみにしていた。ギャンビット氏は、レンチやトラーよりは少し地位の低い開業医だったが、産科医としては評判がよかった。モームジー氏も、この専門以外ではギャンビット氏は腕がひどく落ちると思っていたが、産科医として彼にかなう者はいないと、陰で言っていた。

このようにモームジー氏の側には深い理由があったので、新任の医者の言ったことは、浅はかに聞こえた。そして、モームジー氏が店の上の階の客間でそのことを妻に話して聞かせたとき、ますます薄っぺらなことに思えた。彼女は子供をたくさん産んだ女性として大事にされていて、ふだんはギャンビット氏に診てもらっていたが、時々発作を起こしたときにはミンチン医師の世話にもなっていた。

「そのリドゲイトというお医者さんは、薬を飲んでも役に立たないと言うんですか?」モームジー夫人は言った。彼女は、ちょっとまだるっこしい話し方をする癖がある。「じゃあ、もし私が一か月前から強壮剤を飲んでおかなかったら、市《いち》のときにどうやって頑張れるっていうのか、そのお医者さんに聞きたいものだわ。その日にお迎えするお客さんたちのために、私がどれだけ準備しなければならないか、考えてみてよね!」――ここでモームジー夫人はそばに座っている親しい女友達のほうを見る――「大きな子牛肉のパイでしょ――それから詰め物をしたヒレ肉――牛の腿肉――ハム、舌肉とか、いろいろあるのよ! でも、茶色のじゃなくて、あのピンク色の合成剤があるから、体調を保っているのよ。モームジー、ご自分の経験からわかっているのに、よくそんな話を我慢して聞いていられるわね。私だったら、こっちのほうがよく知っていますよって、そのお医者さんにすぐ言っているところよ」

「いや、いや」モームジー氏は言った。「おれは自分の意見をその医者に言うつもりなんかなかったよ。聞くだけ聞いて自分で判断せよ、というのが、おれのモットーなんだ。あの医者は、誰に向かって話しているのか、わかっていなかったんだな。おれはやつの言うなりになったりする人間じゃあない。よく、腹のなかでは『モームジー、おまえはばかだ』と思いながら、いろいろ話して聞かせようとするやつらがいる。だが、おれは笑って聞く。つまり、相手の弱点に調子を合わせるわけだ。もし本当に薬がうちの家族の害になっているのなら、もうとっくに気づいているはずだ」

翌日、ギャンビット氏は、リドゲイトが薬は役に立たないと言って回っているという話を聞かされることになった。

「何だって！」彼は驚きつつも用心しながら、眉をつり上げて言った（彼はがっしりとした体つきのしゃがれ声の男で、薬指に大きな指輪をはめていた）。「薬を出さずに、どうやって患者の治療をするというんですか？」

「そこなんです、私が言いたいのは」モームジー夫人は応じた。彼女は代名詞を強調することによって、自分の話に意味を持たせようとする癖がある。「あの人は、ただ患者を訪ねて、いっしょに座って、また帰って行くだけで、お金を払ってもらえるとでも思っているんでしょうか？」

ギャンビット氏もモームジー夫人のところを訪ねるときには、ずいぶん長居をして、自分の身体のことやその他いろいろ話し込んで帰ることもあった。しかしギャンビット氏は、時間つぶしをしたり個人的な話をしたりしたことに対して代金を請求したことはなかったから、彼女の言葉に当てこすりが含まれているとは、もちろん思わなかった。だから彼は、おどけた調子でこう言った。

「まあ、リドゲイトさんは男前ですからね」

「私はあんな人に診てもらおうとは思いません」モームジー夫人は言った。「ほかの人たちは、お好きなようになさったらいいと思いますが」

こういうわけで、ギャンビット氏が有力な食料雑貨店主の家を出たときには、新しいライバルにひるんでいたわけではなかった。しかし、リドゲイトというのは、自分の公正さを宣伝して、他人の信用を傷つけようとする偽善者だから、誰かがあいつの正体を暴いてやればいいのだ、という思いはあった。ギャンビット氏は、医者としてまあまあ流行《はや》っていたし、主に小売商が患者だったので、現金での支払いも自分の支払いとの差額分をもらうだけですんでいた。リドゲイトの正体を暴くにはどうしたらいいかがわかるまでは、特に自分が出る幕だとは思わなかった。彼は頼みとすべき教育もあまりなかったので、医者仲間から見下げられていて、それと戦いながら自分の道を切り開いていくだけでも精一杯だった。とはいえ、肺《ラングス》のことを訛《なま》って「ロングズ」と発音するような医者ではあっても、彼が腕のいい産科医であることに変わりはなかった。

ほかの医者たちは、自分の腕にもっと自信があった。トラー氏は、この町で最も身分の高い医者で、ミドルマーチの旧家の出だった。法律やその他いずれの方面でも、小売商よりも格上の職業では、トラー一族が幅を利かせていた。育ちがよく、物静かだがちょっとおどけたところがあるトラー氏は、例の短気なレンチ医師とは違って、さぞ煩わしいだろうと思われるようなことに対しても、たいがい呑気《のんき》に構えていた。彼は立派な家に住んでいて、おりおり猟に出かけるのが趣味だった。ホーリー氏とはとても仲がよかったが、バルストロード氏とは敵対していた。トラー医師本人は楽しい性質の持ち主なのに、意外にもその治療法は、ふだんの自分の流儀とは裏腹に、患者の血を抜き取ったり、発泡剤を使ったり、絶食させたりするといったような大胆なものだった。しかし、そのギャップこそがいいのだという意見の患者もいて、彼らに言わせれば、トラー先生は物腰はもっさりしているけれども、治療は敏捷そのものだ――あんなに自分の仕事に真剣に取り組む人はめったにいない。往診にやって来るときにはぐずぐずしているけれども、来たからには必ず何かしてくれる、と。仲間内ではたいへんな人気者で、彼が誰かに不利なことをちょっとでもほのめかすと、その皮肉めいた調子が二倍の効果を発するのだった。

ピーコック医師の後任者は薬を処方しないという話を聞くと、彼はいつもうんざりしたように、にっこり笑って「ふーん」と言う。ある日、ハックバット氏が夕食の席でワインを飲みながら、このことを口にすると、トラー医師は笑いながら言った。

「じゃあ、ディビッツ君は古くなった薬を処分できるから、よかったね。あの薬屋は私のお気に入りなんだが」

「おっしゃっている意味、わかりますよ、トラー先生」ハックバット氏は言った。「まったく同感です。わしも機会があれば、そのことは言うつもりです。医者は患者が飲む薬に対しては、その品質に責任を持つべきだ。それが、これまで行われてきた医療費請求制度の根本になっていたわけですよ。実際には何も良くならないのに、改革とやらをひけらかすことほど、腹立たしいものはない」

「ひけらかすだって、ハックバットさん？」トラー医師は皮肉っぽく言った。「どういうことかな？　誰も信じていないことを、ひけらかすことなんかできないはずだがね。改革なんてこのさい関係ない。問題は、薬の利益を医者に払うのは、薬屋なのか、患者なのかということだ。それと、患者といっしょにいることを名目に、余分の料金が払われるべきかどうかということだね」

「うん、たしかにね。昔からよくあるペテンの新型ってわけだな、いまいましい」ホーリー氏はワインの瓶をレンチ医師に渡しながら言った。

いつもは酒を控えているレンチ医師も、会合ではけっこう飲むほうなので、仕舞いには酔いが回って怒りっぽくなる。

「ホーリーさん、ペテンとおっしゃるが」彼は言った。「それを言うのは、簡単だよ。だがね、私が反対したいのは、そこじゃない。薬を処方する開業医はみんな紳士じゃない、だなんて、自分も医者のくせに自分の巣を汚すようなことを触れて回る、そのやり方だ。そういう手合いには非難を投げ返して、こっちから軽蔑してやる。言っとくが、最も紳士らしからぬ、けしからんやり口というのは、同業者仲間に加わろうというときに、昔からある正規の方法を侮辱するような改革案を持ち込むことだ。それが私の考えだ。誰が何と言って反対しても、私は考えを変えるつもりはない」レンチ医師の声は、ひどく尖ってきた。

「それはどうかな、レンチ先生」ホーリー氏はズボンのポケットに両手を突っ込んで言った。

「まあまあ」トラー医師は、とりなすように割って入り、レンチ医師のほうを見て言った。「これまで以上に、医者は踏みつけにされているわけだよ。権威という問題になると、ミンチンさんやスプレイグさんに任せたほうがいいんじゃないかな」

「医学関係の法律は、こういう違反に対して何もできないんですか？」ハックバット氏がこう言ったのは、私心からではなく、自分なりの見方を何か提供したいと思ってのことだった。「法律ではどうなっているんですか、ホーリーさん？」

「そちらの方面もだめですよ」ホーリー氏は言った。「もうそれは、スプレイグ先生のために調べてみましたがね、いまいましい判決にしか出くわしませんよ」

「ふん、法律なんかに用はない！」トラー医師は言った。「実際の医療業務に関するかぎり、医者が薬を処方しないなんて、ばかげた話だ。そんなことを望む患者はいない――いつも血を取られることに慣れていたピーコックの患者たちだって、たしかにそうだ。ワインを回してくれ」

トラー医師の予想どおりだったことが、一部は証明された。モームジー夫妻のようにもともとリドゲイトに診てもらう気のなかった者でさえ、彼が薬の処方に反対を唱えるのを聞いて不安になったとすれば、彼に診察してもらっている人たちが、この医者は本当にできるだけの治療をしてくれるのだろうかと、気がかりになるのは当然だった。人の好いパウダレル氏などは、リドゲイト先生はよい計画を良心的に進めようとしてくださっているのだ、といつも善意に解釈して敬意を払っていたが、自分の妻が丹毒[6]にかかったときには、大丈夫だろうかと不安になった。それで、これと似た

6　連鎖球菌による伝染性皮膚炎。高熱を発し、患部の皮膚が腫れあがり、灼熱感や痛みを伴う。

ような場合に、ピーコック先生は大きい丸薬を使われた、とリドゲイトについ言ってしまった。その丸薬は、とりわけ暑い八月に発病した妻が、九月二十九日のミカエル祭の前にはすっかり治っていたのだから、効果てきめんだったとしか言いようがない。リドゲイト先生を傷つけたくないという気持ちと、何らかの方策を取らなければならないという心配との間で揺れたあげく、ついにパウダレル氏は、ウィジョン浄化剤を飲むようにと、妻にこっそり勧めた。これはミドルマーチで重宝されていて、服用するとたちまち血液に作用して、どんな病気でも元から治してしまうという薬だった。この薬の力を借りたことは、リドゲイト先生には黙っておいた。パウダレル氏自身もこの薬の効き目を信じきっていたわけではないのだが、ひょっとして神様のお恵みで治るかもしれないと思ったのだ。

リドゲイトは、まだあまり人によく知られていない段階から、人が軽々しく幸運と呼んで片づけてしまいがちな力に助けられていた。新しくやって来た医者はたいてい、新しい治療法で人をあっと言わせるものだ。そういう治療は、運がもたらす推薦状のようなもので、手書きのものや印刷された推薦状と同じような効力がある。いろいろな患者が、リドゲイトに診てもらっている間に回復し、なかには危険な病気だったのに治った者もいた。この新任の医者には新しい治療法を用いて、死の瀬戸際から病人を生き返らせる腕があるらしい、というふうに言われた。こういうときにくだらない持ち上げ方をされるのは、リドゲイトにとってはかえって迷惑だった。というのは、そういう名声は、無能で破廉恥な医者が欲しがる類《たぐい》のものだったし、彼のことが嫌いで腹の中が煮えくり返っているほかの医者たちから、自分が無知な人々をそそのかしてべた褒めさせているものと、とられかねないからだ。いつもはプライドが高くて黙っていられない彼も、無知な人々の解釈にいちいち反論してはいられなかった。それは霧に鞭打つように空しいことだったからだ。そういうわけで、「幸運」は無知な人々の解釈を利用する方向で推し進んでいった。

ラーチャー夫人は、自分のところで働いている掃除婦に思わしくない症状が現れたことを気にかけていたが、ちょうどミンチン医師が立ち寄ったときに、どうかその場ですぐ診てやって、病院向けの診断書を書いてほしいと頼んだ。そこで彼は、診察の結果、腫瘍と診断したと書き記し、診断書を持参するナンシー・ナッシュを外来患者として扱うようにと紹介状を書いた。ナンシーは病院へ行く途中、自分の下宿に立ち寄り、自分がこの屋根裏部屋を借りている家主のコルセット製造者夫妻に、ミンチン医師の診断書を見せた。これをきっかけに、彼女がかわいそうに腫瘍で悩まされているという噂がチャーチャード通り商店街で広がり、この腫物の大きさと硬さは、最初はあひるの卵ぐらいだったのが、その日の後半には握りこぶしくらいの大きさになったとのことだった。この話を聞いた人々の大方は、その腫瘍は切り取らなければならないだろうということで意見が一致したが、ある人は油がいい、またある人はシバムギがいいと言った。それらが身体のなかにじゅうぶん吸収されると、身体のどんなしこりでも柔らかくなって縮んでしまう――油の場合は、だんだん腫瘍を柔らかくしていき、シバムギの場合は腫瘍を侵食していくというわけだ。

一方、ナンシーが病院へ行くと、その日はたまたまリドゲイトが担当医だった。容態を尋ねたり検査してみたりした結果、彼は病院の住み込み外科医に、「これは腫瘍ではなくて、筋肉の引きつれだ」とこっそり言った。リドゲイトは彼女に発泡剤と鉄塩の混合剤を処方し、家に帰って休むようにと指示した。そして、ナンシーの話によればラーチャー夫人はとてもよい女主人であるとのことだったので、患者は栄養のある食事をとる必要がある、と書いた夫人宛ての手紙を彼女に持たせてやった。

しかし、ナンシーが自室の屋根裏部屋にいると、そのうち信じられないほど悪化していった。実際、腫瘍らしいものは発泡剤が効いて腫れが引いていったが、別の場所に移動し、激痛が生じていたのだ。コルセット製造者の妻はリドゲイトを呼びに行き、彼は二週間にわたって屋根裏部屋でナンシーに付き添い、彼の治療のおかげで、ついに彼女はすっかり回復し、また仕事に行けるようになった。しかし、この症例はチャーチャード通り周辺では――いや、ラーチャー夫人のところも含めて――相変わらず腫瘍の一種であったとされた。というのは、リドゲイトが名治療を行ったという話を聞かされたとき、ミンチン医師は「実はあれは腫瘍ではなかったのに、自分が診断を誤ってしまった」とは当然言いたくなかったので、「そうですか。あれは命にかかわるほどではないが、外科の手術が必要だと、私は判断したのです」と答えたのだった。しかし、ミンチン医師が病院へ行って、二日前に自分が紹介状を書いた女性患者の容態について尋ねたとき、住み込み医者が起きたことをありのままに話すのを聞いて――この若者は、そんなことを言えばミンチン医師が困るとは考えもしなかったのである――内心、困ったことになったと思った。そして、内科医の診断が誤っていたというようなことを、一般の開業医があんなふうにおおっぴらに公表するのは、不作法きわまりないと、心のなかでつぶやいた。それで、ミンチン医師が後日レンチ医師に会って話したとき、リドゲイトは礼儀を知らない不愉快な人間だ、ということで意見が一致したのである。リドゲイトは、このことがあったからといって、自分は偉いと思ったわけでもないし、ミンチン医師を特段軽蔑したわけでもなかった。こういうふうに誤診を訂正することは、能力が互角の医者同士の間でもよくあることだったからだ。しかし、癌とはっきり区別ができず、おまけに転移していくというこの恐ろしい腫瘍が、驚くべきことに治ったという噂はさっと広がった。すると、それまでリドゲイトの薬の扱い方に対してあれほど疑問視されていたことも収まっていった。頑固な腫瘍に苦しめられてのたうち回っていたナンシー・ナッシュの症状を鎮めて、速やかに彼女を回復させたことが、彼の驚異的な腕前の証拠となったのだ。

リドゲイトとすれば、どうしようがあっただろうか？　先生は腕のいいお医者さんですね、と驚いている女性に向かって、それは考え違いで、驚くなんてばかげていますよ、と言ったら、相手に失礼だろう。だからといって、病気の性質について込み入った話をすれば、医者としての品位をますます欠くことになるばかりだ。そういうわけで、無知な人々から、何の根拠もないのに、この先生に診てもらえば必ず治る、というような称賛の言葉を浴びせられて、彼は身の縮む思いがした。

これよりもっと目立つ患者のボースロップ・トランブル氏の場合、リドゲイトには並の医者以上の腕を示すことができたという認識があった。しかしここでも、自分が得た評判は有利なものだったのかそうでなかったのか、よくわからなかった。肺炎にかかってしまったこの雄弁な競売人は、以前ピーコックの患者だったのだが、後任者をひいきにするつもりだと言っていた手前、リドゲイトを呼びにやった。トランブル氏は身体が丈夫なので、新療法を試す実験台としてちょうどよかった。興味を引く病気を放置した場合の経過を観察し、症状の各段階について記録しておけば、将来の指針として役立つかもしれない。トランブル氏が症状を説明したときの様子から、この患者は医者から本当のことを話してもらって、自分の治療をとおして協力したいと思っているのだろうと、リドゲイトは推測した。競売人は、こういう話を驚きもせずに聞いていたのだった――あなたの体質は放っておいても心配ないので（もちろんそれなりの看病はするけれども）、病状の進行段階を克明に記述しておくための見事な実例を提供することになる。あなたはまれに見る精神力の持ち主なので、合理的な方法を試すために進んで実験台になって、ご自身の肺機能の不調を社会全体のために役立ててくださるのですね、というような話だった。

　トランブル氏はすぐに同意した。そして、自分の病気が、ふつうの医学的方法とは違った扱いを受けることに対して、はりきって身構えた。

「ご心配なく、先生。先生が話している相手は、自然の治癒力《ヴィス・メディケイトリックス》についてまったく何も知らない人間というわけではないのですから」彼はいつもながら自慢げに巧みな表現を使って言ったが、息が苦しそうだったので、かえって哀れを誘った。そして、彼が薬を断つことにひるまず病気を乗り切れたのは、体温計をあてられると、自分の体温が重要なのだと思ったり、自分は顕微鏡で調べるようなものを提供しているのだと考えたり、自分の分泌物にもったいぶって付けられた新語を覚えたりすることによって、心が支えられたからである。リドゲイトは抜け目なく、彼にちょっとした専門的な話を聞かせて満足させておいたのだ。

トランブル氏が床上げしたころ、自分の体力のみならず精神力の強さをも示すことになった病気について語りたいという気持ちになっていただろうことは、容易に想像できる。またトランブルには、自分の患者の性質をきちんと見抜くことのできた医者を褒め称えたいという気持ちもあった。この競売人はけちな人間ではなかったし、他人が当然受けるべきものを、自分は与えることができるのだから、与えたいと思ったのだ。彼は「新療法」という言葉を聞きかじっていたので、この言葉やそのほか覚えた用語を織り交ぜながら、リドゲイト先生は「ほかの医者よりも少しばかり物知りで、大方の同業者よりも、医学の極意に通じている」と触れ回った。

以上の出来事は、フレッド・ヴィンシーの病気の件で、レンチ氏がもっと個人的な理由から、リドゲイトに対して敵意を抱くようになるよりも前に起こったことだった。つまり、この新参者は、商売敵《がたき》という意味で、厄介な存在になるおそれがあったが、ほかにいくらでもやらなければならないことがあって新療法などを試してみる余裕もない忙しい年配の医者たちにとっては、実際に批判されたり反省を強いられたりするという意味で、彼はすでに厄介な存在だった。リドゲイトの診察区域は、早くも一、二か所で広がっていた。それに、家柄がいいという噂が当初から伝わっていたので、彼はあちこちで招待されていて、ほかの医者たちは、名門の家の晩餐の席で彼と顔を合わさざるをえなかった。嫌いな人間でも顔を合わせていれば、仕舞いにはお互いに仲良くなるかといえば、そうとも言い切れない。なかなか意見の合うことのない医者たちの間でも、リドゲイトは生意気な若造で、そのうち自分がいちばんになってやろうという魂胆でバルストロードに擦り寄って媚びへつらっている、という点でだけは意見が一致していた。そして、フェアブラザー氏は、反バルストロード派の旗頭のくせに、いつもリドゲイトをかばって仲良くなったりしていたので、あれは、どちらも味方にして戦おうとする、あの人独特のわけのわからないやり方なのだ、というふうに見られていた。

こういう事情が重なっていたところへ、バルストロード氏が新病院の運営方針を示した規約を公表したので、医者たちの反感が爆発したのだった。現在のところバルストロードのしたい放題のやり方を阻止できる可能性がないだけに、この規約はいっそう腹立たしいものだった。メドリコート卿以外の者はみな、旧病院に援助するほうがよいという理由で、新病院の建設に協力するのを拒んだにもかかわらず、である。バルストロード氏は、経費をすべて自分で賄《まかな》ったが、仲間の偏見に邪魔されないように、自分の改善計画を推し進めるための権利を買い取ったのだと思うと、悪い気はしなかった。しかし、多額の金が必要だったので、病院の建設はなかなかはかどらなかった。ケイレブ・ガースがその仕事を引き受けたのだが、建設中に体調を崩してしまったため、内装工事が始まる前に監督の役を降りた。病院の話に及ぶと、ケイレブがよく言ったのは、バルストロードという男は打てば響くような人間だが、大工仕事や煉瓦《れんが》工事のこととなるとなかなかうるさくて、排水管から煙突のことまで、それなりの考えを持っているということだった。実際、病院はバルストロード氏にとって強い関心の対象になっていたので、理事会などを通さず自分の思いのままにできるものなら、毎年多額の金を払い続けてもよかった。しかし、彼にはほかにもやりたいことがあって、それを果たすのにも金が必要だった。彼はミドルマーチの近辺に土地を買いたいと思っていたのだ。だから、病院を維持するためには、かなりの寄付金を集める必要があった。一方で、彼は病院の経営計画を立てた。この病院は、あらゆる種類の熱病を扱う施設とすること。リドゲイトが医療責任者となり、彼がパリ留学中から続けていた重要な比較研究を、存分に進める権威を与えられること。他の訪問医師たちは、諮問に加わることはできるが、リドゲイトの最終決定には逆らうことができないこと。病院全体の経営は、バルストロード氏と連携している五人の理事の手にのみ委ねられること。理事は寄付の額に比例して投票権を持つこと。理事会に欠員が生じた場合は、理事会の面々が自分たちで補充すること。少額寄付者は管理運営には加われないこと、などが計画の内容だった。町の医者はことごとく、熱病病院の訪問医になることを、即座に拒否した。

「結構ですよ」リドゲイトはバルストロード氏に言った。「ここの住み込み外科医は薬剤師も兼ねていますし、頭が切れて、手先も器用ですから。ウェブさんにはクラブスレーから週に二回来てもらいましょう。地方の腕のいい開業医です。手術がほかに入った場合には、プロザロウさんがブラッシングから来てくれるでしょう。とにかくぼくは、いま以上に一生懸命働かなければなりませんね。ぼくは旧病院の勤めはやめましたし。この計画は成功しますよ。そうしたら、反対していた連中も、喜んでやって来ますよ。こんな状態が続くはずがありません。そのうち各種の改革が進んでいくでしょうから、若い人たちはここに来て、勉強したがるようになります」リドゲイトは意気揚々としていた。

「私はしりごみしたりしませんから、大丈夫ですよ、リドゲイトさん」バルストロード氏は言った。「あなたが崇高な目的に向かって精力的に取り組んでいるのを見るかぎり、私は援助を惜しみません。また、この町の邪悪な精神と戦ってきた私の努力を、いつも神は見守ってくださっていましたが、そのお恵みは、今後もなくなるはずがないと、私は信じています。私を支えてくれる適任の理事のメンバーも、きっと見つかると思います。ティプトンのブルックさんは承諾済みで、毎年寄付すると約束してくれました。具体的な金額は聞いていませんが――たぶんたいした額ではないでしょう。しかし、あの人は、理事会では役に立つメンバーになってくれると思います」

役に立つメンバーとはおそらく、何も新しいことを考え出さず、いつもバルストロードに賛成票を投じる人、と定義できるだろう。

リドゲイトに対する医者たちの反感は、いまや隠しきれないものとなった。スプレイグ医師もミンチン医師も、リドゲイトの知識が気に入らないとか、もっと良い治療法を模索したいという彼の意向がよくないと言っていたわけではない。たんにその傲慢さが嫌いだったのだ。彼が傲慢であることは、誰にも否定できない。この二人の医者たちは、リドゲイトが横柄で、自惚《うぬぼ》れ屋で、世間で騒ぎ立てられたいがために、向こう見ずに新しいことをしたがっているが、それはまさにペテン師の印なのだ、ということを、暗に言いたかったのである。

ペテン師という言葉がいったん表へ出ると、収まりがつかなくなった。当時、セント・ジョン・ロング氏が患者のこめかみから水銀のような液体を採取するという驚くべき業をなし、「貴族ならびに紳士諸氏」[7]がそれを証言したというので、世間は騒がしかったのである。

トラー医師はある日、タフト夫人ににっこり笑いながら言った。「バルストロードは、自分にぴったりのリドゲイトという男を見つけましたね。信仰家のペテン師は、きっと別の種類のペテン師のことが気に入るんでしょうね」

「そうでしょうね、わかりますわ」タフト夫人はそう言っている間も、編み物の編み目の数が三十であることを忘れないようにしようと気をつけた。「いろいろな種類のペテン師がいますからね。そう言えば、チェシャー先生なんかも、全能の神様が曲がるようにお作りになった人たちの身体を、鉄の矯正道具を使って真っ直ぐにしようとしたのでしたね」

7　セント・ジョン・ロング（一七九八―一八三四）は偽医者で、一八三〇年十一月、殺人で有罪となった。「貴族ならびに紳士諸氏」は、イギリスの医学専門週刊誌『ランセット』（一八三一年二月二十六日）からの引用。

「いやいや」トラー医師は言った。「チェシャー君のしたことは、あれでいいんですよ——公明正大です。しかし、セント・ジョン・ロングなんかはね——ああいうのがペテン師なんですよ。誰も知らない方法で治療すると、宣伝するんですから。自分はほかの者たちよりも深い知識があるというようなふりをして、もてはやされたがっているやつですよ。先日も、あいつは患者の頭を叩いて水銀を取り出す真似をしていました」

「まあ、なんてことを！　人の身体をおもちゃにしているみたいで、恐ろしいわ」タフト夫人は言った。

このあと、リドゲイトは自分の目的のためならば、敬意を払うべき人体をも弄ぶような医者なのだから、彼が奇抜な実験をしようとすれば、病院の患者たちの間で大騒ぎになるにちがいない、とあちこちで考えられるようになった。タンカード亭のおかみが言うように、彼は遺体をずたずたに切り刻んでしまうかもしれない。というのも、リドゲイトが診ていたゴビー夫人は、症状ははっきりしなかったが、心臓病で亡くなったらしい。すると、彼は大胆にも、遺体を解剖させてほしいと、夫人の身内に許可を求めて、遺族たちを怒らせ、その噂がたちまちパーリ街の外まで広がったのである。夫人はこの街に長年住んでいて、収入もかなりある人だったので、彼女の遺体に対して、バークとヘア事件の犠牲者を連想させるような真似をするのは、彼女の思い出を汚すはなはだしい侮辱と思われた。

リドゲイトがドロシアに病院のことを打ち明けたとき、すでに事態はこの段階まで進んでいた。彼が人の敵意や誤解について気丈に耐えているのは、そうなった一因は彼がかなりの成功を収めてきたためであることが、わかっていたからである。

「ぼくは、追い出されたりしませんよ」彼はフェアブラザー氏の書斎で、打ち解けた調子で話した。「ここには、ぼくが最も関心のある目的を果たすためのチャンスがあるんです。家族に必要なものを買うぐらいの収入は得られるはずです。そのうち、落ち着いて暮らすつもりです。いまのところ、家庭と仕事をおろそかにしてしまうような誘惑もありませんしね。これまで研究してきたとおり、人体のすべての組織《ティシュ》はもと同質だということを証明できるはずだと、ぼくはますます確信を強めています。ラスパイユ[8]やほかの学者たちも、同じ考え方を取っています。ぼくはずいぶん時間を無駄にしてしまっていますね」

8　フランソワ・ヴァンサン・ラスパイユ（一七九四―一八七八）は、フランスの医者、化学者、急進的な政治家。

「その点については、ぼくには予知能力はありませんが」リドゲイトが話していた間、物思いにふけりながらパイプをふかしていたフェアブラザー氏は言った。「町の敵意に関しては、あなたが慎重にしておられれば、乗り切ることができるでしょう」

「慎重になんてできませんよ」リドゲイトは言った。「ぼくはただ、自分の目の前にある、すべきことをするのみです。他人の無知や悪意は、どうしようもありません。ヴェサリウスといっしょですよ。誰にも予想できないようなばかげた結論に、自分の行動を合わせるようなことはできません」

「そのとおりです。そういうつもりで言ったのではありません。ぼくが言いたかったことは二つだけです。ひとつは、できるだけバルストロードさんと距離を置くことです。もちろん、あの人の助けを借りて、立派なお仕事を続けられるのは、いいと思います。でも、縛りつけられてはだめですよ。たぶんぼくは、個人的な感情からこう言っているのかもしれません——個人的な感情が大いに混じっていることは確かです——ですが、個人的な感情が間違っているとはかぎりませんからね。それを煮詰めたものが印象ですし、そこから意見が生まれてくるわけですから」

「バルストロードさんは、ぼくにとってはどうってことのない人です」リドゲイトは気にかけずに言った。「仕事をもらえたことはありがたいですが。あの人と抜きさしならないぐらい結びつくっていうほど、ぼくはあの人のことが好きじゃないですよ。ところで、あなたがおっしゃろうとしたもうひとつのことは、何ですか？」とリドゲイトは言ったが、彼は自分の片足を心地よさそうに抱きかかえていて、さほど忠告が必要だとは感じていなかった。

「こういうことですよ。気をつけてください――〝経験者を信ぜよ〟[10]と言いますからね――金銭問題で身動きできなくなるようなことがないように。ぼくは、ある日あなたがふと漏らした言葉から、ぼくがお金欲しさにトランプに興じるのを、よく思っておられないということが、わかりました。その点では、あなたが正しいと思いますよ。しかし、たとえ少額でも、自分のものでないお金を欲しがるのは、避けるようにしてください。たぶん、こんなことを言うのは、余計なことだとは思います。でも人間は、自分のよくない例を挙げて、偉そうに説教したがるものなのですよ」

9　アンドレアス・ヴェサリウス（一五一四―六四）は、フランドルの医師で、近代解剖学の創始者。異端審問によって死刑の宣告を受けたが、執行停止となった。

10　原文は experto crede。ウェルギリウス（紀元前七〇―前一九）の『アエネーイス』第一一節より。

リドゲイトは、フェアブラザー氏がそれとなく言ったことを、素直に受け入れた。ほかの人から同じことを言われたら、耐えがたかっただろうけれども。彼は、自分が最近いくらか借金をしたことを、思い出さないわけにはいかなかった。しかし、それは仕方ないことだったし、いまや家のきりもりについては倹約につとめるつもりだった。借金して買った家具類は、取り換える必要がないだろうし、ワインの貯《たくわ》えも当分はもつだろう。

そのときには、さまざまな思いが彼を励ました——それは当然のことだった。価値ある目的のために熱意を燃やしている人間は、偉大な研究者たちのことを思い出すことによって、つまらない敵意に耐えていくことができるのだ。傷つきながらも自分の道を切り開いていった先人たちが、彼の心に守護聖人のように寄り添い、目に見えない援助を与えてくれる。フェアブラザー氏と話をした同じ日の夜、彼は家に帰って、物思いにふけるときのいつもの癖で、ソファーに長い足を伸ばし、頭の後ろで両手を組んで横になっていた。その間ロザモンドは、ピアノの前に座って、次々と曲を弾いていたが、夫には(求婚時代からそうだったが、音楽に聞き惚れているときの彼は象のようだった)、ただそれが快い海のそよ風のように自分の気分に調和している、という以外は、音楽のことは何もわかっていなかった。

このときのリドゲイトは、とてもいい表情をしていたので、いかにもこれから何かを成し遂げそうな男に見えた。黒い目や口元や額には、瞑想にふけっている人独特の静けさが漂っていた。心は何かを探しているのではなく、眺めているような様子で、眼差しはその奥にあるものによって満たされているような感じだった。

やがてロザモンドはピアノから離れて、ソファーの近くの椅子に、夫と向き合って座った。

「音楽はもうこんなところでよろしゅうございましょうか、ご主人様？」彼女は手を自分の前で重ねて、少しおどけた様子で従順そうに言った。

「うん、いいよ、君が疲れたのなら」リドゲイトは優しく言うと、彼女のほうへ目を向けてじっと見守ったが、それだけだった。その瞬間、ロザモンドの存在は、彼にとっておそらく湖に注いだスプーン一杯の水ほどのものにすぎなかった。彼女の女としての本能は、こういうことを見逃すほど鈍感ではなかった。

「何のことをそんなに考えていらっしゃるの？」彼女は身を乗り出し、顔を近づけて言った。

彼は手を伸ばして、優しく彼女の両肩にかけた。

「ひとりの偉大な男のことだよ。その人は三百年前に、いまのぼくと同じくらいの年だったのに、もうすでに解剖学で新しい時代を切り開いていたんだよ」

「誰のことかしら」ロザモンドは首を横に振りながら言った。「レモン女学院では、よく歴史的な人物の当てっこをしたけれど、解剖学者は出てこなかったわ」「教えてあげよう。ヴェサリウスっていう人だよ。彼が解剖学を学ぶには、夜、墓場や処刑場へ行って死体を盗んでくるしかなかったんだ」

「まあ！」ロザモンドは美しい顔に嫌悪の表情を浮かべて言った。「あなたがヴェサリウスでなくて、よかったわ。その人には、そんな恐ろしい方法でなくて、もっとましな方法はなかったのかしら」

「そうするしかなかったんだよ」リドゲイトは、彼女の答えにあまりかまわず、熱中して話し続けた。「絞首台から犯罪者の白骨を取って来ては、それをいったん埋めておいて、真夜中にこっそり少しずつ運んで、そのあとやっと完全な骸骨を組み立てることができたんだ」

「そんな人を英雄扱いしないでいただきたいわ」ロザモンドは、半ば冗談で、半ば心配するような調子で言った。「あなたは夜中に起きて、聖ペテロ教会の墓場に行きかねないんだから。ゴビー夫人のことでは、みんなずいぶん怒っているって、あなた、言っていたじゃないの。あなたには、もうじゅうぶん敵がたくさんいるのよ」

「ヴェサリウスもそうだったんだよ、ロージー。ミドルマーチの時代遅れの医者たちが、ぼくに嫉妬するのも、不思議はないよ。当時の最も偉い医者たちでさえ、ヴェサリウスを猛烈に批判したんだから。彼らはガレノスの学説を信じていたのに、ヴェサリウスがガレノスが間違っていることを示したものでね。彼らは、ヴェサリウスのことを、嘘つきだとか、怪物とまで言ったんだ。でもね、人体の紛れもない真実が彼の味方をしたから、彼はみんなに認められるようになったんだよ」

「それで、そのあと、その人はどうなったの?」ロザモンドは少し興味を覚えて言った。

「もちろん最後まで戦い続けたよ。あるときなんかは、迫害者たちに対する怒りのあまり、自分の書いたものまで焼いてしまったこともあったんだ。で、重要な大学教授の職に就くために、エルサレムからパドヴァ[11]に向かっているときに、船が難破して、非業《ひごう》の死を遂げたんだよ」

一瞬、黙ったあと、ロザモンドは言った。「ターシアス、あなたご存じかしら?私、あなたがお医者さんじゃなければよかったのに、と思うことがよくあるのよ」

「いや、ロージー、そんなことを言っちゃだめだよ」リドゲイトは、彼女を引き寄せ

11　イタリア北東部、ヴェニス西方の都市で、ガリレオが教えた大学の所在地。

て言った。「別の男と結婚すればよかったと言っているみたいだよ」

「別の人と結婚するなんて、考えたこともないわ。あなたは頭がよくて、何でもできる人よ。あなたなら、ほかの仕事だって、簡単にできたはずよ。クォリンガムにいるあなたの従兄弟たちはみんな、あなたが医者になったために、身分を落としたとお思いになっているのよ」

「クォリンガムの従兄弟たちが何だっていうんだ！」リドゲイトは軽蔑をこめて言った。「もしやつらがそんなことを君に言ったとしたら、ずうずうしいにもほどがある」

「でも」ロザモンドは言った。「お医者さんがいい職業だとは、私も思わないけれども」ロザモンドは言った。知ってのとおり、彼女はおとなしいけれども、自分の意見をあくまでも通そうとするたちなのだ。

「医者というのは、この世で最も崇高な職業なんだよ、ロザモンド」リドゲイトは真剣な態度で言った。「ぼくのことを愛していても、医者としてのぼくを愛さないというのは、桃を食べるのは好きだけれども、桃の味が嫌いだというのと、同じことなんだよ。そんなことは、もう言わないでくれ。ぼくが辛くなるからね」

「かしこまりました、真面目顔のお医者様《ドクター・グレイブフェイス》」ロザモンドは、えくぼを作って言った。

「これからは、こう宣言します。私は骸骨や、死体泥棒や、ガラス瓶漬けのものや、みんなとけんかをすることが、大好きですって。そのあげく、あなたは非業の死を遂げるのよね」

「いや、いや、そこまでひどくはないよ」リドゲイトは言い返すのはやめて、あきらめたように妻を優しく抱き寄せた。

第46章

好きなものが手に入らないから、手に入るものを好きになろう
――スペインの諺《ことわざ》

無事結婚して、病院の運営を指揮していたリドゲイトは、医療改革のためにミドルマーチと戦っているつもりだった。一方、ミドルマーチのほうでは、別種の改革のために国家的な闘争に巻き込まれて取り組んでいるという意識を、日増しに強めていた。ジョン・ラッセル卿の法案[1]について下院で討論されていたころ、ミドルマーチでは新しい政治の動きがあり、それぞれの政党の方針がはっきりしてきていたので、もしいま新たに選挙が行われたら、勢力のバランスに決定的な変化が生じる可能性があった。そうなることを早々と見越して、選挙法改正法案は現行の議会では通過しないと決めつける者もいた。ウィル・ラディスローはこの状況についてブルック氏に説明し

て、まだ選挙演説に立って力試ししたことがないのは幸運ですね、と言った。

「今年は彗星年のように、事態が急速に発展していくでしょう」ウィルは言った。

「選挙法改正の問題が起こったからには、一般大衆の気分も間もなく彗星のごとく熱を帯びていきますよ。近々、また選挙が行われるでしょうから、それまでにはミドルマーチの人たちも、もっと頭に考えを詰め込むことになるでしょう。だからいまぼくたちがしなければならない仕事は、『パイオニア』紙を発行して、政治集会を開催することです」

「そのとおりだ、ラディスロー君。われわれはここで新しい世論を作り出さなきゃならんね」ブルック氏は言った。「ただ、私は改革にはあまり関わりたくないんだよ。行き過ぎは嫌なんでね。ウィルバーフォースとロミリーの線には沿いたいと思っているよ。黒人奴隷解放とか刑法とか――まあ、そういうことはやりたいがね。といっても、もちろんグレイも支持するつもりだが」

「もし選挙法改正の方針に賛同されるのでしたら、その状況に対応できるようにして

1　ジョン・ラッセル卿（一七九二―一八七八）の選挙法改正法案は、一八三一年三月に議会に提出された。翌月に議会は解散した。

おかなければなりません」ウィルは言った。「もしみんながまちまちに好きなことを言い出したら、収拾がつかなくなりますよ」

「そうそう、そのとおりだ――私もまさにそう思うよ。私もそういうふうに考えたい。私はグレイを支持するよ。しかし、国の組織形態のバランスを変えたいとまでは思わないし、グレイだってそんなつもりはないだろう」

「しかし、国民が望んでいるのは、まさにそれなんですよ」ウィルは言った。「そうでなければ、いろいろな政治連合や、目的のはっきりしているそのほかの運動の意味もなくなってしまいますよ。国民は、下院のなかで地主階級から推薦された者の比重を軽くして、ほかの利益代表を増やしたいと思っているんです。それ以外の改革のために戦うというのは、すでに轟音をたてて落ち始めている雪崩《なだれ》に向かって、ほんの一部だけにしてくれというようなものですよ」

「うまいね、ラディスロー君。うまい表現だ。それを書き留めておいてくれ。国民感情についても資料集めを始めておいたほうがいい。機械の打ち壊しとか、社会全体の貧窮状態についてだけじゃなくてね」

「資料について言いますと」ウィルは言った。「二インチ四方のカードが一枚あれば、そこにじゅうぶん書けますよ。数字を数行書けば、起きている不幸はそこから推定できますし、それに数行書き加えれば、国民の政治的決意が固まっている割合が示せるでしょう」

「いいねえ。それをもう少し詳しく書いてみてくれたまえ、ラディスロー君。いい考えだ。『パイオニア』の記事にするといい。数字を示して、不幸を推定せよ、そしてさらにほかの数字を示して、推定せよ――とかいう具合にね。君は表現の仕方がうまい。バーク[2]ってところだな。バークのことを考えると、つい思ってしまうんだが、誰かが懐中選挙区《ポケットバラ》を持っていて、君にくれたらいいんだけれどもね、ラディスロー君。さもなければ、君が選挙で選ばれることはないだろうからね。議会ではつねに才能が必要とされるんだよ。改革があっても、才能はつねに必要だ。雪崩とか轟音とかねえ、バークっぽいよ。そういうのがいいんだよ――意見じゃなくてね、どう表現するかなんだよ」

「懐中選挙区はいいでしょうね」ラディスローは言った。「ただし、それがいつも

2　エドマンド・バーク（一七二九―九七）はホイッグ党の政治家、政治哲学者。彼は、知人から与えられた懐中選挙区で、国会の議席を得たことが、一度ならずある。「懐中選挙区」については、第二巻285頁の注7参照。

ちゃんと懐中にあって、手近にいつもバークのような才能のある人間がいれば、の話ですが」

ブルック氏から言われたお世辞にすぎないとはいえ、バークと比べられて、ウィルは悪い気はしなかった。自分は他人よりも表現が上手いと思っているのに、そのことに気づいてもらえなければ、気持ちとしては寂しいものだ。一般に、当然褒められてよいことでも、ちゃんと称賛されないという場合は多いので、愚鈍な人にちょっと褒められただけでも、時宜を得ていれば、結構励ましになるものだ。ウィルは、自分の文学的才能は高度過ぎて、ミドルマーチの人々にはたいてい気づかれないだろうと思っていた。にもかかわらず彼は、この仕事がすっかり好きになりかけていた。始めたころには、「まあ、しかたないか」と思いながら、何となくやっていただけなのだが。そして、かつて詩の韻律や中世趣味について研究していたときと劣らぬくらいの興味を持って、いまや政治状況について熱心に研究していた。ドロシアの近くにいたいという気持ちがなければ、そして、ほかに何をしたらよいのかわからないという理由がなければ、ウィルがいまごろイギリス国民にとって必要なものについて思いを巡らしたり、イギリスの政治家の資質について批評したりしていなかっただろうことは確かだ。おそらくは、イタリアかどこかをうろつきながら、劇の構想を立ててみたり、散文を書いてはこれは面白みがないと思ったり、詩を書いてはこれはわざとらしいと思ったり、古い絵をちょっとばかり模写してみてはこれではだめだと途中で投げ出したりしたあげく、まずは自分を磨くことこそが肝心なのだ、というような結論に達していたのではないか。政治に関しては、全般的に、自由と進歩に賛同していたことだろう。私たちの義務感というものは、往々にして、道楽気分に替わるような仕事、そして、自分の行動に責任があると感じさせられるような仕事が現れるまで、目覚めてこないものなのである。

ラディスローはいま、自分に割り当てられた仕事を引き受けたのだ。それはたしかに、彼がかつて夢見ていたような、どこまでも努力を続ける価値のある、漠然とした高貴なものではなかった。しかし、生活や行動とはっきり結びついたものを目の前にすると、彼は熱中するたちだったし、反骨精神に掻き立てられて、社会的意識を高めていったのである。カソーボン氏にローウィック屋敷から追い払われはしたが、彼は楽しく暮らしていた。というのも、新しい知識を、生き生きとしたやり方で、しかも実際的な目的のために、たくさん得ることができたからだ。そして、『パイオニア』紙の名をブラッシング辺りまで知らしめるというやり甲斐もあった（そんなものは狭い範囲にすぎないなどと言うなかれ。地球の隅々にまで達する書き物のほうが優れているとはかぎらないのだから)。

時々、ブルック氏にいらいらさせられることはあったが、ティプトン屋敷とミドルマーチの下宿との間を行き来することによって、気分転換もできたし、生活に変化をもたらすこともできたので、何とか我慢できた。

「きっかけさえあれば」彼は自分に向かって言った。「ブルックさんは内閣に入って、ぼくは次官になれるかもしれない。そういうことはよくある。小さな波が大きな波になっても、形は同じだ。カソーボンがぼくを仕込んでさせようとしていた生活よりも、ぼくにはここのほうがいい。彼の言うなりになっていたら、何をするにも前例に従わなければならなくて、堅苦しくてやっていられなかっただろう。名声も高い給料も、ぼくにはどうでもいいことだ」

リドゲイトも前に指摘していたように、ラディスローは一種のジプシーのような人間で、どの階級にも属していないことを、むしろ楽しんでいるようなところがあった。彼は自分の置かれた立場にわくわくしていたし、自分は行く先々で人々をびっくりさせているのだと思うと、面白かった。しかし、リドゲイトの家で偶然ドロシアに会って、彼女との間に新たな距離ができてしまったと感じたときには、そのような楽しい気分も揺らいだ。そして彼は、その苛立ちをカソーボン氏に向けた。カソーボン氏はウィルが身分を落とすことになるだろうと、前に言っていたが、もしこの予言を直接聞いていたら、ウィルは「ぼくにはもともと身分なんかないんだ」と言っていたところだろう。そして、一息の呼吸のように、さっと顔に血が上り、それが引いていくさまが、彼の透き通った肌をとおして見えたことだろう。しかし、反抗を好むということと、反抗した結果を好むこととは、別問題である。

一方、『パイオニア』紙の新しい編集者についての町の意見は、カソーボン氏の見方と大方一致していた。ウィルがこの偉い学者の縁者だということは、リドゲイトに身分の高い親戚がいるということとは違って、有利な紹介状としての効き目はなかった。ラディスロー青年はカソーボン氏の甥か従弟だという噂があったとしても、それと同時に「カソーボン氏はこの若者と縁を切ろうとしている」という噂も流れていたからである。

「ブルックがそいつを拾ったんだ」ホーリー氏は言った。「正気の人間なら、そういうことをしようと思うはずがない。カソーボンさんが教育費を払ってきた若者に対して、よそよそしくするからには、よほどの理由があるのだろう。いかにもブルックのやりそうなことだな。馬を売るときに猫を褒めるような見当違いのことをする人間なんだから」

また、ウィルは、多少詩人肌のところがあるという点でも、変わった人間だった。そこをついて、『トランペット』紙のケック氏がこう言ったことも、なるほどと思われた。ラディスローは、実は、ポーランドのスパイであるばかりではなく、ちょっと頭がおかしいというのだ。それは、彼が演壇に登ったとき、異常な早口でぺらぺらしゃべる様子を見ればわかる。彼は機会あるたびに話すが、ああいう流暢さは、堅実なイギリス人の場合には、ふつう感心されないものだ。あんな青二才が、顔のまわりに巻き毛を垂らして、「あいつがまだ揺りかごのなかにいた赤ん坊のころから存在していた」制度について、何時間も演説をぶつのを見ていると、ケックはむかついてくるのだった。ケックは『トランペット』紙の社説で、ある選挙法改正集会で行われたラディスローの演説について、「狂信者《エネルギューメン》によるこじつけ――無責任な発言を吐いてはいるものの、ごく最近のごく基本的な知識さえ欠如していることを、けばけばしい言葉で飾り立てて隠そうとする、あさましい努力」であると評した。

「昨日の記事は威勢がよかったね、ケックさん」とスプレイグ医師は、嫌みのつもりで言った。「でも、狂信者とは何のことだね?」

「ああ、あれは、フランス革命のときに使われるようになった言葉ですよ」ケックは言った。

　こうした危険な側面とは奇妙に対照をなす別の習慣が、ラディスローにはあり、それもまた人々の注目を引くようになった。彼は子供好きだったのである。それは、半ばは芸術趣味によるものだったが、半ばは彼の情愛深さから出たものだった。よちよち歩きの小さな子たちが微笑ましい服装をしていると、ウィルはついその子たちを驚かせたり喜ばせたりして面白がった。私たちも見てきたとおり、ウィルはローマでも、貧しい人々の間を歩き回るのが好きだったが、その好みはミドルマーチに来てからも変わらなかったのである。

　彼はいつの間にか、一風変わった子供の一団を集めていた。帽子もかぶらず、だぶだぶのズボンをはいて、擦り切れたシャツを出した小さな男の子たちや、目に降りかかった髪の毛を、頭を振って払いながら、彼のほうを見上げる女の子たち、七歳にして、早くも弟妹たちの世話をしているお兄ちゃんたち、といったメンバーである。彼は、この一団を引き連れて、木の実拾いの季節には、ハルセルの森を放浪することもあった。また、寒い季節になると、晴れた日に子供たちを連れ出して木の枝を拾い、丘の中腹の窪地で焚火をして、ジンジャーブレッドをご馳走してやったり、手作りの操り人形で、即興の人形劇をして見せてやったりした。これが、彼の風変わりな行動のひとつだ。もうひとつは、親しいつき合いをしている家で、敷物の上に寝転がって話をする癖があることだった。そこへたまたま訪ねて来て、この不作法な態度を見た人たちは、彼は危険な異国の血が混ざっていて、だらしない習慣のある人間だという偏見を、ますます強めるのだった。

しかし、党派が新たに際立ってきた結果、選挙法改正法案に賛成する側に回った家庭では、ウィルの記事や演説が好まれ、当然、彼は歓迎されるようになった。彼はバルストロード家にも招かれた。しかし、この家ではさすがの彼も図々しく敷物の上に寝転がる気にはなれなかった。バルストロード夫人は、ウィルがカトリック教徒の国々について話すときに、キリスト教の敵との休戦についてでも話すような口ぶりであるように思えて、こういうのが知識人の不健全さを示す例なのだろうと思った。しかし、フェアブラザー氏の家では――皮肉なことに、国政については、牧師はバルストロードと同じ側に立つことになった――ウィルは婦人たちに人気があった。ことに彼は小柄なミス・ノーブルのお気に入りで、こんな変わった光景が見られることもあった。通りで彼女が小さなバスケットを持っているところに出会うと、彼は町ゆく人の目も気にせず、腕を貸して彼女に付き添い、彼女が子供たちにやるために自分の分のなかから取っておいたお菓子を、いっしょに配って回るのである。

しかし、彼が最も頻繁に訪ねて、敷物の上に寝転がるのは、リドゲイトの家だった。

この二人はまったく共通点がなかったにもかかわらず、互いに気が合った。リドゲイトは不愛想ではあったが、怒りっぽいたちではないので、健康な人間が気まぐれな態度を取っているぶんには無視した。ラディスローのほうも、自分の感受性の豊かさを無視するような者に対して、わざわざ感受性の無駄遣いをするようなことは、しようとしなかった。他方、ロザモンドに対しては、ラディスローは不機嫌さを顔に出したり、気まぐれな振る舞いを見せたりすることがあった。それどころか、失礼な態度を取ることさえ珍しくなかったので、ロザモンドも内心驚いていた。にもかかわらず、彼は彼女の気晴らしのために、次第になくてはならない人となっていった。彼は音楽のお相手もしてくれるし、雑談の話題には事欠かないし、夫のように真剣に何かに没頭するというたちでもなかったからだ。夫は優しくて、何でも好きなようにさせてはくれるけれども、あまりにも仕事に打ち込み過ぎるその態度に、彼女は不満を覚えることもよくあった。そのため彼女は、ますます医者という職業が嫌いになったのである。

医者の病理学のレベルの低さについては気にしないのに、薬代が高ければ効果があるというような迷信じみた考え方をする人々に対して、皮肉っぽい気持ちになりがちなリドゲイトは、時おりウィルを相手に、厄介な質問をふっかけることがあった。三月のある夜、ロザモンドは白鳥の羽毛で縁取られた澄んだ明るい赤色のドレスを着て、お茶のテーブルについていた。外回りの仕事から疲れて帰って来たリドゲイトは、暖炉のそばの長椅子に横向きに座って、肘掛に片足をのせ、『パイオニア』紙のコラムに目を走らせながら、少し困ったような表情で額に皺を寄せていた。ロザモンドは、夫が不安げにしているのに気づいて、目を逸らし、自分が夫のように気分の変わりやすい人間ではなくてよかったと、内心思った。ウィル・ラディスローは、敷物の上に寝転がって、カーテンレールをぼんやり見つめながら、「君の顔を初めて見たとき」の歌の一節を、低い声で口ずさんでいた。その間、この家で飼われているスパニエル犬も部屋の一か所に寝転がって、前足の間から顔をのぞけて、敷物を占領している人間のほうを、声をたてずに敵意をこめて見ていた。

ロザモンドがティー・カップを持って行くと、リドゲイトは新聞を下に置いて、ウィルに言った。ウィルは起き上がって、テーブルのほうに向かっていたのである。

「ブルックさんのことを、改革に熱心な地主だと持ち上げても、無駄だよ、ラディスロー君。『トランペット』で、ますますあら探しされるばっかりだよ」

「かまわないよ。『パイオニア』を読む人は、『トランペット』を読まないからね」と言うと、ウィルはお茶を飲んで、部屋のなかを歩いた。「一般人は、自分の考えを変えるために、新聞を読むと思うかい？　もしそうだったら、魔女が酒を醸造するときの呪いの言葉を言わなくちゃならないな――混ぜて、混ぜて、混ぜて、混ざったら――[3]ってね。そうしたら、みんな、どちらの側についたらいいのか、わからなくなる」

「フェアブラザーさんは、機会がやって来ても、ブルックさんは選ばれないだろうと言っているよ。ブルックさんを推すと言っている人たちも、いざというときには、別の人を選ぶだろう、ってね」

「試すだけ試してみても、かまわないだろう。同じ土地から議員を出すことは、いいことなんだから」

「どうして？」リドゲイトは言った。人から嫌がられるこの言葉をぶっきらぼうに言うのが、彼の癖だったのだ。

「その土地がいかに愚かか、代表者がいるとわかりやすいからね」ウィルが巻き毛を揺らしながら笑った。「それに、地元ではできるかぎり行儀よく振る舞ってくれるだ

3　トマス・ミドルトン（一五七〇―一六二七）の劇『魔女』（一六一〇ごろ）の第五幕第一場より。シェイクスピアの『マクベス』第四幕第一場で、これに手を加え、ト書きとされた。

ろうからね。ブルックさんも、悪い人じゃないよ。自分の領地でもいいことを、いくつかやってきたが、議員になれるという餌がなければ、あの人だってそこまでしなかっただろうね」

「あの人は、公人には向かないよ」リドゲイトはばかにしたように決めつけた。「あの人を当てにしたりしたら、みんながっかりすることになる。病院の件を見ても、それはわかるよ。まあ、病院ではバルストロードさんが手綱を握って、あの人を動かしているけれどもね」

「それは、公人の基準をどう定めるかによるね」ウィルは言った。「今回の場合は、あの人でもじゅうぶん役に立つんだよ。いまのように、人々の考えが決まっているときには、必要なのは人じゃなくて――票さえあればいいんだ」

「それが、君たち政治評論家のやり方なんだね、ラディスロー君。ある法案のことを、それが万人を救済する方法であるかのように褒め称えてみたり、まさに治さなければならない病気の一部みたいな人間のことを、絶賛してみたりして」

「どうして、そうしちゃだめなんだい？　知らないうちに、病気を治してここから出て行ってくれるかもしれないじゃないか」ウィルは言った。彼は前もって考えていない問題についても、即座にその場で何か答えを見つけられる人間なのである。

「そんなことは、この法案に迷信じみたばかでかい希望を持たせて、それを丸ごと飲み込めとか、法案を通過させる以外には何もできないオウムみたいな人間に投票せよ、とかいうかけ声に加勢することの、口実にはならないよ。君は腐敗に反対していると言うが、社会の病が政治のごまかしで治せると人々に信じ込ませるほど、腐りきったものはないよ」

「お説、ごもっとも。しかし、君の言う、その治すってことも、どこかで始めなければならないわけだよ。国民の質を低下させる原因は無数にあるけれども、そういうものも、まずはこの選挙法改正から始めなければ、解決できないんだ。つい先日も、スタンレー[4]が言っていたじゃないか――議会はどの投票者が一ギニーで買収されたとか、されなかったとか、そういう小さな問題をずっといじくり回してばかりいるが、その一方で、議席の売り買いが大規模に行われていることが周知の事実になっている、とね。国民の代理人の知恵と良心に期待せよだって？　くだらない！　信頼できる良心とは、ひとつの階級での不正を国民全体が意識することしかない。役に立つ最良の知

4　エドワード・スタンレー、十四代ダービー伯（一七九九―一八六九）は、イギリスの政治家。一八三〇年から一八三三年まで、アイルランド担当大臣。

恵とは、複数の要求のバランスを取ることだね。これがぼくの題目だ——不当に扱われているのは、どっちの側かね？　ぼくは、国民の要求を支持する人間を支持するよ。不正を支持する有徳者じゃなくてね」

「特殊な場合について、そういうふうに一般論を言うのは、たんなる論点の回避じゃないか、ラディスロー君。ぼくは、一般論としては病気を治す薬はいいと思うが、それは、痛風には阿片がいいと言うのとは違うんだよ」

「いま問題にしていることに関しては、ぼくは論点を回避していないよ。問題は、いっしょに仕事をするうえで、まったく無傷で完璧な人が見つかるまで、何もするべきでないかどうかということだ。君は、そういうやり方でやっていくつもり？　もし医療改革をしてくれる人と、それに反対する人がいる場合、君は、どちらのほうの動機がいいかとか、頭がいいのはどっちか、なんてことを調べるのかい？」

「そりゃあ、もちろん」と言ったとき、リドゲイトは、自分がよく使う手のせいで、王手詰めにされてしまったことに気づいた。「身近にいる支持者といっしょに仕事をしなければ、行き詰まってしまうよ。でも、町で流れているバルストロードさんについての最悪の噂が、もし本当のことだとしても、ぼくがいちばん関心があって、やらなければならないと思っていることを、実行するための良識と決断力を、あの人が持っていることに変わりはない。ぼくがあの人と手を組んでいるのは、それだけのためだよ」リドゲイトは、フェアブラザー氏から言われたことを思い浮かべながら、誇らしげにつけ加えた。「その他の点では、あの人はぼくにとって、どうでもいい人なんだ。ぼくは、自分の個人的な理由で、あの人を褒め称えるようなことはしない——そんなことをする気は、さらさらないよ」

「それは、ぼくが何か個人的な理由のために、ブルックさんを褒め称えているという意味なのか？」ウィル・ラディスローはいらいらしながら、向き直って言った。彼は初めてリドゲイトに腹を立てた。自分とブルック氏とが親しくなった経緯について詮索されても、答える気はなかったが、それでもやはり腹が立った。

「そんなつもりで言ったんじゃないよ」リドゲイトは言った。「ぼくはただ、自分の取っている行動について説明しただけだ。特別な目的のためならば、動機や方針がはっきりしない人たちとでも、いっしょに仕事をしてもいいと思う。自分の個人としての独立がしっかり守れて、個人的な利益——つまり地位や金——のために仕事をしているわけではないと確信できるのならね」

「じゃあ、どうして君はその寛大さを、他人には示さないんだ？」ウィルは、まだ苛立ちが収まらずに言った。「ぼくの個人としての独立は、ぼくにとっては重要なんだよ。君の独立が君にとって重要なのと、いっしょでね。ぼくがブルックさんから個人的な利益を期待していると想像する理由は、君にはないだろう？　君がバルストロードさんから個人的な利益を期待していると想像する理由が、ぼくにないのと同じじゃないか。動機というのは、名誉の問題だと思うね——誰もそれを証明することはできないだろう。しかし、世間での金と地位という問題に関しては」ウィルはここまで言うと、頭を振り上げて続けた。「ぼくがその種のことを考えて、事を決める人間でないことは、はっきりしていると思うけれどもね」

「君はぼくの言ったことを誤解しているよ、ラディスロー君」リドゲイトは驚いて言った。彼は自分のことを弁解するのに夢中だったので、ラディスローが彼自身の立場でどう解釈するかなど、考えてみもしなかったのだ。「知らずに君に不快な思いをさせてしまって、悪かったよ。本当に君のことは、世間的な利益のことなんて眼中に入れない、小説に出てきそうな人だと思っているくらいだ。政治問題に関しては、ただ知的な偏りのことを言ってみただけのことだよ」

「今夜は、お二人とも、嫌な方たちね！」ロザモンドは言った。「どうしてお金の話が出てくるのか、私にはわかりませんわ。政治とお医者さんのことだけでも、喧嘩の種としては、じゅうぶん不愉快ですのに。お二人とも、この二つの話題に関しては、世間を相手に喧嘩したり、お互いに言い争いを続けたりしていらっしゃるといいわ」

こう言ったとき、ロザモンドはどちらの肩をもつでもなく、おだやかな表情をしていた。彼女は立ち上がって呼び鈴を鳴らし、部屋を横切って仕事机のほうへ行った。

「ごめんね、ロージー」リドゲイトは、妻が前を通りかかったとき、手を差し出して言った。「論争は、天使たちには楽しくないんだよね。音楽にしたらどう？ ラディスロー君にいっしょに歌ってもらったらいいよ」

ウィルが帰ったあと、ロザモンドは夫に言った。「どうして今晩は、ご機嫌が悪かったの、ターシアス？」

「ぼくが？ 機嫌が悪かったのは、ラディスロー君のほうだよ。彼はすぐに怒るからね」

「私が言っているのは、あの人が怒る前のことよ。部屋に入って来たときには、その前に何かあったみたいに、あなたは不機嫌な顔をしていたわ。そのせいで、ラディスローさんと言い合いになったのでしょ？ あなたにそんな顔をされると、私はとても辛くなるのよ、ターシアス」

「そんな顔をしている？ じゃあ、ぼくは嫌な男だね」リドゲイトは、悪かったというように、妻を優しく抱きしめた。

「何のことを怒っていらっしゃったの？」

「ああ、家のことじゃなくて——仕事のことだよ」

実は、それは家具代を支払うようにという督促状のことだった。しかし、ロザモンドは妊娠していたので、リドゲイトは妻には何も心配をかけたくなかったのだ。

第47章

真実の愛が、無駄になったことはない、
このうえもない真実の愛であることこそが、最高の報いだから。
どんな技法を使っても、これを作ることはできない。
自然の力によって育てられるものだから。
天で場所と時が定められたとき、
小さな自然の花が芽を出し、
根を下に伸ばし、芽を上に向けて、
天と地によって形作られるのだ。

ウィル・ラディスローがリドゲイトと例の議論をしたのは、土曜日の夜のことだった。その影響で、彼は自分の部屋に戻ってからも、夜中過ぎまでなかなか眠れなかった。ミドルマーチに住みついて、ブルック氏とつながりを持つようになった経緯について、自分がどのように考えていたのかを、またもやいらいらしながら振り返ってみた。もとより、このような一歩を踏み出すことには多少ためらいがあったので、いまでは、そんなことをしないほうがよかったのではないかと、誰かにちょっとでもほのめかされると、敏感に反応してしまうのだった。それで、リドゲイトに対してあんなふうにむかっ腹を立ててしまったのだ。いまでもまだ腹が立って、落ち着かなかった。自分はばかな真似をしているのではないか？　しかも、自分はばかよりはましな人間だということを、いまはいつも以上に意識しているつもりなのに。いったい何のために、こんな真似をしているんだ？

まあ、はっきりとした目的があったわけではない。たしかに、彼はさまざまな可能性についてぼんやりと考えていた。情熱と思考力を兼ね備えた人間なら誰だって、情熱の影響から思考してしまう。頭には希望で情熱が癒やされる情景や、恐怖によって情熱が苛《さいな》まれる情景が浮かぶ。こういうことは誰にだってあるが、人によってずいぶん違うものだ。そしてウィルは、「決まった道を行く」ような人間ではなかった。彼の進む先にはいくつも脇道があり、そこには彼が自分で選び取ったささやかな喜びがあった。そんなものは、本街道で馬を走らせる紳士にとっては、くだらない喜びにすぎなかったが。ドロシアに思いを寄せることに幸福を見出すのも、そうしたささやかな喜びの一例だった。ウィルがよくある下世話な想像をしているのではないか、すなわちドロシアが未亡人になったとき、それまでに彼女の心に関心を植えつけておいたら、再婚相手に選んでもらえると思っているのではないか、とカソーボン氏は疑っていた。しかし、ウィルはそんな想像に心を動かされたり、捉われたりすることはなかった。奇妙に思えるかもしれないが、それは事実だ。私たちは、「もしこうではなければ」というこの世の天国を想像しがちだが、ウィルはそんな空想の場面に身を置いて、それを追いかけていこうなどとは、思ってもみなかった。卑劣だと非難されるようなことは考えたくもなかったし、恩知らずだと言われないよう自分を正当化しなければならないことにすでに不安を感じていた。そればかりか、自分とドロシアの間には、彼女の夫の存在以外にも壁があるとうっすら自覚していたので、カソーボン氏の身に何が起こりうるかまで、想像する余裕がなかったのである。ほかにも理由があった。ウィルは、自分にとって大切な水晶のような存在に、傷がつくと考えるだけでも、耐えられなかった。彼は、ドロシアが自分を見て話すときの落ち着いた、こだわりのない態度に対して、苛立ちと同時に喜びを感じていた。そして、あるがままの彼女について考えることに、強烈な喜びを感じていたので、彼女を少しでも変えてしまうような変化など、望む気にはなれなかった。美しいメロディーが街頭で演奏されているのを聴きたいだろうか？　珍しい貴重な品――凝った彫刻が施され、一目見るのに苦労して、ようやくうっとりと眺めていた品――が、実はどこでも手に入るようなありふれたものだと知らされたら、たじろいでしまうのではないか？　私たちが何を良しとするかは、私たちの感情の質と幅によって決まる。ウィルのように、生活におけるいわゆる実質的なものには無関心で、より繊細な効力を発揮するものに強い関心を抱く人間にとっては、ドロシアへの想いを胸の内に秘めていることは、財産を持っているようなものだった。ほかの人たちなら実を結ばない情熱だと言いそうなことが、彼の想像力にさらなる喜びを与えたのだ。彼は自分の心に私心はないと感じ、これまで親しんできた高貴な恋愛詩で謳われていたことは事実であったと、自分の経験のなかで確認することもできた。ドロシアは、永遠に自分の魂のなかで玉座を占めるのだ、と彼は自分に言って聞かせた。ほかの女性は誰も、彼女の足元にも及ばない。彼女が彼の心に及ぼした効力を、もし詩の形で表し、不滅のものにできるなら、彼は昔の詩人ドレイトンの次のような詩に倣《なら》って、誇り高く歌ったであろう。

彼女があり余るほどの称賛を受けたおかげで、

のちの世の女王たちは、幸せに生きていけるだろう。[1]

しかし、歌った結果、どうなるというのか？　これ以外に、彼はドロシアのために何ができただろうか？　彼の献身は、彼女にとってどれほどの価値があっただろうか？　それはわからない。しかし彼は、彼女の手の届かないところへ行くつもりはなかった。彼女の知り合いのなかで、彼女が自分に対してほど心を許して話せる相手を、彼は見たことがなかった。彼女は以前、この土地に留まってほしいと、自分に言ったことがある。だから、自分はここに居続けよう。たとえ火を吐く竜が彼女の周りに不気味な音をたてながら迫ってきたとしても。

何かに悩んでも、ウィルはいつもこのような結論に達することになった。しかし、自分の決めたことを否定したり、それに反対を唱えたりしてしまうこともある。彼はしょっちゅういらいらしていた。たとえば今晩のように、ブルック氏を担ぎ上げて表立って努力していることが、自分が望んでいるほどには立派な行いに見られていない

1　イギリスの詩人マイケル・ドレイトン（一五六三―一六三一）のソネット集『イデアの鑑』（一五九四）より。女性の鑑となる人物を称えた詩の一節。

ことを外から指摘されると、いらついてしまうのだった。そして、それとも関連しているのだが、苛立ちの理由がもうひとつあった――ドロシアのために、自分がこうして恥も外聞もかなぐり捨てているにもかかわらず、彼女にめったに会えなかったことである。その結果、いろいろな不愉快な事実を否定できなくなり、自分の意にまったく反して、「ぼくはばかだ」と言わざるをえなくなるのだ。

とはいえ、心のなかの争いは、どうしてもドロシアを中心に展開していくので、結局はこれまでと同様、彼女の存在が自分にとってどれほど大切かということを、あらためて強く感じることとなった。突然、明日は日曜日だと思いつくと、ローウィック教会へ行って彼女に会おうと、心に決めた。そう考えて、ようやく寝ついたのだが、翌朝、冷静になって着替えをしていると、反対する声が心の内から聞こえてきた。

「そんなことをしたら、ローウィックに来るなというカソーボンの命令に公然と反抗することになる。そうしたら、ドロシアは嫌がるだろう」

「ばかなことを！」心の内の本心は反論する。「春の朝、美しい田舎の教会へぼくが出かけて行こうというのに、彼に邪魔されてたまるか。ドロシアだって、ぼくに会えれば喜ぶだろう」

「カソーボンはきっと、おまえが来たのは、自分への嫌がらせのためか、ドロシアに会うためだろうと思うだろう」

「カソーボンに嫌がらせをするために行くのでないことは確かだ。でもどうして、ドロシアに会いに行ってはいけないんだ？ カソーボンは何でも独り占めにして、いつも心地よくしていようっていうのか？ 彼にだって、人並みに、少しぐらい痛い目に遭わせてやればいい。ぼくはもともと、あの教会や会衆の古風な趣が好きなんだし。それに、タッカー家の人たちを知っているから、あの人たちの家族席に座らせてもらったらいい」

むちゃくちゃな論理を押し通して、反対の声を黙らせると、ウィルは天国への道を行くかのように、教会へと向かった。ハルセル共有地を横切り、森のはずれを通っていくと、芽吹きつつある枝々の間からは日光がさんさんと降り注ぎ、苔類や地衣類を美しく光らせ、茶色の土からは青々とした若草が萌え出ていた。すべてのものが、今日は日曜日だと知っていて、彼がローウィック教会へ行くことに賛成してくれているように思えた。自分の気分の邪魔をするものがないとき、ウィルはすぐに楽しくなってくる。そのころには、カソーボン氏を困らせるのも面白いかもしれない、というような強気になっていた。急に楽しげになった彼の笑顔は、水面に射した日の光のように、見ていて気持ちのいいものだった。その理由はあまり感心できるものではなかったが、とはいえ私たちはたいてい、自分の邪魔をする人間をうっとうしく思い、こっちが嫌な思いをさせられたのだから、そっちにも少しは嫌な思いをさせてやれ、というような気持ちになりがちだ。ウィルは小さな本を脇に挟み、両手をズボンのポケットに突っ込み、本は読むことなく、軽く歌を口ずさみながら、教会に出入りしたときに起こりそうな場面を想像していた。彼は、自作の詩を曲にしてみようとして、もとあるメロディーや、即興で作ったメロディーに合わせて歌ってみた。それは讃美歌向きの詩とは言えなかったが、彼の日曜日気分には、ぴったり合っていた。

ああ、わが愛の糧《かて》となる喜びの、
何という乏しさよ！
触れるものも、光も、ここにはなく、
影さえ消え去った。

夢に見る、身近な吐息、
心の内に響くその声。
わが想いは、われを愛しく思う人、

かの人がいる場所にある。
犯してもいない悪のために、
追われる身となって恐れ慄く。
ああ、わが愛の糧となる喜びの、
何という乏しさよ！

彼が帽子を脱いで、頭を振って反り返り、繊細な喉を見せながら歌っているとき、大気中に満ち溢れている春の精霊の化身のようにも見えた。さながら、新しい季節への不確かな約束を豊かに秘めた輝かしい生き物のようだった。

彼がローウィックに着いたときには、礼拝の開催を伝える教会の鐘がまだ鳴っていた。誰も来ていないうちに、彼は牧師補タッカーの家族席についた。会衆たちが集まっても、その一家の席にいたのは、まだ彼だけだった。牧師補の家族席は、小さな内陣の入口にあり、教区牧師の家族席の向かい側だった。ウィルは、会衆席にいる田舎者たちの顔を見回しているうちに、ドロシアが来ないのではないかという不安を覚えた。白塗りの壁に囲まれた薄暗い席に座っている人々の顔は、年をへてもほとんど変わりがないように見え、まるで年とともにあちこち枝が折れながらも、新しい芽を出している老木のような風情だった。フェザストーンの後継ぎリッグ氏の蛙のような顔は、この場にそぐわない奇妙なもののように見えた。この秩序の乱れを別とすれば、以前と同じく、ウォール家の人々と地元のポーダレル家の人々とは、隣り合わせの会衆席に座っていた。組合員サミュエルの頰には、相変わらず紫色の染みがあった。三世代にわたる礼儀正しい農家の人々は、偉い人たちに敬意を表する義務の念から来ていた。小さな子供たちは、カソーボン氏のほうを見て、この人が黒い法衣を着て、いちばん高い席にいるから、いちばん偉い人なのだ、だから、この人を怒らせたら、いちばん怖いのだ、と思っていた。一八三一年になっても、ローウィックは平穏そのものので、人々の心は、日曜日の厳かな説教を聞いても動かなければ、選挙法改正の話を聞いても搔き乱されることがなかった。集まった人々は、以前にもウィルを教会で見かけていたので、彼の姿に特に注目する者もいなかった。ただ聖歌隊の人々だけが、彼がいっしょに歌ったら目立つだろうと期待した。

ドロシアはついに、この古風な趣のある場に姿を現した。短い通路を歩いて来る彼女は、白いビーバーの毛皮のボンネットをかぶり、灰色の服を着ていて、バチカンで見かけたときと同じ装いだった。入って来たときから、彼女の顔は内陣のほうへ向けられていたので、近視の彼女にも、ウィルがいることが、すぐにわかった。しかし、彼の前を通り過ぎるとき、少し青ざめて、重々しくお辞儀をしただけで、ほかには彼女の感情の表れはなかった。自分でも驚いたことに、ウィルは急に居心地が悪くなり、互いに会釈したあとは、彼女のほうを見る勇気がなくなった。二分後に、カソーボン氏が聖具室から出てきて、家族席に入り、ドロシアの向かい側に座ったとき、ウィルは身体が完全に麻痺するような感じがした。彼は、聖具室の扉の上にある狭い桟敷に並んだ聖歌隊のほうを見たが、ほかには目のやり場がなかった。ドロシアはおそらく困っているのだろう。のこのこやって来た自分の失策だ。カソーボン氏を怒らせることなど、もう面白くもなんともなかった。たぶんカソーボン氏は、優越感をもってウィルのほうを眺め、ウィルが顔を向ける勇気もない様子を見ているのだ。どうして前もって、こうなることを予想できなかったのか？　タッカー家の人が誰かいればよかったのだが、四角い家族席に自分ひとりで座ることになろうとは、ウィルは予想していなかった。新任の聖職者が机についているところからすると、どうやらタッカー一家はローウィックから退散したらしい。自分はドロシアのほうを見ることもできない――いや、それどころか、自分が来たことを、ドロシアは無礼だと思っているのかもしれない。こういうことを予想できなかったとは、自分は何と愚かだったのだろう、とウィルは後悔した。しかし、檻のようなこの場所から、逃げ出すことはできなかった。ウィルはやむをえずあきらめてこの場に留まり、女性教師のような態度で聖書を見ていた。彼は、朝の礼拝がこれほど果てしなく長いものに感じたことはなかった。自分はなんてばかなのかと思うと、癇癪を起こしそうになり、惨めな気持ちになった。これが、ひとりの女性を見たいと想いこがれた結果なのだ。教会の事務員は、ラディスロー氏がハノーヴァー[2]の曲をいっしょに歌っていないのに気づいて驚いたが、彼はきっと風邪を引いたのだろうと思い返した。

　この朝、カソーボン氏は説教をしなかった。祝禱《しゅくとう》が唱えられ、一同が立ち上がるまで、ウィルは身動きできなかった。ローウィックでは、「偉い人たち」が先に退場するのが習わしだった。自分がかかっていた魔法を断ち切ろうと、ウィルは突如意を決して、カソーボン氏のほうを真っ直ぐ見た。しかし、カソーボン氏の目は、家族席の扉の取っ手に向けられていた。彼は戸を開けて、ドロシアに先に行かせ、目も上げず、すぐそのあとに続いて出て行った。ドロシアが家族席から出たとき、ウィルはドロシアと目が合った。彼女はまた会釈したが、今回は、動揺した表情を浮かべていて、涙をこらえているかのようだった。ウィルはそのあと外に出たが、彼らは振り返りもせず、墓地から低木の茂みへと通じている小さな門のほうへと歩いて行った。

彼らのあとについて行くことはできなかった。だからウィルは、今朝、希望に満ち溢れて歩いて来た道を、昼間に、悲しく引き返して行くしかなかった。彼にとって光は、心の内も外も、すっかり変わってしまっていた。

2　ウィリアム・クロフト（一六七八―一七二七）が作曲した讃美歌。

第48章

いつか黄金の時代は灰色に変わり、
もはや踊ることもなく、走ろうとしても空しいばかり。
白い髪が風のなかになびき、
こちらを見る顔は、みなやつれている。
つねにつかまろうとしながら、ゆっくりと振り返る――
嵐に吹きつけられて。

教会を立ち去ったとき、ドロシアが落ち込んでいたのは、何よりも、夫が頑として従弟と口をきくまいとしていたことがわかったからであり、また、ウィルが教会に来たために、むしろ彼と夫が疎遠になったことがますますはっきりしたためだった。ウィルが来たことは、彼女にとっては、当然のことに思えた。いや、それどころか、自分がつねに望んでいた和解へと、彼のほうから一歩近づいてくれた印であるから、嬉しいとさえ思った。もしカソーボン氏とこだわりなく会えるようになれば、また仲直りして、元通りの親しいつき合いができるようになるだろうと、たぶん彼も、自分と同様、想像していたのだろう。しかし、これで望みは消えたと、ドロシアは感じた。ウィルは、これまでよりもいっそう遠くへ追い払われたのだ。カソーボン氏は、自分が拒絶しているのに、ウィルにしゃしゃり出てこられて、ますます感情を害したのにちがいなかったからだ。

カソーボン氏は、今朝は体調が悪く、呼吸が苦しかったので、教会での説教は取り止《や》めにしたのだった。だから、昼食の間、彼がほとんど黙ったままでも、ドロシアは驚かなかったし、まして、彼がウィル・ラディスローのことに触れなくても、不思議はないと思った。自分からウィルの話題を持ち出すことは、彼女にはできなかった。日曜日の昼食と夕食の間は、たいてい夫婦で別々に過ごしていた。カソーボン氏は書斎でうとうとすることが多く、ドロシアはいつも私室にこもって、自分のお気に入りの本を読んでいた。張り出し窓のテーブルには、そのような本が積み重ねられていた。夫といっしょに勉強で読んでいたヘロドトスから、愛読書のパスカルやキーブルの『クリスチャン・イヤー』[1]に至るまで、いろいろな種類の本があった。しかし今日は、一冊一冊開いてみても、どの本も読む気にはなれなかった。何もかもわびしく感じた。キュロスが誕生する前の前兆や、古代ユダヤの遺物、宗教的な警句、大好きな讃美歌の聖なる響き――こういったものがみな、なぜか木材を打ち鳴らす音のように単調に聞こえてしまうのだ。午後の雲が気まぐれに太陽を隠してしまうと、春の花々や草までが、物憂げに震えているように見える。思考することが彼女の習慣となり、支えともなっていたが、その思考を唯一の伴侶としてこれから長い人生を歩んでいかねばならないのだというわびしさが、すでにそのなかに含まれていた。哀れなドロシアが切望しているのは、こんなものとは別の、もっと心を豊かにしてくれる伴侶のはずだった。そのような切望は、結婚生活によってたえず努力を強いられるうちに膨らんでいた。彼女はつねに、夫が望む妻になろうとしていて、あるがままの自分に夫が満足してくれるだけではだめだと思っていた。彼女が好んでいるものや、無意識のうちに欲しいと思うものは、彼女の生活から除外しなければならないように、いつも感じられた。彼女の好みや欲求が認められても、夫と分かち合えないのなら、否定されたも同然のように思えたからである。ウィル・ラディスローのことに関しては、最初から夫婦の間で意見の相違があった。そして、ウィルには財産をもらう権利があるというドロシアの主張を、カソーボン氏が強くはねつけたので、結局彼女としては、自分が正しくて夫が間違っていると確信しつつも、自分はなすすべもないという思いだけが残ったのだった。この日の午後は、無力感がひとしお強く、心が惨めに萎えてしまったように思えた。彼女は自分にとって大切と思える人で、その人にとっても自分が大切だというような相手がほしかった。日の光や雨のように、直接人のために役立つような仕事がしたかった。だのに、いま自分は、決して日の光を浴びることのないようなものを生み出すために、ぞっとするような労苦の仕掛けしかない墓穴も同然の場所に、住むことになりそうに思えた。今日彼女は、その墓の入口に立って、ウィル・ラディスローが彼女のほうを振り返りながら、血の通った営みと友愛の世界へと遠ざかって行くのを見た。

本は役に立たなかった。思考も役に立たなかった。日曜日だったので、馬車にも乗れなかった。最近、シーリアのところに赤ん坊が生まれたので、訪ねて行きたかったのだが。いまは、心の空虚さや不満からの逃げ場はなかった。ドロシアは、頭痛に耐えるようにして、自分の浮かない気分に耐えなければならなかった。

1　イギリスの説教者・神学者・詩人ジョン・キーブル（一七九二—一八六六）による讃美歌集（一八二七）。

夕食後、彼女がいつも朗読を始める時間になると、カソーボン氏は書斎へ行こうと言った。暖炉に火を入れて、灯《あか》りもついているので、とのことだった。彼は元気が戻って、集中して考え事をしているような様子だった。書斎に入ってドロシアが見ると、テーブルの上には、ノートの列がいつもと違った並べ方になっていた。彼はそのなかから一冊取り上げて、彼女もよく知っているそのノートを手渡した。それは、ほかのノート全部の目次だった。

「お願いがあるんだが」彼は腰を下ろしながら言った。「今晩は本を読む代わりに、鉛筆を持って、この目次を読み上げていってもらいたい。それで、私が『印をつけて』と言うところで、そのつど鉛筆で×印をつけてほしい。これは、私がずっと前から考えていたふるい分けの方法の第一歩なんだが、これを進めていけば、選別の原則が君にもわかってもらえるだろう。そうすれば、きっと君にも私の目的を理解して、研究に協力してもらうことができるように思うんだ」

カソーボン氏はもともと、ドロシアを仕事に介入させたがっていなかったのだが、リドゲイトと面談したあの忘れがたい日以来、彼は打って変わって、妻に興味を持って手伝ってもらいたい、というふうな態度に変わってきた。そういう兆しが、あれ以来おりおり見られるようになってきたのだが、今回の申し出もそのひとつだった。

彼女が目次を読み上げながら印をつけて、二時間たったとき、彼は言った。「そのノートを、二階の寝室に持って行こう——よければ鉛筆といっしょにね——夜も読んでくれるなら、この仕事が続けられる。君が嫌でなければ、いいんだが」

「私はいつだって、あなたがいちばん聞きたいと思っておられるものを、読みたいのです」ドロシアの言ったことは、本当だった。というのも、彼女は自分が何を読んでも、何をしても、夫は喜んでくれないのではないかと、恐れていたからである。

ドロシアの性格のなかに、周囲の者たちに強い印象を与える力があったからこそ、カソーボン氏は嫉妬心や猜疑心を抱きつつも、妻が約束を誠実に守り、自分が正しく最善だと思うことのために献身できる人間であると、暗黙のうちに信頼してきたのだ。最近彼は、妻のこのような性質を、自分の所有物のように感じて、独占したいと思うようになってきたのである。

就寝前の読書の時間になったが、若いドロシアは疲れていて、横になるとすぐ、ぐっすり眠ってしまった。彼女は光が射してきたような気がして、目が覚めた。はじめは、険しい山を登っていて、突如、夕日が見えたような感じがした。目を開けると、夫が暖かそうなガウンにくるまって、まだ燃えさしの残っている暖炉のそばで、肘掛椅子に座っているのが見えた。彼は二本の蠟燭に火をつけていた。それによってドロシアが目を覚ますだろうと思ったが、敢えて揺り起こしたくはなかったのである。

「お加減が悪いのですか、エドワード？」彼女はすぐに起き上がって言った。

「横になった姿勢では、気分がよくなかったものでね。しばらく、ここに座っていようと思う」彼女はガウンを羽織って、火に薪をくべて言った。「続きを読みましょうか？」

「そうしてもらえると、とてもありがたいよ、ドロシア」カソーボン氏は言ったが、丁寧な態度のなかに、いつもより素直さがあった。「目が覚めきってしまってね。頭が冴えているみたいだ」

「興奮しすぎると、お身体に障るんじゃないでしょうか」ドロシアは、リドゲイトの忠告を思い出しながら言った。

「いや、興奮しすぎているわけじゃない。考え事をするのは楽だ」ドロシアはそれ以上主張する気にはなれなかったので、一時間あまり、夕方と同じように目次を読み上げた。しかし、今度は前よりもページを繰るのが速くなった。カソーボン氏も、前より頭が冴えてきた。彼は、ドロシアがちょっと読んだだけで、その続きがわかるらしく、「はい、そこに印をつけて」とか「次の項目に進んで、クレタ島に関する二つ目の補説は省いて」とか言ったりした。ドロシアは、夫が何年もかけて這い回っていた土地を、まるで鳥が飛ぶようにさっと見渡している頭の働きの速さに、驚き入った。彼はついに言った。

「もうノートを閉じて。続きは明日にしよう。これまでずいぶん先延ばしにしてきたので、早く完成させたいんだ。私の選別方法の原則が、君にもわかっただろうか――序文で列挙した項目は、まだ概略を述べたにすぎないが、これからそのひとつひとつに、じゅうぶんかつ適切な例証を挙げていくんだよ。それがしっかりわかったかね、ドロシア?」

「はい」ドロシアは、びくびくしながら言った。彼女は胸が苦しかった。

「ここで、ちょっと休むことにしたい」カソーボン氏は言った。彼は横になり、灯りを消してほしいと頼んだ。彼女も横になり、辺りが暗くなって、暖炉の燃えさしのかすかな光しか見えなくなった。すると、彼は言った。

「眠る前に、ひとつ頼みがあるんだが、ドロシア」

「なんでしょう?」と言ったドロシアは、心に不安を覚えた。

「私が死んだら、私の願っていることを実行してくれるかどうか、よく考えたうえで、答えてほしい。私がやめてほしいと思うことはせず、私が望んでいることをしてくれるかどうか、ということをね」

これを聞いても、ドロシアは驚かなかった。これまでいろいろなことがあったので、夫が自分に新たな頸木《くびき》を負わせようと何か考えているのではないか、という推測はついたのである。彼女はすぐには答えなかった。

「断るというのかね？」と言ったカソーボン氏の声色は鋭かった。

「いいえ、まだお断りするとは言っていません」ドロシアも、はっきりした口調で答えた。自由を束縛されたくないという思いが、彼女の心の内にはあった。「あまりにも重大なことですから——自分が何に縛られるのかわからないまま約束をするのは、正しいことではないと思います。愛情に動かされてすることなら、約束なんかしなくたって、何でもしますけれども」

「でも、その場合、自分の判断でそうするわけだろう。私は、私の判断に従ってほしいと言っているのだ。それが嫌だと言うのかね」

「いいえ、そんなことはありません！」逆らうのが怖くなってひるんだドロシアは、懇願するように言った。「ですが、もう少し待って、考える時間を少しいただけませんか？　私は、あなたが楽になれるように、できることをしたいと、心から望んでいます。でも、いますぐ誓えと言われても——自分が何をするのかわかっていないのに、しますと誓うことなどできません」

「ということは、私がどういう性質のことを頼みたがっているのか、君は信頼できないわけだね」

「明日まで待ってください」ドロシアは懇願した。

「では、明日まで待とう」カソーボン氏は言った。

まもなく夫の寝息が聞こえたが、彼女はもう眠れなかった。夫の眠りを妨げないように、じっと横になっていようとすると、心のなかで想像が行きつ戻りつし、葛藤が続いた。夫は彼女の将来の行動にまで力を及ぼそうとしているが、それが研究以外のものに関わっているとは思えない。夫は、山のようなごた混ぜの材料を、ふるい分けることに献身してほしいと言うに決まっていた。しかし、あの材料は、あやふやな原則を、あやふやに例証するものにすぎないのだ。専門に関しては子供のように無知なドロシアにも、夫の生涯かけての大望であり、労苦の産物である『全神話解読』が信頼に足るものだとは、もう思えなかった。彼女はわずかしか教育を受けていなかったが、この件に関しては、彼女の判断のほうが夫の判断より正しかったとしても、不思議はない。彼が我欲のすべてを賭けて見込んだことを、彼女のほうは、先入観のない比較と健全な感覚とで見ていたのだから。いま彼女は、今後の日々や月々、年々を粉々のミイラのようなもの――廃墟を寄せ集めて作った伝説の断片――を振り分けながら過ごしている自分の姿を思い描いた。生まれたときから発育不全の弱々しい理論に、養分を与えるために、自分はそうした材料をこれから振り分け続けるのだ。勢いよく追求された、勢いのある誤りならば、真理が息づいていて、そこから芽が出ることも、たしかにあるかもしれない。結果的に誤りであったとしても錬金術は物質の探究には違いなかったので、それによって化学の魂を入れるための化学の肉体が準備され、ラボアジェ[2]が誕生するに至った。しかし、すべての伝統の種となる要素に関するカソーボン氏の理論は、自ら傷を負うことで、思いがけなく真実に行き当たるような性質のものではなかった。かつて音の類似を根拠とする語源学は有力とされたが、結局それは無理があるということがわかった。カソーボン氏の理論は、それと同じく実体がなく、何とでも言えそうな推測のなかを漂っているようなものだった。それは、激しい衝突を引き起こす論を立てる必要もなく、それによって試されることもないような解釈の方法だった。いわば伝説上のゴグとマゴグ[3]についての詳細な説明のようなものである。星を糸でつなぐ計画のように、何物にも妨げられることのない解釈法だった。人生を価値のあるものとするための高度な知識を共有するのではなく、こんな怪しげな謎解きの手伝いをさせられているのだと思うと、ドロシアは時々、うんざりするような苛立ちをこらえなければならなかった。なぜ夫が自分にすがりつくようになってきたのか、彼女にはいまその理由がよくわかった。彼の労苦が世に出せる形になるという希望は、いまや妻にのみ託されているというわけだ。はじめは、彼は自分のしていることを、妻にさえ詳しく知られたくないようだった。しかし、彼もまた人間であるがために、早くも忍びよってきた死の予感、次第に恐ろしい必要に駆られたというわけか？

自分自身の将来を哀れんでいたドロシアは、ここで夫の過去へ――いや、過去から生じてきた運命と苦戦している夫の現在へ、同情の念を向けた。孤独な労苦、自己不信の念に圧迫されて窒息しかけている野心、遠ざかっていく目標、重い身体。そしてついに、いまや頭上で剣が揺れているのが見える！　彼の生涯をかけた労苦を結実させる手伝いをするために、自分は彼と結婚したいと思ったのではなかったか？　ただ、その仕事はもっと偉大なものだと、彼女は思っていた。それ自体のために、献身する

2　フランスの化学者アントワーヌ＝ローラン・ド・ラボアジェ（一七四三―九四）は、近代化学の創始者と見なされている。

3　ハルマゲドン（世界の終末における善と悪との大決戦）で、サタンに惑わされて神の国に敵対した二つの国家（「ヨハネの黙示録」第二〇章第八節）。

だけの価値のある仕事だと思っていたのだ。たとえ夫の悲しみを和らげるためだとはいえ、踏み車を踏むように実りのない仕事をすることは、正しいことだろうか？　たとえ約束したとしても、そんなことができるだろうか？

だからといって、夫の頼みを断ることができるだろうか？「あなたの渇望を満たすことはお断りします」と言えるだろうか？　それは、生きている夫のためには、きっとしてあげるのに、死んだ夫のためには、してやらないというようなものだ。リドゲイトが言っていたように、夫があと十五年以上生きるとすれば、彼女は、夫を助け、夫に従いながら生活することになるだろう。

それでもやはり、生きている人のために尽くすのと、死んだ人に尽くすという無期限の約束をするのとでは、大きな違いがある。彼女がまだ抗議する自由も、拒む自由もないようなことを、彼が生きている間に要求することは、できないはずだ。しかし、まさかとは思いつつも、一度ならず彼女の頭をよぎる思いがあった——夫は、何か彼女が想像もできないようなことを、要求するつもりなのではないか？　だって、夫はその頼みの内容が何であるかをはっきり知らせないまま、それを実行することを、彼女に約束させたがっているのだから。いや、そんなはずはない。夫の心は仕事のことだけでいっぱいのはずだ。その目的のためにこそ、彼の衰えゆく命を、彼女の命によって引き延ばそうとしているのだ。

だのに、いま彼女が「いいえ、あなたが死んだら、あなたの仕事には指一本触れません」と言ったなら——その傷ついた心を、押しつぶすようなものだろう。

このように心を戦わせながら、横になったまま四時間ほど過ごすと、彼女は気分が悪くなってきた。決心がつかず、どうしていいかわからなくなり、黙って祈るしかなかった。ずっと泣きながらぐずっていた子供のように、力尽きて、明け方近くになって、彼女はようやく寝入った。目が覚めたときには、すでに夫は起きたあとだった。家政婦のタントリップは、旦那様は、お祈りの言葉も朝食も済ませられて、書斎におられますと言った。

「奥様が、こんなにお顔色が悪いのは、見たことがありませんよ」タントリップは言った。彼女はがっしりとした体格の女性で、ブルック姉妹がローザンヌにいたころから、お付きをしていた。

「私って、そんなに血色のいい顔だったことあるかしら、タントリップ？」ドロシアは、かすかな笑みを浮かべて言った。

「いいえ、血色がいいというわけではありませんが、チャイナローズのように、かすかに赤みが差しておられましたよ。でも、いつもあんな革表紙の本の臭いばかり嗅いでいらっしゃったら、当然ですわ。奥様、今朝は少しお休みになってください。奥様はご気分が悪くて、重苦しい書斎にはお入りになれないと、旦那様にお伝えしておきますので」

「いえ、だめよ。急がなければ。主人は私に特別な用事があるのよ」

階下へ降りて行ったとき、彼女は夫の願いを聞き入れる約束が、きっとできそうな気がした。でも、それは今日中なら、あとでもいいだろう——いますぐでなくても。

書斎に入って行ったとき、カソーボン氏は書物を並べたテーブルについていたが、振り返って言った。

「君が来るのを待っていたのだよ。今朝は、すぐに仕事を始めたいと思っていたんだが、なんだか気が進まなくなってきたよ。たぶん、昨日、興奮しすぎたせいだと思うが。植え込みを一回りしてこよう。風も穏やかなようだから」

「それがよろしいですわ」ドロシアは言った。「昨夜は、頭を使いすぎになられたのかもしれませんから」

「昨晩話したことに、決着をつけたいんだがね、ドロシア。もう答えてもらえるかね」

「私もあとで庭へ出ますから、そちらででもよろしいでしょうか?」ちょっと息をつく間が欲しかったので、ドロシアは言った。

「これから三十分ほど、イチイの並木にいるからね」そう言うと、カソーボン氏は妻を置いて出ていった。

ドロシアは、身体が弱りきったように感じ、呼び鈴を鳴らして、タントリップに何か羽織るものを持ってきてほしいと頼んだ。彼女は数分間、じっと座ったままだったが、もう昨夜の心の戦いを蒸し返すことはなかった。彼女はただ、自分の運命に対して、「はい」と言って従うしかないように感じていた。あまりにも心が弱っていたし、夫にひどい打撃を与えると思うと怖かったので、ただ言うなりになるしかなかった。彼女はじっと座ったままま、タントリップにボンネットを被らせてもらい、ショールを掛けてもらった。自分のことは自分でするたちのドロシアとしては、珍しく、人に任せっきりの態度だった。

「おかわいそうに、奥様」タントリップは、ボンネットの紐を結び終わると、この美しく優しい女主人に対して、もうしてあげられることがほかにないので、思わず愛情に突き動かされて言った。

こう言われて、張り詰めていたドロシアの心の糸は切れた。彼女は涙にくれながら、タントリップの腕に寄りかかってむせび泣いた。しかし、彼女はすぐに自制心を取り戻し、涙を拭いて、ガラスの扉から外へ出て、低木の植え込みのほうへ向かった。

「書斎にある本を全部積み上げて、あんたの旦那様のカタコンベ[4]を作ってあげたいわよ」タントリップは、執事のプラットが朝食室にいるのを見つけて言った。私たちも知っているとおり、タントリップは新婚旅行にもついて行き、ローマの遺跡も見学していたのだ。彼女は、他の使用人に話しかけるときには、カソーボン氏のことを「あんたの旦那様」以外の呼び名で呼ぼうとはしなかった。

プラットは笑った。彼は自分の主人のことを慕っていたが、タントリップのほうをもっと好きだった。

ドロシアは砂利道に出ると、手前の木立のなかに留まったまま、ためらっていた。前にもこういうことがあったが、それは別の理由からだった。あのときには、自分が協力しようと努力しても、ありがたがられないのではないかと恐れていた。いまは、そこへ行けば、気が進まないのに、無理やり協力させられることになると、恐れていたのだった。それを彼女に強いるのは、法律でも、世の中の考え方でもなく、夫の性質と彼女自身の同情心だった――結婚の現実の頸木ではなく、観念上の頸木が、そうさせるのだ。彼女には、状況のすべてが、手に取るようにわかっていたにもかかわらず、束縛されていた。自分にすがりついて懇願している傷ついた魂を、容赦なく打ち据えることが、彼女にはできなかった。もしそれが弱さだというなら、ドロシアは弱い人間だった。しかし、三十分たとうとしていたので、これ以上ぐずぐずしていられなかった。彼女はイチイの並木に入って行ったが、夫の姿は見えなかった。しかし、並木道は曲がりくねっているので、紺色のマントを羽織った夫の姿がそのうち見えるだろうと思って、彼女は歩き続けた。そのマントと暖かいビロードの帽子とが、夫が肌寒い日に庭を歩くときの外出着だった。夫はあずまやで休憩しているのかもしれないと、彼女は思いついた。あずまやは、道を少し逸れたところにあった。道の角を曲がったとき、夫が石のテーブルのそばで、ベンチに腰かけているのが見えた。テーブルに両腕をのせて、その上にうつ伏せになっている。紺色のマントが前に垂れて、顔が両側ともその陰に隠れている。

「昨夜、よほど疲れたんだわ」ドロシアは独り言を言った。最初は、夫が眠っているのだと思い、あずまやは湿っぽいから、ここで眠るのはよくないと考えた。しかし、最近、夫は彼女が本を読むのを聞きながら、これがいちばん楽だというように、同じ姿勢をしていたということを、思い出した。そういえば、夫は時々、こんなふうにう

4　地下墓地。ローマのカタコンベは、初期キリスト教徒の迫害時代には、避難所にもなった。

つ伏せになって、話をしたり聞いたりしていることもあった。彼女はあずまやに入って言った。「お待たせしました、エドワード。お返事いたします」

彼が気づかない様子なので、彼女は、夫がぐっすり眠り込んでいるにちがいないと思った。夫の肩に手を掛けて、彼女はもう一度「お返事いたします」と言った。それでも、彼は身動きひとつしなかった。彼女は突然、うろたえておののき、かがみ込んで、夫のビロードの帽子を取った。そして、夫の顔に頰をすり寄せて、悲しみの叫び声をあげた。

「起きてください、あなた、起きて！　聞いてください！　返事をしに来たのです」

しかし結局、ドロシアは返事をせずじまいになった。

その日、しばらくあとで、リドゲイトがドロシアの枕元に座っていた。彼女は、頭で考えたことをそのまま口にし、前夜、心に浮かんだことを思い出しながら、うわ言を口走っていた。彼女には、そこにいるのが誰かわかっていて、その名前を呼ぶこともできた。しかし、その人にはすべてを説明しなければならないと考えているような様子だった。そして、すべてを夫に説明してくださいと、何度も何度も頼むのだった。

「すぐに行くからと、主人に伝えてください。約束する準備はできていますから。ただ、そのことを考えるのが、怖かったのです――考えると、気分が悪くなったのです。

すごく気分が悪いというわけではありません。すぐによくなります。主人に、そうお伝えください」

しかし、夫の耳を包んでいた静寂は、ついに破られることはなかった。

第49章

このお方が持ち込んだのは、
呪文では解けない仕事。
井戸のなかに石を投げ込むことは簡単だが、
それを取り出すことが、誰にできようか?

「ドロシアさんには、このことを知らせたくないものですね」サー・ジェイムズ・チェッタムは、少ししかめ面をして、口元に強い嫌悪感を浮かべて言った。彼はローウィック屋敷の書斎で、暖炉の前の敷物の上に立ったまま、ブルック氏に話しかけていた。カソーボン氏が埋葬された翌日で、ドロシアはまだ床を離れられずにいた。

「それは難しいだろうね、チェッタム君。ドロシアは遺言執行人だし、こういうことには立ち入りたがるたちだからね――財産とか、土地とかいったことにね。自分の考えというものを持っているからね」ブルック氏は、神経質そうに眼鏡をかけて、手に持っていた折りたたんだ書類の縁をさわりながら言った。「ドロシアだって、きっとやりたいだろう――遺言執行人としての仕事をね。それに、この前の十二月で二十一歳になったんだからね。私が邪魔立てするわけにもいかないし」

サー・ジェイムズはしばらく黙って絨毯を見下ろしていたが、不意に目を上げ、ブルック氏のほうを見据えて言った。「どうしたらいいか、申し上げましょう。ドロシアさんが元気になるまでは、こういうことには近づかせないようにしておくのです。それで、動けるようになったら、うちに来てもらいましょう。シーリアや赤ん坊といっしょにいることが、あの人にはいちばんですよ。そうしているうちに、日がたちます。その間に、ラディスローを遠ざけてください。ここから出て行ってもらいましょう」こう言うと、サー・ジェイムズの顔は、また嫌悪感でいっぱいになった。

ブルック氏は両手を背の後ろに回して、窓辺に歩いて行き、身体を少し揺すりながら背を伸ばして言った。

「言うのは易しいことだがね、チェッタム君。言うのは易しいが」

「いいですか」サー・ジェイムズは、礼儀上、憤りを何とかこらえながら言った。

「彼をここへ連れて来たのは、あなたなんですよ。彼をここに引き留めたのもね――つまり、あなたが彼に職を与えたからなんですよ」

「そりゃそうだが、それなりの理由もないのに、いきなり辞めさせることはできんよ、チェッタム君。ラディスロー君は有能でね、本当にいい仕事をしてくれたのでね。彼をここへ連れてきたことは、この地方にとって有益だったと思っている――ここへ連れてきたことはね」ブルック氏は言い終わると、振り向いて頷いた。

「この地方が、彼なしではやっていけないとは残念ですね。そうとしか、言いようがありませんね。少なくともドロシアさんの義理の弟として申しますとね、彼がここに留まることに対して、ドロシアさんの身内が異を唱えるのは、しごく当然のことだと、ぼくは思いますがね。ぼくが、自分の妻の姉の品位に関わることについて、ひと言いう権利があることは、お認めくださいますよね？」

サー・ジェイムズは興奮してきた。

「もちろん、チェッタム君、もちろんだとも。しかし、君と私とでは考えが違う――違うんだよ」

「カソーボンさんの今回のやり口に関しては、違わないと思いますが」サー・ジェイムズは言葉を遮って言った。「あの男は、ドロシアさんの名誉を著しく傷つけたんですよ。これほど卑劣な、紳士らしからぬやり方はありませんよ。結婚するときに、相手の一族も承知のうえで作成した遺言状に、こんな補足書を追加するとはね。ドロシアさんに対する侮辱もはなはだしい！」

「まあ、カソーボンさんは、ラディスロー君に対しては、ちょっと気持ちがねじれたところがあったからね。その理由は、ラディスロー君から聞いたよ。ラディスロー君のやり方を嫌がっていたそうでね。ラディスロー君のほうでも、カソーボンさんの考えをいいと思っていなかったんだな――トトとかダゴン[1]とか、まあ、そういったことをね。それに、ラディスロー君が自立しようとしたことが、カソーボンさんには気に入らなかったんじゃないかな。気の毒に、カソーボンさんは本の世界にこもっていて、世の中のことがわからなかったんだね」

「ラディスローがそういうふうに言いたいのなら、それはそれで結構ですが」サー・ジェイムズは言った。「カソーボンさんは、ただドロシアさんのことで、ラディスローに嫉妬していただけだと、ぼくは思いますよ。でも世間は、ドロシアさんが嫉妬

1　トトはエジプトの知恵、学問の神。ダゴンは、ペリシテ人が崇拝する半人半魚の主神で、豊饒の神。

されるだけの理由を作ったと思うでしょう。ぼくにはそれが実に不愉快なんですよ。ドロシアさんの名前とこの若造の名前が結びつけられるなんてね」

「まあ、チェッタム君、たいしたことにはならないよ」ブルック氏は腰を下ろし、また眼鏡をかけながら言った。「みんな、カソーボンさんが変人だったせいだろう。ところで、この『カソーボン夫人用の梗概一覧表』とかいう書類だが、遺言書といっしょに机の引き出しに鍵を掛けてしまってあってね。あの人は、自分の研究をドロシアに出版させるつもりだったんじゃないかな？　ドロシアはやるだろうね。夫の研究には、ずいぶん入れ込んでいたんだから」

「いいですか」サー・ジェイムズはいらいらしながら言った。「そんなことは、どうでもいいことです。問題は、あなたもぼくと同じく、ラディスローに出て行ってもらったほうがいいとお考えかどうか、です」

「まあ、そんなに急ぐこともないだろう。そのうち、そういうことになるかもしれないがね。噂についてはだね、彼を追い払ってみたところで、人の口に戸は立てられないからね。世間の人は、言いたいことを言うからね。正確な出所のないことでもね」と言っているうちに、ブルック氏は自分の望みに関わることのほうへ頭が回り出した。「ある程度は、ラディスロー君との関わりを断つことができるかもしれない。『パイオニア』の仕事を取り上げるとかね。しかし、本人が望んでいないのなら、ここから追い出すなんてことはできないよ——本人が望んでいないのならね」

ブルック氏は、去年の天候についてでも論じているかのように、落ち着いた調子で、自分の我を通し、そのあと満足げに頷いた。どうしようもない頑固さだった。

「何ですって！」サー・ジェイムズは、めったにないほど激しい調子で言った。「職をあてがってやればいいじゃないですか。そのために金をかけたっていいですよ。植民地総督の随行員なんかはどうですか？ 知り合いのグランパスなら採用してくれるかもしれない。なんならフルクに手紙を書いてもいいですよ」

「しかし、ラディスロー君を、牛かなんぞのように船に乗せて運ぶわけにもいかんでしょ。ラディスロー君にはラディスロー君の考えがあるんだから。私が思うに、もし彼が明日、私と手を切ったとしても、ますますこの地方で彼の噂を聞くことになりかねないんじゃないかな。あれだけ弁が立って、書類を作成する才能なんかもあるんだから、政治運動家として彼に太刀打ちできる人間は、そうそういないでしょう——政治運動家としてね」

「政治運動家《アジティター》ねえ！」サー・ジェイムズは苦々しい思いで強調した。この言葉を正確に発音して繰り返したら、いかにそれがいまいましいことかが、じゅうぶん暴露できるとでも思っている様子だった。

「無理を言わないでほしいな、チェッタム君。いま、ドロシアの話をしているんだよ。君の言うように、できるだけ早くシーリアのところへ行かせたほうがいい。お宅に置いていただくことにしよう。そのうちに事も落ち着くだろう。そんなに慌てて騒ぎ立てるのはやめておこう。弁護士のスタンディッシュもこの件は内々にしておいてくれるだろうし、それが知れるころには、いまさらどうということはなくなっているだろう。ラディスロー君をここから連れ出すようなことも、いろいろ起こるかもしれないし——別に私が何もしなくたってね」

「ということは、あなたは何らかの手を打つことを、拒否なさるということですね?」

「拒否だって、チェッタム君? いや、拒否するとは言っていないよ。ただ、どうしたらいいかがわからないだけなんだ。ラディスロー君は紳士だからね」

「それは、それは!」サー・ジェイムズは、苛立ちのあまり、少し我を忘れた。「カソーボンさんが紳士でなかったことは確かですが」

「まあ、あの人がドロシアにいっさい再婚させまいとして、遺言補足書を作成したのだったら、もっと悪かっただろうけれどもね」

「それはどうでしょうね」サー・ジェイムズは言った。「むしろそのほうが、これほど下品ではなかったかもしれません」

「カソーボンさんの気まぐれの表れだね！　発作で、頭が少し変になっていたのだろう。あんなこと書いたって、何にもならないのに。ドロシアは、ラディスロー君と結婚したいなどとは思っていないのだからね」

「しかし、この遺言補足書は、ドロシアさんが結婚したがっていると、みんなに思い込ませるように書かれていますよ。ぼくはドロシアさんに関して、そういうことはいっさい信じませんがね」サー・ジェイムズはこう言うと、眉をひそめた。「しかし、ラディスローは怪しいもんです。率直に言いますとね、ラディスローは怪しいですよ」

「だとしても、私にはすぐにどうこうすることはできないよ、チェッタム君。実際、追い出すことができたとしても――ノーフォーク島[2]かどこかに送ることができたとしてもだね――訳を知っている人たちには、ますますドロシアの立場が不利に見える。それではまるで、私たちがドロシアを信頼していないみたいに思われるよ――信頼し

2　オーストラリア領の小さな島。一七八八―一八五五年はイギリスの流刑植民地。

ていないみたいにね」

ブルック氏の言い分ももっともだったが、サー・ジェイムズは気が収まらなかった。彼はこれ以上言い争うつもりはないというように、手を伸ばして帽子を取ったが、まだ興奮が収まらない様子で言った。

「ぼくが言えることはこれだけです。ドロシアさんは、以前にも一度、結婚の相手選びのさい、周囲の不注意のために、犠牲になったのです。今度はぼくが義弟として、ドロシアさんをできるかぎり守りますよ」

「まずはドロシアを、できるだけ早くフレシット屋敷に行かせるのが、いちばんだね、チェッタム君。私はその計画に全面的に賛成だよ」と言ったブルック氏は、議論に勝ったので、ご機嫌だった。この時期にラディスローと手を切るのは、彼にとっては実に不都合だったのである。議会の解散はいつ起こるともしれなかったし、有権者たちには、どうしたら国益が最も守られるかという道筋をわからせなければならなかった。ブルック氏は、自分が自ら議員になることで、この目的が果たせるものと、本気で思っていた。彼は、誠心誠意をこめて、自分の知力を国家に捧げようとしていたのである。

第50章

「こちらのロラード派[1]のお方が、何か説教をしてくださるそうです」

「とんでもない、やめてくれ」

船乗りは言った。「ここで説教はやめてもらいたい。

福音の注釈を述べたり、教えを説いたりさせるな。

われわれはみな、大いなる神を信じている。

異説を広められるのは、ごめんだ」

――チョーサー『カンタベリー物語』、「船乗りの前口上」より

1 十四―十五世紀にジョン・ウィクリフ（一三三〇ごろ―八四）の教説を信奉した人々。宗教改革の先駆となった。

ドロシアがフレシット屋敷に滞在して一週間近くは、特に彼女が危なっかしい質問をすることもないまま、無事過ぎた。毎朝彼女は、温室に面した、二階のとびきり美しい居間に、シーリアといっしょに座って過ごしていた。シーリアは、白とラベンダー色を取り合わせた、スミレの花束のような色合いの服を着て、赤ん坊の動作を、いちいち驚きながら見守っていた。これまでに親としての経験がないシーリアには、動作の意味がよくわからないので、そのつど会話を中断しては、どう解釈したらいいのか乳母の教えを請うていた。ドロシアは、喪服を着て傍らに座っていたが、シーリアには、その表情が悲しすぎるように思えて、心外だった。赤ちゃんがこんなに元気いっぱいだというのに。しかも、生きていたときにあんなに退屈で厄介だった夫が、そのうえ――いや、これ以上は言えないが――もちろんサー・ジェイムズはシーリアにはすべて話してあって、ドロシアにはやむをえないときが来るまでは、決してそのことを知らせてはいけないと、堅く口止めしておいたのだった。

しかし、ブルック氏の予言どおり、ドロシアは自分にすべきことがあるのに、いつまでもおとなしくしていられるような人間ではなかった。彼女は、結婚の時点で作成された夫の遺言書の内容を知っていた。だから、自分の立場をはっきり意識するようになるとすぐ、自分がローウィック屋敷の所有者としてすべきことについて、じっくり考え始めた。後任の牧師を推薦する役割も、そのうちに含まれるのだ。

ある朝、いつものように訪ねて来た伯父は、珍しく活気に溢れていたが、その理由は、すぐにも議会が解散されるのは確実だ、と言った本人の口ぶりから、ありありとうかがわれた。ドロシアは言った。

「伯父様、ローウィックの後任牧師にどなたになっていただくか、そろそろ考えなければならない時期なんです。タッカーさんが余所《よそ》で牧師になられたあと、主人からは、自分の後任として候補に挙げたい人がいるという話を、聞いたことがありません。私が鍵を持ってローウィックへ行って、主人の書類を全部調べてみるべきだと思うんです。主人が何を望んでいたのか、手掛かりになるようなものが、何か見つかるかもしれませんから」

「急ぐ必要はないよ」ブルック氏はそっと言った。「そのうち、気が向いたときに行けばいいから。机や引き出しは、私もざっと見ておいたが、何もなかったよ。学問的な奥深いこと以外はね。あと、遺言書しかなかったよ。そのうちやればいいんだよ。後任牧師に関しては、すでに志願者がいてね。まあいいんじゃないかな。タイクさんのことを強く推す人がいてね。前にも、あの人の就職のために世話をしたことがあるんだが。十二使徒のような人でね。君にはぴったりだと思うよ」

「伯父様、私、タイクさんのことをもっとよく知ったうえで、自分で判断したいと思います。もし主人が、特に自分の希望を書き遺していなければですが。遺言書に何か補足があるんじゃないでしょうか――私宛てに何か指示があるかもしれません」ドロシアは言った。彼女は夫の仕事に関して、頭のなかでずっとそのような推測をめぐらしてきたのだった。

「教区牧師の件は、何も書いていなかったよ――何もね」と言うと、ブルック氏は帰ろうとして立ち上がり、姪たちに手を差し出した。「研究についても書いていなかったよ。遺言書には、何もね」

ドロシアの唇は震えた。

「さあさあ、まだこういうことは考えなくていいよ。そのうちでいいからね」

「私はもう大丈夫です、伯父様。私、何かやりたいのです」

「まあ、そのうちにね。しかし、私はもう行かなきゃならない。いま際限なく仕事があってね。危機的状況なんだ――政治的危機ということだけれどもね。といっても、ここにはシーリアと坊やがいて、君はもう伯母さんで、私は、まあ、お祖父さんといったところだな」ブルック氏は落ち着いて言ったが、内心早くその場を去りたいと思っていた。ドロシアが何もかも調べたいと主張しても、この自分のせいではないということを、チェッタムに言わなければ、と焦っていたからだ。

伯父が部屋から出て行くと、ドロシアは椅子に深く座り込み、組み合わせた手を見下ろしながら、じっと考え事をしていた。

「ほら、ドードー！　この子を見て！　こんな様子、見たことある？」シーリアは、いつもながらの呑気なぽつぽつとした調子で話した。

「キティ、何て？」ドロシアは、上の空のように目を上げながら言った。

「何がって、ほら、この子の上唇よ。こんなふうに唇を下げて、まるで顔をしかめているみたい。不思議ねえ！　この子にはこの子の考えがあるのかしら。ばあやがここにいたら、聞けたのに。この子を見てよ」

ドロシアが目を上げて微笑もうとしたとき、しばらく目に溜まっていた涙が頬を伝って流れた。

「そんなに悲しまないでよ、ドードー。赤ちゃんにキスしてやってちょうだい。何をそんなにくよくよしているの？　お姉さんは、できることは何もかもしたじゃない、しすぎるくらいに。もう楽しく暮らしてよ」

「サー・ジェイムズに、ローウィックまで馬車で連れていっていただけないかしら。すべてに目を通したいの――私に宛てて書かれたものが何か残っていないか、調べてみたいのよ」

「リドゲイト先生がもういいと言われるまで、行ってはだめよ。先生はまだいいとはおっしゃっていないでしょ（あら、ばあや、赤ちゃんを連れて行って、回廊を歩きながらお守りしてちょうだい）。それに、お姉さんは、またいつもの癖で、勘違いをしているのよ、ドードー。私にはそれがわかるから、いらいらしてくるのよ」

「どこが勘違いなの、キティ？」ドロシアは素直に言った。いままでは、自分よりもシーリアのほうが賢いと、進んで認める気になっていたので、自分はどういう勘違いをしているのだろうかと、本当に心配になってきたのだ。シーリアは、自分のほうが優位に立っていると思っていたので、その立場を利用することにした。ドードーのことを自分ほどよく知っている者はいないし、姉の扱い方を自分ほど心得ている者はいないと思っていたからだ。赤ん坊が生まれてから、シーリアは初めて、自分は考え方もしっかりしていて、落ち着いた分別のある人間だということを、知ったのである。とにかく、赤ん坊のいるところでは、物事がうまくいく。間違いというのは、釣り合いを保つためのそういう中心となる力が欠けているせいで起こるのだ、ということは確かだ。

「お姉さんが何を考えているのか、私にはよくわかるわ、ドードー」シーリアは言った。「カソーボンさんの生前の望みで、何かしなければならない嫌なことがあるんじゃないか、お姉さんは、それを確認したいんでしょ？　いままでさんざん嫌な思いをなさったのに、まだ足りないといわんばかりね。でもカソーボンさんに、そこまでしてあげる必要はないのよ。そのうちわかるだろうけれども。あの人、ひどいことをしたのよ。ジェイムズはすごく怒っていたわ。心の準備のためにも、お姉さんに言っておいたほうがいいかもしれないわね」

「シーリア」ドロシアは、頼み込むように言った。「何のことなの？　気をもませないで、早く言ってよ」夫は、財産を自分にではなく、誰かほかの人に譲ろうとしたのではないかという思いが、さっと頭をかすめた――そんなことは、たいしたことではないと、彼女は思った。

「あのね、カソーボンさんは、遺言書に補足書を付けたのよ。財産を全部お姉さんから取り上げようとしたのよ、もしお姉さんが再婚を――つまり」

「それがどうだって言うのよ」ドロシアは激しい勢いで、言葉を遮った。

「再婚相手がラディスローさんだった場合には、というのよ。ほかの人じゃなくてね」シーリアは、根気強く平静さを保って言った。「もちろん、ある意味では、どうってことないわね。お姉さんは、ラディスローさんと結婚する気はないでしょうから。でも、だからこそ、カソーボンさんはひどい人だということになるのよ」

ドロシアの顔と首にさっと血が上り、痛々しいほど赤くなった。しかしシーリアは、酔いから覚まさせるためによかれと思って、事実という薬を投与したのだった。この一服で、これまで姉の健康にあれほど害を与えてきた考え方を、やめさせることができるだろう。シーリアは、赤ん坊の服についてでも話しているように、淡々と話し続けた。

「ジェイムズはそう言っているわ。実に不愉快で、紳士にあるまじきことだって。ジェイムズの判断はいつだって正しいのよ。まるでカソーボンさんは、お姉さんがラディスローさんと結婚したがっていたと、世の中の人たちに思わせたかったみたいじゃない。ばかみたい。ただ、あれは、ラディスローさんがお金目当てでお姉さんと結婚しようとするのを邪魔するためなんだって、ジェイムズは言っているけれども、それだって、まるでラディスローさんが、お姉さんに求婚しようと考えているとでもいうみたい。カドウォラダーの奥様は、それならいっそ、白マウスをペットに飼って暮らしているとかいうイタリア人と結婚したほうが、ましなんじゃないかって、おっしゃっていたわ！」シーリアはまったく声の調子を変えずに「ああ私、すぐに赤ちゃんのところへ行って、様子を見なくちゃ」とつけ加えると、軽い肩掛けを羽織り、軽い足取りで歩いていった。

このときには、ドロシアの上気は冷めていて、また力なく椅子に身を投げかけた。この瞬間の経験は、自分の命が新しい形を帯びつつあるというような、ぼんやりとした狼狽させせられるような感覚に譬えることができたかもしれない。自分が変身《メタモルフォーシス》を遂げつつあり、新しい器官の動きに記憶が追いつかないという感じである。すべてのものの様相が変わってきた。夫の行動、忠実な妻として夫に仕えようとする彼女自身の気持ち、夫婦間の衝突のひとつひとつ――さらには、ウィル・ラディスローと彼女との関係全体が、様相を変えてきたのである。彼女の世界は痙攣を起こしたように変動しつつあった。彼女が自分に向かってはっきり言えたことは、ただひとつ、焦らず落ち着いて、よく考え直さなければならないということだった。自分のなかに起こったひとつの変化が、まるで罪のようで、彼女には怖かった。亡き夫に対して激しい嫌悪感を覚えて、ぎょっとしたのだ。夫は本心を隠していたが、妻の言うことなすことをすべて曲解していたのだろう。すると、自分のなかにもうひとつの変化が起きたことを意識して、彼女はおののいた。突然、ウィル・ラディスローに対して、奇妙な思慕の念を覚えたのだ。どんな事情があろうとも、彼が自分の恋人になりうるとは、彼女は一度も想像したことはなかった。それなのに、別の人間が、ラディスローのことを、そんなふうに見ていたのだ。もしかしたら、ラディスロー本人も、そういう可能性に気づいていたのかもしれない。こういう新事実が突然明らかになったのだから、彼女の心にどんな影響があったか、考えていただきたい。しかも、それとともに、まずい状況や、簡単には解決しない問題などが、目の前にわっと押し寄せてきたのだから。

時間がかなりたったようだった。どれくらいたったのかはわからなかったが、シーリアがこう言っているのが聞こえた。「それでいいわ、ばあや。坊やは私の膝の上でおとなしくしているでしょうから。食事をしに行っても結構よ。使用人のギャラットに隣の部屋に来るように言っておいてちょうだい」ドロシアが椅子に寄りかかって、おとなしく話を聞きそうな様子であることに気づくと、シーリアは続けて言った。「ねえドードー。カソーボンさんって意地悪な人だと私は思うわ。私はどうしてもあの人のことが好きになれなかったし、ジェイムズもそうだったのよ。口元が、すごく意地悪そうな感じだったわ。それで、今回はこんな仕打ちまでしたんだから、お姉さんも、これ以上堅苦しく喪に服している必要ないと思うわ。あんな人、いなくなって、ありがたいわ。お姉さんも、感謝してもいいぐらいよ。私たちは悲しみませんよねえ、坊や？」シーリアは赤ん坊に向かって内緒話をするように言った。赤ん坊は、自分が世界の中心となって平衡を保っているという自覚はないようだったが、握った手は、爪の先まで完璧ですばらしく、髪の毛も生えそろっていたので、帽子を取ると——何と言うか——西洋風のブッダといったところだった。

この急場に、リドゲイトの来訪が告げられた。医者がドロシアに会ってまず言ったのは、こんな言葉だった。「奥様、今日はあまりお加減がよくないようですね。何か興奮なさったのですか？　脈を測らせていただきましょう」ドロシアの手は、大理石のように冷たかった。

「姉は書類を調べるために、ローウィックに行きたいって言うんです」シーリアは言った。「まだ、だめですよね？」

リドゲイトはしばらく黙っていた。それからドロシアのほうを見て、言った。「ぼくには何とも言えません。奥様にとっていちばん心が休まることをなさればいいと、ぼくは思います。何もしてはいけないと言われれば心が休まる、というものでもありませんから」

「ありがとうございます」ドロシアは気力を奮い起こして言った。「たしかに、それが賢明だと思います。私には頑張ってしなければならないことが、たくさんあるのです。こんなところで、うだうだしていてはいけませんね」そう言ったあと、自分が興奮した理由とは関係のないことを思い出そうとして、出し抜けにつけ加えた。「リドゲイト先生は、ミドルマーチの人なら、どなたのことでもご存じですよね？　これからいろいろと教えていただくことになると思います。いま、やらなければならないことのなかに、ローウィックの聖職禄をどなたかにお渡しするという、大切な仕事があるのです。タイクさんをご存じでしょうか、それから――」ここまで言うのが精一杯で、ドロシアは言葉がつまり、わっと泣き出した。

リドゲイトは、彼女に気付け薬をひとくち飲ませた。

「カソーボンの奥様には、好きなようにさせてあげてください」彼は屋敷を去る前に、面会の約束をしていたサー・ジェイムズに言った。「奥様に必要なのは、どんな薬よりも、完全に自由になることだと思います」

夫の死後興奮状態にあったドロシアに付き添っていたので、リドゲイトは、彼女の生活のなかで何が辛いかについて、正しい結論を引き出すことができたのだった。彼女はきっと、自己抑制の緊張と葛藤に苦しんできたのだろう。ひとつの檻から解放されたのに、いままた別の檻に閉じ込められているように感じてしまうのではないか、と彼は考えたのである。

サー・ジェイムズは、遺言に関する不愉快な事実のことを、シーリアがすでにドロシアに話してしまったと知ったので、リドゲイトの忠告に従うことに迷いはなかった。もういまとなってはしかたがなかった。必要な仕事の処理を、これ以上先延ばしにしなければならないという理由もなかった。そこで翌日、ドロシアにローウィックまで馬車で連れていってほしいと頼まれたとき、サー・ジェイムズは即座に応じた。

「いまのところは、あそこに住みたいとは思いません」ドロシアは言った。「そんなこと、耐えられそうもありません。フレシットのお屋敷で、シーリアといっしょにいるほうが、幸せです。ローウィックでしなければならない仕事についてだって、遠くから離れて見たほうが、頭がよく働くかと思います。そのあとは、ティプトンで伯父といっしょにしばらく暮らして、以前歩いた道を歩いてみたり、村の人たちとおつき合いしたりしたいのです」

「まだ、それは早いんじゃないですか。伯父様には政治絡みのおつき合いもあるので、そういうものには近づかないほうがいいですよ」とサー・ジェイムズは言ったが、そのとき彼の頭のなかでは、ティプトン屋敷と言えば、まずはラディスロー青年が出入りする場所としてしか浮かんでこなかったのだ。しかし、遺言書のなかの由々しい部分については、彼とドロシアの間でひと言も交わされなかった。実際、そんなことは、二人の間で口にできることではないという思いが、両者にあった。サー・ジェイムズは、不快なことを話題にするのは、相手が男であってさえ、気恥ずかしいというたちだった。ドロシアのほうでも、その件に触れるとすれば、言いたいことがひとつあったのだが、それを言うと夫が不公平だということを晒すことになるので、いまは口にするわけにもいかなかった。しかしドロシアは、ウィル・ラディスローには財産を要求する事実上の権利があるということについて、自分が夫と言い争ったことを、本当はサー・ジェイムズに知ってもらいたかった。そうすれば、夫があんな格好の悪い但し書きを付けたのは、この財産権に対して強く反発していたことが主な理由であって、話しづらい個人的な感情だけのせいではないということが、彼女自身にはっきりしているのと同様に、サー・ジェイムズにもわかってもらえるのではないか。それに、ウィルのためにも、このことを知ってもらいたいという気持ちが、ドロシアにはあった。そうでなければ、自分の周囲の人たちは、ウィルのことを、カソーボン氏から哀れみで施しを受けた者としてしか見ないだろうから。なぜウィルは、白マウスを飼って暮らしているイタリア人などに比べられなければならないのか？　カドウォラダー夫人が言ったというこの言葉は、暗闇のなかで悪戯《いたずら》で描かれた戯画のように思えた。ローウィックでドロシアは、机や引き出しのなかなど、夫が個人的な書き物を保管していそうなあらゆる場所を探してみたが、彼女宛ての書類は、あの「梗概一覧」以外には、何も見つからなかった。妻の手引きとなるようにいろいろ指示を書き遺すつもりでいたのだが、まだ書き始めたばかりで、この梗概はおそらくその最初の部分なのだろう。自分が苦労して続けてきた仕事を、ドロシアに形見として譲り渡そうとするときにも、いざ実行する段となると、カソーボン氏はやはりほかのときと同様、ためらいながらぐずぐずしていたのだ。自分が仕事をするときにはいつも、何かにまとわりつかれながらうす暗い道をのろのろと歩いているような感じだったが、仕事の内容を妻に伝えるさいにも、それと同じような圧迫感を覚えたのだ。彼が準備したものをまとめる能力が、妻にあると信用していたわけではないが、誰かほかの編集者に任せるのは、もっと信用できない。結局、彼はドロシアの気質を頼りにするしかなかった。彼女はいったんしようと決意したことは、やる人間だ。彼の名が刻まれた墓碑を建てるかのような約束に縛られて、妻がせっせと励んでいる姿を想像するのが、彼には快かった（ただしカソーボン氏は、将来世に出る著書を墓碑と呼んだわけではなく、『全神話解読』と呼んでいたのだが）。しかし、月日に追いつめられ、彼の計画はついに手遅れになってしまった。間に合ったのは、あの約束を求めることだけだった。死んでもなお冷たい手でドロシアの生活をつかんで離すまいとするための、あの約束を。

その手はつかみ損ねてしまった。同情心から出た誓いに縛られて、骨の折れる仕事を引き受けることなら、彼女にもできただろう。たとえ、夫への忠誠に身を捧げるという目的以外には何の役にも立たない仕事だと、内心わかっていたとしても。しかしいま、彼女の判断力は、従順な献身的な思いに縛られることなく、活発に働き始めた。自分の過去の結婚生活には、秘密と猜疑心による反目が潜んでいたのだとわかると、腹立たしくなってきたからだ。彼女の目の前には、もはや彼女の同情を呼び起こす、生きて苦しんでいる人の存在はなかった。自分が信じていたよりも程度の低い考えしか持っていなかった夫に、自分は痛ましくも服従してきたのだという追憶があるのみだった。夫は、法外な要求をして、自分自身の評判を大切にする気持ちすらなくしてしまい、ふつうの名誉心を持った人たちさえもびっくりさせるようなことをして、自らの誇りを傷つけてしまうような人間だったのだ。絆が断ち切れた印となる財産に関して言えば、彼女は喜んでそんなものから解放されたかった。もともと自分に分与された財産以外は、何もほしいとは思わなかった。ただし、それを所有する権利に、しりごみするような義務が付随していなければ、であるが。この財産に関しては、多くの厄介な問題が持ち上がっていた。その半分はウィル・ラディスローのものとすべきだという自分の考えは、間違っているだろうか？　いまとなれば、自分が正しいと思うことを行動に移すことも、できなくはないのではないか、と彼女は思った。夫は彼女にそれをさせないために、残酷なまでに効果的な手段を講じたのだ。夫に対して腹のなかは煮えくり返っていても、夫の目的をこれ見よがしに無視するような行動に出るのは、彼女は気が引けた。

調べたかった仕事の書類を集めたあと、彼女は机と引き出しに鍵をかけた。妻だけに宛てた言葉はまったく見当たらなかった。夫がひとりで考え込んでいたとき、言い訳にせよ説明にせよ、妻に心を開いたことがあったという跡形は、どこにも見当たらなかったのである。夫が最後に困難な要求を突きつけ、妻を傷つけてまで自分の力を行使しようとしたことに関しては、沈黙に閉ざされたままなのだ。このような思いを抱きつつ、彼女はフレシット屋敷に帰って行った。

ドロシアは、まずは目の前にある義務について集中しようとした。そのうちのひとつは、周囲の者たちも彼女に思い出させようとしていたことだった。リドゲイトは、彼女が聖職禄に言及したことを耳聡く捉えて、できるかぎり早くこの話題をふたたび持ち出した。自分が前に、病院付き牧師を決めるさい、良心に背いて投票してしまったことがあるので、それを償う機会になるのではないかと思ったからである。

「タイクさんについてお話しする代わりに、別の人物をご紹介したいのです」彼は言った。「フェアブラザーさんという人で、聖ボトルフ教会の牧師なんです。この人は給料がわずかしかなくて、ご自身やご家族が生活していくために、ずいぶん切り詰めておられるんです。お母さんと叔母さん、お姉さんといっしょに暮らして、皆さんを養っておられるのです。そのせいで、結婚もできないようです。あんなに立派な説教をする人を、ぼくはほかに知りません。明快でわかりやすくて、感銘深い説教なんですよ。あの人なら、セントポール十字架教会で、ラティマー[2]の後継者として説教することだってできたでしょう。どんな話題についても、この人が話すと面白いんです。独創的で、飾らず、わかりやすい話をされますので。優れた人物で、もっともっといろいろな仕事のできそうな人だと思います」

「どうして、その方はもっと仕事をなさらないんですか？」ドロシアは言った。やろうとしていたことができなかったという人には、誰にでも関心があったのだ。

「難しい質問ですね」リドゲイトは言った。「物事がうまく運ぶようにするのは、ずいぶん難しいということを、ぼくも知っています。さまざまな要素が同時に引っぱり合いますからね。フェアブラザーさんは、向かない職業を選んでしまったと、時々漏らしています。あの人は、貧しい牧師止まりではなく、もっと広い範囲で活動したいのだと思います。でも、引き立ててくれる知り合いも、彼にはいないのでしょうね。博物学とか、科学方面の分野に興味があるんですが、そういう趣味と自分の牧師としての立場とを、うまく折り合わせることができないんです。余分のお金もなくて、生活費もかつかつなんです。そういうわけで、トランプの賭け事に手を出すようになって。ミドルマーチでは、ホイストが流行っていますからね。お金のために賭け事をして、よく勝つようです。もちろん、そのせいで、ちょっと堕落した人たちともつき合うことになり、だらしなくなっている面もあります。それでもやっぱり、全体として見れば、ぼくの知るかぎり、あの人ほど申し分のない人はいません。悪意も裏表もない人です。外面はもっとちゃんとして見えても、こういう欠点を持ち合わせている人は多いものですが」

「そういう賭け事の習慣について、その方は良心の痛みを感じておられるのでしょうか」ドロシアは言った。「それをやめたいと、思っていらっしゃるのでしょうか」

「豊かな土壌に植え替えられたら、きっとそんなことはやめたいと思っているにちがいありません。ほかの仕事に時間を使えたら、喜ぶでしょうね」

「伯父は、タイクさんは十二使徒のような人だそうだと、申しておりました」ドロシ

2　ヒュー・ラティマー（一四八五－一五五五）は、イギリスの宗教改革を指導した説教家。異端者として火刑に処せられた。

アは物思いにふけりながら言った。彼女は原始キリスト教時代のような熱意を回復できたらいいのに、と思う一方で、フェアブラザー氏を賭け事の習慣から救い出したいとも、強く願った。

「ぼくは、フェアブラザーさんが十二使徒のような人だと言うつもりはありません」リドゲイトは言った。「あの人の立場は、十二使徒の立場とはまったく違うものです。あの人は、教区民たちといっしょに暮らしながら、彼らの生活をよくしようとしている牧師にすぎません。実際のところ、いまの時代に使徒的とはどういうことかと言えば、牧師が主役になれないことは何でも気に入らないという態度を指すんじゃないでしょうか。病院でのタイクさんの態度には、そういう面が見られます。あの人の教義は大部分、相手に自分の存在をいやというほどわからせるために、みんなを締め上げようとすることから成り立っています。それに、ローウィックに使徒的な人物が合いますかね？　その人物は、聖フランチェスコがやったように、鳥に向かって説教するようなつもりにならなければならないですね」

「そのとおりですね」ドロシアは言った。「そんなお説教を聞いて、農家の人たちや労働者たちがどんな考えを持つようになるのか、想像できません。タイクさんの説教のご本に目を通したことがありますが、ああいうお説教は、ローウィックでは役に立たないだろうと思います。キリストの正義を信者に帰することや、[3]ヨハネの黙示録にある預言についての話なのですから。キリスト教を伝えるには、いろいろな教え方があると、私はいつも考えています。キリスト教の有り難みが広がるような方法が見つかると、私はこれこそ本物だと思って、いつもすがりついてしまいます。つまり、何でもよいものを取り入れて、できるだけ多くの人たちとそれを分かち合う方法ということですが。咎《とが》めすぎるよりは、許しすぎるほうがいいに決まっています。とにかく私、フェアブラザーさんにお目にかかって、一度お説教を聞いてみたいですわ」

「そうなさってみてください」リドゲイトは言った。「聞いてみれば、きっとよくわかりますよ。あの人のことが大好きだという人もいますが、敵も多いようです。自分とは考えが違うという理由だけで、有能な人間が許せないという人もいますからね。賭け事をするというのは、何といっても汚点になりますしね。もちろん、奥様はあまりミドルマーチの人たちとお会いにならないでしょうが。でも、ラディスロー君は――彼はいつもブルックさんに会っていますよね――フェアブラザーさんのところのお年寄りたちと大の仲良しだそうですよ。彼ならきっと、あの牧師さんのことを喜

3 新約聖書の「ローマ人への手紙」第四章第六節。

んで褒め称えると思いますよ。お年寄りのひとりで、牧師さんの叔母さんのミス・ノーブルという人は、無私無欲を絵に描いたようないい人なんですが、ラディスロー君は時々このご婦人のお供をしているようです。ぼくも一度、裏通りで二人に出会ったことがあります。ラディスロー君の顔はご存じですよね――上着とチョッキを着たダフニス[4]といったところですね。この小柄な老婦人が彼の腕にすがりついている様子を見ると、まるで二人は恋愛喜劇《ロマンチック・コメディー》から出てきたみたいでしたよ。しかし、フェアブラザーという人を知るには、本人に直接会って話を聞いてみられるのが、いちばんだと思います」

この会話が交わされたとき、幸いドロシアは私室に独りでいて、ほかに誰も同席していなかったので、何も知らないリドゲイトがラディスローの話をしても、彼女は気まずい思いをせずにすんだ。リドゲイトはいつも人の噂話のことが頭に残らないたちだったが、今回も彼は、ウィルはカソーボン夫人のことを慕っているようだ、と言った妻の言葉をすっかり忘れていた。このときは、どう言えばフェアブラザー一家のことをよく思ってもらえるかということだけで、頭がいっぱいだったのだ。そして、牧師に関していちばん欠点となることを、わざと強調しておいて、反対されないように先手を打っておいたのだ。カソーボン氏が亡くなって以来数週間たっていたが、彼は最近ラディスローには会っていなかった。そしてリドゲイトは、ブルックが懇意にしている秘書の話題を、カソーボン夫人の前で出すのはまずい、と警告するような噂を耳にしていなかった。リドゲイトが帰ったあと、彼が描いてみせたラディスローの姿が、ドロシアの頭から離れなかったので、ローウィックの聖職禄をどうするかという問題に、なかなか集中できなかった。ウィル・ラディスローは、彼女のことをどう思っているのだろうか？　彼女の頬をかつてなかったほど熱くさせたあの事実について、彼も耳にすることになるのだろうか？　そう思いつつも、彼女の目には、彼が小柄な老婦人をにっこりしながら見下ろしている姿が浮かんでくるのだった。白マウスを飼って暮らしているイタリア人とは、何とひどい言い方だろう！　それどころか、彼は誰の心のなかにも入っていける人なのだ。そして、重苦しい気持ちを取り払ってくれる人なのだ。自分の考えを押しつけて、鉄のように重い圧迫を加えたりせずに。

4　ギリシア神話に登場するシチリアの羊飼い。ヘルメスの息子で、妖精たちに育てられ、牧神から笛の吹き方を教わった。牧歌の創始者とされる。

第51章

党派もまた自然である。

論理的に見ても、両者が一致していることがわかるだろう。

ひとつのなかに多くがあり、多くのなかにひとつがある。

「すべて」は「いくつか」と違い、「いくつか」は「どれも」とは違う。

属には種が含まれ、いずれも大きくかつ小さい。

ある属は最高級で、ある属は低級である。

各々の種には、それぞれ差異がある。

これはあれではなく、彼はあなたではない。

とはいえ、これとあれは「賛成」し、あなたと彼は一対一、三対三というように似かよっている。

カソーボン氏の遺言書についての噂は、まだラディスローの耳には届いていなかった。世の中は、議会の解散と来《きた》る選挙の話題で持ちきりだった。昔の祝祭や縁日に、旅回りの見世物の呼び込みで騒がしかったときのように、個人的な騒音はかき消されてしまった。名高い「酒抜き選挙」[1]が間近に迫っていたが、この選挙では、世間一般の熱意の度合いが、酒の消費量の低下によって測られるとも言えた。ウィル・ラディスローは、この時期に最も多忙な人間のひとりだった。ドロシアが未亡人になったということは、たえず彼の頭のなかにはあったけれども、これに関する話を聞きたいとは、さらさら思っていなかった。だから、リドゲイトがラディスローを探し出して、ローウィックの後任牧師の件で何があったかを話そうとしたとき、ラディスローは不機嫌そうに答えた。

「どうしてぼくをそんな問題に関わらせるのかな？　ぼくはカソーボン夫人には会っていないし、会うこともないと思う。あの人はいまフレシット屋敷にいるからね。ぼくはあそこには行かないよ。あそこはトーリー党を支持しているから、ぼくとか『パ

1　この選挙は、酒を飲ませて有権者を買収することがなかったため、こう呼ばれた。結果的に、国民の関心は低かった。

イオニア』なんぞは、銃を持った密猟者なみに歓迎されないはずだからね」

実はウィルは、ブルック氏が以前はやたらと自分をティプトン屋敷に来させたがっていたのに、最近はできるだけ来させまいとしていることに気づいて、神経質になっていたのだ。これは、サー・ジェイムズ・チェッタムが怒りの抗議をしたことに対する、ブルック氏流のごまかしの譲歩だった。ウィルは、この方面に関しては、わずかなほのめかしにも敏感だったので、自分はドロシアのためにティプトン屋敷から遠ざけられることになるのだろうと思い至った。ということは、彼女の周囲の者たちは、彼のことを疑いの目で見ているのか？　そんな疑いは無用だ。彼が金に困っている山師のように、金持ちの女性に取り入ろうとしているのだと想像しているのなら、勘違いもいいところだ。

いままでウィルは、自分とドロシアの間に溝があることが、よくわかっていなかった。いま初めて、彼はその溝の際まで来て、彼女が溝のあちら側に立っていることに気づいたのである。心のなかに怒りが湧き上がってきて、もうこの土地を出て行こうかと、彼は考え始めた。これ以上ドロシアに関心を示したら、不愉快な汚名を着せられることは免れないだろう。もしかしたら、彼女さえも疑っているのかもしれない。周囲が躍起になって彼女に歪んだ見方をさせようとしているのだから。

「ぼくたちは永久に引き裂かれているんだ」ウィルは言った。「ぼくがローマにいたとしても、これほど彼女がぼくから遠ざかってしまうことはないだろう」しかし、私たちが絶望と呼ぶものは、たんに満たされない希望を求めるあがきにすぎない場合が多い。この土地から出て行くべきではない理由は、たくさんあった。こんな危機的状況のさなかに、頼りなげなブルック氏を見捨てて、職を辞すべきでないという公的理由もある。いまこそブルック氏には、選挙のための「コーチ」が必要だったし、応援演説も、直接あるいは本人のいないところでもしっかりやらなければならない時期でもあった。いよいよという決戦のときに、自分のチェスの駒を放棄したくなかった。正しい側に立っている候補者なら、たとえ頭脳と胆力に劣る紳士にすぎなくても、多数派となるための一助にはなるかもしれない。いずれ無所属で立とうとしているブルック氏をコーチして、選挙法改正法案の実現に向けて賛成票を投じるのだという考えにつなぎ留めておくことは、容易なことではない。四人目の候補者がきっと出てくるだろうというフェアブラザー氏の予言は、まだいまのところ実現していなかった。議員候補者協会も、改革派が多数になることをねらっているほかの勢力も、ブルック氏のように自費で選挙に出ようとしている改革派の候補者がいるのに、さらに対立候補を持ち込むと、状況が紛糾すると見ていたのだ。したがって、選挙戦は、古くからトーリー党員であるピンカートンと、前回当選し今回ホイッグ党に新人として出るバグスター、それに、将来は無所属派だが今回のみ党に所属するブルック氏の、三者の間で行われることになった。ホーリー氏の一派は、全力をかけてピンカートンを当選させようとするだろうから、ブルック氏が当選するためには、ただひとりに投票する[2]人から票を集め、バグスターと票数を引き離すか、もしくはトーリー党支持票を改革派支持票へと乗り換えさせるかしかなかった。もちろん、後者の方法のほうが望ましかった。

　敵の陣営から味方に乗り換えさせる計画は、ブルック氏の注意を乱す危険があった。気持ちが揺れ動いている人というのは、あやふやな政見表明によって誘導できるものだと、ブルック氏は思っていた。それに彼は、自分の記憶のなかに浮かんでくる相反する議論に、次々と飛びつきたがる傾向があるので、ウィルははらはらしていた。

「君も知っているだろうが、こういうことには、駆け引きというものがあってね」ブルック氏は言った。「歩み寄ったり、こちらの考えを加減したり、『なるほど、そうとも言えますね』とかなんとか言ったりすればいいんだ。君の言うとおり、今回の選挙は特別みたいだね、国自体が意思を持つとか、政治連合とか、まあ、いろいろあってね。しかし、はっきり割り切りすぎのこともあるんじゃないかな、ラディスロー君。

たとえば、十ポンド世帯主案[3]なんかも、どうして十ポンドなのかね？　たしかに、どこかで線を引かなければならないのはわかるが、どうしてちょうど十ポンドでなければならないんだろうね？　いったん考え出すと、難しい問題だよ」

「もちろん、そうですね」ウィルはいらいらして言った。「しかし、筋の通った法案ができるまで待つのなら、あなたは革命論者として打って出なければなりませんよ。そうなると、ミドルマーチの人たちはあなたを選んでくれないと思いますね。日和見《ひよりみ》的中立政策を取ることに関していえば、いまはそんなどっちつかずの態度を取っているべき時期ではありません」

　ブルック氏は、いつも結局はラディスローに同意することになった。この青年は、いまでもやはり彼にとって、シェリー的性質を帯びたバークのような人物に思えた。しかし、しばらく間を置くと、自分のやり方が賢明であるはずだという自信が盛り返してきて、ブルック氏はまた、その手を使えばうまくいくだろうという気になるの

2　plumper　二人以上に投票する資格を有しつつ、ひとりの候補者に全票を投じる人。
3　選挙法改正法で、年十ポンド以上の収益のある土地の所有者に、新たに選挙権が与えられることになった。

だった。事がこの段階に至ると、彼も気分が高揚していたので、選挙運動のために結構金がかかってもいいという気にさえなっていた。というのも、人に納得させたり人を説得したりする力が、まともに試されるような機会が、彼にはまだなかったからである。せいぜい、司会役をするとか、ほかの演説者を紹介するとか、ミドルマーチの有権者と対話するぐらいの、楽なことしか彼はしていなかったのだが、それでも、自分はもって生まれた戦術家で、もっと早くこの種の道に進んでおかなかったのは残念なことをした、という気持ちになるのだった。しかしブルック氏も、小売商のモームジー氏から票をもらうのは難しそうだと感じざるをえなかった。モームジー氏は、商売人としてミドルマーチで社会勢力をなす主要な代表者のひとりであり、性格上、この選挙区でどちらに票を投じるかわからない人物だった。彼としては、改革派にも反改革派にも公平に味方したかったし、両者に対して分け隔てなくお茶や砂糖を供給したかった。そして、こんなふうに議員を選出しなければならないのは、町にとっては大きな負担になると感じていたが、それは昔の自治都市市民と同様の心境だった。というのも、選挙前にはすべての党派に対して期待しますと言っていられたが、結局はどうしても、自分の台帳に名前の載っているお得意さんたちをがっかりさせざるをえなくなってしまうのである。彼はいつもティプトンのブルック氏からは、大口の注文をもらっていた。しかしその一方で、ピンカートン派の委員たちの発言は、食品雑貨業界では大きな重みがあった。モームジー氏は、ブルック氏はあまり頭が切れる人ではないので、一介の食料雑貨商がやむをえず反対票を投じても、許してくれそうだと思って、店の裏手で彼といっしょに親しく話をしていた。

「選挙法改正とか言いますがね、旦那、一家にとっては、それがどうだというんですか」ポケットのなかで小銭の音をじゃらじゃら立てながら、彼は愛想よく言った。「そんなもの、私が死んだあと、女房が六人の子供を育てていくのに、助けになりますかね？　もちろん仮定の話ですよ。その答えもわかっていますがね。いいですか、旦那。一家の主で父親でもある者としてお聞きしますがね、私はどうすりゃいいんでしょうかね。旦那方が店に来て、こういうことをおっしゃったらですよ。『モームジー、おまえは好きなようにすればいい。だが、もしこっちに票を入れてくれないなら、これからは余所の店で食料雑貨を買うからな。酒に砂糖を入れるときには、正しい側についている商売人を応援することによって、お国のために尽くしているんだと思うことにするよ』とね。いま旦那が座っておられるその椅子に掛けていた人が、これとそっくり同じことを言ったんですよ。もちろん、旦那がそうおっしゃったというわけではありませんよ」

「いや、いや、その人は了見が狭いね。あんたのところの品物がよくないと、うちの執事が文句を言わないかぎりはね、モームジーさん」ブルック氏はなだめるように言った。「あんたのところの砂糖や香辛料がよくないとか――なんか、そういうことを聞くまでは――私は別の店で注文しろなどと言ったりはしないよ」

「旦那、有り難いお言葉、恐れ入ります」と言ったとき、モームジー氏は、政治の問題がちょっと片付いたような気がした。「そういうあっぱれなことを言ってくださる方に、一票差し上げられたら、嬉しいですね」

「そうそう、モームジーさん。私たちの側につくのが正しいというのが、いまにわかるよ。この選挙法改正というのは、そのうちみんなに関わってくるんだよ――完全に一般大衆向けの方策なんだからね。まあABCってところで、まずはそれがなければ、あとが続かないんだよ。あんたが物事を一家の観点から見ようとすることには、私も賛成だよ。しかし、公共の精神というものもあるからね。私たちはひとつの家族のようなものだ。国の食器棚はひとつってわけだ。さて、投票について言えばね――一票投じたことがケープタウンでひと財産作ることに通じているのやら何やら――結果がどうなるかはさっぱりわからんね」こう言い終えたとき、ブルック氏は自分でもわけがわからなくなっていたが、それでも楽しい気分だった。しかし、モームジー氏は、断固たる口調で、相手を制した。

「失礼ですが、旦那、私はそうはいきませんよ。一票入れるからには、どうなるのかわかっていなけりゃ、困りますよ。お言葉ですが、自分の現金箱と台帳にどういう影響が及ぶのか、注意しておかなければなりませんからね。たしかに、ものの値段なんかも、どういう価値があるのか、誰にもわかりません。スグリを買い込んでおいても、急に値段が下がってしまうことがありますが、あれは保存のきかない商品なんです。私はこの辺りのことは詳しく調べてみたことがありませんが。こういうことは、人間の思い上がりに対する戒めになりますね。しかし、ひとつの家庭では、借り方と貸し方というものがありますが、まさか改革でそういうものをなくしてしまおうってわけじゃないでしょうね。もしそういうことなら、私は現状維持のほうに一票投じますよ。私事になりますが、私ほど変化を必要としない者はいませんからね。自分のためにも家族のためにもですが。変化があっても失うものはないという人もいますが、私の場合はそうではないんです。教区での体面も、商売上の体面もありますし、お得意さんのご贔屓のこともありますからね。先ほど旦那は、投票してもしなくても、商品にご満足いただけるかぎり、引き続き手前どもでご注文くださると、ご親切にもおっしゃってくださいましたが」

この会話のあと、モームジー氏は二階に上がって、妻に向かって自慢げに話した。ティプトンのブルックさんも、おれにはかなわんようだ、これで投票所に行くのも気が楽になった、と。

ブルック氏は、今回は、自分が行った駆け引きについて、ラディスローに自慢するのはやめておいた。ラディスローの側でも、自分は純粋な論争以外の選挙運動に関心がないのだ、自分は知識面での戦術以外のさもしい手段には訴えないのだ、と自分を納得させて悦に入っていた。当然ながら、ブルック氏にも、彼を応援する選挙運動員がいたが、彼らはミドルマーチの有権者たちの性質を理解していて、その無知につけこんで選挙法改正法案に賛成させるというやり方をわきまえていた。選挙法改正法案に反対させる側の手段も、これとそっくりで、無知につけこむというやり方だったが。ウィルは、こういうことは耳に栓をして聞くまいとした。議会では、あまり克明に想像力を働かせすぎると、うまくいかなくなることがよくある。それは、私たちの生活が、食べたり着たりすることに至るまで、あまりに途中の過程を知りすぎると機能しなくなってしまうのと同じだ。世の中には、汚い手を使って、汚い仕事をする人間がたくさんいる。しかしウィルは、ブルック氏に難局を切り抜けさせるために自分が使う手は、綺麗でなくてはならないと、自分自身に誓った。

しかし、このやり方で、果たして正しい側の多数派に貢献できるかどうか、ウィルは心もとなかった。彼はさまざまな演説の原稿や、演説のためのメモを作成した。しかし、ブルック氏の頭は、一連の考えを記憶しただけで負担を感じ、内容もすぐに忘れてしまって、それを辿っているうちに見失ってしまい、なかなか元に戻ってこないということに、ウィルは気づき始めた。国に奉仕するための方法とは言っても、資料を集めることと、集めた資料の中身を記憶することとは別のことだ。実際、ブルック氏にここぞというときにぴったりの議論をさせるには、頭に隙間がなくなるまで議論を叩き込むしかなかった。ところが、ブルック氏の頭にはすでにたくさんのことが詰まっていたので、肝心の議論を叩き込む隙間が見当たらない。ブルック氏自身も言っているとおり、演説をするときに、自分の頭のなかにある考えが邪魔になるのだった。

しかし、ラディスローのコーチの成果が直ちに試される機会がやって来た。候補者指名日に先立って、ブルック氏がホワイトハート亭のバルコニーから、ミドルマーチの立派な有権者たちを前にして政見演説をすることになったのである。このバルコニーは、市場の一角から、広場と二つの交差する通りを前方に見渡せるという絶好の場所にあった。晴れた五月の朝で、万事よしといった感じに見えた。バグスターの委員会とブルック氏の委員会との間で、合意が得られそうな見込みがあり、それをバルストロード氏、自由主義の弁護士スタンディッシュ氏、工場主のプリムデイル氏やヴィンシー氏などが後押ししていた。これだけ揃えば、ピンカートン氏を支持してグリーンドラゴン亭に集まっているホーリー氏一派に、対抗できそうだった。ブルック氏は、過去半年間、地主として改革してきたので、自分に対する『トランペット』紙の非難の声を鎮めることができたと思っていた。そのうえ、町に馬車で乗りつけたとき、わずかながらも自分を迎える歓声を聞いたので、彼のベージュ色のチョッキの下で、心臓が高鳴るのが、自分でもわかった。しかし、危機というものは、思いもよらずやって来る場合もあるので、最後の瞬間までどうなるかわからない。

「いい感じじゃないか」大勢集まってきたのを見て、ブルック氏は言った。「とにかくよさそうな聴衆だ。こういうのがいいんだよ——自分の隣人だけで成り立った聴衆って感じでね」

ミドルマーチの織工や皮なめし業者たちは、モームジー氏とは違って、ブルック氏のことを隣人とは思っていなかった。だから、彼が箱に入れられてロンドンから送ってこられたとでもいうのでもないかぎり、特に興味はなかった。しかし、候補者ブルック氏を紹介する何人かの弁士のスピーチを、彼らは騒がずにおとなしく聞いていた。ただ、そのうちのひとりで、ブラッシングから来た政治家は——ミドルマーチが果たすべき義務について話しに来たのだが――あまりにもしゃべりすぎたので、そのあとで候補者本人が言うことがもうなくなるのではないかと懸念された。その間にも、群衆はどんどん増えていった。この政治家のスピーチが終わりかけたとき、ブルック氏は自分の気分ががらりと変わってしまったのに気づいた。彼は候補者として呼び出される瞬間など何とも思っていないのだと言わんばかりに、片眼鏡を触ったり、目の前の書類をいじったり、委員たちと言葉を交わしたりしていた。

「もう一杯シェリー酒をもらおう、ラディスロー君」彼はウィルに向かって、くつろいだ様子で言った。後ろに控えていたウィルは、すぐに言われたとおりこの強壮剤を手渡した。これは間が悪かった。というのも、ブルック氏は酒に弱いほうなので、一杯目のシェリー酒を飲んでから間を置かずにすぐ二杯目を飲んだせいで、身体がびっくりしてしまい、気力が出るどころか散ってしまったからだ。不憫としか言いようがない。まったく個人的な理由で演説をぶった結果、惨めな晒し者になってしまうイギリス紳士は多い。しかし、ブルック氏の場合は、国家に尽くすために議会に打って出ようとしているのだ！　実は、個人的な理由もあったかもしれないが。ともかく、いったん乗り出した以上、演説することは絶対に必要なのだ。

ブルック氏が心配だったのは、演説の冒頭についてではなかった。この部分については、うまくいくだろうという自信があった。ポープの二行連句《カプレット》[4]のようにきちんと準備してあったので、すらすらと出てくるはずだった。出だしは楽だが、そのあとに続く海のように広がった部分を思い浮かべると怖くなる。「それに質問が出るかもしれない」彼の胃のなかで目覚めた悪鬼が囁いた。「誰かがスケジュールについて質問するかもしれない」彼は声に出して言った。「ラディスロー君、スケジュールのメモをくれるかね」

ブルック氏がバルコニーに姿を現すと、大きな声援が起こり、反対派の叫び声や嘲笑の声、わめき声などを圧倒した。野次がおとなしすぎると思ったスタンディッシュ氏は（いかにも老練家らしく）、隣にいる人の耳に囁きかけた。「これは危ないな！ホーリーは、こんなものじゃすまさないだろうから、何か企んでいるんだろう」しかし、声援というものは、心を浮き立たせるものだ。胸ポケットにメモを入れ、バルコニーの手すりに左手を置き、右手で片眼鏡を触っているこのときのブルック氏ほど、感じのよい候補者はいなかったと言ってもよい。彼の外見で目立つことといえば、彼のベージュ色のチョッキと、短く刈り込んだ金髪、特徴のない顔つきといったところだった。彼は自信満々の様子で話し始めた。

「紳士諸君――ミドルマーチの有権者のみなさん！」

これは適切な始め方だったので、そのあとに少し間があっても、おかしくなかった。「ここでこうしてお話しできることは、誠に嬉しいことでありまして――これほど誇らしく、また幸せに感じたことは、これまでにありません――これほど幸せに感じたことはないのでして」

これは、思いきって言葉を飾ってみたのだが、あまり適切ではなかった。というのは、準備してあった冒頭部があいにく頭から消えてしまったからだ。いったん恐怖に囚われ、一杯のシェリー酒が煙のように頭のなかを駆け巡ると、ポープから引いた二行連句でさえも、「私たちから失われ、消えていくもの」[5]となりかねないのだ。演説者の後ろの窓のところに立っていたラディスローは思った。「もうこれはだめだ。まあ、最高の出来だからといって、うまくいくとはかぎらないのだから、あと残ってい

4　アレグザンダー・ポープ（一六八八―一七四四）は、イギリスの詩人で、古典主義の代表者。ヒロイック・カプレットと呼ばれる詩形（五歩格で押韻する英雄詩風の二行連句）を自在に駆使したことで有名。

5　ウィリアム・ワーズワース（一七七〇―一八五〇）の詩「霊魂不滅を暗示するオード」（一八〇二）より。『二巻本詩集』（一八〇七）の最後に収められた傑作。

るチャンスは、しくじったことで、かえって効果が出るということぐらいしかないな」ブルック氏のほうは、手掛かりをなくしてしまったので、自分のことや自分の資格について話を向けるしかなかった。これは候補者にとっては、つねに適切で無難な話題となる。

「みなさん、私はみなさんの親しい隣人です。ご存じのとおり、私は長らく治安判事を務めてきました。私はつねに公の仕事に携わってきたのであります。さて、機械のこと、それから機械の打ち壊しについてですが、みなさんのうち多くの方々が機械に関わっておられると思いますし、私も最近そのことを調査しています。ご承知のとおり、機械を壊しても、何の役にも立ちません。すべては前進しなければなりません。貿易、製造、商業、特産物の交換とか――こういうことはみな、アダム・スミス以来、前進しなければならないのです。地球全体を見渡さなければなりません。『広い視野での観察』を行わなければなりません。誰かが言ったように、『中国からペルーに至るまで』[6]あらゆる場所で行うわけですが――あれはたしか、ジョンソンが『ランブラー』で言った言葉でしたかね。私もそういうことを、ある程度まで実行しました。ペルーにまでは行きませんでしたが。しかし、国内にずっと留まるということはしませんでした。それではいけないと思いましたからね。レヴァント[7]にも行ったことがありますが、あそこにはミドルマーチの商品も輸出されています。それからバルト海沿岸地方にも行きました。バルト海沿岸ですよ」

こうしてブルック氏は、記憶のなかで行ったり来たりしながら、遠い海の話に及んでもいつでもそこから帰って来られると思っていた。しかし、敵は悪魔のような計画を準備していた。その瞬間、ブルック氏の向かい側、彼から十ヤードも離れていないところで、群衆の頭上に彼の似顔絵が掲げられたのである。ベージュ色のチョッキに、片眼鏡、特徴のない顔つきが、布切れに描かれていた。それと同時に、彼の言葉をこだまのように繰り返す人形劇のパンチのような声が、カッコウの鳴き声のように、空の辺りで鳴り渡った。群衆は一斉に、向かいの通りの家々の開け放たれた窓を見上げた。しかし、ある窓には誰もいないし、またある窓には、笑いながら聞いている人たちがいるだけだった。真面目に演説を続けている人の口真似をするというのは、たと

6　この引用は、サミュエル・ジョンソン（一七〇九―八四）の詩「人間の望みの空しさ」（一七四九）の冒頭部からであり、ジョンソンが編集した定期刊行物『ランブラー』（一七五〇―五二）からのものではない。

7　ギリシアからエジプトまでの地中海東部沿岸諸国地方。

え罪のないこだまにすぎなくても、人をばかにした悪戯のように聞こえるものである。ところがこのこだまは、罪がないどころではなかった。自然のこだまのように言葉を正確に繰り返すのではなく、聞き取った言葉のなかから、意地悪に言葉選びをするのである。「バルト海沿岸ですよ」というところまで来たときには、聴衆のあちこちで起こっていた笑い声は、全体に大きく広がっていた。同じ党派に所属しているという自覚がなければ、また、「ティプトンのブルック」に深く関わっているという使命感がなければ、味方の委員たちまでもが、笑ってしまうところだった。バルストロード氏は、新警察は何をしているんだと、咎めるように言った。しかし、声は逮捕することができないし、候補者の似顔絵を攻撃してみたところで、何をしているのか意味が不明になる。もともとホーリーは、これに石を投げつけて攻撃するつもりだったのだろう。

ブルック氏自身は、頭のなかの考えがどんどん抜け落ちていっていることに気づくばかりで、それ以外のことを意識できる状況ではなかった。彼はちょっと耳鳴りがしているような感じだった。というわけで、演説の口真似をはっきり聞き取れず、似顔絵に気づかなかったのは、当の本人だけだったのである。言わなければならないことについて気を取られているときほど、知覚が拘束されてしまうときはない。ブルック氏にも笑い声は聞こえたが、トーリー党が何か妨害するだろうということぐらいは予想していた。しかも、ちょうどそのとき、忘れていた導入部分の言葉を思い出して、バルト海沿岸から戻って来られそうになり、むずむずした感じで、興奮していたのだ。

「思い出しましたが」彼は脇ポケットに片手を突っ込みながら、調子よく話し続けた。

「もし私の前例が必要だとすればですね――正しいことをするには、前例なんか必要はないんですが――チャタムがいますね。別にチャタムを支持していると言うわけではありませんが。といって、息子のほうのピット[8]を支持しているわけでもありませんよ。彼には思想がありませんでしたからね。ところが、ご承知のとおり、私たちには思想が必要なのです」

「思想が何だ! 法案よこせ」下にいる群衆のなかから、荒っぽい大声が起こった。すると、これまでブルック氏の口真似をしていた姿の見えないパンチ人形が、すぐ

8 ウィリアム・ピット、一代目チャタム伯(一七〇八―七八)は、ホイッグ党の政治家で、首相(一七六六―六八)を務めた。通称大ピット。彼の次男ウィリアム・ピット(一七五九―一八〇六)は、二度首相(一七八三―一八〇一、一八〇四―〇六)になった。通称小ピット。

に繰り返した。「思想が何だ！　法案よこせ」笑い声はいっそう大きくなった。そのとき黙っていたブルック氏の耳に、ばかにしたような口真似が、初めてはっきり聞き取れた。しかし、それは演説の妨害者に対する嘲りの声のように聞こえたので、そう思うと励まされて、彼は機嫌よく答えた。

「あなたのおっしゃることも、もっともですね。何のためにここに集まっているのかといえば、自分の考えを話すためですからね――意見の自由、出版の自由――まあ、そういったものの自由があるわけです。さて、法案ですが――法案は通してあげますよ」ここでブルック氏は一息入れて、片眼鏡をかけて、胸ポケットからメモを出し、これから実際問題に具体的に取り組むぞ、と心構えた。姿の見えないパンチ人形が続けた。

「法案は通してあげますよ、ブルックさん、選挙戦のたびにね。議会の外の席も売ってあげますよ、五千ポンド七シリング四ペンスで」

笑いのどよめきのなかで、ブルック氏は真っ赤になって、片眼鏡を外した。当惑して周りを見回すと、近くに寄ってきた自分の似顔絵が目に留まった。次の瞬間、似顔絵に痛ましくも卵が投げつけられた。彼は少しむきになって、声を荒らげた。

「悪ふざけや策略で、真実が試されるのを笑いものにするがいい。それならそれで結構」——このとき、ブルック氏の肩に気持ちの悪い卵が当たって割れ、同時に「それならそれで結構」という口真似の声が響き渡った。すると一斉に卵が投げつけられた。大方は似顔絵に向けて投げつけられたのだが、たまに偶然本人に当たることもあった。そこへ新たな一団の人々が流れ込んできた。口笛、わめき声、どなり声、笛の音などに、それを鎮めようとする叫びや格闘が加わったせいで、ますます騒動が大きくなった。いかに声を大にしても、この騒音の上を行くことはできなかった。卵でべっとりと濡れたブルック氏は、それ以上その場に立っていられなくなった。これほどふざけた子供じみたやり方でなければ、ここまで腹は立たなかっただろう。もっと深刻な攻撃で、それについて新聞記者が「学識ある紳士の肋骨が折れそうになった」と断言したり、「倒れた紳士の靴の裏が手すりの上から見えた」とうやうやしく証言したりできるようなものであったなら、それなりに慰めもあっただろう。

ブルック氏は委員の控室に入って、できるだけ気にかけていないように言った。「これは、ちょっとひどすぎるね。これから言い分を聞いてもらうところだったのに。待ってくれなかったね。これから法案の話に入っていくところだったんだがねえ」こう言って、ラディスローのほうを見ながらつけ加えた。「でも、候補者の指名のときには、大丈夫だろう」

しかし、委員一同は大丈夫だと思っていたわけではなかった。逆に、委員たちは暗い表情だった。ブラッシングから来た政治家は、何か新しいことを企んでいるかのように、しきりに書き物をしていた。

「あれはボウヤーがやっていたんですね」スタンディッシュ氏は、話を逸らすように言った。「ぜったい間違いない。あいつは腹話術の名人だからな。本当にうまいことやりやがった！　ホーリーは最近、あいつを晩飯に呼んでいましたからね。ボウヤーは芸が達者なんですよ」

「でも、そんなこと聞いていなかったよ、スタンディッシュ君。君が言ってくれていたら、私もボウヤーを夕食に招いていたのに」哀れなブルック氏は言った。彼はお国のために、これまでずいぶんたくさんの人たちを夕食に招いてきたのである。

「ボウヤーほど卑劣なやつは、ミドルマーチにいませんよ」ラディスローは憤然として言った。「ところが、そういう卑劣なやつがいつも事を決めてしまうんですよ」

ウィルは自分の「頭《かしら》」であるブルック氏に対してだけでなく、自分自身に対しても腹が立っていた。彼は家に帰って自分の部屋にこもり、『パイオニア』紙といっしょにブルック氏のことも投げ出してしまおうと、半ば心に決めた。何のために、ここに留まっていなければならないのか？　もし自分とドロシアとの間に横たわっている越えがたい溝が埋められるとするならば、それは、ここから出て行き、いまとはまったく違う境遇に身を置くことによってではないだろうか。こんなところに留まって、ブルック氏の部下としておめおめと軽蔑されるような身に成り下がってはいられないのではないか。そう思うと、自分にはいろいろなことができるのではないかという、若々しい夢が湧いてきた――たとえば、あと五年もあれば何でもできる。政治的なことを書いたり話したりすることの価値は、これから高まっていくだろう。いまは公的な仕事で生計を立てていく可能性が広がり、国家の勢いも高まっている時世なのだ。そうしたら、自分も出世して、ドロシアに求婚しても高望みということにはならないだろう。あと五年――ただ、彼女がほかの男よりも自分のことを想ってくれていると、確信できればいいのだが。自分は、自分を辱めなくとも愛が告げられるようになるまで、離れているだけなのだということを、彼女にわかってもらえさえすれば、安心してここを去っていける。内面的にも二十五歳という年齢に相応《ふさわ》しい有望な職に就いて、才能によって名声を勝ち得、名声によってほかの望ましいものすべてを手に入れることができるだろう。自分は話すのも書くのも得意だ。その気になれば、どんな問題でも扱える。自分はつねに、道理と正義の味方になって、そのために熱意を傾けるつもりだ。いつか群衆の肩にかつぎ上げられて凱旋し、自分はその名声を勝ち得るに相応しいことをしたのだと思える日が、訪れないともかぎらない。彼はミドルマーチを去ってロンドンへ行き、法律を学んで、有名になろうと思った。

しかし、いますぐというわけにはいかない。自分とドロシアとの間に、何らかの合図が交わされるまで待たなければならない。たとえ、自分こそ彼女が結婚しようと思う相手であったとしても、なぜ自分がいま彼女と結婚しようとしないのかという理由を、彼女に知ってもらわなければ、気がすまない。というわけで、彼はもうしばらく、いまの職に留まって、ブルック氏に我慢しなければならなかった。

しかしウィルは、自分に先んじて、ブルック氏のほうから関係を断ちたがっているという気配に気づいた。外からは代理委員たちが、内からは良心の声がともに力を合わせて、博愛主義者ブルック氏に、人類の利益のために思いきって強攻策をとったほうがよいのではないかと勧めた。つまり、もうひとりの候補者のために身を引き、選挙運動組織を譲って、その候補者への便宜をはかるべきだというのだ。ブルック氏自身はこれを強攻策と呼んでいたが、実は、思っていたよりも身体が興奮についていけないことに気づいたのである。

「胸のあたりがおかしくてね。あまり深入りしないほうがいいだろう」彼はラディスローに事情を説明した。「ほどほどにしておかなければならない。カソーボンの例もあるからね。ずいぶん金も使ったが、道を切り開くことはできた。ラディスロー君、それにしても荒い仕事だね、選挙というのは。君もきっと飽き飽きしただろう。しかし、私たちは『パイオニア』で道を切り開いたんだからね。軌道に乗せたり、いろいろしたわけだよ。もういまは、君ほど有能な人間でなくても、やっていけるかもしれないね——君ほど有能でなくてもね」

「ぼくに辞めてほしいってことですか？」ウィルは言った。書き物机の席を立ち、ポケットに手を突っ込んだまま、三歩ほど進んで振り返ったとき、彼の顔はさっと赤らんだ。「お望みならば、いつでも辞めさせていただきます」

「望みと言えばね、ラディスロー君。私は君の能力をずいぶん高く買っているんだよ。しかし、『パイオニア』のことはね、味方の何人かに相談してみたところ、自分たちで引き受けたいって言うんだよ——ある程度私に補償して——つまり、続けていきたいんだね。こういう状況だと、君は辞めたいんじゃないだろうか。もっと君に合った活躍の場があるかもしれない。あの連中は、私ほど君を取り立てないかもしれないからね。私はいつだって君を、高く評価していたんだがね——自分の分身というか、右腕として。といっても、君が何かほかのことをするのも、いつも期待していたがね。ひとまずはフランスに行ったらどうだろう。紹介状を書いてもいいよ。オールトロップとか、誰かそういう人にね。オールトロプには会ったことがあるよ」

「ご厚意にはたいへん感謝しますが」ラディスローは得々と言った。「あなたは『パイオニア』を手放されるわけですから、今後のぼくの身の振り方については、ご心配には及びません。ぼくはまだしばらくここに留まるかもしれません」

ブルック氏が帰ったあと、ウィルは自分に言った。「一族のほかの連中に、ぼくと手を切るようにとせっつかれて、あの人も、いまとなっては、ぼくが出て行ってもかまわないと思っているんだろう。ぼくはここにいたいだけいよう。ここから出て行くとしたら、それは自分でその気になるからであって、連中に嫌がられるからではない」

9 ジョン・チャールズ・スペンサー、オールトロプ子爵（一七八二—一八四五）。ホイッグ党の指導者として、ウェリントンと対立。大蔵大臣（一八三〇—三四）を務め、一八三二年の選挙法改正に貢献した。

第52章

彼の心は、どんなにつまらない義務でも、
自らに課した。

――ワーズワース[1]

六月の夜のことだった。フェアブラザー氏がローウィックの聖職禄を受け継ぐことがわかると、彼の家の古風な居間には喜びが満ち溢れた。法律家だった偉大なる先祖たちの肖像画までもが、満足げに一家を眺めているように見えた。フェアブラザーの母はお茶とトーストにも手をつけず、いつもどおり小綺麗に取り澄まして座っていた。しかし、頬が赤らみ、目が輝いて、さながらはるか昔の若いころに一瞬立ち返ったかのような様子からは、隠し切れない嬉しさがうかがわれた。彼女はきっぱりとした態度で言った。

「何より嬉しいことは、あんたがそれに相応しい価値のある人だということですよ、キャムデン」

「人間はよい地位を得ると、価値があとからついてくるものなんですよ、母さん」息子は、溢れるような喜びを隠しきれずに言った。彼の嬉しそうな顔は、生き生きとした力強さに満ち、外に輝き出ていただけではなく、心のなかに次々と浮かんでくる想いを照らし出してもいた。彼の眼差しからは、喜んでいるということだけではなく、何を考えているかということまで読み取れそうだった。

「ねえ、叔母さん」彼は手を擦り合わせながら、ミス・ノーブルのほうを見て言った。彼女は、ビーバーが木をかじるようなかすかな音を立てながら、砂糖をくすねて籠のなかに入れているところだった。「これからは、テーブルに氷砂糖をいつも置いておきますから、どうぞこっそり子供たちに持って行ってやってください。それに、贈り物用の靴下をたくさん差し上げますし、ご自分の靴下もたくさんあって、繕うのが忙しくなりますよ！」

1　ワーズワース「一八〇二年、ロンドン」より。原典では、「彼の心（His heart）」ではなく「あなたの心（Thy heart）」となっていた。

ミス・ノーブルは、半ば怯えたような笑い声を押し殺しながら、甥のほうを向いて頷いた。というのも、甥が出世したことで気が大きくなり、もうすでに、いつもより余計に砂糖の固まりを籠のなかに入れたあとだったからである。

「それから、ウィニー姉さんですが」牧師は話し続けた。「姉さんがローウィックの独身の誰と結婚しても、ぼくはかまいませんよ。たとえば、ソロモン・フェザストーンさんなんかでも、姉さんさえ気に入れば、お相手にいいと思いますよ」

喜ぶときに泣き癖のあるミス・ウィニフレッド・フェアブラザーは、さっきからずっと弟のほうを見つめながら泣いていたのだが、目に涙を浮かべながら微笑んで言った。「あなたこそ、お先にどうぞ、キャム。あなたが結婚しなきゃならないわ」

「ぼくもそうしたいよ。でも、誰がぼくのことを想ってくれるかなあ? こんなみすぼらしい年をとりかけた男なのに」牧師は立ち上がって椅子を押しやり、自分の姿を見下ろした。「どう思いますか、母さん?」

「あんたはハンサムですよ、キャムデン。姿はあんたのお父さんほどではないけれどもね」老婦人は言った。

「ミス・ガースと結婚すればいいのに」ミス・ウィニフレッドは言った。「あの人がローウィックに来てくれたら、私たち、みんな楽しくなるわ」

「それはまたすばらしい！ 姉さんの言い方じゃ、まるで若い娘さんたちが鶏みたいに縛られて、市場で買われるのを待っているみたいだね。ぼくが望めば、誰でもぼくでいいと言ってくれるように」牧師はこう言ったが、具体的な名前は挙げようとしなかった。

「誰でもいいとは思わないわ」ミス・ウィニフレッドは言った。「でも、お母さんはミス・ガースのことがお好きでしょ？」

「息子が選んだ人なら、私もいいと思うわ」フェアブラザー夫人は威厳をこめて慎重に言った。「奥さんを迎えるのは、とてもいいことですよ、キャムデン。ローウィックの牧師館に住むようになったら、家でホイストをしたいと思うでしょうけれども、ヘンリエッタ・ノーブルでは、ホイストの相手にならないでしょうからね」（フェアブラザー夫人は、いつも自分の小柄な妹のことを、このご大層な名前で呼んでいた）。

「もうホイストをする必要はありませんよ、母さん」

「どうしてなの、キャムデン？ 私が若いころは、ホイストは熱心な教会の信者にとっても、申し分のない遊びだと思われていましたよ」フェアブラザー夫人は、息子がどういうつもりでホイストをしているのか知らなかったので、まるで新しい教義に賛意を示す危険な言葉でも聞いたかのように、強い調子で言った。

「これからは忙しくなって、ホイストをしている暇がなくなるんですよ。二つの教区を受け持つことになりますからね」牧師は、ホイストの良さについて論じる気はなかった。

彼はすでにドロシアに、こう言ってあったのだ。「ぼくは、聖ボトルフ教会を辞めるつもりはありません。もしぼくがそこの収入を誰かに譲ったりしたら、二つ以上の聖職を兼務することに反対しているみたいに見えます。ちょうどいまその改革が進められようとしているのですが。権力を放棄することより、それを使うことのほうが、有効なやり方だと思います」

「私もそう思っています」ドロシアは言った。「自分のことに関して言いますと、権力やお金を持ち続けるよりも、手放すほうが楽なんです。私なんかが聖職任命権を持っているなんて、相応しくないように思えますが、自分以外の人にそれを使わせるのも、よくないように思ったのです」

「あなたが権力を使ったことを後悔なさらないように、ぼくは自分の行動に気をつけなければなりませんね」フェアブラザー氏は言った。

生活上の束縛が緩むと、かえって良心が活発に働くという人がいるが、彼もそういうたちだった。彼はこの点に関して卑下しているような素振りは見せなかったが、心のなかでは、これまでの自分の行動が怠慢ととられかねなかったことを、恥ずかしく感じた。聖職禄を受け取っていない人なら、そんなふうに思われることはないのだが。「ぼくは、自分が牧師にはならず、何か別のものになればよかったと思うことが、よくあります」と、彼はリドゲイトに言った。「しかしたぶん、こんなぼくでも、できるだけよい牧師になろうとしたほうがいいのでしょうね。これは、じゅうぶんな聖職禄を与えられて、財政上の問題が解決した者の見方かもしれませんけれどもね」彼は微笑みながら、結んだ。

そう言ったとき、牧師は、自分が携わっている義務は、そんなに難しいものだとは思っていなかった。しかし、義務は、予想もしないような形でやって来る場合がある。たとえば、気分の重そうな友人に、どうぞ立ち寄ってくださいとお愛想で誘ったところ、門のなかに足を踏み入れるや、足を骨折してしまうというような感じだ。

一週間もたたないうちに、義務はフレッド・ヴィンシーの姿をとって、書斎に現れた。彼は学位を取って、オムニバス大学から戻って来たのである。

「ご面倒をおかけして、申し訳ありませんが、フェアブラザーさん」フレッドは言った。色白で率直そうな彼の顔は、機嫌を取っているような表情だった。「でも、相談できる人は、あなたしかいないんです。前にも話をすっかり聞いて、ご親切にしていただいたので、またお訪ねしてしまいました」

「どうぞ掛けてください、フレッド君。お話をうかがって、ぼくにできることならしますよ」引越しの準備で細々としたものを箱に詰めていた牧師は、手を休めないまま言った。

「お話ししておきたかったのですが」フレッドは一瞬ためらってから、一気に話を始めた。「これから牧師になろうかと思うんです。実際、どこを見ても、ほかにやることが見つからないので。牧師にはなりたくないんですが、父にそんなことは言えそうもありません。ぼくが牧師になるために、あれだけ教育費をかけてくれたのですから」フレッドはまた、そこで一瞬口ごもったあと、繰り返し言った。「ぼくには、ほかにやることが見つかりませんから」

「そのことは、君のお父さんに話しましたよ、フレッド君。あまり効果はありませんでしたがね。お父さんは、いまさら遅すぎるとおっしゃるんです。でも、もうその橋は渡り終えたわけでしょ。ほかに何か問題がありますか？」

「ぼくが牧師になりたくないというだけのことですけどもね。ぼくは神学だとか説教だとか、真面目な顔をしていなければならないことなんかが、苦手なんですよ。馬を乗り回すとか、ほかの人たちがやっているようなことを、ぼくもやりたいんです。べつに、悪い人間になりたいといっているわけじゃないですよ。でも、人が牧師に期待しているようなことは、ぼくの好みに合わないんです。だからといって、ほかに何をしたらいいんでしょう？　父にはぼくのために資金を出す余裕はありません。資金があれば、農業をやってもいいのですが。父の商売にも、ぼくの入る余地はありませんしね。もちろん、いまさら法律や医学の勉強を始めることもできませんし。父はぼくに自分で稼いでほしいと思っているのですから。ぼくが牧師になるのは間違っている、と言うのは勝手です。でも、そんなこと言うなら、ぼくに未開拓地へ行けというのも同然ですよ」

フレッドの声は不平がましい抗議口調になっていた。フェアブラザー氏は、フレッドが本当は何を言いたいのだろうかと想像することに気を取られていたが、そうでなければ、つい微笑んでしまったかもしれない。

「教義について何か問題点があるのですか――教義箇条について何か引っかかるところがあるとか？」フレッドのために考えようと努めて、彼は言った。

「いいえ、教義箇条は結構だと思います。それが間違っていると立証するなんてこと、ぼくにはできません。ぼくよりずっと頭のいい人たちが、間違いなく正しいと言っているのですから。ぼくなんかが、正しい判断を下せる人間であるかのように、疑念を訴えるようなことをしたら、さぞ滑稽でしょうね」フレッドは淡々と言った。

「じゃあ、君は、あまり聖職者らしくなくても、教区牧師ぐらいまあ務まると思ったのかな？」

「もちろん、牧師にならざるをえないのなら、嫌々ながらでも、できるだけ義務は果たすつもりです。それではだめだと、人から言われるでしょうか？」

「そういう状況で、牧師になることに対してですか？　それは君の良心次第ですよ、フレッド君——先の見通しをつけて、そういう立場に就いたら何が必要になるかということを、君がどの程度考えたかによりますね。ぼくが言えるのは、自分のことについてだけです。ぼくはいつも怠慢で、そのせいで不安な思いをしてきましたよ」

「でも、ほかにもうひとつ障害があるんです」フレッドは赤くなりながら言った。

「この話はまだしていませんが。ひょっとして、あなたに推測されるようなことを、前に言ったかもしれません。ぼくにはとても好きな人がいるんです。子供のときからずっと、その人のことを愛しているんです」

「ミス・ガースのことですね？」牧師は、引越しの荷札を注意深く調べながら言った。

「ええ、そうです。彼女がぼくを受け入れてくれるのなら、ぼくはほかのことはどうだっていいんです。それなら、自分がいい人間になれることは、わかっているんです」

「あちらも、あなたのことを愛しているんでしょうかね?」

「彼女は、そうは言わないと思います。だいぶん前のことですが、そのことについてはもう言わないと、ぼくに約束させましたからね。彼女は、とりわけぼくが牧師になることに、絶対反対なんです。それはわかっているんです。でも、ぼくは彼女のことがあきらめられません。彼女もぼくのことを想ってくれているはずです。昨夜、ガースのおばさんに会いましたが、おばさんの話では、メアリは、ローウィックの牧師館で、ミス・フェアブラザーといっしょに過ごしているそうですね」

「ええ、ご親切に、姉の手伝いをしてくださっています。あなたもあそこへ行きたいのですか?」

「いいえ、実はあなたに折り入ってお願いがあるんです。こんなことでご迷惑をおかけして、申し訳ないんですが。でもメアリは、あなたの言うことだったら、聞くと思うんです。あなたがこのことを話してくだされば——つまり、ぼくが牧師になるってことについてですが」

「それは難しい仕事だなあ、フレッド君。ぼくは、君があの人を愛しているということを前提として話をしなければならないわけでしょ? しかも、君の希望どおりに話を進めようと思えば、あの人も君のことを愛しているかどうかを、聞き出さなければならないことになりますよ」

「彼女から聞き出してもらいたいのは、まさにそのことですよ」フレッドはずばりと言った。「彼女の気持ちがわからなければ、ぼくはどうしたらいいかわからないのです」

「それ次第で、牧師になるかどうかを決めるってことですか?」

「メアリがぼくを受け入れてくれないと言うのなら、どう道を誤ろうが、どうでもいいんです」

「ばかなことを言うんじゃないよ、フレッド君。愛を失ったあとでも、人は生きていけるけれども、いったん無謀なことをしたら、取り返しがつかなくなるんだよ」

「ぼくの愛は、そんなものじゃありません。ぼくはこれまでずっとメアリを愛してきたんです。彼女のことをあきらめなければならないのなら、義足をつけて生きていくようなものです」

「ぼくが介入することに対して、あの人は気を悪くしませんかね?」

「そんなはずがありません。彼女は誰よりもあなたのことを尊敬していますから。それに彼女は、あなたに対しては、ぼくに対してするみたいに、冗談を言ってはぐらかしたりしないでしょうから。もちろん、ぼくにはほかにこんな話ができる人はいませんし、彼女に話をしてほしいなんて頼める人は、あなたしかいません。ぼくたち両方にとって、こんなふうに味方になってくれる人は、ほかにいないんです」フレッドは一瞬言葉を切ってから、愚痴るように言った。「ぼくが合格するために勉強したということを、彼女は認めてくれてもいいと思います。ぼくが彼女のために努力しようとしていることを、信じてくれてもいいはずです」

しばらく沈黙が続いたが、フェアブラザー氏は荷造りの手を止めて、フレッドに手を差し出して言った。

「わかりましたよ。君の望むとおりに、やってみましょう」

フェアブラザー氏は、乗りつけ用に手に入れた老いぼれ馬に乗って、その日のうちにローウィック牧師館へと向かった。「これでもうぼくは、古い木の幹だというわけだ」彼は思った。「伸び育ってきた若木に、ぼくは押しのけられようとしているんだな」

彼が行ってみると、メアリは庭でバラの花を摘んで、敷布の上に花びらを撒き散らしていた。太陽が傾き、草深い道に背の高い木々の影が落ちていた。メアリはその道を、帽子もかぶらず日傘もささないで歩いていた。彼女は、フェアブラザー氏が道を近づいて来るのに気づかないまま、黒と褐色の混じった小さなテリアのほうに身をかがめて、小言を言おうとしていたところだった。犬がしつこく敷布の上を歩いて、メアリが撒き散らしていたバラの花びらを嗅ごうとしていたからである。彼女が片手で犬の前脚をつかみ、もう一方の手の人差し指を上げて叱る動作をすると、犬は顔に皺を寄せて、まごついたような様子を見せていた。「フライ、フライ、だめでしょ」メアリは重々しい低い声で言った。「お利口さんのすることじゃないわね。ばかな坊ちゃんだと思われるわよ」

「あなたは坊ちゃんに厳しいんですね、ミス・ガース」二ヤードほど離れたところから、牧師は言った。

メアリははっとして立ち上がり、顔を赤らめた。「フライには、いつもこう言い聞かせると、効き目があるんです」彼女は笑いながら言った。

「しかし、人間の坊ちゃんの場合は、どうですかね？」

「あら、効き目のある人もいると思いますわ。なかには、立派になる人もいるでしょう」

「それを認めていただけてよかったです。実は、いまちょうどある坊ちゃんのことで、あなたにお話があるのです」

「ばかな坊ちゃんのことでなければいいのですが」と言うと、メアリはまたバラの花を摘み始めたが、不安で胸がどきどきしていた。

「ばかな坊ちゃんではありませんよ。とはいえ、賢明さが強みとも言えませんが、愛情と誠実さはある人です。しかし、愛情と誠実さのなかには、ふつう思われているよりも、結構、賢明さが含まれているものなんですけれどもね。と言うと、誰の話か、もうおわかりですね？」

「ええ、たぶん」と思いきって言うと、メアリはいっそう真面目な顔つきになり、手が冷たくなってきた。「フレッド・ヴィンシーさんのことだと思います」

「あの人が牧師になることについて、あなたに相談してみてほしいと頼まれたのです。私がそんなことを引き受けるなんて、出過ぎたことだとお思いにならなければいいのですが」

「とんでもない、フェアブラザーさん」メアリはバラの花を摘むのをやめて、両腕を組んだが、目を上げることができなかった。「お話をしていただけることを、いつも光栄に思っています」

「しかし、その話に入る前に、あなたのお父さんが私に打ち明けてくださったことに、ちょっと触れさせてください。あれは、ぼくが前に、フレッド君から頼まれた用事で、こちらにうかがった晩のことです。あの人が大学に戻ったすぐあとのことでしたがね。ガースさんは、フェザストーンさんが亡くなった晩の出来事について、話してくださいました。遺言書を焼くのをあなたが断られたという話です。そのせいで、あなたは心を痛めておられるとうかがったのです。あなたは何も知らずに、フレッド君が一万ポンドもらい損ねる原因を、自分が作ってしまったと考えておられるのだと。ぼくはそのことを心に留めていたのですが、ぼくの得た情報によれば、その点は安心してもよさそうなのです。あなたは罪の贖《あがな》いのために身を捧げる必要はなさそうですよ」

フェアブラザー氏は、一瞬言葉を止めて、メアリを見た。彼はフレッドに有利になるように話を進めるつもりではあったが、女は時々、償いのために男と結婚するというような過ちを犯す場合があるので、そのような不合理な考えを、彼女の心から取り除いておいたほうがよいと思ったのである。メアリの頬は少し熱くなってきたが、彼女は黙ったままだった。

「あなたのしたことは、実際には、フレッド君の運命を変えることにはならなかった、ということなんです。最後の遺言書を焼いた場合、最初の遺言書も法的な効力を失うそうです。異議を申し立てれば、最初の遺言書は無効になるでしょう。きっと異議の申し立てがあるでしょうし。だから、その点では、あなたは気にされる必要はないのです」

「ありがとうございます、フェアブラザーさん」メアリは真剣に言った。「私の気持ちについてお心に留めていただいて、感謝いたします」

「では、話を続けましょう。フレッド君は、ご存じのとおり、学位を取りました。そこまでは、彼も頑張ったのですが、さて、問題は、彼がこれから何をするかです。これは、とても難しい問題なので、彼はお父さんの望みに従って、牧師になろうかと考えているのです。あなたは以前、それに反対されていたので、このことは、ぼくよりもよくご存じだと思いますが。この問題について彼に尋ねてみたんですが、彼が牧師になるうえで、どうにもならない障害は、いまのところなさそうに、ぼくには思えるのです。彼も、この職業に就くために最善を尽くすと言っているんですが、ひとつ条件があるんです。その条件がかないさえすれば、ぼくもフレッド君にできるかぎりの助力をするつもりです。しばらくしたら――もちろん、すぐというわけにはいきませんが――彼にぼくのところの副牧師になってもらってもいいのです。いろいろ仕事があるでしょうから、彼の俸給は、ぼくが教区牧師だったころと同じくらいになるでしょう。しかし、繰り返し言いますが、それにはひとつ条件があって、それがかなわなければ、すべてが無理になるのです。ミス・ガース、彼はぼくにすべてを打ち明けてくれました。そして、ぼくから代わりに頼んでほしいと言うのです。その条件というのは、すべてあなたのお気持ち次第なのです」

メアリがずいぶん心を動かされたようだったので、彼はしばらくたってから、「少し歩きましょう」と言った。そして、歩きながら、つけ加えた。「わかりやすく言いますとね、フレッド君は、あなたに結婚してもらえる見込みが減るような道には、進まないでしょう。しかし、あなたに結婚してもらえるという見通しがあれば、あなたに賛成してもらえることなら何でも、彼は一生懸命やるでしょう」

「私、あの人と結婚するなんて、言えそうもありません、フェアブラザーさん。ただ、もしあの人が牧師になるのなら、絶対にあの人とは結婚しない、ということは確かに言えます。本当に、広いお心でご親切にお話しくださって、おっしゃることが間違っているなんて申し上げるつもりは、まったくありません。ただ、私はつい、子供っぽい、ふざけた物の見方をしてしまう癖がありますので」メアリは、いつもの陽気な溌《はっ》剌《らつ》とした態度に戻って答えたが、その遠慮がちな態度は、いっそう魅力的に見えた。

「フレッド君は、あなたのお考えを、そのままぼくから彼に伝えてほしいと言っています」フェアブラザー氏は言った。

「私は滑稽な人を愛することはできません」メアリは、深入りしたくなかったので、言った。「フレッドは、分別も知識もある人なので、その気になれば、聖職以外の仕事で、成功すると思います。でも私は、あの人がお説教したり、戒告をしたり、祝禱を唱えたり、病人の枕元でお祈りしたりしているところを想像すると、漫画みたいで吹き出しそうになるんです。あの人が牧師になるのは、ただ、格好をつけるためなんでしょうけれども、そこまでしていい格好しようとするなんて、軽蔑すべきことだと思います。クラウズさんが、そうですよね。ぽかんとした顔をしているのに、きちんとした傘を持って、気取った話し方をなさるんですもの。何の権利があって、そういう方たちがキリスト教の代表者になるんでしょうか？——まるでキリスト教が、ばかな人間を紳士にするための制度みたいじゃないですか——まるで——」メアリは途中で言い淀んだ。話し相手がフェアブラザー氏ではなく、フレッドであるかのように、言い過ぎてしまったからだ。

「若い女性は手厳しいですね。男とは違って、行動しても緊張しないのでしょうね。まあ、あなたは別かもしれませんが。しかし、あなたはフレッド君のことを、そんなにレベルの低い人だと思っているわけじゃないですよね？」

「もちろん、そんなふうには思っていません。あの人には、しっかりとした分別もありますから。でも、牧師になったら、その良さが表せなくなると思います。さぞ、きざな牧師になるでしょう」

「では、答えははっきりしていますね。牧師になったら、彼には望みがないわけですね？」

メアリは頷いた。

「しかし、もし彼が別の方面で生計を立てるために、困難を乗り越えようとするなら——あなたは、彼に希望を与えて支えてあげますか？　彼はあなたと結婚できると当てにしていいのですか？」

「フレッドは、前に私があの人に言ったことを、もう一度言わせようとすべきではありません」メアリは少し怒っているような様子で言った。「つまり、そういう質問をするのは、実際に何かまともなことをしてからにすべきです。やればできる、なんて言うのじゃなくて」

フェアブラザー氏はしばらく黙っていたが、二人が草深い道の端まで来て、向きを変え、楓《かえで》の木陰で立ち止まると言った。「あなたが、ご自身を拘束するものに抵抗されるのは、よくわかります。しかし、フレッド・ヴィンシー君を想うあなたのお気持ちは、別の男性を愛する気持ちを排除するのでしょうか？　フレッド君があなたから結婚の承諾を得るまで、あなたが独身のままでいてくれると、彼は当てにしていていいのですか？　それとも、彼は結局がっかりすることになるのですか？　失礼しました、メアリ——前にも教理問答をするとき、あなたのことをこう呼びましたね——しかし、ある女性の愛情のあり方が、別の人の人生の——ひとりじゃなくて何人かの人生の——幸福に関わる問題なのだとすれば、その女性は率直に本当のことを言ったほうが、高潔だということになると思うのですが」

今度はメアリが黙ってしまった。フェアブラザー氏の態度よりも口調が変だと思ったからである。そこには、ただならぬ感情をこらえているような響きがあった。この人が言っているのは自分自身のことなのではないか、という奇妙な考えが、ふと彼女の頭によぎった。とても信じられなかったし、そんなことを考えただけでも、恥ずかしくなった。フレッド以外の男性から、自分が愛されることなど、彼女は考えたこともなかった。フレッドは、彼女がソックスをはいて、革ひもで留めた靴を履いていたころに、傘を留める輪っかを指輪にして、彼女をお嫁さんにしてくれたのだ。それに、彼女の生きる狭い世界のなかでいちばんの賢者であるフェアブラザー氏にとって、自分なんかが重要な存在であるはずがない。すべて靄《もや》がかかっているようで、錯覚のように思えた。しかし、ひとつだけはっきりしていたのは、彼女の答えだった。

「お答えするのが私の義務だとお考えのようですから、申します、フェアブラザーさん。私のフレッドに対する気持ちは強いものなので、ほかの誰かのために、あの人のことをあきらめることはできません。私を失ったために、あの人が不幸になるのなら、私も幸せにはなれません。私のなかで、とっても深く根をおろしているのです——あの人への感謝の気持ちが。あの人はいつだって私を愛してくれましたし、私が傷ついたときにはとても気にしてくれました。私たち二人とも小さな子供だったときからずっと。この気持ちを弱めることができるような、別の新しい気持ちが生まれてくるなんて、想像もできません。あの人がみんなから尊敬されるような立派な人になるところを、私は何よりも見たいと思っています。でも、それまでは結婚する約束はしないと、あの人におっしゃってください。そんなことをしたら、父や母に恥をかかせて、悲しませることになります。あの人は自由ですから、誰かほかの人を選んでいただいても結構です」

「では、私のお役目はこれですっかり終わりました」フェアブラザー氏はメアリに手を差し出して言った。「これからすぐにミドルマーチへ馬で戻ります。こんな前途があるのだから、何とかしてフレッド君に最適の仕事を探してあげましょう。ぼくも、あなたたち二人の式が挙げられるまで、生きていたいものです。では、ごきげんよう」

「あら、ゆっくりしていってください。お茶をお入れしますから」メアリは言った。彼女の目は涙で溢れていた。何か説明のできないもの、決然と痛みに耐えているような感じが、フェアブラザー氏の態度のなかにあったため、彼女は急に辛くなってきたのだ。それは、いつか父の手が苦悩で震えた瞬間に感じた辛さに似ていた。

「いいえ、せっかくですが、もう帰らなければなりませんので」

三分後には、牧師は馬に乗っていた。彼は自分の義務を立派に果たしたのである。それは、ホイストをあきらめることよりも、懺悔の黙想録を書くことよりも困難な義務であった。

第53章

部外者が矛盾と呼ぶものを、不誠実だと決めつけるのは、浅はかで性急な考え方だ。無数の生きた吸盤が隠されていて、それによって信念と行動とが支え合っているのに、「もし」と「それゆえ」という死んだ機械的装置を押しつけようとするのだから。

バルストロード氏は、ミドルマーチのみならずローウィックでもこれから新たに影響力を発揮したいと思っていたので、当然ながら、新しく着任する牧師は、自分が全面的に信頼している人物になってほしいと、強く願っていた。だから、自分がストーンコートの所有者になるための不動産譲渡証書を手に入れたのとほぼ同時期に、フェアブラザー氏が古風な小さな教会で牧師職に就き、そこの農民や労働者、職人などの会衆たちを前に最初の説教を行ったということは、自分自身の欠点、さらには国民全体の欠点に下された懲罰であり、警告なのだと思い込んだ。バルストロード氏は、ローウィック教会に頻繁に通おうと思っていたわけではないし、今後、当分の間ストーンコートに住むつもりもなかった。彼がすばらしい農場と見事な屋敷を買ったのは、そこを隠遁所にしようと思ってのことだった。これから土地を徐々に拡大し、住まいの手入れをしていこうと考えていたが、本拠としてそこに住むのは、それが神の栄光へと通じるようになってからのことだ。つまり、現在力を入れている行政の仕事から一部手を引き、福音の真理の側に立って、地方地主として力をふるうようになってからのことだ。まだ予想はできないが、いつか土地を買い込む機会ができて、神意により、自分の勢力がこれから増していくかもしれない。この方向に強い導きが働いていると感じられたのは、遺産相続人のリッグ・フェザストーン氏が自らの楽園としてストーンコートにしがみつくにちがいないと、誰もが予想していたときに、驚くほどやすやすとそれが手に入ったからである。リッグがここの主人になることは、ピーター老人自身も期待していたことだった。故人は、この蛙顔の遺産相続人が、立派な古い屋敷に住んで、ほかの遺族たちを驚かせたり、がっかりさせたりし続けるのを、見晴らしのよい墓場の土のなかから眺めることを、想像して楽しみにしていたのである。

しかし、隣人が何を楽園だと思っているかは、なかなかわからないものである。私たちは、自分の願望をもとにして判断するのだが、隣人は必ずしも、自分の願望が何であるかを率直に明かしてはくれない。冷静で賢明なジョシュア・リッグにとって、ストーンコートは最高のものではなかったのだが、彼はそれを親には悟られまいとしていた。たしかに彼も、ストーンコートを自分の所有物だと言いたいとは思っていた。しかし、ウォレン[1]・ヘースティングズが金を見て、それでデイルズフォードの土地を買おうと思ったように、ジョシュア・リッグは、ストーンコートを見て、それで金を買おうと思ったのである。彼は自分にとって何が最高かということについて、非常にはっきりとした強い見解を持っていた。親譲りのたくましい貪欲さが、環境の力で特殊な形を取るようになったのだ。彼にとって最高のこととは、両替商になることだった。港町で使い走りをしていた子供のころから、ほかの子供たちが菓子屋の窓を覗き込むように、彼は両替商の窓を覗き込んでいた。この商売に魅せられたことから、次第に特別な欲望が根づいたのである。財産ができたら、彼はいろいろなことをしたいと思っていて、そのひとつは、家柄のよい若い女性と結婚することだった。しかし、それらは幸運に恵まれたときの楽しみにすぎず、想像するだけで無しですますこともできた。彼がどうしても達成したいと心の底から望んでいたのは、人出の多い港町で両替商の店を開き、錠を下ろした金庫に取り囲まれて、自分がその鍵を持っているということだった。世界各国の貨幣を扱いながら増やし、無能な欲張りどもが鉄格子の向こうから羨ましそうにこちらを見ているなかで、落ち着き払っていることだった。この強い欲望に駆り立てられて、彼は、それを実現させるために必要な知識をすべてものにすることができたのだ。ほかの者たちが、ジョシュアはストーンコートに一生住みつくつもりなのだろうと考えていたときに、彼自身は、北部地方の港町に店を構え、金庫と錠の設備を整える日も近いと思っていたのである。

ジョシュア・リッグについての話は、ここまでとしよう。私たちに関係があるのは、リッグが土地を売ったということを、バルストロード氏の観点から見ることである。彼はそれを、自分を元気づける天の配剤と解釈したのである。何の当てもないまま彼がしばらく抱いてきた目的に、天が認可を与えてくれたのだと。彼はこのように解釈はしたが、それほど自信があったわけではないので、神への感謝の祈りを捧げるさいにも、言葉選びを慎重にしておいた。彼の疑念は、土地に関するこの出来事とジョ

1　ウォレン・ヘースティングズ（一七三二―一八一八）は、イギリスの政治家で、初代インド総督。築いた財産で、ウースターシャーの先祖伝来の地所を買い戻した。

シュア・リッグの運命との間に、何らかの関係があるのではないかという考えから生じてきたのではない。リッグの運命などは、たぶん神が植民地でも治めるようについでに扱っただけで、神の摂理の管轄下にある地図には載っていないのだろう。しかし、この天の配剤も、フェアブラザー氏が牧師に就任したことが明らかに懲罰であることと同様、ひょっとしたら自分への懲らしめになりかねないと思ったことから、バルストロードの疑念は生じたのである。

これは、バルストロード氏が誰かを騙そうとして話したことではない。彼はこういうことを、自分自身に向かって語りかけたのである。これが、物事を説明するときの、紛れもない彼のやり方なのである。私たちだって、たまたま人と意見が合わなければ、何か理屈を持ち出してくるものだが、それと同じことだ。理屈のなかに利己心が入り込んできても、理屈の真実味が損なわれるわけではないので、むしろ、利己心が満たされるほど、私たちの信念は強固なものとなるのだ。

神による認可か懲罰かはともかく、ピーター・フェザストーンの死後十五か月もたないうちに、バルストロード氏はストーンコートの所有者になっていた。そして、故人に失望させられた遺族たちは、「もしピーター兄さんがこれを知ったなら、何と言っていただろう」という話題を、飽くことなく繰り返し、自らを慰めていた。いまや亡き兄にとって形勢は逆転し、兄の狡猾さも、それを超えるような皮肉な状況によって出し抜かれたのだと思って、ソロモンは喜びを嚙みしめた。ウォール夫人は、偽者のフェザストーンをでっち上げて、本物のフェザストーンを切り捨てようとしても、どうにもならないということが、これで証明されたと言って、陰気な勝利感を味わった。妹のマーサは、この知らせをチョーキー・フラットで聞いて、「おや、まあ！　じゃあ、全能の神様は結局、養老院がお気に召さなかったのね」と言った。

夫想いのバルストロード夫人は、ストーンコートを買ったことが、夫の健康にもよかったことを、何よりも喜んだ。バルストロード氏は毎日のように馬でストーンコートへ行き、土地管理人といっしょにあちこちの農場を見て回った。積み上げたばかりの干し草の山から漂う匂いと、木々が豊かに生い茂る古い庭の香りが混じり合う夕暮れ時に、この静かな場所で過ごすのは、実に心地よかった。ある夕方、太陽がまだ地平線上にあり、大きなクルミの木の枝の間から黄金色の光線が差してきたとき、バルストロード氏は、正面の門の外で、馬に乗ったままケイレブ・ガースを待っていた。ガースはバルストロードと面会の約束をしていたので、馬小屋の排水の問題について彼に意見を述べたあと、いまは干し草積み場で土地管理人に助言を与えていた。

バルストロード氏は、馬に乗るという素朴な気晴らしをしたせいか、体調もよく、いつになくのどかな気分になっていた。キリスト教の教義のうえでは、自分には長所と言えるものが欠落しているはずだと、彼は思った。しかし、教義上はどうあれ、自分の短所が記憶のなかではっきりとした形をとって、恥ずかしさで心を痛めたり、後悔の念で悶々としたりすることさえなければ、辛くもなんともなかった。いや、むしろ罪深いがゆえに、かえって許しの深さが示され、自分が神の意思を表すための道具となっていることが確証されるのなら、そこには強烈な満足感さえ伴うと言えるだろう。気分と同様、記憶にもいろいろな様相があり、その景色はジオラマ[2]のように移り変わっていく。この瞬間バルストロード氏は、目の前の夕日が、遠い昔、かつて自分が若かったころ、ハイベリーの向こうまで説教に出かけていたときに見た夕日とそっくり同じように感じた。そして、いまでもそのような説教を行う務めが果たせるものなら、喜んでそうしてもいいような気がした。引用した聖書の一節はいまでも覚えていたし、それについて説明する能力も、自分にはあると思った。彼はしばらく物思いにふけっていたが、ケイレブ・ガースが戻って来たので、現実に引き戻された。ガースも馬に乗っていたが、手綱を揺すって馬を進めようとした瞬間、彼は大きな声で言った。

「おや、黒い服を着て道をこっちへやって来る人がいるが、誰だろう？　競馬のあとなんかに見かける連中のようだが」バルストロード氏は馬の向きを変えて、道のほうを見たが、返事はしなかった。やって来たのは、私たちも少しは知っているラッフルズだった。黒いスーツを着て、帽子に喪章をつけていることから、身内に不幸があったことは察せられたが、そのほかは変わった様子はなかった。彼は、馬上の人たちから三ヤード以内の距離にまで近づいたとき、ステッキを振り回しながら、バルストロード氏のほうをじっと見ていたが、とっさに相手が誰かに気づいたという表情を浮かべているのがわかった。彼はついに叫んだ。

「これは驚いた！　ニックじゃないか！　間違いないぞ。あれから二十五年たって、お互い、いろいろあったけどなあ。元気にしてるか？　こんなところでおれに会うとは、思っていなかったんだろう。さあ、握手でもしようや」

ラッフルズのそぶりが興奮気味だったのは、そのときが夕暮れ時であることと同じくらい明らかだった。バルストロード氏が一瞬、葛藤とためらいの表情を見せたことが、ケイレブ・ガースの目に留まった。そのあと、バルストロード氏は冷ややかにラッフルズに手を差し出して言った。

2　透視画。半透明の風景などの絵に各色の光線を投射したものを覗き見る仕掛け。

「こんな人里離れた田舎で君に会うなんて、本当に思ってもみなかったよ」

「ここはな、おれの義理の息子のものなんだ」ラッフルズは、威張ったように姿勢を正して言った。「そいつに会いに、前にもここへ来たんだ。あんたに会っても、おれのほうは、驚いちゃいないよ。ここで手紙を拾ったもんでね——こういうのを、あんたは摂理って言うんだろ。あんたに会えるとは、すごく運がいいよ。義理の息子に会うことなんか、どうだっていいんだ。あいつは優しくないし、あいつのおふくろは死んでしまったからね。実は、あんたに会いたくてたまらなかったもんで、おれは来たんだよ、ニック。あんたの住所を知りたくてね——ほら、見てくれ!」ラッフルズは皺くちゃの紙切れをポケットから引き出した。

ケイレブ・ガース以外の人間なら誰でも、この場にもう少し留まって、この男のことをできるだけ聞き出してやりたい気持ちをそそられたかもしれない。この男がバルストロードの知り合いであることは、銀行家の人生に、ミドルマーチで知られているのとは違った一時期があって、何か秘密の事情が絡んでいるように感じられたからである。しかし、ケイレブは変わった人間だった。ふつうの人間に備わっている強い傾向が、彼にはほとんど欠落していた。たとえば、他人の個人的な事情に対する好奇心である。特に、他人の評判を落とすようなことを知りそうになると、ケイレブは知らずにすませたがった。自分より目下の者であっても、相手の悪事がばれたと言わなければならなくなると、彼のほうが犯人よりも当惑してしまう始末だった。そこで彼は、馬に拍車をかけて、「では、バルストロードさん、失礼します。私は家に帰らなければなりませんので」と言うと、速歩《はやあし》で去って行った。

「この手紙には、あんたの住所が全部は書かれていない」ラッフルズは続けた。「あんたは、前には一流の実業家だったのに、あんたらしくないじゃないか。シュラブズ屋敷だって？　そんなもの、どこにでもありそうな名前じゃないか。この近くに住んでいるのかい？　ロンドンとはすっぱり手を切ったわけか？　田舎の地主さんになったのかな。おれを招待してくれるお屋敷があるんだろうなあ。まったく、あれは何年前のことかな！　奥さんは、もうだいぶん前に死んだんだろう。娘さんが貧乏していることも知らずに、あの世へ行ったってわけかな？　おい、それにしても、顔色がえらく悪いぞ。元気がないじゃないか、ニック。さあ、これから家に帰るんなら、おれもいっしょに歩いていくよ」

バルストロード氏は、もともと顔色が悪いほうだったが、いまは実際、死人のような顔色になっていた。五分前には、彼の人生の広がりは夕日のなかに沈み、その照り返しは思い出のなかの朝まで輝かせていた。罪はあくまでも教義上の問題であって、心のなかで悔い改めていればよいように思えた。屈辱は、人に隠れた場所で味わっておけばよかった。自分の行動の意味は、個人的にどう考えるかの問題にすぎず、魂と関係づけたり神の意志にかなうように調節したりしていればいいのだった。それがいま、忌まわしい魔力でも働いたかのように、この騒々しい赤ら顔の人間が彼の前に立ち現れて、頑として動こうとしないのである。これまでに想像したこともないような形で、過去が懲罰となって姿を現したのである。バルストロード氏の頭のなかにはさまざまな想いが駆け巡っていたが、彼は性急な言動に走るたちではなかった。

「私は家に帰るところだったが」彼は言った。「少しぐらいなら遅らせてもいい。なんなら、ここで休んでもらってもいい」

「ありがとうよ」ラッフルズは、作り顔をして言った。「義理の息子に会うのは、もうどうだっていいんだ。おれはむしろ、あんたについて行くほうがいいよ」

「君の義理の息子さんというのが、もしリッグ・フェザストーンさんのことなら、あの人はもうここにはいない。いまは私がここの所有者なんだ」

ラッフルズは目を見開いて、驚いたように口笛を吹き鳴らした。それから言った。

「それじゃあ、何も問題はない。おれは街道からもうじゅうぶん歩いたんだ。おれはあんまり長い道を歩けるほうじゃないし、馬に乗るのも得意じゃない。おれが好きなのは、勢いのいい辻馬車なんかだな。身体が重たいから、鞍に乗るのは向かないんだ。おれにまた会えて、あんた、嬉しくてびっくりしただろう！」二人で家のほうに向かっていたとき、彼は続けた。「あんたは、口じゃあ認めないんだな。でも、あんたは、自分の運のよさを満足して受け入れるような人じゃなかった。あんたはいつも、それをもっといい方向へもっていこうとしていたな。あんたには、運を切り開く才能があるよ」

ラッフルズは自分の頭の回転のよさに気をよくして、ふんぞり返って歩いていたが、それはいっしょに歩いているもうひとりの思慮深い人間にとっては、我慢に堪えないものだった。

「私の記憶が正しければ」バルストロード氏は冷淡な怒りをにじませて言った。「われわれの昔の関係は、君のいまの態度に見られるような親しいものではなかったはずだがね、ラッフルズ君。君が私にしてほしいと言っていることも、そういう馴れ馴れしい話し方をやめてくれたら、かなえてあげるよ。われわれは以前もそんなに親しい間柄ではなかったのだし、もう二十年以上もたっているんだから、そういう素振りはやめてもらいたい」

「あんたはニックって呼ばれるのが、嫌なのかい？　おれは心のなかでずっとニックって呼んでたんだけどなあ。姿は見えなくても、懐かしくてね。本当だぜ！ あんたに対するおれの思いは、年代物のコニャックみたいに熟してたってわけよ。あんたの家にも、コニャックがあるのかい？ ジョッシュもこの前、酒瓶にいっぱい詰めてくれたよ」

しかしラッフルズにとっては、コニャックを求める欲望よりも、人を責め苛みたいという欲望のほうがもっと強く、こちらが迷惑そうにすると、ますます嫌がらせをしたがるのだということを、バルストロード氏はまだよく理解していなかった。しかし、これ以上異を唱えても無駄だということは明白だった。家政婦に、客を泊める用意をするようにと指示したときには、バルストロード氏は心を決めて、落ち着いていた。

この家政婦はリッグのもとでも働いていたので、バルストロード氏がラッフルズをもてなすのは、たんに以前の主人の知り合いとしてなのだと思ってくれるかもしれない。そう考えると、バルストロード氏はほっとした。羽目板張りの居間で、訪問者のために食べ物や飲み物が並べられ、部屋にほかに誰も見ている者がいなくなると、バルストロード氏は言った。

「ラッフルズ君、君の習慣と私の習慣はずいぶん違うから、われわれはいっしょにいるわけにはいかない。お互いにとっていちばんいいのは、できるだけ早く別れることだ。君が私に会いたがっていたことからすると、君はたぶん私と何か取り引きがしたいんだろう。しかし、私のほうにも都合があるから、今晩は君にここに泊まってもらって、明日の朝早く私がここへ馬で来ることにしよう。朝食前には来るから、何か私に言いたいことがあるのなら、そのときに聞くことにしよう」

「いいねえ」ラッフルズは言った。「ここは居心地がいい。長いこと居るにはちょっと退屈だが、ひと晩ぐらいなら我慢できる。いい酒もあるし、明日の朝、またあんたに会える楽しみもあるしなあ。義理の息子よりもあんたのほうが、よくもてなしてくれる。ジョッシュは、おれがあいつの母親と結婚したことで、ちょっとおれに恨みがあるんだ。ところが、あんたとおれの間には、友達のよしみしかないからなあ」

上機嫌と皮肉めいた調子の混じったラッフルズの態度は、酒に酔った影響なのだろうと思って、バルストロード氏は、相手がすっかりしらふになるまで待ってから、話をつけることにした。しかし、馬で家に帰る道中、頭のなかではっきりしてきたのは、この男と金輪際手を切るような結末へと導くのは難しい、ということだった。彼はジョン・ラッフルズを排除したいと思わずにはいられなかった。この男がふたたび現れたことを、神の計画外のことだと見なすわけにもいかなかった。悪霊がこの男を送り込んで、善の道具たるバルストロード氏を破滅させようと、脅しているのかもしれない。しかし、その脅しが神によって認められたにちがいないのだから、これは新たな懲罰なのだ。彼にとって、今回経験している苦悩は、これまでのものとはまったく違っていた。これまでの苦悩は、誰にも知られずにすんだし、自分の隠された悪事は許され、神への奉仕が受け入れられたという思いに、結局行き着くようなものだったからだ。悪事を犯したとはいえ、神に自らの身と所有物のすべてを捧げて、神の計画を進めるために役立ちたいと誠実に願うことにより、それは半ば清められたとも言えるのではないか？ それなのに、結局のところ、自分はつまずきの石や妨げの岩[3]にすぎないというのか？ 彼の内心の思いを理解する人があるだろうか？ 彼に汚名を着せる名目があるとわかれば、彼の全人生と彼が信奉してきた真理を、それといっしょくたにして誹謗せずにおく人がいるだろうか？

つらつらと物思いにふけりつつ、バルストロード氏は、長年の習慣から、自分の利害に関わる恐怖心についてさえ、教義に照らしてみて、神の意志と結びつけて考えようとした。しかし、私たちが地球の軌道や太陽系について話したり考えたりしているときにも、実際に感知しているのは、不動の地球と一日の移り変わりなのであり、自分の動きをそれに合わせて調整しているのである。いま理論的な教義上の言葉が次々と自動的に浮かんでくるなかで――苦痛について抽象的な話をしているときに、発熱の兆しとして悪寒と身体の節々の痛みを感じるように——隣人たちや妻の前で自分が面目を失うのではないかという予感が、心のなかではっきりと感じられたのである。というのも、苦痛は、その不面目を世間がどう判断するかということだけではなく、自分が前もってそれについてどのように公言していたかということによって決まるからである。重罪に問われることさえ逃れられればいいと考えている人間にとっては、犯罪者として被告席に立たされること以外は、何事も不面目には感じられない。しかし、バルストロード氏はそういう人間ではなく、優れたキリスト教徒になることを目指してきたのである。

翌朝、彼がふたたびストーンコートに着いたのは、七時半よりも前だった。この立派な古い屋敷が、このときほど気持ちのいい我が家に思えたことはなかった。大きな白い百合の花が咲き、美しい葉に銀色の露が光っているキンレンカは、低い石垣の外へこぼれ、辺りの物音まで平和そのもののようだった。しかし、正面の砂利道を歩いているこの屋敷の主人にとって、すべては台無しになってしまった。彼はラッフルズ

3 新約聖書「ローマ人への手紙」第九章第三三節。人生を旅路に譬えたとき、障害を及ぼす行為や概念を比喩的に表現するさいに用いられる言葉。

が降りてくるのを待って、朝食をともにせざるをえなかった。

間もなく二人は、羽目板張りの居間に座って、お茶とトーストを前にしていた。こんな早い時間帯には、ラッフルズはこれぐらいしか食べる気がしなかったのである。昨夜の彼と今朝の彼とでは、バルストロード氏が思っていたほど、様子が変わらなかった。昨夜ほど威勢よくはなかったが、相手に嫌がらせをする楽しみは、かえって強まっていた。朝の光のもとで見ると、彼の態度は、明らかに前よりも不快なものになっていた。

「私はあまりゆっくりしている時間がないのでね、ラッフルズ君」と言った銀行家は、お茶をすすり、トーストをちぎるのがやっとで、それを口にすることもなかった。「早速だが、どうして私に会いたいと思ったのか、話してもらいたい。君はどこかに住んでいて、そこへ帰りたいのだと思うが」

「そりゃあ、昔の友達に会いたいと思うのが、人情ってもんだろ、ニック？　おれはあんたをニックって呼ぶよ。あんたがあの後家さんと結婚しようとしたとわかったとき、おれたちはあんたのことを、いつもヤング・ニックって、呼んだものさ。あんたはオールド・ニック[4]と血がつながっているという者もいたがね。あんたにニコラスっていう名前をつけたんだから、お袋さんのせいだな。おれにまた会えて、嬉しいだろう？　おれは、どこかいい家でいっしょに暮らそうって、あんたから誘いがあるかと思ったんだがね。おれのところは、女房が死んだんで、家をたたんだんだ。どこにも未練はないから、いっそこの辺りに住み着きたいね」

「どうしてアメリカから戻って来たんだね？　君はずいぶんアメリカに行きたがっていて、相当な金も受け取ったんだから、一生あっちで暮らすと約束したのも同然だと、私は思っていたのだが」

「ある場所へ行きたいってことと、そこに住みたいってことは、同じことだとはかぎらんよ。あそこには十年ほど住んだが、それでたくさんだ。おれはもう、アメリカに行く気はないよ、ニック」こう言うとラッフルズはバルストロード氏のほうを見ながら、ゆっくり目くばせした。

「何か仕事を始めたいのかね？　いまの職業は何なのだね？」

「せっかくだが、おれの職業は、できるだけ楽しむことなんだ。もう働く気はないんだ。もし何かするとすれば、煙草の商売でちょっと旅回りでもするかな——何かそう

4　old Nick は口語で悪魔の意味。したがって、young Nick という呼び名には、バルストロードが、悪魔の血を引いているという含みがある。

いう、面白い仲間ができそうなことだな。だが、それには自立して暮らせる収入が必要なもんでね。それなんだよ、おれが欲しいのは。もう前みたいにおれは丈夫じゃないんだ、ニック。あんたより、おれのほうが顔色はいいけどな。おれは自立できる収入が欲しいんだ」

「私から遠ざかっていると約束するなら、あげられるかもしれないけどね」バルストロード氏は言った。小声ではあったが、やや熱心すぎるような調子がこもっていた。

「おれの都合に合わせてもらわなきゃなあ」ラッフルズは冷ややかに言った。「この辺りで、知り合いを作ってもいいかと思うんだ。おれは誰とでも対等につき合えるぜ。馬車を降りたとき、通行税取り立て門のところに、旅行鞄を置いてきたんだ――下着の着替えとか――本物の麻製だぞ、本当に！――ワイシャツの胸当てとか袖口なんかも、それに入っている。この喪服にベルトとかいろいろつけたら、おれがここらのお偉方と会っても、あんたの面目は立つだろう」椅子を後ろに引いていたラッフルズは、自分の身体を見下ろし、とりわけベルトに目をやった。彼の第一の目的は、バルストロードに嫌がらせをすることだった。しかし、実際、自分の姿はなかなかのものだと も思った。自分は男前で、頭がよく切れるだけではなく、こういう喪服姿をしていると、よい親戚もいるように見えるだろうと。

一瞬間を置いてから、バルストロード氏は言った。「ラッフルズ君、ともかく私を当てにしているのなら、私の側の希望にも合わせてもらおう」

「もちろんだよ」ラッフルズは、嘲りを含んだ親しみをこめて言った。「いつもそうしていたじゃないか？　まったく、あんたはおれのおかげで得をしたが、おれのほうには何の得もなかったんだ。あれからおれはよく思ったんだが、ばあさんには、娘と孫が見つかったって、言ってやったほうが、よかったんじゃないかなあ。そのほうが、おれの気持ちにはしっくりきたように思うんだ。おれは心が優しいもんでね。いまごろじゃあ、もう墓のなかにいて、ばあさんにとっちゃ、どうでもいいことだろうけどね。それであんたは、あんなぼろ儲けをして、ひと財産作ったわけだ。それをきっかけに、あんたは土地を買って、地主になって、田舎の名士になったんだな。いまでも、国教に反対しているのかい？　あいかわらず神様に信心しているのかい？　それとも、紳士に似合うように、国教会に乗り換えたのかな？」

ここまでくると、ラッフルズがゆっくり目くばせしたり、舌をちらっと出したりすることは、悪夢よりもなお悪かった。というのも、これが悪夢ではなく、目覚めて見ている災いだということが、それによってますます確実になるからだ。バルストロード氏は、ぞっとして吐き気を覚えた。彼は口をきかなかったが、心のなかではしきりに考え続けていた。ラッフルズの好き放題にさせず、無視して勝手に中傷させておけばいいのではないかと。そのうちあの男は、いかがわしい人間だという正体を現して、誰からも信用されなくなるだろう。「しかし、あいつがおまえについての無様《ぶざま》な真相をしゃべったら、話は別だろう」と、彼の内の明敏な自意識の声は言った。するとまた、ラッフルズを遠ざけておくこと自体は間違った行いとは言えないが、彼が暴露する真相を否定するのは、紛れもない嘘をつくことになってしまうのだと思って、バルストロード氏は気が引けてきた。すでに許された罪について振り返ること、というか、曖昧な習慣に無責任に従ってしまったことについて説明する――こういうことと、必要に迫られて故意に嘘をつくということとは、別問題なのである。

しかし、バルストロード氏が黙っていたので、ラッフルズは時間を最大限に利用しようとして、話を続けた。

「おれは、あんたみたいに運がよくないんだ、まったく。ニューヨークでも、ひどい目に遭ったよ。ヤンキーってのは、ずうずうしいやつらで、まともな礼儀を知っている人間がつき合える相手じゃない。おれはイギリスに帰って来てから、結婚したんだ――いい女で、煙草の商売をやっていた。おれに惚れててね。商売のほうはぱっとしなかったけどな。そいつは知り合いの世話で、あっちに長いこと住んでいたんだ。

ただ、厄介な息子連れでね。おれはジョッシュのやつとは馬が合わなかった。だが、おれはできるだけのことはしたし、いつも酒飲み友達もいたしな。真っ正直にやってきて、何も隠し立てすることもない。これまであんたを訪ねて来なかったことを、悪く思わんでくれ。ちょっと身体の具合が悪くて、会いに来るのが遅くなったんだ。おれは、あんたがロンドンで商売したり、お祈りしたりしているんだと思ってたんだが、そこじゃあ見つからなくてね。ところが、こうしておれは、あんたのところへ寄こされたんだ、ニック。おれたち二人ともにとって、幸せなことにな」

ラッフルズはおどけた調子の鼻声で言葉を結んだ。信心ぶった偽善的な言葉よりは、自分の知性のほうがまだましだということを、彼ほどはっきり感じている人間はいなかった。もし人間の卑しい感情につけこむ悪知恵を知性と呼べるなら、ラッフルズにも知性はあった。というのも、バルストロード氏に向かって、からかい半分でぺらぺらしゃべっていても、その裏では、チェスの駒を動かすように、ちゃんと言葉選びをしていたからだ。一方、バルストロード氏も自分の動きは決めていたので、きっぱりとした態度で言った。

「ラッフルズ君、よく考えたほうがいいよ。不相応に利益をせしめようと無理しすぎると、失敗することがあるからね。私は君には何ら義務はないが、毎年決まった額を払ってあげてもいい——年に四回に分けてね。君がこの近辺から離れるという約束を守りさえすればね。選ぶのは君次第だ。たとえわずかの間でも、あくまでもここに留まり続けるというのなら、私は一ペニーも出さない。私は君のことを知らないことにする」

「はは！」ラッフルズは、わざとらしく吹き出した。「警官のことを知らないふりした、滑稽な泥棒犬を思い出すね」

「当てつけで言っているつもりかもしれないが、私には通用しないよ」バルストロード氏はむきになって言った。「君がどんな手を使おうとも、法律は私をどうすることもできない」

「あんたは、冗談の通じない人だなあ。おれのほうじゃ、あんたのことを知らないことにはしないって、言いたかっただけだよ。まじめな話に戻ろう。あんたの言う四回払いは、おれには合わないな。おれは自由が欲しいもんでね」

ここでラッフルズは立ち上がり、部屋のなかを一、二周ゆっくり歩きまわった——足を揺らしながら、横柄に考え事をしているような態度で。ついに彼は、バルストロード氏と向き合って立ち止まり、言った。「じゃあ、こうしよう！　二百ポンドくれ。たいした金じゃないだろ。そうしたら、おれは出て行くよ。本当だ！　旅行鞄を受け取って、出て行くよ。だが、おれは汚い年金なんぞのために、自由を奪われたくはないんだ。おれは、好きなところへ行ったり来たりしたいんだ。離れたところにいて、手紙のやりとりをするほうが、おれには合っているかな。どうするかわからんがね。金はいま持っているかい？」

「いや、いまは百ポンドしか持ち合わせていない」とバルストロード氏は言った。すぐに厄介払いができるのだと思うと、あまりにもほっとしたので、将来のことが不確実だからといって、断る気にはなれなかったのだ。「住所を教えてくれたら、あとの百ポンドは、そちらへ送ろう」

「いや、あんたが持って来るまで、ここで待ってるよ」ラッフルズは言った。「おれは散歩して、間食でもしておくから、それまでに戻って来てくれ」

バルストロード氏の病弱な身体は、昨夜から経験した動揺でぼろぼろになっていたので、このわめき散らす不死身の男の言うままにされて、彼はすっかりみじめになった。その瞬間、一瞬でも楽になるのなら、どんな条件にでも飛びつこうと思った。彼は立ち上がり、ラッフルズの言うとおりにしようとした。そのときラッフルズは、急に思い出したというように、指を立てながら言った。

「あんたには言わなかったが、おれはあれからもう一回セアラを探してみたんだ。あの可愛い娘っ子のことが、気になったもんだからな。あの娘は見つからなかったが、あいつの亭主の名前がわかったんで、メモしておいたんだ。ところが、畜生、その手帳をなくしてしまったんだ。聞いたら、思い出すんだがな。おれは、若いときと同じで、頭は衰えちゃいないが、名前だけは忘れやすくなってしまってよ！　時々、名前を記入する前の、いまいましい納税告知書みたいな白紙状態になるんだ。とにかく、あの娘と家族のことがわかったら、知らせてやるからな、ニック。あんたの義理の娘なんだから、あいつに何かしてやりたいだろう」

「もちろんだ」バルストロード氏は、いつものように薄い灰色の目でじっと見つめながら言った。「ただ、そうしたら、君を援助する余裕はなくなるかもしれないがね」

バルストロード氏が部屋から出て行ったとき、ラッフルズはゆっくりまばたきをしながら、その後ろ姿を見送った。それから窓のほうを向いて、銀行家が馬に乗って立ち去っていくのを見た。ほとんど彼の命令にバルストロードが従ったというような形だった。彼ははじめ薄笑いをして唇を歪めていたが、そのあと口を開けて、ひと声、勝利の笑い声を立てた。

「いったい何て名前だったかなあ？」やがて彼は、頭を掻きむしり、眉を一文字に寄せながら独り言をいった。彼は自分が物忘れしたということを、実は気にしていたわけでも、特に考えていたわけでもなく、バルストロードに嫌がらせをしようと知恵を絞っているうちに、たまたまそのことを思いついたにすぎなかった。

「Lで始まるんだったかな。やたらl《エル》の多い名前だった」と言い続けているうちに、このつかまえにくい名前を思い出しかけたような気がした。しかし、つかみ損ねて、彼はこの頭のなかでの追いかけっこに、すぐ飽きてしまった。というのも、ラッフルズほど自分ひとりでする仕事に我慢のできない人間はいなかったからである。それに彼はいつも自分の話を人に聞いてもらいたくてうずうずしていた。だから、むしろ土地管理人や家政婦を相手に、会話を楽しみながら時間をつぶすほうがいいと思った。そこで、彼はこの二人から、バルストロード氏のミドルマーチにおける立場について、聞きたいだけの情報を集めたのである。

しかし、結局は暇をもてあましてしまい、彼はチーズつきパンとビールを口にしながら、気を紛らわせるしかなかった。こうして退屈をしのぎながら、羽目板張りの居間にひとりで座っていたとき、突然彼は膝を叩いて叫んだ。「ラディスローだ！」思い出そうとしてもなかなか思い出せず、あきらめて放棄したところ、記憶の作用が、意識的な努力なしに突然達成されたのである。これは、誰もが経験することだが、思い出した名前自体は価値のないものであっても、出かかったくしゃみが出たときのように、すっきりするものだ。ラッフルズは、すぐに手帳を取り出して、その名前を書き留めた。それを使うつもりがあったわけではなかったが、もしも必要になったときに困らないようにしておくためだった。彼はバルストロードに言おうとは思わなかった。言ったところで、実際には何にもならない。しかし、ラッフルズのような人間にとっては、秘密にしておくと役に立つことがよくあったのだ。

彼は取りあえずうまくいったことに満足した。その日の三時には、通行税取り立て門で旅行鞄を受け取って、駅伝乗合馬車に乗り込んだ。こうして、バルストロード氏の目に映るストーンコートの風景から、醜い黒点は取り除かれた。しかし、その黒点がふたたび現れて、平和なわが家の炉辺からさえ消せなくなるかもしれないという恐怖を、彼の心から取り除くことはできなかったのである。

第6部　未亡人と妻

第54章

あの人《マイ・レディー》が目に愛を湛えていると、
その眼差しを向けられた者はみな、心地よくなる。
彼女が道を通ると、男たちは振り返る。
彼女に挨拶された男は心が高揚し、
不安げな顔を伏せてため息を漏らし、
自らの悪しき心に恥じ入る。
憎しみを持つ者は愛し、傲慢な者も崇拝する。
ああ、女たちよ、彼女を褒め称えるのを、何とかして助けてほしい。
謙虚な気持ちとあらゆる希望が、
彼女の言葉を聞く者の心の内にもたらされる。
彼女の姿を見た者は、つねに清められる。

かすかに微笑むときの彼女の眼差しは、
言葉には表しがたく、記憶に留めることもできない。
それはめったに目にすることのできない美しい奇跡なのだ。
――ダンテ『新生』[1]

その気持ちのいい朝、ストーンコートの干し草の山は芳《かぐわ》しい香りを辺りに漂わせていた。あたかもラッフルズがそれをかがせる価値のある客であるかのように。そのころドロシアは、ローウィック屋敷に戻って来ていた。三か月もたつと、フレシット屋敷はちょっとうっとうしい場所になっていた。さながら聖カタリナ像のモデルのように座って、シーリアの赤ん坊をうっとりと眺めていることは、一日のうちで何時間も続けていられることではなかった。かといって、その赤ちゃん閣下を前にして無関心な態度を続けることは、子供のいない伯母としては、絶対にやってはならないこと

1　『ソネット』第二一章より。『新生』（一二九二ごろ）は、抒情詩と散文とを交互に配した詩物語で、昇天した女性に対する愛が主題。引用箇所は、ダンテ・ガブリエル・ロセッティによる英訳（一八四六）をもとに訳した。

だった。必要があれば、ドロシアは赤ん坊を抱いて一マイル歩いて行くことだって、喜んでしただろうし、そうしたことでますます可愛く思ったかもしれない。しかし、甥っ子を小さなブッダとは思えず、ただ感心していることしかできない伯母にとっては、赤ん坊の動作は単調に思えて、見ているうちに飽きてしまう。

姉がそんな心境でいるとは、シーリアには思いも及ばなかった。子供ができないま ま姉が未亡人になってしまったのと、ほぼ同じ時期にアーサー坊やが生まれたことは(赤ん坊はブルック氏からもらった名前をつけられた)、奇遇な運命の巡り合わせとしか思えなかったからだ。

「ドードーは、自分のものを持とうとしない人なのよ。子供でも何でも!」シーリアは夫に言った。「もし姉さんに赤ん坊がいたとしても、アーサーみたいに可愛かったはずはないけど。そうでしょ、ジェイムズ?」

「もし父親似だったら、可愛くなかっただろうね」サー・ジェイムズは、自分の言ったことが直接の答えになっていないことはわかっていたが、実は内心、自分のところに生まれた子ほど完璧な赤ん坊はいないと思っていた。

「そりゃあ、そうよ! そんなの想像できる? 生まれなくて、本当によかったわ」シーリアは言った。「ドードーが未亡人になったのは、いいことだったと、私は思うの。そのほうが、うちの赤ちゃんのことを、自分の子みたいに可愛いと思えるだろうし、好きなだけいろいろな考え事ができるようになるでしょうから」

「いっそ女王陛下だったらよかったかもしれない」ドロシアに対していまも忠実なサー・ジェイムズは言った。

「でも、それなら私たちの立場はどうなるのかしら？ いまみたいにはしていられなくなるわ」シーリアは言った。わざわざ面倒な想像力を働かせる気にはなれなかったのである。「いまのままのお姉さんのほうが、私はいいわ」

そういうわけで、ドロシアがローウィックへ引き揚げるために支度をしていると知ったとき、シーリアはがっかりして眉をつり上げ、彼女らしい物静かな口調で、やんわりと皮肉を言った。

「ローウィックに帰って、何をするつもりなの、ドードー？ あそこでは何もすることがないって、ご自分でもおっしゃっているじゃないの。村の人たちはみんな清潔でいい暮らしをしていて、お姉さんの出る幕がなくて、気分が落ち込んでしまうって。ここにいれば、ガースさんといっしょに、ティプトン中を裏庭の隅々まで見て回って、楽しんでいられるのに。いまなら伯父様も外国旅行中でお留守だから、お姉さんとガースさんとで、何でも好きなようにできるでしょ？ ジェイムズだって、何でもお姉さんの言うとおりにするだろうし」

「これからも、ここにはちょくちょく来るわ。そのほうが、赤ちゃんの成長もよくわかるでしょうし」ドロシアは言った。

「でも、お風呂に入れるところを見られなくなるわ」シーリアは言った。「それが、いちばんの見どころなのに」彼女はちょっと口をとがらせて言った。その気になれば留まれるのに、わざわざ赤ん坊から離れようとは、姉はずいぶん冷たい人だというように、彼女には思えたのである。

「キティ、また泊まりがけで来て、見せてもらうわ」ドロシアは言った。「でも、いまはひとりになりたいの、自分の家で。フェアブラザーさんご一家のことももっと知りたいし、ミドルマーチで何をするべきかについて、フェアブラザーさんとご相談もしたいのよ」

もともと意志が強いドロシアは、頑として言うことを聞こうとはしなかった。どうしてもローウィックに住みたいから、帰ると決めたまでのことで、帰りたい理由を説明する必要もないと思っていた。しかし、周囲の者はみな反対した。サー・ジェイムズは大いに心を痛めて、みんなでチェルトナム[2]に数か月間滞在してもいい――聖なる箱舟ともいうべき揺りかごを持って行って――とまで提案した。当時は、チェルトナム行きを提案して、それでもだめだというのなら、もうどうしようもなかった。

ジェイムズの母、レディー・チェッタムは、ロンドンの娘を訪ねたあと帰って来たところだったが、少なくともヴィゴウ夫人に手紙を書いて招き、カソーボン夫人のお相手役を務めてもらうように頼むぐらいのことはしなくては、と思っていた。若い未亡人のドロシアが、ローウィックの屋敷にひとりで暮らそうと考えるなんて、とんでもないことだ。ヴィゴウ夫人は、王家の人たちに本を読んだり、その秘書を務めたりしたこともある人なのだから、知識や趣向という点では、ドロシアだって文句のつけようがないはずだ。

カドウォラダー夫人はドロシアと二人きりのときに言った。「あの家にひとりきりでいたら、あなたはきっと頭がおかしくなりますよ。幻を見るようになるわ。私たちはみな、ある程度は努力して、正気を保つようにしなければならないし、人がこうだと言えば、自分もそうだと言うものですよ。たしかに、お金のない若い人たちなら、頭がおかしくなるのも、ひとつの手ではありますけどもね。そうしたら、世話をしてもらえるでしょうから。でも、あなたはそんなことになってはいけません。ここのお

2　イングランド南西部グロスターシャー州の町で、鉱泉の保養地。

屋敷の大奥様に、あなたも少しうんざりしているんでしょ？　でも、あなただって、いつも悲劇の女王様を演じて、大げさな振る舞いばかりしていたら、周りの人たちもあなたにうんざりしてしまいますよ。ローウィックの書斎に独りきりで座っていたら、天気までご自分の思いどおりにできるような気持ちになるんじゃないかしら。あなたの言うことを、頭から信じ込まないような人が、周囲に二、三人はいたほうがいいと思いますよ。頭を冷やすのに、いい薬になりますからね」

「私は、みんながこうだと言えば、そのとおりだと言うような人間ではありません」ドロシアは毅然として言った。

「でも、あなただって、ご自分が間違っていたということが、おわかりになったのでしょ？」カドウォラダー夫人は言った。「それは、あなたの頭がまともだという証拠ですよ」

ドロシアは、その言葉に含まれた棘《とげ》に気づいたが、傷つくことなく言った。「いいえ、私は世間の人たちだって、結構いろいろと間違うことはあると思います。こんなふうに考えても、頭がまともだということもあるはずです。だって、世間の人たちのほうが、考え方を改めなければならないことだって、よくあるのですから」

カドウォラダー夫人はドロシアにそれ以上言わなかったが、夫に対しては次のように言った。「しかるべき時期がきたら、あの人はできるだけ早く再婚したほうがいいわね。ちゃんとした人たちとおつき合いをすれば、だけれども。もちろんチェッタムさんのところでは、再婚を望んでおられないでしょうが。でも、あの人の調子を乱さないためには、夫をもつのがいちばんだということは、わかりきっています。うちがこんなに貧乏でなければ、トライトン卿でもお招きするんですけれどもね。あの方はいずれ侯爵になられるだろうし、ドロシアさんもきっと立派な侯爵夫人になれるでしょう。喪服を着ていると、一段と綺麗だわ」

「ねえエリナ、あの人のことはそっとしておいてあげなさい。そんなことを企んでも、無駄だよ」呑気そうに教区牧師は言った。

「無駄ですって？　男と女を引き合わせずに、どうやって縁組ができるんですか？　こんなときに、よくも伯父さんともあろう人が、逃げ出して屋敷を閉め切ったりできるもんだわ。フレシット屋敷やティプトン屋敷に、よさそうな相手をたくさん招くべきじゃないですか。トライトン卿なんか、ちょうどよさそうな人なのに。間の抜けたやり方で人を喜ばせる計画をいっぱい持っている人ですし。まさにカソーボンさんの奥さんにぴったりだわ」

「カソーボンの奥さんに自分で選ばせたらいいじゃないか、エリナ」

「あなたたち頭のいい殿方は、時々そういうばかなことを言うのね！　候補者がいなくて、どうやって選ぶのよ？　女性はふつう、手の届くところにいる男の人しか選べないのよ。いいですか、ハンフリー。周囲の者たちが気を配ってあげなければ、カソーボンさんとのときより厄介なことになるわよ」

「頼むから、その話題には触れないでくれ、エリナ！　サー・ジェイムズは、その点でぴりぴりしているんだから。不用意にその話をすると、あの人はすごく気を悪くするよ」

「私はそんな話をしたことはないわ」カドウォラダー夫人は両手を広げて言った。「私は何も聞いていないのに、そもそもシーリアさんのほうから遺言書のことを何もかも話してくださったのよ」

「そりゃあ、そうかもしれないが。あちらじゃ、そのことをもみ消したいと思っているんだ。それに、あの若者も、この土地から出て行くそうだし」

カドウォラダー夫人は何も言わなかったが、黒い目に皮肉な表情を浮かべて、夫に向かって意味ありげに三度頷いた。

ドロシアは、反対されても説得されても屈することなく、物静かに自分の意志を押し通した。六月の終わりには、ローウィック屋敷のよろい戸はすべて開けられ、書斎に穏やかな朝日が射し込んで、並べられたノートの列を照らし出した。それは、忘れ去られた信仰の物言わぬ形見として、荒野に立ち並ぶ巨石群に日が照っているかのようだった。そして、バラの香りが漂う夕方の空気が、ドロシアがこもっていた青緑色の私室に静かに流れ込んでいた。最初に彼女は、一年半に及んだ結婚生活は何だったのかと問いつつ、ひとつひとつの部屋へ足を踏み入れた。そして、亡き夫に話しかけるようなつもりで、自分の想いを辿った。やがて書斎で足を止め、ノートを夫が満足しそうな順番にきちんと並べ替えるまでは、落ち着かなかった。生前の夫といっしょにいたときには、彼に対して哀れみを感じずにはいられず、生活が息苦しかった。その哀れみは、いま亡き夫に向かって、ひどい人だったのね、と抗議したいような気持ちのときでさえ、彼の顔を思い出せばつきまとっているのだった。このとき彼女はちょっとした儀式を行ったのだが、いささか迷信じみていて、読者の微笑みを誘うかもしれない。『カソーボン夫人用の梗概一覧表』と書かれた書類を、彼女は丁寧に封筒に入れ、次のように書いたものを合わせて同封して、封印したのだ。

私にはこの仕事はできません。私が信じてもいない仕事に希望もなく取り組んで、自分の魂をあなたに服従させるわけにいきません。おわかりいただけます

か？――ドロシア

これが済むと、彼女は書類を自分の机にしまった。

夫との声なき対話は、その言葉の底に、そしてその言葉をとおして、何が何でもローウィックに帰りたいという切望があったからこそ、いっそう真剣なものとなったのだ。その切望とは、ウィル・ラディスローに会いたいという気持ちだった。会ったからといって、何になるかはわからない。彼女は無力だったので、不公平な目に遭っている彼に対して、自分の思うように償いができるわけではなかった。にもかかわらず、心から会いたくてたまらなかったのである。それはどうしようもないことではないか？ もし魔法の行われていた時代に、旅する王女のほうへ、獣の群れのなかの一頭が何度も近づいてきて、人間のような目つきで懇願するようにじっと見つめたら、旅の道中、彼女は何を考えるだろうか？ その群れが通り過ぎていったら、彼女は何を探すだろうか？ 彼女を見つめたあの目、ふたたび出会えばそれとわかる目を、きっと探すにちがいない。もし私たちの心が、過去のものに感動して、切実で一途な思いを抱くことがないならば、人生なんて、蠟燭の光のもとでは派手に光って見えても、昼の光のなかではがらくたにすぎないということになるのではないか。ドロシアがフェザストーン家の人たちのことをもっとよく知りたいと思っていたこと、とりわけ新任の牧師と話がしたかったことは事実だ。しかし、リドゲイトがウィル・ラディスローとミス・ノーブルについて言っていたことを思い出して、ウィルがフェアブラザー家の人々に会いにローウィックに来ることを、彼女が当てにしたこともまた事実であった。ローウィックに戻った最初の日曜日、彼女は教会の建物のなかに入る前に、ウィルが、この前に見かけたときと同じように、牧師の家族席にひとりで座っているのを見た。しかし、彼女が実際になかに入ってみると、彼の姿はすでにそこになかった。

平日に牧師館の婦人たちに会いに行ったとき、彼女はウィルの話題がちらっとでも出るのではないかと、耳をそばだてていたが、無駄だった。フェアブラザー老夫人は、近所の人や近所以外の人も含めた全員のことを話題に出したのに、ウィルのことだけは避けているように、彼女には思えた。

「ミドルマーチでフェアブラザーさんのお説教を聞いている人たちのなかには、ローウィックまで追いかけて来る人もいるんじゃないでしょうか。そうお思いになりませんか?」ドロシアは、自分の質問の裏に隠れた動機のことを思い、こんなことを聞くなんて、われながら浅ましいという気がした。

「奥様は、うちの息子の祖父「賢明な人なら、そうすると思いますよ、奥様」老夫人は言った。「奥様は、うちの息子の説教のよさが、ちゃんとわかってくださっているんですね。息子の祖父つまりつまり私の父は優秀な牧師でしたが、息子の父親は法律のほうで仕事をしていました——本当に模範的な人間で、正直者でしたけれどもね。そういうこともあって、うちはずっとお金がないんですよ。運命って、よく気紛れな女性に譬えられますよね。でも、運命も、時には親切な場合があって、値打ちのある人には幸運を与えてくれるんですよ。奥様といっしょですね。奥様は息子に聖職禄をくださったのですから」

フェアブラザー夫人は自分が一席ぶったことに満足して、仰々しく編み物に戻った。しかし、ドロシアはこんな話を聞きたかったのではなかった。かわいそうに彼女には、ウィル・ラディスローがまだミドルマーチにいるのかどうかさえ定かでなかった。こうなれば、彼女が尋ねられる相手は、リドゲイトしかいなかった。しかし、いまリドゲイトに会うには、呼びにやるか、自分から会いに行くしかなかった。もしかしたらウィル・ラディスローは、カソーボン氏が遺した彼に対する奇妙な禁止令のことを耳にして、二人はもう会わないほうがよいと思っているのかもしれない。ほかの人たちがそれなりの理由があって反対しているのに、彼に会いたいと思うことは、たぶん間違いなのだろう。それでも、さんざんあれこれ考えた末に、結局は「私は会いたい」

という気持ちに行き着いてしまう。息をひそめてみても嗚咽が止められないように、それは自然なことだった。ところが、彼女が予想もしなかったような儀礼的な会い方で、二人は会うことになった。

ある日の午前十一時ごろ、ドロシアは私室で、屋敷に隣接している土地の地図や書類の前に座っていた。これらを参考にして、自分の収入や用務に関してきちんと把握しておきたいと思ったのだ。なかなか仕事に取りかかれず、両手を膝の上で組んで座ったまま、彼女は遠くの草原へとつながるライムの並木道のほうを眺めていた。木々の葉は、日に照らされてぴたりと静止していた。その見慣れた景色には何ら変化がなくて、彼女のこれからの人生を象徴しているかのようだった。それは、何か自分で一生懸命することを見つけないかぎり、何の目的もない安易な生活なのだ。当時の未亡人がかぶっていた帽子は、顔の周りに楕円形の縁取りがあり、てっぺんが山形になったもので、喪服は黒いちりめんの布地がふんだんに使われたものだった。しかし、このような厳かな服装は、彼女の顔をかえって若々しく見せた。血色を取り戻した顔色や、しとやかに問いかけるような率直な眼差しが、引き立っていた。

彼女の物思いは、タントリップによって断ち切られた。ラディスロー様が下にお出でで、時間が早すぎてお邪魔でなければ、お目にかかりたいとおっしゃっていますと、家政婦は告げた。

「お会いするわ」ドロシアはとっさに立ち上がって言った。「応接間にお通ししてちょうだい」

応接間は、この家では彼女にとって最も無難な部屋だった。つまり、結婚生活での辛い思い出との結びつきがいちばん弱い場所だったのである。ダマスク織のカーテンは、白塗りに金色の装飾をほどこした木造部とよく合っていた。背の高い姿見が二つと、何も載っていないテーブルが二台——要するに、どこに腰を掛ければ落ち着くのかわからないような部屋だった。彼女の私室の真下の部屋で、ここにも並木を見渡せる張り出し窓があった。執事のプラットがウィル・ラディスローを案内して入って来たとき、窓は開け放たれていた。時々、虫が羽音をたてて窓から入ってきたり、家具に止まりもせず出ていったりしていて、部屋は人気《ひとけ》のないくつろいだ雰囲気だった。

「またお会いできて、嬉しゅうございます」プラットはこう言うと、その場に留まって、ブラインドを調節した。

「ぼくはお別れの挨拶に来ただけなんだよ、プラット」と言ったウィルは、自分にはプライドがあって、カソーボン夫人が金持ちの未亡人になった以上、彼女の周りをうろつくつもりはないということを、執事にさえわかってもらいたかったのである。

「それはお名残惜しいですね」と言って、プラットは引き下がった。使用人の立場上、何も聞かされてはいなかったものの、もちろん彼は、ラディスローがまだ知らなかったことをすでに耳にしていたので、自分なりの推測をしていた。婚約者であるタントリップがこう言ったとき、彼も同意見だった。「あんたの旦那様は、ひどい焼きもちやきだね——何のわけもないのに。私の見たところでは、奥様は、ラディスローさんよりももっと高いところに目をつけていらっしゃるみたい。カドウォラダー奥様のところの女中が言っていたけれど、これから貴族の方が来られて、喪が明けたら、奥様とご結婚なさるそうよ」

ウィルが帽子を手にして部屋のなかを歩き回っていると、間もなくドロシアが入って来た。それはローマで初めて二人が会ったときとは、ずいぶん趣の異なった会見だった。あのときには、ウィルが当惑していて、ドロシアのほうは落ち着いていた。今回は、彼は惨めではあったものの心が定まっていたのに対して、彼女のほうは動揺を隠せない状態だった。扉のすぐ外まで来たとき、彼女は、こんなに待ちに待ったあげくようやく彼に会えるのに、それがずいぶん難しいことのように感じた。そして、ウィルが自分のほうへ近づいて来るのを見たとき、彼女としては珍しいほど、顔がみるみる真っ赤になった。それから二人とも、なぜとは知らず、口がきけなかった。彼女は一瞬、挨拶のために手を差し出し、二人は窓のほうへ近づいて、彼女は一方のソファーに、彼はその向かいのソファーに座った。ウィルは妙に落ち着かなかった。ただ未亡人になったというだけのことで、自分を迎える態度がここまで変わるとは、ドロシアらしくないように、彼には思えた。以前の二人の関係に影響を与える理由として、彼女の身内の者たちが彼に疑いの目を向けていて、彼女に偏見を持たせようとしているのだろうということしか、彼には思いつかなかった。

「お訪ねして、厚かましかったでしょうか」ウィルは言った。「お別れのご挨拶もしないまま、ここを出て、新しい生活を始める気にはなれなかったものですから」

「厚かましいですって？ とんでもない。訪ねてくださらなければ、そのほうが冷たいと思ったでしょう」ドロシアは言った。心から誠実に話そうとする彼女の態度は、自信がなく動揺しているこんなときにも、いつもと変わりなかった。「すぐにここを発たれるのですか？」

「すぐに発とうと思っています。ロンドンに行って、法廷弁護士になる修業をするつもりです。そうすることが、公の仕事に就くための準備になると、聞いていますから。そのうち、やらなければならない政治の仕事がたくさん出てくるでしょう。ぼくはそういうことをしたいと考えているのです。家柄や財産に頼らず、自力で名誉ある地位を勝ち取ってきた人たちもいるのですから」

「そういうやり方で得た地位は、いっそう名誉があることになりますね」ドロシアは熱意をこめて言った。「それに、あなたはいろいろな才能がある方ですもの。伯父から聞いたんですが、あなたは公の場で話をするのが得意なのですってね。ですから、あなたがここから出て行かれることを、みんな残念がっているのだとか。それに、あなたは物事をわかりやすく説明するのが、お上手なんですってね。誰にとっても正義が行われるべきだと考えていらっしゃるのですよね。私も嬉しいですわ。ローマでお会いしたときには、あなたは詩とか美術とか、裕福な人たちの生活を飾るものにしかご興味がないのかと思っていました。でもいまは、あなたはそれ以外の世の中のことについても考えておられるのだと、わかりましたから」

話しているうちに、ドロシアは当惑が収まってきて、いつもの自分に戻ることができた。彼女は自信をもって、嬉しそうにウィルのほうを真っ直ぐ見つめた。

「では、ぼくが何年かここを離れて、世の中で一旗揚げるまでは戻って来ないということに、あなたは賛成してくださるのですね？」と言ったときのウィルは、できるかぎりプライドを保ちつつ、かつ、できるかぎりドロシアから強い気持ちを示してもらおうと、懸命になっていた。

彼女が返事をするまでに、どれくらい時間がたったかわからなかった。向きを変えて、窓からバラの茂みを見ていた彼女は、そこに、ウィルが去ったあとに過ごす何回かの夏を見る思いがした。それは思慮深い振る舞いではなかった。しかし、ドロシアは自分の素振りの善し悪しなど考えもせず、ただ、自分とウィルを引き離す悲しい運命の必然に対して頭《こうべ》を垂れるしかなかったのだ。今後の予定について話す彼の最初の言葉を聞いたとき、彼女にはすべてが明らかになったような気がした。ウィルに対して夫が最後にどういうことをしたかについて、彼は知っているのではないかと、彼女は思った。そして、彼もまた、それによって自分と同様にショックを受けたのではないか。自分に対して、彼は友情しか感じていなかったのだ――彼女は夫から、二人の感情を侮辱するようなことをされたと感じていたが、夫の行動が正しかったことを裏づけるようなものは、彼の心のなかに何もなかったのだ。彼はいまも、そのような友情を抱いているのだ。声なきすすり泣きのようなものが、ドロシアの心の奥から漏れ出た。彼女はやがて、水の流れのように淀みなく、澄んだ声で話し始めたが、最後の言葉のあたりで、声はかすかに震えた。

「そうですね、あなたがおっしゃるようになさるのが、よいにちがいありません。あなたの価値がみんなに認められるようになれば、私もとても嬉しいですわ。でも、それまで辛抱なさらないといけませんね。たぶんずっと先のことでしょうから」優しく震える声で「ずっと先」という言葉が出てきたとき、彼はあわや彼女の足元に身を投げ出しそうになったが、何とかこらえた。彼女の喪服のぞっとするような色合いと外観は、それだけでもじゅうぶん人の気持ちを抑制する作用があると、彼はよく言っていた。ともかく彼は、座ったまま、こう言っただけだった。「お手紙もいただけないのでしょうね。あなたはぼくのことを、すっかり忘れてしまうのでしょう」「いいえ」ドロシアは言った。「私はあなたのことを忘れません。一度知った人のことを、私は忘れたりしません。私の生活には、これまであまり人の出入りがありませんでしたし、これから先もそうだと思います。それに、ローウィックでは、思い出にふける時間がたっぷりあるんじゃないでしょうか？」彼女は微笑んだ。「ああ！」たまりかねたように声を漏らすと、彼は帽子を手に持って立ち上がり、大理石のテーブルのところまで歩いて行った。そこで急に振り返ると、彼はテーブルにもたれかかった。血がかっと首と顔にまで上り、彼はまるで怒っているように見えた。彼には、二人が意識のあるまま、目で相手を求め合いつつ、互いの前で大理石と化していっているような気がした。しかし、どうしようもなかった。心を鬼にして、覚悟のうえで会いに来ておきながら、結局は、彼女の財産を欲しがっていると取られかねないような告白をしてしまうというのは、彼の本意ではなかった。それどころか、そんな告白をしたら、ドロシアにどのような影響を与えてしまうかと、彼は本気で恐れていたのである。

彼女は離れた場所から彼のほうを不安げに見つめながら、自分は何か彼の気分を害するようなことを言ってしまったのだろうかと想像した。彼は金がなくて困っているのではないか、それなのに自分には助けることができないのだ、という思いが、その間中、彼女の頭のなかで巡っていた。せめて伯父がいてくれたなら、伯父をとおして何かできたかもしれないのに！　ウィルが金がなくて苦労しているのに、自分は彼のものまで独り占めしているのだという思いに囚われてしまった彼女は、彼が黙ったまま自分から目を逸らしているさまを見て、ついこう言った。

「二階に掛かっている肖像画をお持ちになっては、いかがですか？　あなたのお祖母様の綺麗な細密画《ミニチュア》のことですけれども。もしあなたが欲しいと思っていらっしゃるのなら、私の手元に置いておくべきではないと思いますので。本当にあなたにそっくりですものね」

「それはどうもご親切に」ウィルはいらいらしながら言った。「でも、そんなものどうでもいいんです。自分に似ているものを持っていたからといって、あまり慰めにはなりませんから。むしろ、ほかの人がそれを持っていたいと思ってくれるほうが、慰めになります」

「あなたがお祖母様の思い出を大切にしていらっしゃると、思ったものですから――私はただ」ドロシアは、一瞬言葉を切った。急に想像力が働いて、夫の伯母ジュリアの身の上に触れてはならないという気がしたからである。「あなたは、ご家族の形見として、あの細密画を持っておきたいとお思いかと、考えたものですから」

「ほかに何もないのに、細密画だけ持っていて、何になるんですか？　荷物といえば、旅行鞄ひとつしかないような人間は、自分の思い出を頭のなかにしまっておくしかないのです」

ウィルは口から出まかせに言った。ただ鬱憤《うっぷん》を晴らそうとしただけだった。こんなときに、祖母の肖像画の話を出されて、少しむっとしたのである。しかし、ドロシアにとっては、彼の言葉が特別な棘を含んでいるように感じられた。彼女は立ち上がり、怒ったような厳しい口調で言った。

「ラディスローさん、何も持っていらっしゃらないあなたのほうが、私よりも幸せなんですよ」

ウィルははっとした。意味するところが何であれ、その言い方は、まるで帰れと言わんばかりの調子だった。彼はテーブルにもたれかかっていた姿勢を崩して、彼女のほうに少し歩み寄った。二人の目が合ったが、それは互いに探り合うような、奇妙で深刻な眼差しだった。何かのせいで二人の心は離れてしまい、互いに相手が何を考えているのかを読み取ろうとしていた。ウィルは、ドロシアのものになる財産に対して、自分が相続する権利があるなどと考えたことは、いままでまったくなかった。だから、彼女がいまどういう気持ちなのかということは、説明してもらわなければわからなかった。

「何も持っていないことが不幸なことだとは、いままで思ったことはありません」彼は言った。「でも、貧しさのせいで最も大切なものから引き離されなければならないのだとすれば、貧しさは忌み嫌われるべきものかもしれませんね」

この言葉を聞いて、ドロシアは身が切られるような思いになり、心が和らいだ。悲しみをともにするような口調で、彼女は答えた。

「悲しみはいろいろな形でやって来るものなのですね。二年前には、私はそんなことは知りませんでした。災難がやって来て、手を縛りつけられて、話をしたいのに黙っていなければならなくなるなんてことがあるとは。以前、私は世の女性のことをちょっとばかりばかにしていました。自分の人生をもっと切り開いて、もう少しましなことをすればいいのにって。私は自分の好きなようにしたいと思っていたのです。でも、いまではそうすることをすっかりあきらめてしまいましたわ」彼女はこう言い終わると、悪戯っぽい微笑みを浮かべた。

「ぼくは自分のしたいようにすることを、あきらめたわけではありませんが、めったにそうすることができないですね」ウィルは言った。彼は彼女から二ヤード離れた場所に立っていた。心のなかでは、欲求とそれをあきらめようとする決意とが、戦っていた。彼女に愛されているという確実な証拠を欲する気持ちと、その一方で、もしそんな証拠が明らかになったら自分の立場はどうなるのかと恐れる気持ちとが、相争っていたのだ。「いちばん望んでいることが、耐えがたいような条件に取り囲まれていることもあるかもしれませんね」

このときプラットが入って来て、言った。「奥様、サー・ジェイムズ・チェッタムが書斎でお待ちです」

「サー・ジェイムズに、こちらへお越しくださいと申し上げて」ドロシアはすぐに言った。同じ電撃が彼女とウィルのなかに走ったかのようだった。二人は意地で反発し合い、相手の顔を見ようともせず、サー・ジェイムズが入って来るのを待っていた。

ドロシアと握手をしたあと、サー・ジェイムズはラディスローに向かってわずかに頭を下げた。ラディスローも同じようにかすかに会釈を返し、ドロシアのほうに近づいて言った。

「では、お暇いたします、奥様。たぶん長い間」

ドロシアは手を差し出し、真心をこめて挨拶した。サー・ジェイムズがウィルを軽視して、彼に失礼な振る舞いをしているのだと思い、彼女は凛《りん》とした態度で臨む気になったのだ。彼女の物腰には、いささかもぶれはなかった。そして、ウィルが立ち去ったとき、彼女は落ち着き払った態度でサー・ジェイムズを見つめ、「シーリアは元気ですか?」と言ったので、サー・ジェイムズとしても、気分を害するようなことは何もなかったかのように振る舞わざるをえなかった。それ以外の振る舞いをしたところで、何になるだろうか。サー・ジェイムズは、ラディスローをドロシアの恋人として結びつけて考えることさえ忌まわしかったが、不快感を表に出せば、その忌まわしい可能性を認めたことになってしまうので、彼としては避けたかったのである。どうしてそんなに毛嫌いするのかと、誰かに聞かれたとしても、彼は「あんなラディスローみたいなやつなんか!」というひと言以外には、それ以上何も詳しいことが言えなかったかもしれない。ただ、よく考えたうえで、こう説明したかもしれない――カソーボン氏は、ドロシアが制裁なしにウィルと結婚することを阻む遺言補足書を遺したのだから、それだけでも、二人の間に何らかの関係があることは、じゅうぶん不適切だということになるのだと。サー・ジェイムズは、自分がこのことに介入できる立場にないだけに、いっそう強い嫌悪感を抱いていたのである。

しかし、サー・ジェイムズは、ある意味で、自分では気づかないようなひとつの力の作用を発揮していた。彼が部屋に入って来た瞬間、彼の存在自体が強烈なきっかけとなって、ウィルのプライドが、ドロシアから遠ざかって身を引き離す反発力となったのだ。

第55章

彼女には欠点があるか？　そんな欠点なら、私たちも欲しい。
それは美酒を作るための芳しい果汁のようなもの。
あるいは、それは真っ黒な元素を
太陽が透けて見えるような水晶へと変容させる
再生の火のごときもの。

青春時代が希望の季節であるとしても、それは年長者が若者に希望を託すという意味でしかない場合が多い。というのも、若いときほど、さまざまな感情や別離、決断といったものを、それが最後のものだと思ってしまいやすいからだ。危機に陥るたびに、それが初めてのことであるゆえに、同時に究極的な経験だと考える。聞いたところによれば、ペルーに住んでいる老人たちは、地震に遭うといまだに動揺するらしいが、それはたぶん、衝撃を受けるたびに、まだこの先に何度も地震に遭うと思うからなのだろう。

まだ若いドロシアにとっては――長いまつげに縁取られた彼女の目は、雨のごとく涙を流したあとも、花開いたばかりのトケイソウのように、汚れなく新鮮だった――ウィル・ラディスローとのあの別れの朝は、二人の個人的な関係の終わりを意味するもののように思えた。彼は遠くへ去って行こうとしていて、もう何年先に会えるともわからない。もし帰って来たとしても、彼は別人になっているだろう。彼が実際どういう心境であったかということ――自分が金持ちの女性を見つけようとしている金に困った山師であると疑われないように、先手を打とうと、プライドゆえに決断していたこと――など、彼女は想像さえしていなかった。カソーボン氏の遺言補足書は、彼女にとってと同様ウィルにとっても、二人のいかなる親交も禁じようとするはなはだ残酷な仕打ちだと思われたために、彼はあのような行動をとったのだろうと、彼女はすぐにも解釈した。互いに語り合い、ほかの人には興味もなさそうなことを言い合うような、この若いときにしか味わえない喜びは永遠に失われてしまい、もはや過去の宝物になってしまった。こういう理由だけでも、彼女は思い出で胸がいっぱいになった。あのかけがえのない幸せも死んでしまった。暗い静まり返った部屋で、彼女は激しい悲しみをぶちまけてしまいそうになり、自分でも驚いてしまった。彼女は初めて例の細密画を壁から外して、目の前にかざした。ひどい裁きを受けた肖像画の女性と、自分の思い入れによって守ろうとしているその孫とを、重ね合わせてみたかったのである。彼女は楕円形の小さな肖像画を手の平にのせた。そして、不当な仕打ちを受けている人の苦しみを和らげたいという思いに駆られたかのように、それに頰を寄せたが、優しい女心を解する人ならば、その行為を敢えて咎め立てはしないだろう。そのときの彼女は知らなかった――朝の光の色で翼を染めたキューピッドが、目覚めの前に見た夢のように束の間彼女のもとに現れ、彼女の恋心を誘ったということを。過酷な日の光に容赦なく照らされて、その姿がはや消えていくとき、彼女が泣きながら恋の神に別れを告げたということを。彼女はただ、自分の運命で何かが損なわれ、取り返しがたく失われてしまったのだということとしか感じなかった。だから、彼女の将来に対する思いは、容易に決心へと変わった。自分の将来を築き上げたいという熱意を持った人間は、自分の未来図を実現することに専念するものなのだ。

ある日ドロシアは、泊まり込みで赤ん坊の入浴に立ち会うという、妹との約束を果たそうと、フレシット屋敷を訪れた。ちょうどカドウォラダー夫人も、夫の教区牧師が魚釣りで遠出をしていたため、夕食に招かれて来ていた。暖かい夜だった。客間の開け放った窓からは、なだらかに傾斜する昔ながらの芝生が、睡蓮の咲いた池や、木々の茂った小山へと続いている景色が見渡せたが、この心地よい部屋にいてさえも、むっとする暑さが感じられた。白いモスリンの服を着た、軽やかな巻き毛のシーリアは、姉はこんな日に黒服に身を包み、ぴったりとした室内帽をかぶってどんな気持ちでいることかと、哀れんだ。しかし、そう思ったのも、赤ん坊についてのエピソードをいくつか披露し終えて、なお心に余裕があったからのことだった。彼女は腰掛けて、扇を手に取ってしばらくあおいだあと、かすかにのどに引っかかるような声で物静かに話し始めた。

「ねえ、ドードー。帽子を脱いだらどう？　そんな服装をしていたら、気分が悪くなってしまうわ」

「帽子には慣れているの。もう私の貝殻みたいな感じになってしまったわ」ドロシアは微笑みながら言った。「帽子を脱いだら、むき出しになってしまうみたいな気がするの」

「とにかくそれを取ってよ。見ている者まで、暑苦しくなってしまうから」シーリアは、扇を下に置いて、ドロシアのところへ行った。白いモスリンの服を着たこの小柄な女性が、威厳のある姉のかぶっている未亡人用の帽子を脱がせて、それを椅子の上へと投げるさまは、一幅の絵になりそうだった。三つ編みにしてぐるぐる巻いた濃い褐色の髪の毛がほどけた瞬間、サー・ジェイムズが部屋に入って来た。彼は解放的になった髪型を見て、「ああ」と思わず、満足げな声を漏らした。

「私がこうしたのよ、ジェイムズ」シーリアは言った。「ドードーは、こんなふうに喪服でがんじがらめにされている必要はないわ。内輪では、もうこんな帽子をかぶる必要はないもの」

「あら、シーリアさん」姑のレディー・チェッタムは言った。「未亡人は少なくとも一年間は喪服を着ていなければならないのですよ」

「再婚すれば、そんな必要はないですけれどもね」カドウォラダー夫人は言った。彼女は、仲良しの老夫人をぎょっとさせて、楽しもうとしていたのだ。サー・ジェイムズは嫌な気分になり、身をかがめてシーリアのマルチーズ犬をつついた。

「そういうことは、めったやたらにないほうがいいでしょう」レディー・チェッタムは、そんな出来事には警戒しなければ、というような口調で言った。「私たちの知り合いのなかで、そういうことをした人は、ビーヴァー夫人しかおられません。あの人がビーヴァー大佐と再婚したときには、お父様のグリンセル卿は本当にお気の毒でした。最初の夫も問題のある人物だったのによく懲りもせず再婚なさったものだわ。でも、そのためにあの人はひどい罰が当たったのですよ。ビーヴァー大佐は、あの人の髪をつかんで引きずり回したり、弾をこめたピストルを向けたりするそうじゃありませんか」

「ええ、そうですね。選んだ相手が悪かったのなら」と言ったとき、カドウォラダー夫人の声は、はっきりと意地悪な調子を帯びていた。「そういう場合は、初婚であろうと再婚であろうと、結婚は失敗するに決まっています。最初の夫という以外に取り柄のないような人は、情けないですね。私なら、取り柄のない最初の夫よりも、二度目でもいい夫のほうが、ましですけれどもね」

「まあ、ちょっとお言葉が過ぎますわよ」レディー・チェッタムは言った。「万一、教区牧師様がお亡くなりになっても、あなたなら喪が明けないうちに再婚するようなことは、絶対にないと思いますよ」

「さあ、どうでしょう。経済的に必要な場合もあるかもしれませんし。再婚は法律で認められていますからね。そうでなければ、私たち、キリスト教徒ではなくて、ヒンズー教徒みたいになってしまうじゃないですか。もちろん、夫選びを間違ってしまったのなら、その責任は取らなければなりません。しかも、そんなことを二度も繰り返すような人は、さんざんな目に遭っても文句は言えません。でも、家柄がよくて、ハンサムで、勇敢な人と結婚するなら、早いほうがいいでしょう」

「話題の選び方がまずいようですね」サー・ジェイムズは嫌気がさしたような表情で言った。「話題を変えましょうよ」

「私のためでしたら、お気遣いなく、サー・ジェイムズ」とドロシアは言った。いい縁談があることを自分に遠回しに言うのはやめてもらいたいと、このさいはっきり意思表示しておこうと思ったのだ。「私のためを思ってお話しくださっているのでしたら、申し上げておきますが、再婚なんて、私にはまったく関心もなければ関係もないことです。狐狩りに出かける女性の話でも聞いているようなもので、それが感心できることであろうとなかろうと、私はそんなことをしてみようとは思いませんから。カドウォラダーの奥様は、どうぞお好きなだけ、そのお話をお続けください」

「ねえ、ドロシアさん」レディー・チェッタムは威厳をこめて言った。「ビーヴァー夫人のことを持ち出したことを、あなたへのあてこすりだなんて思わないでくださいよ。たまたま例として思いついただけのことなのですから。あの方は、グリンセル卿の義理の娘さんなんです。グリンセル卿がテヴェロイ夫人と再婚されましたのでね。あなたへのあてこすりだなんて、ありえないのですよ」

「あらあら」シーリアが言った。「誰もこんな話題を持ち込む気はなかったのですわ。

ただ、姉の帽子のことから、こういう話になってしまったのです。カドウォラダー奥様も当然のことをおっしゃっただけですわ。未亡人の帽子をかぶったままでは、結婚できるはずはありませんもの、ジェイムズ」

「もういいのですよ」カドウォラダー夫人は言った。「お気に障ることは、もう言いませんから。ディードー[1]のことも、ゼノビアのことも話しませんからね。ところで、何の話をしたらいいのでしょうね？　私としては、人間性についての議論なんて、ご免こうむりたいわ。だって、結局は牧師の妻の性質についての話になってしまいますからね」

カドウォラダー夫人が帰ったあと、夜遅く、シーリアはこっそりドロシアに言った。

「本当よ、ドードー。帽子を取ったら、いろいろな意味で、また元のお姉さんらしくなったわ。嫌な話をされたときに、はっきり言い返すところなんかも、前のとおりだったわ。でも、お姉さんのお気に召さなかったのが、ジェイムズの言ったことだっ

1　ディードーはカルタゴの建国者といわれる女王。彼女の夫は殺され、恋人アイネイアースは彼女を捨てた。ゼノビアは夫の死後パルミラ（シリア中部の古代都市）の女王となり、ローマの皇帝アウレリアヌスに反抗したが、敗北して奴隷にされた。

たのか、カドウォラダーの奥様がおっしゃったことだったのかは、私にはよくわからなかったけれども」

「どちらでもないわ」ドロシアは言った。「ジェイムズさんは、私へのお心遣いからおっしゃってくださったのね。でも、カドウォラダーの奥様がおっしゃったことを、私が気にすると思われたのは、ジェイムズさんの誤解よ。家柄のいいハンサムな人がいるからと、奥様からにせよ誰からにせよ勧められて、その人と結婚しなければならないという法律でもあるのなら、別だけれども」

「でもね、ドードー、もし結婚するとすれば、お相手は家柄がよくてハンサムな人のほうがいいじゃない」シーリアは言った。カソーボン氏は、こういう点ではあまり恵まれていなかったので、まだ間に合ううちにドロシアに忠告しておいたほうがいいと、シーリアは思ったのだ。

「心配しないでね、キティ。私は自分の生き方について、それとはまったく別のことを考えているのよ。私はもう結婚しないわ」ドロシアは妹の顎に手を触れて、優しさをこめてじっとその顔を見た。シーリアは赤ん坊の世話をしながら、姉にお休みの挨拶をしに来ていたのだった。

「本当に、そうなの？」シーリアは言った。「どなたが相手でも――どんなにすてきな人でもだめなの？」

ドロシアはゆっくりと首を振った。「どなたが相手でもよ。私には楽しい計画があるのよ。土地をたくさん手に入れて、排水工事をして、小さな村を作って、そこでみんなが働いていい仕事ができるようにしたいの。私はそこに住む人たちみんなのことを知って、親しくなるのよ。私、そのことでガースさんに相談するつもりなの。あの人なら、私の知りたいことを、何でも教えてくれると思うのよ」

「そういう計画があるのなら、お姉さんはきっと幸せになれるわね、ドードー」シーリアは言った。「アーサー坊やも、大人になったら、計画を立てるのが好きになるかもしれないし、そうしたらお姉さんのお手伝いができるわね」

その夜、サー・ジェイムズは、ドロシアは相手が誰であれ再婚する気はまったくないこと、また以前のように「いろいろな計画」にのめりこむ気でいる、ということを聞かされた。サー・ジェイムズは、敢えて何も言わなかった。本心を言うと、彼は女性の再婚というものに対して密かに嫌悪感を抱いていたし、相手が誰であれ再婚すればドロシアの神聖さが汚されるような気がしていた。こういうふうに感じることは、とりわけ当人がまだ二十一歳の女性ともなれば、世間では非常識とされるだろうことは、彼にもわかっていた。「世間」の習わしとしては、若い未亡人が再婚するのは当たり前で、しかもたぶんすぐにそういうことになる。だから、未亡人がみなの予想どおりに振る舞うと、ほらね、と人々は意味ありげに、にやっとするのだ。しかし、もしドロシアが独りのままでいるつもりならば、その決心はいかにも彼女らしいものだと、彼は思った。

第56章

他人の意志に仕えるべきではないと教わった人は、
幸せに生まれついた人ではないか？
自分の正直な考えを鎧として身を守り、
簡素な真実を、唯一の技とする人は。
・・・・・
こういう人は、卑屈な束縛から解き放たれていて、
出世の望みも、失墜の恐れもない。
領地はなくとも、自分自身の主たる人は、
何も持っていなくても、満ち足りているのだ。
――サー・ヘンリー・ウォットン[1]「幸福な人生の特質」より

ケイレブ・ガースの知識に対するドロシアの信頼は、自分の描いた農家の設計図を

彼が褒めてくれたと聞いたときから生まれた。ドロシアがフレシット屋敷に滞在中、サー・ジェイムズが彼女を誘って、ケイレブといっしょに三人で馬車に乗り、二つの地所を見て回ろうと言ったことから、その信頼感は急速に増していった。ケイレブも同様に彼女に対して尊敬の念を抱き、妻に向かって、カソーボンの奥様は女性には珍しく「仕事」の才覚のある人だ、と話したりした。ケイレブが「仕事」というのは、金銭にまつわる取り引きのことではなく、技量をうまく用いて働くことを意味するということは、忘れてはならない。

「本当に奇特な人だ！」ケイレブは繰り返した。「あの人は、私が若いころによく言っていたことと同じことを、おっしゃるんだ――『ガースさん、私は年をとったときに、自分が土地をたくさん改良して、いい農家をたくさん建てたのだ、と思いたいのです。だって、そういう仕事をしている間は、健康でいられるし、その仕事をした結果、人々の暮らしがよくなるのですもの』このとおりおっしゃったんだよ。あの人は、そういう考え方をする人なんだ」

「女らしい方ならいいですけれどもね」ガース夫人は言った。もしかしたらカソーボン夫人は、従順さという誠実な心の欠けた人なのではないかと、少し気になったのだ。

「それなら大丈夫さ！」ケイレブは首を横に振りながら言った。「あの人が話しているところを聞いたら、おまえも好きになると思うよ、スーザン。飾り気のない言葉で、歌うような声で話をする人なんだ。うん、そうだな。『メサイア』[2]の一部を思い出すような感じだな――『天使たちの群れが直ちに現れ、神を褒め称えて言う』という一節なんかをね。あの人の声の調子を聞いたら、おまえもうっとりするよ」

ケイレブは音楽が大好きで、近くでオラトリオの演奏会があれば、いつも聴きに行っては、この曲の力強い構成に深い感動と畏敬の念に打たれて帰って来る。そのあとは、じっと座ったまま、床に目を落として物思いにふけり、両手を差し伸べて、言葉にならぬ思いを示すのだった。

---

1 サー・ヘンリー・ウォットン（一五六八―一六三九）は、イギリスの外交官、詩人。引用された詩は、ウォットンの死後、彼の親友で随筆家のアイザック・ウォルトンによって、ウォットンの小伝とともに出版された『ウォットン遺稿集』（一六五一）に収められた十五編の詩のうちのひとつ。

2 ヘンデルが一七四二年に作曲したオラトリオ（聖譚曲）。「メサイア」とはヘブライ語の「メシア」の英語読みで、「救世主」の意。台本は聖書をもとに英語で書かれ、キリスト降誕の預言からその復活までを描き、三部で構成されている。初演時より今日に至るまで、最も人気の高い宗教音楽のひとつとされている。

ドロシアとガース氏の間にはこのようなじゅうぶんな相互理解があったので、彼女が、ローウィック屋敷に属する三つの農場と数多くの家屋に関する仕事をすべて彼に引き受けてほしいと頼んだのは、当然のことだった。実際、倍の仕事が入ってきそうだと言ったガースの予想は、即座に実現したのだった。まさに彼の言うとおり、「仕事が仕事を産む」というわけだ。そして、当時生まれつつあった仕事のひとつが、鉄道建設だったのである。それは、これまで牛がのんびりと草を食《は》んでいたローウィック教区の土地に、線路を通すという計画だった。こうして、鉄道を導入するという大事業が、ケイレブ・ガースの仕事の領分に入ってくることになり、それに伴って、彼にとって大切な二人の人物の物語もまた左右されていくことになったのだ。

海底に鉄道を敷くのは、たしかに困難だが、地主たちの間で土地を分割する必要がないので、測定可能な損害や気持ちのうえでの損害や心情的な損害について訴えられる心配はない。ところが、ミドルマーチを含む地域では、鉄道は選挙法改正やコレラ発生の恐怖と同様、興奮を巻き起こす話題となった。この話題に対して最も強硬な意見を示したのは、女性と地主だった。女性は、老いも若きも、蒸気機関車で旅をするなんて、無遠慮だし危険だと考えて、どんなことがあっても列車になんか乗るもんですか、と言って反対した。一方、地主たちは、同じ地主といってもソロモン・フェザストーンからメドリコート卿まで異種混淆で、意見もさまざまではあったものの、土地を売るからには、相手が人類の敵であろうと、土地を買おうとしている会社であろうと、そんな邪悪な相手には、人類に損害を与える代金としてできるだけ高額の金を払わせなければならないという点でだけは、意見が一致していた。

しかし、自分の土地を持っているとはいえ、ソロモンやウォール夫人のような頭の回転の鈍い者たちは、この結論に至るまでにずいぶん時間がかかった。大牧場が分断されて二つになり、それぞれ三角形の土地になってしまうことは、まざまざと思い浮かぶ。そうなってしまったらおしまいだ。しかし、そこで思考が停止してしまう。特設道路を付けるとか、いい値段がつくとか言われても、いつのことになるかわからないし、信じられない。

「牛たちがみんな早産してしまいますよ、兄さん」ウォール夫人はふさぎこんだ調子で言った。「鉄道がニアクロウズ牧場を横切って通ったりしたらね。お腹のなかに子のいる馬だって、そうなってしまいますよ。未亡人の土地が掘り返されていくのに、法律が知らん顔しているなんて、ひどい話ですね。工事が始まったら、あちこちお構いなしに切り刻んでいくのを、どうやってやめさせたらいいのでしょう。私になんかどうしようもないってことは、わかりきっていますけれどね」

「何も言わずに黙っているのがいちばんいい。やつらが土地を探りに来て、測量を始めたら、誰かに嫌みでも言わせて追い払わせたらいいんだ」ソロモンは言った。「聞いたところによれば、ブラッシングではそういうふうにしたらしい。やつらはここに鉄道を通さなければならないとか言うが、本当のところは、たんなる口実にすぎないんだ。別の教区に行って、そっちでやりゃあいいんだ。ならず者を大勢連れて来て、作物を踏みつぶした弁償をするとか言っているが、わしはそんなこと信じないぞ。会社が金を出すと言うが、そんな金がどこにあるんだ?」

「ピーター兄さんは――神様、どうぞお許しを――会社にお金を出させましたけれどもね」ウォール夫人は言った。「でも、あれはマンガンを掘り出すためでしたね。鉄道のために勝手放題にさせるためじゃありませんでした」

「いいか、こういうことが言えるんだ、ジェイン」ソロモンは用心深く声を潜めて、結論づけた。「やつらがどうしても来て仕事を進めるというのなら、こっちが邪魔をすればするほど、やつらにたくさん金を払わせることができるというわけだ」

ソロモンのこの推論は、自分で思っているほど完璧なものではなかったようだ。抜け目ない彼にも、鉄道の路線のことはよくわからなかった。抜け目ない外交官といえども、太陽系全体が冷え込んで風邪をこじらせることまではわからないのと同じである。しかし彼は、自分の考えに基づいて行動に着手し、人々の疑念を刺激するという実に外交的な手段に訴えた。彼のローウィックの地所は、村外れにあり、そこに住む労働者の家はまばらだったが、いくつか集まってフリックという名の集落になっている場所もあった。そこでは、水車場と石切り場が、遅々として進まない骨の折れる労働の中心地になっていた。

　鉄道とは何かということについて、正確なことが何もわかっていないために、フリックでは住民全体が鉄道に反対だった。というのも、この草深い田舎の片隅では、未知なるものを称えよという諺《ことわざ》に従うような傾向は見られなかったし、むしろ未知のものは貧乏人にとっては不利なものだから、疑ってかかるのがよいというように考えられていたからだ。フリックでは、選挙法改正の噂でさえも、これから末長い幸福をもたらすものだというような期待を呼び起こさなかった。そこには何ら確かな約束があるわけでない。改正案によって、穀物が無料になって荷馬車の御者ハイラム・フォードの飼っている豚が太るわけでも、居酒屋「分銅と天秤《ウェイツ・アンド・スケイルズ》」の亭主がただでビールを醸造できるようになるわけでも、近隣の三人の農場主が小作人の賃金の引き上げを申し出るわけでもないのだ。こういう必ず得をするという約束でもなければ、ほら吹きの行商人と同様、改正案など当てにならない。もののわかった人間ならば、誰でもそれぐらいのことには気づく。フリックの住民たちは、栄養不良というわけではなかったので、何かに狂信的になるよりは、猜疑心に囚われて腕力を振るう方向へいってしまう。自分たちが天に特別大切にされていると考えるよりも、むしろ、天に騙されかねない、と思いがちだった。天気だって、われわれを騙すことがよくあるじゃないかと。

このようにフリックの住民の頭は、ソロモン・フェザストーン氏が影響を与えるのにちょうどよい出来具合だった。ソロモンは彼らよりも栄養がよく、暇もたっぷりあったので、天や地について余計に疑い深くなり、彼らと同じことを考えても、さらに頭がよく回るのだった。そのころ彼は道路工事の監督をしていて、ゆっくりと馬を進めながら、フリック近辺を見て回ることがよくあった。職人たちが石を運ぶのを眺めながら、彼が立ち止まっていると、何を考えているのだろうかと思わせられたが、実はそれは思い過ごしにすぎず、ただ動きたくなくてそうしているというだけで、ほかに理由があるわけではない。長い間仕事の進行状況を眺めたあと、彼は少し目を上げて地平線を見やると、やがて手綱を揺すって、馬に鞭を当て、ゆっくりと前に進めるのだった。時計の短針でも、ソロモンと比べたら、まだしも動きが速かった。自分はゆっくりしていられる身分なのだと思うと、彼は気分がよかった。彼は道々、馬を止めては、生け垣職人や溝掘り労働者などに声をかけて、意図の曖昧な会話を用心深く交わす習慣があった。とりわけ、自分がすでに聞いたことのある情報を耳にするのが好きだった。そんなことをまともには信じていない自分のほうが、話し手よりも一段上だという気がしてくるからだ。しかし、ある日、ハイラム・フォードと話をしたときには、ソロモンのほうから情報を持ち込んだのだった。彼はハイラムに、竿やら道具やらを持った連中がこそこそ土地を調べているのを見たことがあるか、と尋ねたのである。連中は、鉄道会社の者だとか言っているが、いったい何者で、何をするつもりなのか、わかったものではない。少なくとも、ローウィック教区を、六つか七つに分断しようと目論んでいるのではないかと。

「それじゃ、こっちからあっちへ通って行くこともできなくなるな」ハイラムは自分の商売の荷馬車のことを考えながら言った。

「まったく無理だな」ソロモンは言った。「ここの教区みたいないい土地を切り刻みやがるとは！　ティプトンへでも行けばいいんだ。だが、やつらがしようとしていることの底に何があるのかは、わからん。交通のためだとか言っているが、そんなものは結局、土地の害になるし、貧乏人のためにもならんのだ」

「どうせ、ロンドンのやつらに決まってるよ」とハイラムは言った。彼は、ロンドンとは田舎に対する敵意の根源だと、漠然と考えていたのである。

「ああ、そうにちがいない。話に聞いたところでは、ブラッシングのほうのどこかで、やつらがこそこそ調査していたときに、みんなで襲って、やつらの持っていた覗き道具を壊して、追い払ったらしい。もう二度とやって来ないだろうさ」

「そりゃあ、きっと面白かっただろうな」とハイラムは言った。彼の暮らしのなかでは、面白いことと言えば、ごく限られていたのだ。

「まあ、わしだったら、やつらにはかかずらわないが」ソロモンは言った。「しかし、この地域はもう最盛期を過ぎたという人もいる。その印に、こういう連中がうろついて、好き勝手に踏み荒らし、ここを切り刻んで鉄道を敷きたいなんて言い出すんだからな。鉄道っていう大きな交通が、馬車なんかの小さな交通を飲み込んでしまおうというわけだから、この土地じゃあ、車を引く馬もいなくなるし、馬に鞭を当てる音も聞かれなくなるだろうな」

「そんなことになる前に、おれはやつらの耳元で鞭の音を鳴らしてやるわい」とハイラムが言い終わらないうちに、ソロモンは手綱を揺すって、前に進んで行った。

イラクサの種は土を掘って撒く必要がないのと同じように、人を苛立たせる噂は勝手に広がる。鉄道建設のせいで、この地域がどれほど破壊されてしまうかということは、「ウェイツ・アンド・スケイルズ」亭でだけではなく、干し草を作る牧草地でも大いに話題になった。労働者たちはそこに集まっては、田舎では一年中めったに聞かれないほど、その話で持ちきりになるのだった。

メアリ・ガースがフェアブラザー牧師に会って、フレッド・ヴィンシーに対する自分の気持ちを打ち明けてから、まだそれほどたっていないある日のことだ。彼女の父親は、たまたま仕事で、フリックの方向にあるヨドレル農場へと向かっていた。用向きは、ローウィック屋敷に付属するある土地を測量して査定することだったが、ケイレブはドロシアに有利な値でこの土地を処分したいと思っていた（実は彼は、できるだけよい条件で鉄道会社にかけ合ってみるつもりだった）。彼はヨドレル農場で馬車から降りて、測鎖《メジャリング・チェーン》を携えた助手といっしょに歩いて現場へ向かった。すると、水平器を調節している鉄道会社の一隊と出会った。しばらく話をしてから、彼は、自分がこれから測量する場所にそのうちみなも追いつくだろうと言って、その場を立ち去った。朝のうちは小雨のあと曇り空だったが、昼ごろには雲が切れて、生け垣の小道沿いに土の香りがたちこめるような、そんな爽快な日だった。

このとき馬に乗って小道をやって来たフレッド・ヴィンシーにとっては、土の香りは一段と芳しく感じられたはずなのだが、これからどうしたらよいか名案も浮かばず、不安な心持ちだったので、土の香りを嗅いでいる余裕もなかった。一方では父が、すぐにも聖職に就くようにと期待しているし、他方ではメアリが、聖職に就くのなら自分を見放すと言うし、実業の世界では、資本もなければ取り立てて技術もないような坊ちゃんには用がない、といった状況なのだから、手も足も出ない。息子が反抗しなくなったことで機嫌をよくした父が、こうして猟犬の世話をするために馬にひと乗りしてきてはどうかと、送り出してくれたあとだっただけに、フレッドの性分としては、余計に辛い気持ちになってくるわけだ。自分の身の振り方について決めたとしても、それを父親に話すのはひと仕事だ。しかし、まずは決めなければならないのだし、そのほうがずっと難しい仕事であることは、わかっていた。紳士としての面目も立ち、金にもなり、特殊な知識がなくてもやっていけるような、若者向きの職業が（その身内でさえ「口」を見つけてやることができないのに）世の中にあるものだろうか？ こういう気分で、フレッドがフリックの近くの小道を行きながら、思いきってローウィック牧師館のほうへ回って、メアリを訪ねてみようかと考えながら馬の歩調を緩めたとき、生け垣の向こうに並んでいる牧草地が見えた。突然物音がしてはっとすると、左手の牧草地の遠くから、野良着姿の六、七人の男が手に干し草用の熊手を持って現れ、向かって来る四人の鉄道会社の技師に襲いかかろうとしていた。ケイレブ・

ガースと助手は、襲われる側のほうに仲間入りしようと、急いで牧草地を横切って走っていた。フレッドは入口の木戸を見つけるのにしばらく手間取ったため、彼が馬を走らせて現場に辿り着いたときには、すでに野良着姿の一団が、ジャケットを着た鉄道技師たちを熊手で追い立てていた。彼らは昼食でビールを飲んだあとだったので、干し草をひっくり返す仕事にすぐに取りかかる気はなかったのである。一方、ケイレブの助手である十七歳の若者は、主人の指示に従って水平器を救い出そうとしたところ、殴り倒され、のびてしまっていた。ジャケット組が走って逃げ出したところへ、フレッドが彼らを応援するために割って入り、野良着組の前に立ちはだかり威嚇したので、追跡は混乱のうちに中断となった。「ばか者ども、どういうつもりだ！」フレッドは叫びながら、ばらばらに散っていこうとする者たちを追いかけ、左右に鞭を打ち振るった。「おまえらみんな、治安判事に訴えてやるぞ。おまえらは、あの若造を殴り殺したんだ。次の巡回裁判のときには、みんな縛り首だぞ」とフレッドは言った。彼はこのとき自分が言った言葉をあとで思い出して、大笑いすることになる。

追い払われた労働者たちが、木戸から出て干し草の牧場へと帰って行くと、フレッドは馬を止めた。ハイラム・フォードは、そこからどなりつけても安全な距離に来たと思ったらしく、振り返って、われ知らず芝居がかった大げさな調子でどなった。

「この腰抜け。馬から降りやがれ、このガキめ。おれが勝負してやる。馬も鞭もなきゃ、降参だろ。おめえなんか、おれが息の根を止めてやるわい」

「ちょっと待ってくれ、すぐに戻って来るから、勝負はあとにしてくれ。おまえたち全員とひとりずつ勝負してもいい」フレッドは言った。彼はこの連中たちと殴り合っても勝つ自信はあったのだが、いまはとにかく、ケイレブと倒れている若者のところへ急いで戻りたかった。

若者は足首を捻挫して、ひどく痛がっていたが、ほかには怪我はなかったので、フレッドは、彼を馬の上に乗せた。ヨドレル農場に行かせて、そこで手当てを受けさせようと思ったのである。

「馬は馬小屋に入れてもらうといい。測量技師たちには、道具類を取りに来るように言ってくれ」フレッドは言った。「もうここには邪魔をする者はいないから」

「いや、いや」ケイレブは言った。「破損した機器もある。今日のところは、中止にせざるをえない。そうしたほうがいい。さあ、おまえの前に道具類を載せて行きなさい。おまえが来るのを見たら、技師たちも引き返して来るだろう」

「たまたまちょうどいいときに、ここへ来てよかったです、ガースさん」トムが馬で立ち去ると、フレッドは言った。「ぼくが馬に乗って来るのが間に合わなければ、どうなっていたかわかりませんよ」

「ああ、そのとおり運がよかった」とケイレブは上の空のように言うと、邪魔が入ったときに自分が仕事をしていた場所のほうを見た。「しかし、畜生！　ばかどもがいるから、こういうことになるんだ。一日仕事が遅れてしまった。測鎖を持って手伝ってくれる者が誰かいなければ、仕事にならない。いやはや！」彼はフレッドがその場にいることを忘れているかのように、いまいましそうな表情で、元の場所へ戻りかけたが、突然振り返って言った。「君は、今日は何かすることがあるのかい？」

「何もありませんよ、ガースさん。喜んでお手伝いします」とフレッドは言った。本当はメアリに求婚すべきであって、彼女の父親の手伝いなんかしている場合じゃないと、内心では思ったのだが。

「かがみこんだり、汗をかいたりしてもかまわないかね」

「いいですよ。ただ、まずは、さっきぼくに挑みかかってきたばかでかい男のところへ行って、あいつと一勝負してきます。ぎゃふんと言わせてやりますよ。五分もしないうちに戻って来ますから」

「ばかなまねはよせ！」ケイレブは有無を言わせぬ厳しい口調で言った。「私が行って、あいつらと話をつける。もとはと言えば、みな無知のせいなんだ。誰かが連中にでたらめを言ったんだろう。ばかだから、言われるままになっているんだ」

「じゃあ、ぼくもいっしょに行きますよ」フレッドは言った。

「いや、君はここで待っていてくれ。若い者の血気は無用だよ。自分のことは自分でできるから」

ケイレブは腕っ節の強い人間で、怖いものなしだった。ただ、他人の心を傷つけるとか、演説をぶつことだけは怖いというたちだった。しかし、このときばかりは、ちょっと熱弁をふるってみるのが自分の義務だと感じていた。彼のなかでは、労働者に対する厳しい考え方と、実際には彼らに対して寛大であるという面とが、奇妙に混じり合っていた。彼自身がずっと働き者だったことから、そういうふうになってしまったのだ。しっかり毎日の仕事をこなして、しかもいい仕事をするということが、自分の幸せの中心をなしていたから、労働者たちにとってもそれが幸せの源なのだと、彼は考えていた。しかも、彼は労働者たちに対して強い仲間意識も持っていた。彼が労働者たちに近づいて行くと、彼らはまだ仕事には戻っていなくて、それぞれ二、三ヤードの間隔を置いて、互いに向き合って立っていて、よくある田舎者の集まりといった雰囲気だった。彼らは速足で近づいて来るケイレブのほうを、不機嫌な表情で見ていた。ケイレブは片手をポケットに入れ、もう一方の手をチョッキのボタンの間に突っ込んで、いつもと変わらぬ穏やかな表情のまま、一同のなかにたたずんだ。「やあ、みんな、どうしたんだ？」彼はいつもどおり、訥々《とつとつ》と始めた。水面からやっと顔を出したばかりの植物でも、水面下では根がごっそり生えているように、自分のわずかな言葉の陰には相当な思いがこめられているのだ、というつもりだった。「どうしてこんな間違いを起こすことになったんだ？ 誰かにそそのかされたんだろう。あそこにいる連中が、何かよからぬことをしようとしていると思ったんだな」

「そうさ」という自信なげな答えが、めいめいからぽつりぽつりと返ってきた。

「ばかだなあ、そういうことじゃないんだ！ 連中は、鉄道を通す場所を探しに来ているんだ。いいか、おまえたちには、鉄道の邪魔はできないんだ。おまえたちがどう思おうとも、線路はできるんだ。邪魔をしようとして暴れたりしたら、ひどい目に遭うことになるぞ。連中は、法律に則《のっと》ってこの土地に来ているんだ。それに対しては、地主も嫌とは言えないんだ。だから、余計なことをしたら、おまえたちは警察やブレイクスレー判事の厄介になって、手錠をはめられてミドルマーチの刑務所行きだぞ。誰かに訴えられたら、もう手遅れかもしれん」

ケイレブは、いったんここで言葉を切った。どんな名演説家でも、これほど効果的な間の置き方で、聴衆に自分を印象づけることはできなかっただろう。

「しかしまあ、おまえたちには悪気はなかったんだ。誰かが、鉄道は悪いものだと言ったんだろう。そんなのは嘘だ。そりゃあたしかに、線路を敷くとなれば、あちこちにあれこれ迷惑をかけることにはなるだろう。お日様にだって、そういうことはある。でも、鉄道っていうのは、いいものなんだ」

「そりゃな、お偉方には儲かる話なんだろうよ」ティモシー・クーパーじいさんは言った。彼はほかの者たちが浮かれ騒ぎをしている間にも、あとに残って干し草をひっくり返す作業をしていたのである。「わしゃあ、若いころからいろいろ見てきたよ——戦争も平和もな。それに運河とかな。ジョージ老王様の次は、摂政殿下、それでジョージ新王、それからまた新しい名前のついた新しい王様とかな。でも、貧乏人にとっちゃ、みんなおんなじことよ。運河ができたからって、貧乏人にとって何になる？　肉もベーコンも持ってきてくれるわけじゃないだろ？　食うのを我慢しないことには、給料も溜まりゃしねえ。わしの若いときに比べて、ますます暮らしにくくなってきた。だから、鉄道ができたって、おんなじことよ。貧乏人はほったらかしにされるんだ。でもよ、余計な手出しをするのはくだらないことだ。おれはこいつらにそう言ったんだ。世の中ってのは、お偉方のものなんだ。あんたは、お偉方の味方なんだろ、ガースさんよ」

ティモシーは、筋金入りの年寄の労働者で、古い人間の生き残りだった。貯めた金は靴下にしまっていて、外れの一軒家に住み、どんな演説を聞いても影響を受けず、争い事を好まず、何事も信じようとしない。『理性の時代』とか『人間の権利』[4]について、自分だってちゃんと知っているぞ、といった感じをにおわせていた。暗黒時代に奇跡の力を借りることなく、田舎者に向かって道理を説かなければならない人なら誰もが直面するような苦境に、ケイレブはいまや立たされていた。こういう相手は、否定しようのない真実をつかみ取っていて、彼らの実感できない社会の利益について理路整然と説いて聞かせてみたところで、巨人が棍棒を振り落とすように無分別にも

3　一八一〇年にジョージ三世の精神障害が発表されると、彼の長男が摂政と呼ばれるようになった。一八二〇年、ジョージ三世の死により、摂政皇太子がジョージ四世となる。一八三〇年には、ウィリアム四世がそのあとを継いだ。

4　ともに、イギリスの思想家トマス・ペイン（一七三七―一八〇九）の著書。ペインは一七七四年にアメリカに渡り、アメリカ独立戦争に貢献した。一七八七年にヨーロッパに渡り、『人間の権利』（一七九一―九二）を発表し、フランス革命を擁護した。一七九二年、フランス市民権を与えられたが、ジャコバン政権下で投獄され、救出されたのち、『理性の時代』等を著し、一八〇二年に再度渡米した。

それを粉々につぶしてしまうのだ。ケイレブは、おざなりの言葉など持ち合わせていなかったし、どう言ってみようもなかった。彼はこういう難儀に遭遇したときには、ただ自分の「仕事」を忠実に行うというやり方によっていつも乗り切っていた。そこで、彼はこう答えた。

「ティム、あんたが私のことをよく思っていないのなら、それはしかたない。いまは、そんなことはどうでもいい。貧乏人にとっては、迷惑なことかもしれない。実際、迷惑な話だ。しかし私は、ここの若い衆に、ますます事態を悪くするようなことは、してもらいたくないんだよ。牛は重たい荷物を背負わなければならないかもしれないが、そのなかに自分の餌も含まれているとすれば、道端の穴のなかに投げ捨ててしまったら、もとも子もないじゃないか」

「おれたちは、ちょっとふざけたまでだ」事の成り行きがわかりかけてきたハイラムは言った。「それだけのことよ」

「じゃあ、もう手を出すようなことはしないと、約束してくれ。そうしたら、おまえたちのことは誰にも訴えさせないから」

「わしは手出ししたことなんかないから、約束はせんぞ」ティモシーは言った。

「いや、あんたじゃなくて、ほかの者たちに言っているんだ。さあ、私は今日、忙しいんだ。ぐずぐずしている時間はない。警察の厄介にならずに、おとなしくしていると言ってくれ」

「ああ、もう手出しはしないよ。あいつらは、好きなようにすりゃあいい」というのが、ケイレブの取りつけた誓約の形だった。それから彼は、急いでフレッドのところへ戻った。ケイレブのあとについて来ていたフレッドは、木戸のところで一部始終を見ていたのである。

二人は仕事を始め、フレッドは一生懸命に手伝った。フレッドは元気が出てきた。生け垣の下の土で滑ったために、染みひとつなかった彼の夏ズボンは泥だらけになってしまったが、彼はかまわず仕事を大いに楽しんだ。彼に活気が湧いてきたのは、仕事がうまくはかどったからだろうか？　それとも、メアリの父親の手伝いができたことに満足したからだろうか？　それだけではなかった。この朝に出くわした偶然の出来事によって、しぼんでいた想像力が膨らんで、面白みのある仕事の形が具体的に見えてきたのだ。ガース氏も、いまフレッドの心に浮かんできたのと同じ目的へ向かって、また気持ちが揺れ動き始めたのではなかったか。偶然の出来事というものは、油の染み込んだ麻くずに火がつくような効果を生じさせる場合がある。フレッドに火をつけたのは鉄道だったのだと、彼はいつも思うようになった。しかしいまは、仕事で必要な以外は、二人は話をせず、黙ったまま働き続けた。やっと仕事が終わって、帰り道についたとき、ガース氏は言った。

「若い人がこんな仕事をするのには、文学士の学位は必要ないね、フレッド君？」

「文学士になろうとする前に、こういう仕事に出会っていればよかったのですが」フレッドは言った。彼はしばらく黙っていたあとで、いっそう口ごもりながらつけ加えた。「ガースさん、あなたの仕事を習うには、ぼくの年では遅すぎるでしょうか？」

「私の仕事といっても、いろいろな種類のものがあるがね」ガースは微笑みながら言った。「私の知っていることは、たいがい、経験を積めば学べることだ。本で勉強するようなやり方で、覚えられるものじゃない。でも、君はまだ若いから、基礎からやっていけるよ」ケイレブは最後の言葉を強調して言ったのだが、いささか心もとなくなってきて、口を閉じた。彼は、フレッドが聖職に就く決心をしたに違いないという印象を、最近抱いていたからだ。

「ぼくがやってみるとしたら、この仕事に向いていると思われますか？」フレッドはいっそう熱心に尋ねた。

「それにはね」ケイレブは頭を一方に傾け、声を低めて言った。それは、何か宗教的な深遠な話をしようとする人が、物を言うときのような態度だった。「二つのことを覚えておかなければならない。ひとつは、自分の仕事を好きにならなければならないということだ。早く仕事が終わって遊べたらいいのに、なんてことを考えてはいけない。もうひとつは、自分の仕事を恥じてはならないということだ。もっと別の仕事をしていたほうが格好がいいのに、なんて思っちゃいけない。自分の仕事と、それを上手くやり遂げることに、プライドを持つことだ。ほかにもいろいろな仕事があって、もしそっちの仕事をしていたら成功していただろう、なんてことを言わないことだ。どんな職業であろうと、そういうやつにはまったく関心がない」ここでケイレブは、腹立たしげに口を結び、指をパチンと鳴らして続けた。「そいつが首相であろうが、屋根葺き職人であろうが、自分の引き受けた仕事をちゃんとやらないのならね」

「ぼくは牧師になったら、ちゃんとした仕事ができないような気がするんです」フレッドは議論を一歩進めようとして言った。

「それなら、牧師になるのはやめることだね」ケイレブはそっけなく言った。「さもなければ、きみは気の休まる間がないよ。ちゃんとした仕事ができないのに気が休まるようでは、情けないやつだってことになるしね」

「メアリも、ちょうどそれと同じ考え方なんです」フレッドは、顔を赤らめながら言った。「ぼくのメアリに対する気持ちのことは、ご存じですよね、ガースさん。こんなことを言って、気を悪くしないでいただきたいのですが、ぼくはこれまでもずっと、誰よりもあの人のことが好きでしたし、これから先もあの人ほど愛せる相手はいません」

フレッドの言葉を聞くうちに、ケイレブの表情はみるみる和らいできた。しかし、彼は厳粛な態度で、首をゆっくりと振りながら言った。

「それなら、事はますます重大だね、フレッド君。君がメアリの幸せを守るつもりだというのなら」

「それはわかっています、ガースさん」フレッドは熱心に言った。「ぼくはあの人のためなら、何でもします。あの人は、ぼくが聖職に就くなら、ぼくを受け入れてくれないって言うんです。メアリと結婚できる希望がまったくなくなってしまったら、ぼくほど惨めな人間はいませんよ。本当に、牧師以外の職業なら、実務だって——ぼくにできることなら何だって、一生懸命やって、あなたに認めてもらえるようになります。できれば、外でする仕事をやりたいのですが。土地や家畜のことは、結構よく知っていますので。ご存じのとおり——ばかなやつだとお思いでしょうが——以前には自分の土地が持てるようになると思っていたものですから。この種の知識なら、すぐに身につくと思うのです。とにかく、あなたのもとで働けるようになれば」

「まあまあ、待ってくれ」妻のスーザンの顔が目の前に浮かんできたので、ケイレブは言った。「このことについては、親父さんには話をしたのかね？」

「いえ、まだ何も。でも、これから父に話をします。ぼくはただ、聖職に就く代わりに、自分に何ができるのかを知りたいのです。父をがっかりさせるのは辛いのですが、男も二十四歳ともなれば、自分のことは自分で判断してもいいはずです。二十四歳の自分が何をすればよいのかを、十五歳のぼくにどうして判断できたでしょうか？　ぼくの受けた教育は間違っていたのです」

「だがね、よく聞いてくれ、フレッド君」ケイレブは言った。「メアリは本当に君のことが好きなのかね？　君と結婚するつもりなんだろうか？」

「そのことは、フェアブラザーさんから話をしていただくように、お願いしました。メアリはぼくには話をさせてくれませんでしたから、そうするしかなかったのです」フレッドは言い訳がましく言った。「フェアブラザーさんのお話では、ぼくがちゃんとした職に就くなら——つまり、聖職以外という意味ですが——ぼくにはじゅうぶん望みがあるそうなんです。まだ自分では何もできていないくせに、あなたにご面倒をおかけしたり、厚かましくもメアリと結婚したいと言ったりして、ぼくのことを許しがたいやつだと、きっとお思いでしょうけれどもね、ガースさん。もちろん、ぼくにはそんな資格はありません。実際、あなたにはすでにずいぶん借りがありますから。たとえお金という形ではお返しできたとしても、ご恩は返しきれないと思っています」

「いや、君は要求したっていいんだよ」ケイレブは感情のこもった声で言った。「若い者はいつだって、前に進むために年とった者に助けを求めていいんだ。私が若かったころには、あまり助けてもらえなかったから、独りでやっていかなければならなかった。しかし、よかれと思って助けてくれる人がいたなら、ありがたかったと思うよ。まあ、よく考えてみよう。明日の九時に、事務所へ来るといい。いいかい、事務所のほうだよ」

ガース氏は、妻のスーザンに相談せずに重要な一歩を踏み出すようなことは決してしないのだが、今回にかぎっては、家に着く前にすでに心を決めてしまっていた。ほかの多くの点では、ふつうの男なら勝手に決めて譲らないようなことでも、彼は簡単に人の言うなりになってしまうような人間だった。どんな肉が好きかと聞かれても、彼は答えられないし、スーザンが節約のために四部屋の家に住んだほうがいいと言えば、彼はあれこれ尋ねずに、「そうしよう」と言ってしまう。しかしケイレブは、自分の感情と判断が強く働くような場合には、我を通した。彼は人をたしなめるときには、穏やかで内気な人間だ。しかし、めったにないことではあるが、彼がいったんこうと言い出したら、絶対に譲ろうとしないことは、周囲の者もみなわかっていた。ただし、彼がそこまで強気になるのは、人のためであって、自分のためではない。百のうち九十九まではガース夫人が決めるのだが、百番目には、夫人は自分の思いどおりにできず、夫に従わなければならなくなることがよくある。

「私の思ったとおりになったよ、スーザン」その夜、二人だけで座っていたときに、ケイレブは言った。フレッドが仕事を手伝うに至ったその日の出来事については、すでに話してあったが、その後どうなったかについては、まだ黙っていたのだ。「あの子たちは、お互いのことが好きなんだよ――フレッド君とメアリはね」

ガース夫人は縫物を膝のうえに置いて、心配そうに夫のほうをじっと見据えた。

「仕事が終わったあとで、フレッド君は全部私に打ち明けてくれたんだよ。彼は牧師になりたくないと思っているし、メアリのほうでも、彼がもし牧師になるのなら、結婚しないと言っているそうだ。あの男は、私のもとで実業に身を入れたがっている。それで私は、あいつのことを引き受けて、一人前にしてやることに決めたんだ」

「ケイレブ！」ガース夫人は低い声を漏らしたが、そこには半ばあきらめたような驚きがこめられていた。

「やり甲斐があると思う」ガース氏は深く腰かけて椅子の背にもたれかかり、肘掛を両手でつかみながら言った。「結構、世話の焼けるやつだろうが、何とかやってみようと思うんだ。あいつはメアリのことを愛している。立派な女を本気で愛するというのは、なかなかのことだよ、スーザン。だめなやつでも、それでぴしっとすることになるんだ」

「メアリがそのことについてあなたに話したのですか？」と言ったガース夫人は、母親の自分に話してくれてもよかったのにと、内心傷ついていた。

「ひと言も聞いていないよ。以前、私からあの子に聞いたのだけれどもね。ちょっと警告しておいたんだ。しかし、あの子は、だらしのないわがままな男とは結婚しないと、はっきり言っていたよ。それ以来、この話はしていない。フレッド君は、自分ではメアリに話をさせてもらえないので、フェアブラザーさんに頼んで、メアリに話してもらったらしい。で、フェアブラザーさんは、メアリもフレッド君のことが好きなんだが、牧師になるのはだめだと言ってることがわかったんだ。フレッド君が一途にメアリのことを想っているのは、私にはよくわかる。それで、あの男を見直したんだよ。それに、彼はずっと私たちのお気に入りだったじゃないか、スーザン」

「メアリにとっては残念なことだと思いますけれど」ガース夫人は言った。

「どうして、残念なんだ？」

「だって、ケイレブ、あの子は、フレッド・ヴィンシーより二十倍も値打ちのある男性と結婚できたかもしれないのですよ」

「えっ？」ケイレブは驚きの声をあげた。

「フェアブラザーさんは、あの子のことをいいと思っておられて、求婚されるおつもりだったにちがいありませんよ。だのに、フレッドさんがあの方をお使いにしてしまったのだから、もちろん、もうその見込みはありませんけれどもね」ガース夫人の言葉には、容赦のない調子があった。彼女は腹も立ち、がっかりもしていたのだが、言ってもしかたのないことは言うまいとしていた。

　ケイレブはしばらくの間、心のなかで葛藤を続けながら、黙りこんでいた。彼は床に目を落としたまま、心のなかの論争に合わせて、頭や手を振り動かしていた。ようやく彼は言った。

「そうなっていたら、私もとても誇らしかっただろうし、嬉しかっただろう。それに、スーザン、おまえのためにもそうなればよかったと思うよ。おまえは、自分の値打ち以下のものしか手にしていないと、私はいつも思ってきたからね。だのに、おまえは私といっしょになってくれた。私はこんなぱっとしない男なのに」

「私は自分の知っているなかで、いちばん頭のいい、最高の人と結婚したのですよ」と言ったガース夫人は、この自分が、水準に達しない相手のことを好きになるはずがないと確信していた。

「でも、たぶんほかの人たちは、おまえならもっといい結婚ができただろうに、と思ったさ。そんなことになっていたら、私は困っていただろうがね。そこなんだよな、私がフレッド君に親近感を覚えるのは。あいつは、根はいい人間なんだ。ちゃんとした場を与えられれば、いい仕事ができるだけの頭もある。それにうちの娘のことを、何よりも大切に思って愛しているし、尊敬している。あの子のほうも、相手の職次第では、結婚を約束したのも同然なんだ。あの若者に対して、私は責任があるんだよ。だから、できるだけのことをしてやりたい。そうできればと、祈るよ！　それが私の義務なんだよ、スーザン」

ガース夫人はすぐに泣くようなたちではなかったが、夫が話し終えるまでに、彼女の頬を大粒の涙が流れ落ちた。溢れる愛情にいささか苛立ちも交ざり、いろいろな感情で涙がこらえきれなくなったのだ。彼女はさっと涙を拭うと、言った。

「そんなふうに心配事を増やすことを、自分の義務だと思うような人は、あなたしかいませんよ、ケイレブ」

「ほかの人がどう思おうが、そんなことはどうでもいい。自分の心のなかではっきりそうだと思うことには、従うことにしているんだ。スーザン、おまえも私と同じ気持ちになって、メアリの気持ちをできるだけ軽くしてやってくれないか。かわいそうじゃないか」

ケイレブは椅子にもたれかかって、訴えかけるような目で、妻のほうを不安げに見た。彼女は立ち上がって、彼にキスして言った。「まあ、あなたったら！　本当にいいお父さんね」

彼女は部屋を出ると、これまで抑えていた想いを吐き出すように、思いっきり泣いた。夫の行動は、きっと誤解されるにちがいないと思った。そして、フレッドに対しては、彼女は理性的だったので、あまり期待できるとは思わなかった。さて、彼女の理性的な考え方と、ケイレブの熱意のこもった寛大さと、どちらのほうに先見の明があったということになるだろうか？

翌朝、フレッドが事務所へ訪ねて行くと、心の準備のできていないまま、テストされることになった。

「さあ、フレッド君」ケイレブは言った。「ちょっと事務の仕事をしてもらおう。書く仕事は、いつも自分でやっているんだが、手伝ってくれる者がいなければ、できないんだよ。君には、計算の要領を覚えて、価格を頭に入れてもらいたい。ほかの事務員は置かないつもりだからね。だから、本気で取りかかってもらわなければならない。書くことと計算は、どの程度できるのかね？」

フレッドは心臓がどきりとした。彼は事務の仕事のことなど、考えてはいなかったのだ。しかし、心を決めていたので、怯《ひる》むまいとした。「計算なら、大丈夫ですよ、ガースさん。ずっと得意でしたから。ぼくの字は、ご存じだと思いますが」

「じゃあ、やってみてもらおうか」と言うとケイレブは、ペンを取り上げ、ペン先を念入りに調べて、インクにしっかり浸してから、罫線の入った用紙といっしょにフレッドに渡した。「私の書いた見積りを一、二行写して、最後に数字を記入してくれ」

当時はまだ、読みやすい字を書いたり、少しでも事務員が書きそうな書体で書いたりするのは、紳士らしからぬことだという考え方があった。フレッドは、指示された数行を、どこかの子爵か主教でもあるかのように、紳士ぶった筆跡で書いた。母音の字はみな似ていて、子音の字は上向きか下向きかの区別しかできず、一筆ごとに染みが固まったようになり、文字が行に収まりきっていない。つまり、書き手が何を書くつもりなのかが前もってわかっているときにしか理解できないような、時代がかった書体だった。

これを見ているうちに、ケイレブの顔はどんどん曇っていった。フレッドが紙を手渡すと、彼はうなるような声を立てて、それを手の甲で激しく叩きつけた。こういう不味《まず》い仕事を見ると、ケイレブのいつもの穏やかさは吹っ飛んでしまうのだった。「なんだ、これは!」彼はどなりつけた。「教育に多額の費用をかけたあげく、結局はこんなことになってしまうとは、ここは何たる嘆かわしい国だ!」それから眼鏡を押し上げて、この残念な筆記者のほうを見て、悲しげな口調で言った。「やれやれ、これじゃだめだな、フレッド君」

「どうしたらいいんでしょう、ガースさん」フレッドは言った。自分の筆跡がさんざんな評価を受けてがっくりきたばかりではなく、自分が事務員程度のものに成り下がってしまいそうに思えて、彼は落ち込んだ。

「どうするかだって? 字の書き方を学んで、行からはみ出ないようにすることだな。誰にもわからないような字を書いて、いったい何の役に立つって言うんだね?」ケイレブは、出来の悪い仕事ぶりに呆れ返りながら、力をこめて言った。「君がなぞなぞを書き散らしていなければならないほど、世の中は暇だというわけじゃないだろ? こういう教育を受けるわけだな。スーザンに代わりに解読してもらわなければ、いくら時間をかけても読めないような手紙を送ってくるやつもいるからなあ。嫌になるよ」こう言うと、ケイレブは紙を放り投げた。

誰か知らない人がこの瞬間部屋を覗いたなら、怒っている仕事人と、悔しさのあまり唇を噛みながら、色白の顔をまだらに染めているハンサムな若者との間に、いったい何事があったのだろうと思っただろう。フレッドは心のなかで、さまざまな思いと戦っていた。その日会ったばかりのときには、ガース氏が親切に励ましてくれたので、感謝と希望が最高潮に達していただけに、気落ちも激しかったのだ。フレッドは事務仕事のことは、何も考えていなかった。実は、大多数の家柄のよい若者と同様、彼は煩わしいことをする必要のない仕事を望んでいたのだ。もし彼が、これからローウィックに行ってメアリに会い、彼女の父親のもとで働く約束をしてきたと言おうと、心にはっきり決めていなければ、いったいどういうことになっていたかわからない。彼はここで挫折するわけにはいかなかった。

「申し訳ありません」と言うのが、そのときの彼には精一杯だった。しかし、ガース氏はすでに優しい態度に戻っていた。

「まあ、頑張ろう、フレッド君」彼はいつもの穏やかな調子に戻って、話し始めた。「誰でも、練習すれば書けるようになる。私も独学でやったよ。とにかく本気になって、昼間だけで足りなければ、夜もやることだな。辛抱強くならなければね。しばらくは、キャラムに帳簿をつけさせて、その間、君が練習しておくといい。もう私は出かけなければ」と言うと、ケイレブは立ち上がった。「私たちが合意したことについては、親父さんに話しておきなさい。君が書けるようになれば、キャラムの給料を払う必要がなくなるんだからね。そうしたら、君に一年目は八十ポンド払えるようになるし、来年以降はもっと増やせるかもしれない」

フレッドが必要に迫られて、この話を打ち明けたさい、両親それぞれが示した驚きは、後々まで彼の記憶に深く刻み込まれることになった。彼はガース氏の事務所から真っ直ぐ父の倉庫へと向かった。父に対して最も敬意を表する態度とは、言いづらい話を、できるかぎり真剣に、かつ礼儀正しく伝えることだと、当然ながら考えたからである。それに、父が最も真剣な態度でいる時間帯といえば、倉庫の私室にいるときだったから、そこで会って話したほうが、この話が決定済みであることがしっかり伝わると思ったのだ。

フレッドは、単刀直入に話し始め、自分が何をして、どう決心したかを、手短に伝えた。そして最後に、自分が父をがっかりさせて、申し訳なく思っていると言い、自分の至らなさを詫びた。申し訳ないという気持ちに偽りはなかったので、フレッドの口から出てきたのは、きっぱりとした飾り気のない言葉だけだった。

ヴィンシー氏は話を聞いてひどく驚き、ひと言も漏らさなかったが、彼は気短な性質だけに、その沈黙は珍しい感情に囚われているということを示していた。その朝はもともと、商売のことでもあまり機嫌がよくなかったので、話を聞くうちに、彼の口元の表情は厳しさを増した。フレッドが話し終えたとき、一分間ほど、ひと言もなかった。ヴィンシー氏は帳簿を机の元の場所にしまって、力をこめて鍵をかけた。それから、息子のほうにじっと目を見据えて言った。

「ということは、ついに心を決めたわけだな？」

「そうです、お父さん」

「よろしい、じゃあ、もう変えるなよ。わしにはもう何も言うことはない。おまえは、受けた教育を投げ捨てて、一段低いところへ降りたわけだ。わしがせっかく身分を上げる手段を与えてやったのにな。言うことは、それだけだ」

「お父さんとぼくの考え方が違うのは、残念です。ぼくが引き受けた仕事でも、牧師補になるのと同じぐらい紳士らしい仕事はできると、ぼくは思っているんです。でも、ぼくのために最善を願ってくださっていることに、感謝しています」

「よろしい、もうわしは言うことはない。おまえからは、手を引く。まあ、おまえに息子ができたときに、おまえが金をかけてやったことに対して、そいつがせいぜい恩返してくれたらいいがな」

この言葉は、フレッドには実にこたえた。私たちが惨めな状況に置かれ、自分の過去が悲哀だけで出来ているように見えるときに使いがちなずるい手を、彼の父親はいま行使していたのだ。実際のところ、ヴィンシー氏の息子にかけた願望には、プライドと思慮のなさ、利己的な愚かさが、多分に交じっていた。それでも、失望させられた父親にはまだ、強硬な手段が残っていたのだ。フレッドはこれを食らい、自分の身が呪いによって消えていくように感じた。

「このままぼくは家に留まっていてもいいのでしょうか?」フレッドは立ち上がると、言った。「自分の食費ぐらいは給料から払いますので、家にいさせていただきたいのですが」

「食費が何だと!」ヴィンシー氏は、食卓にフレッドの分の食べ物が置かれなくなる状態を想像し、ぎょっとして我に返った。「もちろん、母さんはおまえに家に留まってほしいと思うだろう。だが、わしはおまえのために馬を飼ってやらんぞ。それから、自分の仕立て代も、自分で払うといい。自分で金を出すとなれば、服の一着や二着、減ってもやっていけるだろう」

フレッドは立ち去りがたかった。まだ何か言うべきことがあるように思えた。ついにその言葉は出てきた。「ぼくと握手してください、お父さん。ぼくのせいで嫌な思いをさせてしまったことを、許してください」

ヴィンシー氏は椅子に座ったまま息子のほうをちらっと見上げた。自分のほうに近づいて来る息子に、彼は手を差し出しながら、急いで言った。「わかった、話はここまでにしておこう」

母親には、フレッドはもっとたくさんのことを語ったり、説明したりしなければならなかった。しかし、いくら話しても、彼女は気が休まらなかった。彼女の目の前には、夫にはたぶん思いつかないようなことも浮かんできた。きっとフレッドはメアリ・ガースと結婚することになり、そうすれば、これからはたえずガース家の者たちや、あの家の流儀が侵入してきて、自分の生活が台なしになってしまうだろう。あんなに綺麗な顔で、「ミドルマーチ中のどこの息子よりも」粋な可愛い息子が、見栄えもぱっとせず、だらしない服装のあんな家族の一員になってしまうのだ。フレッドのようなすばらしい婿をものにするには、ガース家の陰謀があったように思えたが、彼女はこのことを敢えて声高に言う気はしなかった。というのも、ちょっとそれに触れただけで、息子が自分に「食ってかかった」ことが、一度あったからだ。彼女は気質が優しかったので、怒りを露《あらわ》にすることはできなかった。しかし、自分の幸せに傷がついたという気はした。それで数日間は、彼が不吉な予言でも受けたかのように、フレッドを見ただけでも泣きそうになった。フレッドからも「お父さんはもうぼくの決心を受け入れてくれて許してくれたのだから、お父さんの痛みに触れるようなことは、もう言わないでね」と言われたせいもあって、彼女はいつもより朗らかさを取り戻すのに時間がかかってしまったようだ。もし夫がフレッドに対して猛烈に反対したなら、彼女は可愛い息子をかばう側に回らざるをえなかっただろうけれども。四日目の夜、ヴィンシー氏は彼女に言った。

「おい、ルーシー、そんなに落ち込むなよ。おまえはいつも、あの子を甘やかしてきたんだから、これからも甘やかし続けるにちがいない」

「これほど辛い目に遭ったのは、初めてです、あなた」妻は白い喉と顎をまた震わせながら言った。「あの子の病気のときを別とすれば」

「もう気にするな！　子供のことでは、これからも苦労させられそうだな。おまえが元気をなくしているのを見ると、ますます困るから、よしてくれ」

「ええ、わかりました」ヴィンシー夫人はこう言われて元気を取り戻し、鳥が逆立てていた羽毛を整えるように、身体を揺すって身繕いした。

「ひとりの子供のことだけで、大騒ぎしてもしかたない」ヴィンシー氏は楽しい家庭のなかで、ちょっと愚痴を言ってみたかった。

「フレッドだけじゃなくて、ロザモンドのこともある」

「そうですね、かわいそうに。きっと、赤ん坊のことでは、あの子もがっかりしたでしょうね。でも、ちゃんと乗り越えたようですから」

「ふん、赤ん坊か！　リドゲイトは、開業のほうがうまくいっていないらしくて、聞いたところによれば、借金もしているようだ。近いうちに、ロザモンドが土産話をもって来るだろう。だが、わしは金を出してやらんぞ。あっちの身内に助けてもらえばいい。わしはもともとこの結婚のことは気が進まなかったんだ。いまさら言ってもしかたないが。呼び鈴を鳴らして、レモンを持って来させてくれ。もうこれ以上、元気のない顔をするなよ、ルーシー。明日、おまえとルイーザを、馬車でリヴァストンに連れていってやろう」

第57章

子供たちがまだ八歳にもならないころから、
　その人の名が浮かんできて、彼らの心を揺さぶる。
風のそよぎに奮い起こされて、
　蕾が花咲くように。
忠実なエヴェン・デューや、風変わりなブラッドワーディーン、
ヴィック・イアン・ヴォアについて語ったその人の名は、
子供たちの小さな世界を、
　山や湖、切り立った岩のある大きな世界に変えた。
そして、ウォルター・スコットへの驚異と愛と信頼で、
　彼らの世界はさらに広がった。その人ははるか彼方から、
喜びと高貴な悲しみという宝を、彼らに送り届けた。
　その本から、彼らはいつか離れていかなければならない。

> しかし、子供の日々、彼らは物語を書いたのだ。タリー・ヴィオランの話をもとに、
> 大きな蜘蛛が横切っていくような足取りの文章で。[1]

フレッド・ヴィンシーがローウィックの牧師館へと歩いて行った夕方（この世の中では、元気な若者でも、馬がなければ自分で歩かなければならないことが時にはあるものなのだと、彼は悟り始めていた）、五時に家を出て、途中でガース夫人を訪ねた。彼女が自分との新しい関係を歓迎してくれているかどうかを、確認したかったのだ。

彼が行ってみると、果樹園の林檎の大木の下に、犬と猫を含め、一家が集まっていた。ガース夫人の秘蔵っ子で自慢の息子、クリスティが短い休暇中に帰省していたので、夫人はお祭り気分だった。クリスティは、教師になって、あらゆる文学を学び、ポーソン[2]の生まれ変わりのような学者になることが最高だと思っていた。教育熱心な母親が、こうなってはいけない見本として、フレッドを実例に挙げていたので、クリスティ自身が、哀れなフレッドへの批判を体現しているかのような存在だった。しかし、背丈はフレッドの肩をやっと超える程度で、そのせいか彼のほうが優秀だという

ふうには見えにくかった。彼自身は至って単純な性格で、フレッドが学問を好まないことについては、何とも思っていなかったし、かといって自分が彼と同じように背高のっぽになりたいと気にしていたわけでもなかった。彼はいま、麦わら帽子で顔を隠して、母親の椅子の傍らの地面に寝そべっていた。一方ジムは、母親を挟んで反対側にいて、声を出して本を読んでいる。それは、多くの若い人たちの生活を幸せなものにするうえで一役買っていた、あの愛すべき作家の作品『アイヴァンホー』で、ジムは騎士たちが馬上武術大会で弓矢の試合に臨む場面に差しかかっていたのだが、ベンが騒ぐのでたびたび邪魔されていた。ベンは、自分の古いおもちゃの弓と矢を取ってきて、あてずっぽうに矢を放っては、みんなに見てもらおうとするので、うっとうしい子だとレティからも思われていた。そんなお手並みを拝見したいと思うのは、すばしこくても、浅はかそうな雑種犬のブラウニーぐらいのものだった。一方、年をとった灰色の毛のニューファンドランド犬は、日当たりのよい場所で寝そべって、ものう

1　この題辞に出てくる名前は、すべてウォルター・スコットの小説『ウェイヴァリー』(一八一四)に関連するものである。このあとに出てくる『アイヴァンホー』もスコットの作。

2　リチャード・ポーソン(一七五九—一八〇八)は、イギリスの古典学者。

げな目で、どうでもよさそうに眺めていた。レティは、ティーテーブルのうえに珊瑚《さんご》の山のように積まれたサクランボを摘む手伝いをしていたらしく、口元やエプロンの辺りがわずかに赤く染まっていたが、いまは草のうえに座って、目を大きく見開き、ジムの朗読に耳を澄ましていた。

しかし、フレッド・ヴィンシーがやって来たことで、みんなの関心の的は移った。庭椅子に腰かけた彼が、これからローウィック牧師館へ行くところなんだと言うと、ベンは弓を投げ捨てて、今度は嫌がっている子猫を抱き上げ、フレッドの伸ばした足をまたいで言った。「ぼくも連れて行って！」

「ねえ、わたしも」とレティは言った。

「レティはフレッドとぼくについて来られないよ」ベンは言った。

「ちゃんとついて行けるわ。お母さん、わたしも行ってもいいって言ってよ」レティはせがんだ。女の子だからといって軽く見られることに反発するようになって、この子の生活は近ごろ変化してきていた。

「ぼくはクリスティ兄さんといっしょに残るよ」と言ったジムは、こんなばかな子たちと自分は違うんだ、と言いたげだった。これを聞いてレティは、手を頭のうえにのせ、どっちを取るか決めかねて、両方を見比べた。

「みんなでいっしょにメアリ姉さんに会いに行こうよ」クリスティは両手を広げて言った。

「いいえ、クリスティ、みんなして牧師館へ押しかけたりしてはだめよ。そのグラスゴー製の古着のままでは出かけられないわ。それに、お父さんも帰って来られるわよ。フレッドさんにはひとりで行っていただきましょう。あんたが家に帰って来ていることを、フレッドさんから伝えてもらったら、メアリは明日にも帰って来るでしょう」

クリスティは自分の擦り切れたズボンの膝をちらっと見てから、フレッドの綺麗な白いズボンを見た。たしかに、フレッドの服の仕立てのよさは、イギリスの大学を出ただけのことはあるというような感じがした。彼が暑そうにして、髪をハンカチで後ろへ撫でつけるさままでが、優雅に見えた。

「みんな、あっちへ行ってらっしゃい」ガース夫人は言った。「みんなでくっついていると、暑苦しいわ。兄さんに兎を見せてあげなさい」

長男は母親の意図を察して、すぐに弟や妹を連れて行った。フレッドは、ガース夫人が、言いたいことがあれば話すようにと、自分のために機会を作ってくれたのだとわかったが、口を開くとこんなことしか言えなかった。

「クリスティ君が帰って来て、よかったですね」

「ええ、思ったよりも早く帰って来ましたので。主人が出かけたあとすぐ、九時にはもう馬車から降りて来たんです。早く主人が帰って来て、クリスティがどんなに進歩したか、聞かせたいと思っているところです。あの子は去年、教える仕事をして、自分の学費を払いましたし、そうしながら猛勉強したのですよ。もうすぐ家庭教師の職を見つけて、外国に行きたいと言っています」

「偉いですね、誰にも迷惑をかけなくて」フレッドは言った。このような楽しい話が、彼にとっては苦い薬のような味がした。ちょっと間を置いてから、彼はつけ加えた。

「おばさんは、ぼくがガースさんにご面倒をおかけすることになると、思っておられるのでしょうね」

「主人は面倒なことに関わるのが、好きなんですよ。あの人は、頼まれもしないことまでやってしまうたちなのです」ガース夫人は答えた。彼女は編み物をしていて、フレッドのほうを見てもいいし、見なくてもいい――つまり、相手のためになるが、荷が重くもなるような話をしてやろうというときに、好都合な状況だった。ガース夫人は言い過ぎないようにしようとは思いつつも、フレッドのために何かひと言いってやりたかったのだ。

「おばさんは、ぼくのことをだめなやつだと思っておられるでしょうし、そう思われても当然です」相手が自分に説教したがっていると感じ取ったフレッドは、少し興奮してきた。「ぼくはいちばんよく思われたいと願っている人たちに対して、最悪の振る舞いをすることに、たまたまなってしまったのですから。でも、ガースさんとフェアブラザーさんのような方たちが二人とも、ぼくのことを見捨てていないのですから、ぼくも自分を見捨てなくたっていいんだと思っています」この二人の男性の名前を挙げれば、ガース夫人は納得するだろうと、フレッドは考えたのである。

「たしかにね」彼女はますます強調するように言った。「そんな年長者が二人も自分のために尽くしてくださっているのに、まともな生き方をせずに、その方たちの犠牲を無駄にしてしまうような若い人がいたら、本当に許せませんわ」

フレッドはこの強い物言いに、ちょっと驚いたが、こう言っただけだった。「ぼくはそういうことにならないようにしたいと思います、おばさん。だって、ぼくには、メアリと結婚できそうだという希望がありますので。ガースさんからそのことは、お聞きくださったでしょうか？　たぶんおばさんは、びっくりはされなかったと思いますが」フレッドは口を閉じた。自分がメアリを愛していることは、おそらく自明のことだろうと思っていたので、ついそう言ったまでだった。

「メアリがあなたに希望を与えたと聞いて、私がびっくりしなかったですって？」

ガース夫人は言い返した。ヴィンシー家のほうではどう思っているにせよ、メアリの家族は二人の結婚をもともと望んでいたわけではないという事実について、フレッドに認識させておいたほうがよいと、夫人は考えたのである。「いいえ、実を言うと、私はびっくりしましたよ」

「あの人はぼくに希望を与えてくれたわけではないのです——ぼくが直接話したときには、これっぽっちも」フレッドはメアリをかばおうとして言った。「でも、フェアブラザーさんにぼくの代わりに話をしてもらったときに、あの人は、希望が持てるとぼくに伝えてもいいと言ったそうです」

忠告してやりたいという気持ちが、ガース夫人のなかでこみ上げてきたが、なんとかこらえていた。しかし、彼女のように自制心のある人間でも、さすがに黙っていられなくなってきた。青春を謳歌しているこの若者が、彼よりもっと賢く、悲しみというものを知っている人たちの失望のうえにのさばっている。小夜啼鳥《ナイチンゲール》さながら自分の求愛についてさえずり、それに気づいていない。しかもその間、彼の家族は、女の側の家族のほうがこの青二才との縁組を熱心に望んでいると思っていただなんて。しかも、この気持ちを夫に対して押し隠していなければならないのだから、彼女の苛立ちはいっそう高まった。模範的な妻でも、時にはこんなふうに八つ当たりしたくなることがある。彼女はとうとう力をこめてはっきり言った。「フレッドさん、あなたがフェアブラザーさんにご自分の代弁役を頼んだのは、大きな間違いだったのですよ」

「そうだったのですか」フレッドはさっと顔を赤らめて言った。彼は面食らったが、ガース夫人の言っている意味がわからず、当惑して、言い訳がましい口調でつけ加えた。「フェアブラザーさんは、いつもぼくたちの味方でしたから、メアリだって、あの人の言うことなら真剣に聞いてくれるだろうと思ったのです。それに、フェアブラザーさんは、気持ちよく引き受けてくださいましたよ」

「そうでしょうね。若い人たちというのは、自分の望んでいること以外は、何も見えていないのですから。自分の望みが、どれだけ他人を犠牲にしているかということなど、思いも及ばないのですものね」ガース夫人は言った。彼女はよかれと思って一般論として言っただけで、それ以上の意図はなかった。彼女は怒りのはけ口を求めて、必要もないのに毛糸をほどき、気難しそうに額に皺を寄せた。

「どうしてそれがフェアブラザーさんに苦痛を与えることになるのか、ぼくにはわかりません」とフレッドは言ったが、ある思いつきが次第に浮かんできて、ぎくりとした。

「そりゃそうでしょう。あなたにはわかるわけないですよ」ガース夫人は、ひと言ひと言念を押して言った。

一瞬フレッドはうろたえて、遠くのほうを見やると、素早く振り返って、鋭い口調で言った。

「おばさん、それはフェアブラザーさんがメアリを愛しているという意味ですか?」

「そうだったとしても、フレッドさん、あなたは、驚くはずがないと思いますけれども」と言い返すと、ガース夫人は編み物を脇へ置いて、腕組みをした。実際、彼女が仕事から手を離すのはめったにないことで、心が荒立っている証拠だった。彼女は、フレッドを懲らしめてやったという満足感と、言い過ぎてしまったのではないかという気持ちとの間で、引き裂かれていた。フレッドは帽子とステッキを持ち、そそくさと立ち上がった。

「では、おばさんは、ぼくがフェアブラザーさんの邪魔をしている、それにメアリの邪魔もしているとお考えなのですか?」彼は答えを求めるような口調で言った。

ガース夫人は即座に言葉が出てこなかった。彼女は自分を困った立場に追い込んでしまった。本心で思っていることを、隠しておかねばならない強い理由があるにもかかわらず、言うように迫られてしまったのだ。ことに、自分の言葉が過ぎたという自覚は、彼女にとっては悔しかった。そのうえ、フレッドは予想以上に激しい感情を露にして言った。「メアリがぼくに心を寄せてくれていることを、ガースさんは喜んでくださっているようでしたよ。ガースさんはこんなこと、何も知らないはずです」

こういうふうに夫の話が出されたので、ガース夫人は良心の咎めを感じた。ケイレブから、自分が間違ったことをしたと思われるのは、辛かった。思いも寄らない結果にならないようにと、彼女は言った。

「私はあくまでも推測で言っただけです。メアリがこのことを知っているかどうかは、わかりません」

しかし彼女は、自分が口を滑らせてしまったことについては、誰にも言わないでほしいと頼んだものかどうかと、ためらった。そんなふうに人に頭を下げることには慣れていなかったからである。彼女がためらっているうちに、お茶道具が置かれた林檎の木の下では、すでに思いも寄らない結果が、次々と起こっていた。ベンは後を追ってくる犬のブラウニーといっしょに草の上を跳ね回り、子猫が引っかかった編み物の毛糸を引きずっていくのを見て、大声を上げながら手を叩いていた。ブラウニーが吠えると、子猫は必死でティーテーブルのうえに跳び乗り、ミルクの容器をひっくり返してしまい、また跳び下りて、今度はサクランボの山を半分ほど崩してしまった。するとベンは、編みかけの靴下の先をつかんで、子猫の頭にかぶせたので、またもや凄まじい騒ぎになった。そこへやって来たレティは、この残酷な仕打ちについて、母のところへ泣きながら言いつけに行った。というわけで、まるで「これはジャックが建てた家です」[3]というお話さながらの顛末だった。ガース夫人は仲裁に割って入らざるをえなかったし、ほかの子供たちもやって来たので、フレッドと二人きりの話はそこまでとなった。彼はすぐにも立ち去ろうとした。ガース夫人は、先ほどまでの厳しい態度を引っ込めたかったものの、握手しながら「神のお恵みがありますように」と言うことしかできなかった。

自分がもうちょっとで「よくある愚かな女のおしゃべり」[4]を――つまり、最初に話しておきながら、あとで口止めするようなことを――してしまいかねなかったと思うと、彼女は気分が悪かった。しかし、口止めしたわけではない。だから、ケイレブの非難を逃れるために、自分で責任をとって、今夜のうちにすべて夫に打ち明けてしまおうと、彼女は心に決めた。あんな穏やかな夫でも、いったん審判を下されるとなると、妻にとっては怖い存在になるというのは不思議だった。しかし、本当のことを明かしたほうが、フレッド・ヴィンシーのためになるのだと、夫には言うつもりだった。

たしかに、ローウィックへ向かう道々、このことはフレッドに大きな効果を及ぼしてきた。フレッドは楽観的なたちではあったが、もし自分が邪魔をしなければ、メアリははるかによい縁談に恵まれていたのだとほのめかされたことほどの打撃を受けたことはなかった。フェアブラザー氏に仲裁を頼むというような、いかにも間の抜けた無粋なことをしてしまったことにも、我ながら癪にさわった。しかし、恋する人間の性《さが》から――フレッドの性質からいっても――メアリの気持ちについて生じた新たな心配によって、ほかのすべての感情が圧倒されてしまった。フェアブラザー氏の大らかさは信頼していたし、メアリもああ言ってくれはしたけれども、やはり自分には恋敵がいるのだと、フレッドは思わずにはいられなかった。それは新たに芽生えた意識だったが、彼はそれが嫌でたまらなかった。メアリのためとはいえ、彼女をあきらめる気にはまったくなれなかったし、むしろ彼女を勝ち得るためにどんな男とでも戦い

3　イギリスの童謡。「これはジャックが建てた家です／これはジャックが建てた家にある麦芽です／これはジャックが建てた家にある麦芽を食べた鼠です／これはジャックが建てた家にある麦芽を食べた鼠を殺した猫です……」というように繰り返しながら物語が累積していく。

4　旧約聖書「ヨブ記」第二章第一〇節より。

たいという気概だった。しかし、フェアブラザー氏と戦うのは、文字通りの格闘ではないから、フレッドにとっては、筋力勝負よりも難しいように思えた。たしかにこの経験は、伯父の遺産がもらえなかったときの失望に劣らず、フレッドにとって辛い試練になった。責め道具の刃はまだ彼の心にまで達していなかったけれども、その刃先がいかに鋭利であるかを、彼は想像し始めた。ガース夫人がフェアブラザー氏のことを誤解しているとは、まったく考えられなかったが、メアリの気持ちについては勘違いしているかもしれないと、フレッドは思った。メアリは最近、牧師館で過ごしているから、彼女がどう感じているかについては、母親もほとんどわかっていないのかもしれない。

メアリが応接間で三人の婦人たちといっしょに楽しそうにしている様子を見ても、彼は気が楽にはならなかった。彼女たちはある話題について盛り上がっていたが、彼が入って来ると、話すのをやめた。メアリは、重ねられた浅い引き出しのなかから、牧師の標本のコレクション用のラベルを取っては、彼女の得意な細かい文字で、それを書き写していた。フェアブラザー氏は村のどこかへ出かけていた。三人の婦人たちは、フレッドとメアリの特別な関係については何も知らなかった。二人のどちらも、いっしょにちょっと庭を歩きませんかとは言い出しづらかった。フレッドは、これは、メアリと二人きりで何も話ができないまま帰らなければならないのだな、と思った。彼はまず、クリスティが帰省したことを、それから、自分が彼女の父と仕事の契約をしたことを伝えた。あとのほうの知らせを聞いて、彼女がいたく心を動かされたようなので、彼はほっとした。彼女は「私、とても嬉しいわ」とさっと言うと、自分の顔の表情を人に見られないように、身をかがめて書き物に戻った。しかし、フェアブラザー老夫人は、これを聞き逃さなかった。

「でもミス・ガース、あなたは、せっかく聖職に就くための教育を受けた若い方が、それをあきらめたことを、喜んでいらっしゃるわけではないでしょ? ただ、そうなってしまったからには、あなたのお父様のような立派な方のもとで働けてよかった、というおつもりなんですよね」

「そうじゃないんです、奥様。私は両方とも、よかったと思っているんです」こらえきれず浮かんだ涙を、うまく押し隠して言った。「私って、すごく俗っぽい人間なんです。私は、ウェイクフィールドの牧師[5]とフェアブラザーさん以外には、好きな牧師

5　ゴールドスミスの小説『ウェイクフィールドの牧師』(一七六六)のタイトルとなっている主人公プリムロウズ。人の好い誠実な田舎牧師。

さんはいないんです」

「あら、どうして?」フェアブラザー老夫人は大きな編み針の手を止めて、メアリのほうを見て言った。「あなたのおっしゃることは、いつももっともなのに、これにはちょっと驚きますね。もちろん、新しい教義を唱える人のことなら、話は別ですけれどもね。どうしてあなたは、牧師がお嫌いなんですか?」

「あら、どうしてでしょう」と言うと、メアリは一瞬考えこむような顔をして、楽しそうに顔をほころばせた。「私、牧師さんの首巻きが嫌いなんです」

「じゃあ、キャムデンの首巻きもお嫌なのね」ミス・ウィニフレッドは気にして言った。

「いえ、好きですわ」メアリは言った。「私はほかの牧師さんたちの首巻きが嫌いなんです。それは、首に巻いているのが、その人たちだからですわ」

「よくわからないわ」と言ったミス・ノーブルは、たぶん自分の頭がついていけないのだと思った。

「ねえ、それは冗談でしょ? そういう立派な人たちを軽んじるからには、ほかにもっともな理由があるのでしょう」フェアブラザー老夫人は、威厳のある態度で言った。

「ミス・ガースは、人間がいかにあるべきかについての考え方が厳しいので、この人を満足させるのは難しいです」フレッドは言った。

「まあ、少なくとも、私の息子は例外にしてくださっているのですから安心しました」老夫人は言った。

フェアブラザー氏が部屋に入って来て、ガース氏との契約の話を聞かせることになったときの、フレッドの声の尖った調子に、メアリはおや、と思った。話を聞き終えたフェアブラザー氏は、「それはよかったです」と満足げに言った。それから、身を乗り出してメアリの書いたラベルを見て、彼女の字が上手いと褒めた。フレッドは、嫉妬でむっときた。もちろん、フェアブラザー氏の評価は嬉しかったが、彼がよくある四十歳の男のように、不細工で太っていればいいのに、という気がした。この結果、どういうことになるかは、目に見えていた。メアリはあからさまにフェアブラザーを誰よりも持ち上げていたし、女性たちが三人とも、二人を結びつけようとしていることは、明らかだったからだ。彼がもうメアリと話をする機会はあるまいと思っていたとき、フェアブラザー氏が言った。

「フレッド君、この引き出しを、私の書斎に戻すのを手伝ってくれるかい。君は、ぼくの新しい書斎をまだ見たことがないよね。ミス・ガースもいっしょに来てください。今朝見つけたすばらしい蜘蛛をお見せしたいんですよ」

メアリはすぐに、牧師の意図を察した。あの忘れがたい夕べ以来、彼が牧師としての昔からの優しさから逸れた態度をとったことは一度もなかった。それで、あのとき、一瞬変な気がして、疑いが生じたのだが、そんな思いもすっかり消えていた。メアリはもしかしたら、と思うようなことがあっても、そんなことはないと打ち消すことに慣れていた。そうだと思うと虚栄心がくすぐられるようなことがあっても、そんな考えはばかげているから捨てなければと、感じてしまう。子供のころから、そういうふうに断念する訓練ができていたからだ。やはり彼女が予想していたとおりだった。フレッドには、書斎の備え付けがいいだろうと自慢し、メアリには蜘蛛を自慢したあとで、フェアブラザー氏は言った。

「ここで一、二分待っていてください。背の高いフレッド君に掛けてもらいたい版画があるので、それを探してきます。すぐに戻りますから」そう言うと、彼は出て行った。しかし、フレッドが最初にメアリに言ったのは、次のような言葉だった。

「ぼくが何になろうとも、無駄だよね、メアリ。どうせ君はフェアブラザーと結婚するんだろ」彼の言葉には、怒りがこもっていた。

「どういうことなの、フレッド？」メアリは真っ赤になって、怒って叫んだ。驚きのあまり、即座に言い返すことができなかった。

「君はよくわかってるんだろ。君は何だってわかる人なんだから」

「私にわかっているのは、あなたがひどい態度を取っているということだけよ、フレッド。あなたのためにあれだけ尽くしてくださったフェアブラザーさんのことを、そんなふうに言うなんて。どうしてそんなことを思いついたわけ？」

フレッドは、苛立ちながらも、考え込んだ。もしメアリが本当に何も気づいていないのなら、ガース夫人から聞いたことを彼女に言うのはまずい。

「当然、そういうことになるよ」彼は答えた。「あらゆる面で、ぼくには勝ち目がないような男、それに、君が誰よりも持ち上げているような男に、君はずっと会い続けているんだから、ぼくには見込みがないよ」

「あなたって、とっても恩知らずね、フレッド」メアリは言った。「あなたのことを少しでも想っているなんて、フェアブラザーさんに言わなきゃよかったわ」

「いや、ぼくは恩知らずじゃない。こんなことさえなければ、ぼくほど幸せな人間はいないと思っているよ。ぼくは、君のお父さんにすべてを話したんだ。お父さんは、とても親切で、ぼくを自分の息子のように扱ってくれた。喜んで仕事に就きたいし、書く仕事だって何だってするよ。このことさえなければね」

「このことって、何よ？」メアリは、何かよほどのことを誰かが言ったか、したにちがいないという気がしてきた。

「ぼくがフェアブラザーにかなないっこないのが確かだってことだよ」

メアリは笑いそうになって、気持ちが和らいだ。「フレッド」と呼びかけると、彼女は彼の目を覗き込んだが、彼はすねたように目を逸らした。「あなたって、本当におめでたいばかな人ね。これほどのおばかさんでなければ、あなた以外の人から私が愛されていると思わせて、意地悪したくなるくらいだわ」

「本当に、君はぼくのことがいちばん好きなの、メアリ?」フレッドは愛情をこめて彼女を見つめ、彼女の手を取ろうとした。

「いまの瞬間のあなたのことは、全然好きじゃないわ」メアリは後ずさりして、両手を後ろに回して言った。「私のことを好きになるような人は、あなた以外には誰もいない、としか言えないわ。とても賢い男の人なんて、論外よ」彼女は陽気に、言葉を切った。

「じゃあ、あの人のことは想わないって、言ってほしいなあ」

「このことは、もう私には言わないでちょうだい」メアリはまた真面目な顔つきに戻って言った。「フェアブラザーさんが、私たちが話しやすいように二人だけにしてくださったことにも気づかないなんて、愚かというか、恩知らずというか、どっちなのかしらね。あの方のお気遣いに対して、あなたがそんなに鈍感だなんて、がっかりよ」

フェアブラザー氏が版画を持って戻って来たので、これに対して返事をする間はなかった。客間に戻ったとき、フレッドは、まだ心のなかに不安げな嫉妬が残っていたが、メアリの言葉や態度から、大丈夫なはずだと自分に言い聞かせていた。この会話の結果、総じて、より辛い思いをしたのは、メアリのほうだった。これまでと同じ態度というわけにはいかなくなってきたし、新しい解釈の可能性も見えてきた。自分はフェアブラザー氏を見くびるような立場にいるようにも思えた。それは、相手が大いに尊敬すべき男性である場合には、感謝の気持ちを抱いている女性の堅い意志を崩してしまいかねない危険を孕《はら》んでいた。翌日、家に帰る口実があったので、メアリはほっとした。自分がフレッドのことをいちばん愛しているということを、はっきりさせておきたいと、心から願っていたからである。長年かけて優しい愛情を積み上げてきたのに、それに取って代わるものを受け入れてしまったら、人生は安っぽいものに成り下がってしまう。私たちは自分の愛情と忠節を、宝物のように見守っておかなければならないのだ。

「フレッドは、ほかの期待をすべてなくしてしまったのだから、これだけはなくしてはならないわ」メアリは、口元に微笑みを浮かべて独り言をいった。もうひとつ別の未来像が頭をかすめるのは、どうしようもなかった。偉いと思われたり価値を認められたりすることが、いままでの自分にはなかったが、それがかなう結婚の可能性が目の前にある。しかし、そのためにフレッドを締め出してしまうのなら――フレッドが彼女に見捨てられて悲しそうにすることになるのなら――と思うと、彼女はそんな可能性についてつらつらと考える気にはなれないのだった。

第58章

あなたの目のなかには憎しみは住めないから、
そのなかであなたの心の変化を知ることはできない。
多くの人々の顔には、偽りの心の歴史が
不機嫌やしかめ面、妙な皺となって刻み込まれる。
しかし天は、あなたを創ったときに、こう命じた、
あなたの顔には優しい愛だけが住まうようにと。
あなたの思いや心がどのように働いても、
あなたの顔は、優しさしか語ることはないと。

――シェイクスピア『ソネット集』第九三番

ヴィンシー氏がロザモンドについて予感したことを口にしたころ、ロザモンド本人は、父が予想したようなことを訴えに実家へ行こうなどとは、まったく考えていな

かった。彼女の家庭生活は活気があり、出費もかさんでいたが、暮らし向きについて不安を抱くようなことはなかった。赤ん坊は流産のために死に、刺繡をした産着や帽子は見えないところへ片付けられた。こんな不幸が起きたのは、夫に止められていたにもかかわらず、彼女がある日、何としてでも馬に乗って出かけようとしたためにほかならない。といっても、彼女がこの件で癇癪を起こしたとか、自分の好きなようにさせてよ、と夫に向かって食ってかかったりしたわけではない。

彼女がとりわけ馬に乗りたくなったのは、准男爵の三男であるリドゲイト大尉が訪ねて来たからである。同じ姓を名乗るわれらがターシアスは、残念ながら、彼のことをひどく嫌っていて、つまらない洒落男と呼んでいた。なにしろ、「髪の毛を額から首の後ろまで分けるというような嫌らしい恰好」をしていたし（ターシアスはそんな真似はしない）、自分はどんな話題についても気の利いたことが言えるんだ、とばかり悦に入《い》って、無知をさらしている輩だったからである。リドゲイトは、新婚旅行のときにクォリンガムの伯父の家を訪ねることに同意してしまったばかりに、こんな客を招くはめになり、ばかなことをしてしまったと、内心、自分を呪いたいような気持ちだった。ロザモンドにもついそのことを漏らしてしまった彼は、彼女から感じが悪いと思われてしまった。というのも、ロザモンドにとっては、大尉の訪問を受けたことは、あからさまには言わなかったものの、かつてないほどの歓喜をもたらしたからだ。准男爵の子息を従兄弟として自分の家に滞在させているのだ、ということを彼女は強く意識していたので、それがどれほどたいしたことであるかは、周囲の人たちもみな思い知っているはずだと想像した。そして、ほかの客たちにリドゲイト大尉を紹介するとき、彼の身分が芳香のように彼らにも染み渡っていくように感じられて、彼女は気をよくした。この満足感のおかげで、生まれがよいとはいえ医者業などをしている男と結婚してしまったという失望も、一時忘れることができた。いまは自分の結婚が、観念上だけではなく見た目にも、自分をミドルマーチの平均より上へ浮かび上がらせてくれているようだった。そして、クォリンガムの上流の親戚と手紙のやりとりをしたり訪問し合ったりする未来が輝かしいものに思われ、そうしているうちにターシアスも出世するような気が、なんとなくしてきた。とりわけ、大尉の姉で既婚のメンガン夫人が、たぶん彼から勧められたからだろうが、ロンドンからの帰り道に、メイドを連れて立ち寄り、二日間泊まっていったときなどは、うきうきした。だからロザモンドにとっては、音楽の練習に力を入れたり、選り抜きのレース飾りを揃えておいたりすることは、間違いなくやりがいのあることなのだった。

リドゲイト大尉は額が狭く、鷲鼻が片方へ傾いていて、話し方も重苦しかったので、ふつうの若い紳士の場合なら、こういう特徴は不利に働いたかもしれないが、彼の軍人らしい物腰や口ひげには、うら若い金髪女性を夢中にさせる「恰好良さ《スタイル》」があった。それに彼はいかにも生まれがよいという感じで、中産階級の人間がよくやるようなつまらない上流気取りの気の遣い方などしないし、女性の容姿に関してもかなり目が高かった。ロザモンドは、彼から綺麗だと思われるのが、以前クォリンガムで褒められたとき以上に嬉しかった。彼のほうも、彼女と戯れていると、あっという間に時間がたってしまうのだった。この訪問は、彼にとってはこれまででも最高の浮かれ騒ぎとなったので、変わり者の従兄弟ターシアスが早く帰ってほしそうにしたぐらいでは楽しさが減ることもなかった。リドゲイトは、丁重なもてなしができないぐらいなら、（大げさに言えば）死んだほうがましだと思うような人間だったので、嫌悪感を押し隠して、このきざな軍人の言うことが聞こえないようなふりをして、応対をロザモンドに委ねていた。彼は嫉妬深い夫ではまったくなかったし、頭が空っぽの紳士とのつき合いは、妻に任せてしまうほうがよかったからである。

「夕食のとき、あなたももっと大尉とお話をなさったほうがいいと思うんだけれど、ターシアス」ある夜、この大切な客がロームフォードに駐在中の軍人仲間に会いに行っているさい、ロザモンドは言った。「あなた、時々、心ここにあらずって感じよ。

あの方の顔を見ずに、顔をとおしてその向こうにあるものを見ているみたい」

「ロージー、ぼくにあんな自惚《うぬぼ》れ野郎と話をしてほしいなんて、思わないでほしいね」リドゲイトはそっけなく言った。「もしあいつの頭がぶっ壊れたっていうなら、それを見るのには興味があるけど、それまでは無理だね」

「どうしてご自分の従兄弟のことを、そんなふうにばかにするのか、私にはわからないわ」ロザモンドは縫物の手を止めずに言った。彼女は真面目な口調だったが、そこにはいくぶん軽蔑の気持ちがこめられていた。

「ラディスロー君に聞いてみるといいよ、あの大尉さんほど退屈な人間に会ったことがあるかって。あいつが来て以来、ラディスローは全然この家に寄りつきもしないじゃないか」

ロザモンドは、ラディスローが大尉を嫌う理由が、自分にはよくわかると思った。彼は嫉妬しているのだ。そして、彼が嫉妬していて、嬉しいとも思った。

「変わり者の人たちには、何がお気に召すのかわからないけれども」彼女は答えた。「私には、リドゲイト大尉は申し分のない紳士に思えるわ。あなただって、伯父様のサー・ゴドウィンへ敬意を払うためにも、あの方をぞんざいに扱うべきではないんじゃないかしら」

「そりゃあそうだけどね。ちゃんとご馳走しているじゃないか。あいつは、好きなように出入りしているだけで、ぼくのことなんか何とも思っていないよ」

「でも、あの方が部屋にいるときには、もっと気を遣ったほうがいいと思うわ。あの方は、あなたが言うようなとびきり頭のいい人ではないかもしれないけれども、あなたとは職業が違うんですもの。ちょっとはあの方と話題を合わせるほうが、あなたにとってもいいことだと思うの。いっしょにお話しして、楽しいお相手よ。それに、ちゃんとした節操のある方ですもの」

「つまり、ぼくにももっとあいつみたいになってほしいということなんだね、ロージー」リドゲイトは、あきらめたような調子でつぶやき、微笑んだが、それはあまり優しくもなく、まったく面白くなさそうな微笑みだった。ロザモンドは黙り、もう微笑まなかった。しかし、彼女の美しい顔の曲線は、微笑みを浮かべていなくてもその性格の良さをうかがわせるにじゅうぶんだった。

リドゲイトが口にしたこれらの言葉は、彼がかつて思い描いた夢の国からいかに遠ざかってしまったかを示す悲しい道標のようなものだった。その夢の国では、ロザモンド・ヴィンシーは完璧な女性の姿で、教養のある人魚のように、鏡に向かって髪をくしけずりながら歌を歌い、夫の学問を崇めて、疲れを癒してくれる存在だった。彼は、自分が崇められていると思ったのは想像にすぎず、そのような想像上の崇拝と、実際に才能に惹かれることとは別なのだということを認識するようになっていた。女が男の才能に惹かれるのは、ただそれが名声をもたらすからであって、ボタンから下げる勲章や、名前の前につける肩書のようなものといくらも変わらない。

ロザモンドのほうでも、ネッド・プリムデイル氏のたわいない会話のことを、退屈極まりないと思っていたころから、いままでの間に、ずいぶん遠く離れてしまったのではないか。しかし、たいていの人にとっては、愚かしさと言っても、耐えがたいものと、じゅうぶん許容できるものとの二種類がある。実際、そうでなければ、人とのつながりなど成り立たないのではないか。リドゲイト大尉の愚かしさには、気品の香りがあり、行動は「恰好良く」、話しぶりは上流っぽくて、サー・ゴドウィンとの所縁《ゆかり》を感じさせた。ロザモンドは大尉の話をすてきだと思い、彼の言い回しをいくつも記憶した。

こういう事情だったので、もともと乗馬が好きだったロザモンドが、リドゲイト大尉から、葦毛《あしげ》の馬に乗って出かけようと誘われたとき、また馬に乗りたくなったのは、しごく当然のことだったのである。大尉は――馬丁に二頭の馬を連れて旅館グリーンドラゴン亭に泊まっておくようにと命じてあったのだが――その葦毛の馬が、婦人用に調教したおとなしい馬だと彼女に請け合ったしのだ。実際、それは姉のために買ったもの、クォリンガムに連れて帰ることになっていたのだ。ロザモンドは初めて夫に黙って外出し、夫が帰宅するまでに家に戻った。この乗馬は大成功だったし、結果的には、馬に乗ってよかったと自分でも断言できたので、彼女はこのことを夫に打ち明けた。また乗馬に出かけてもいいと、夫が同意してくれるはずだと、自信満々だったからである。

ところが、それとはまったく逆で、リドゲイトは機嫌を悪くしたどころではなかった。夫に無断で、慣れない馬に乗るような危険なことをするとは何事だ。驚きのあまり雷のような声でどなりつけられて、ロザモンドは次に何を言われるのかと警戒したが、そのあと彼はしばらく黙っていた。

「ともかく、無事で戻って来られてよかった」ついに彼はきっぱりとした口調で言った。「もう二度とそんなことをしてはだめだよ、ロージー。わかったね。いくらおとなしい、よく慣れた馬でも、どんなことが起こらないともかぎらない。だから、あの葦毛の馬に乗るのもやめてほしかったんだ。ぼくの気持ちはわかってくれるね」

「でも、家のなかにいたって、何が起こるかわからないわ、ターシアス」

「ばかなことは、言わないでくれ」リドゲイトは泣きつくように言った。「とにかく、判断するのは、このぼくだよ。ぼくがもう出かけてはだめだと言っているんだから、それでじゅうぶんだろう」

ロザモンドは、夕食前に髪を整えているところだった。鏡に映った彼女の顔には、いつもどおりの愛らしさがあり、長い首をわずかにかしげている以外、何ら変わりはなかった。リドゲイトは両手をポケットに突っ込んで、歩き回っていたが、いまは彼女の近くに立ち止まり、確かな返事を聞こうと待っているふうだった。

「編んだ髪を、後ろで留めてくださらない？」ロザモンドは両腕を下ろして少しため息をつき、そこで無神経に突っ立っている夫に、恥じ入らせようとした。リドゲイトは、男としては器用なほうだったので、形の整った大きな指で、妻の髪を留めてやったことがこれまでにもよくあった。彼は柔らかな花綵《はなづな》のような編んだ髪を引き上げて、上のほうで留めた（こんなことに、男を使うとは、と思いつつ）。ほっそりとした曲線を描いているすばらしいうなじを前にして、彼としては唇を当てる以外、どうしようもなかった。しかし、同じことをするときにでも、前とは気分が違うこともある。リドゲイトはまだ怒りが収まっていなかったし、自分の言っておきたいことを忘れたわけではなかった。

「大尉には、もう君に馬を勧めたりしないようにわきまえろと、ぼくから言っておくよ」彼は妻のそばから離れながら言った。

「そういうことは、しないでいただきたいわ、ターシアス」ロザモンドは、彼を見つめながら、いつもより尖った口調で言った。「それって、私を子供扱いしているみたいじゃないの。このことは、私に任せると約束してちょうだい」

彼女の反論にも、もっともな点があるように思えた。「わかったよ」リドゲイトはつっけんどんに応じた。こうして口論は、彼がロザモンドに約束することで終わり、彼女のほうは約束しなかった。

実のところ、彼女は約束なんかするまいと心に決めていた。ロザモンドには、性急に反抗してエネルギーを擦り減らすようなことはしないという頑固さがあり、結局はそれが勝つ。自分がそうしたいと思うことが、彼女にとっては正しいことなのであり、どうやったらそれがやり通せるかということに、知恵のすべてを傾ける。彼女はまた葦毛の馬に乗って出かけるつもりだったし、実際、次に夫が留守にする機会に、それを決行した。いまさら知られてもどうということはなくなるまで、夫には黙っているつもりだった。誘惑はたしかに大きかった。彼女はもともと乗馬がとても好きだった。こうして見事な馬に乗って出かけ、やはり見事な馬に乗ったリドゲイト大尉、なんとサー・ゴドウィンの子息と並んでいるところを、道々、夫以外の人に見られるという満足感は、結婚前に彼女が夢見たことそのもののようだった。しかも、こうしてクォリンガムに住む一族との関係を固めているわけだから、賢明な策であるにちがいない。ところが、おとなしい葦毛の馬は、ハルセルの森のはずれで、切り倒された木が急に大きな音をたてて倒れてきたとき、怖気《おじけ》づき、馬が暴れるのではないかと怖くなったロザモンドは、結局、流産してしまったのだ。リドゲイトは、彼女に対しては怒りを示さなかったが、大尉に食ってかかったため、大尉はすごすごと退散するに至ったわけである。

その後何度かこの話題が出たときにも、ロザモンドは、馬に乗ったことは問題なかったのだ、家にいたって同じようなことは起きて、同じ結果になっていたかもしれないのだ、前からそういう徴候はあったのだから、と言って、穏やかながらも譲らなかった。

リドゲイトは、「かわいそうに！」としか言いようがなかったが、内心、この穏やかな女の手に負えない頑固さに啞然としていた。ロザモンドに対しては、自分は無力な存在にすぎないのだという思いが、強まるばかりだった。自分のほうが知識も頭脳も勝っているのだから、いついかなるときも、神託を仰ぐようにお伺いを立ててもらえると思っていたのに、実際には、ことあるごとに彼の考えは無視されてしまうのだった。ロザモンドの賢さとは、まさに女性に相応しい、受容力のある賢さなのだと、彼は前は考えていた。その賢さの正体がどのようなものであるか——それがこちらを受け入れようともせず、勝手に出来上がっていく精巧な織物のようなものだということが、いま彼にはわかりかけていた。ロザモンドほど、自分の趣味と興味の延長線上にある原因と結果に対して目敏《めざと》い者はいない。彼女は、リドゲイトがミドルマーチの社会で際立った存在であることを、はっきりと見分けた。そして、夫の才能によって道が開かれたならば、さらに望ましい社会的効果が生じてくることも、想像の目で辿ることができた。しかし、彼女にとっては、望ましい社会的効果と、医者として科学者としての夫の野心とは、何ら関係のないことだった。それが、悪臭のする油を発見したという幸運であろうが、知ったことではなかった。しかし、彼女とは関係のないそんな油のことは置いておこう。もちろん彼女は、夫の考えよりも自分の考えのほうを信じていた。リドゲイトは、今回の深刻な乗馬事件に留まらず、数限りない些細な件に関しても、彼女が愛情によって素直にならないということを知って、愕然とした。彼はまだ、妻の心に愛情があるということを疑っていなかったし、自分が愛情をはねつけるようなことをした覚えもなかった。彼のほうとしては、妻をこのうえなく愛していると言いきれたし、彼女から自分が否定されるのはしかたがないと覚悟していた。

しかし、それはともかくとして、リドゲイトには悩みがあった。自分の生活を毒する新しい要素が入り込んできたことに、彼は気づいていた。それは、これまで澄んだ水のなかで息をして、泳ぎ、光に照らされた獲物を追いかけることに慣れていた生き物が、にわかに泥のなかに押し込められるようなもので、不快きわまりなかった。

ロザモンドはまもなく、一段と美しい姿で裁縫台に向かったり、父の二頭立て軽四《フェー》輪馬《トン》車に乗って楽しんだり、もしかしたらクォリンガムに招待されるかもしれないと考えたりするようになった。彼女は、自分があそこの客間にいれば、一族のどんな娘よりも、見栄えのする装飾になるということがわかっていた。彼女は、同座する紳士たちにも、そのことはわかっているはずだと思いつつ、婦人たちが自分の影が薄くなって喜ぶかどうか、というところまでは、頭が回らなかった。

妻の流産のことがひとまず落ち着いてほっとしたあと、リドゲイトは彼女が密かに「ご機嫌斜め」と呼んでいる状態に、またもや戻っていった。これは、妻以外のことについて夢中になって考え込む彼の癖や、あらゆる日常的なことに対して苦い薬草でも混じっているかのように不快そうに眉をひそめる彼の表情のことを示す表現だった。実際、その状態は、一種の晴雨計のようなもので、彼の悩みや予感を正確に示していた。悩みや予感の原因はいくつかあったが、そのなかのひとつについて、彼はロザモンドの心身への影響を恐れて、彼女には黙っていた。それは優しい気遣いだったが、適切な対応ではなかった。彼と彼女の間には、互いの心の軌道がまったく見えなくなっていた。こういうことは、つねに想い合っていた人同士の間でもありえることなのだ。リドゲイトには、自分がこの何か月もの間、自分の最善の目的と最上の力の半ば以上を、ロザモンドへの愛情のために犠牲にしてきたように思えた。彼女の些細な要求のために邪魔が入っても、じっとこらえてきた。それに、医者としての仕事や医学の研究に無私無欲の目的を追求する彼の熱意――理想的な妻ならば、なぜとはわからなくとも、崇高なものとして敬うだろうはずの熱意――に対して、彼女が示す無反応な空っぽの心のさまを見て、次第に幻滅しながらも、その辛さをおくびにも出さないようにして我慢してきたのだ。しかし、彼の忍耐には、自分に対する不満も交じっていた。正直に言うと、妻も夫も含めて、実はこういう自分に対する不満こそ、苦悩の半ば以上を占めているものなのである。私たちがもっと立派な人間であったなら、状況はここまで自分に厳しくはなかったはずだというのが、厳然たる事実なのだ。リドゲイトは、自分がロザモンドに折れてしまうのは、ふと決断が鈍り、無気力が忍び寄ってくるせいである場合が多いということに、気づいていた。この無気力は、私たちの生活のなかの日常的な部分からはみ出すような熱意を奪ってしまう。そして、リドゲイトの熱意をつねに圧迫していたのは、たんに悲しみの重荷だけではなかった。高潔な努力に皮肉を投げかけて、それをくじいてしまうような、くだらない、しかし屈辱的な心配事が、ずっしりとのしかかってきていたのである。

それは、彼がこれまでロザモンドに話すのを控えてきた心配事だった。夫が難儀な目に遭っていないはずがないのに、彼女がそれにまったく気づかないことが、彼にはかえって不思議に思えた。リドゲイトが借金をしていることは、それとわかる理由があったので、傍目《はため》にも容易に推測できることだった。美しい花や緑の草で覆われた沼に吸い寄せられてしまい、自分が日ごとにその深みに沈み込んでいっていることを、彼は忘れようにも忘れられなかった。驚くべきことに、いったん沼にはまれば、すぐにも顎まで浸かってしまう。そうなってしまえば、たとえ頭のなかに宇宙的な計画を持つ人であっても、ひたすらそこから抜け出すことばかり考えるようになる。

一年半前なら、リドゲイトは貧しくとも、わずかな金欲しさにあくせくすることはなかったし、身を落としてまでそんなものを手に入れようとする人間のことを、軽蔑しきっていた。彼がいま経験していたのは、たんなる赤字という程度ではすまないものだった。彼は、支払いの請求に圧迫されつつ、支払う金もないのに、なくてもすむものをやたらたくさん買い込んでしまった人間が陥る、唾棄すべき低俗な苦難に襲われていた。

どうしてこんなことになってしまったのかは、たいして計算しなくても、あるいは物の値段がわからなくても、容易に理解できるだろう。男が世帯を構えて結婚する支度をしているとき、家具やその他のものを揃えるのに、手持ちの現金よりも四、五百ポンドほど出費が嵩《かさ》んだとしよう。それから一年たったとき、馬やら何やら含めた生活費がおよそ千ポンドに達しているのに、診察による収入は、前任者の帳簿によれば年間八百ポンドの計算になるところ、実際には夏の池の水位のごとくぐっと下がり、五百ポンドにも満たず、しかも大部分は未払いということがわかる。そうすれば、本人が気にしようがしまいが、この男が借金していることは、すぐにも察しがつく。当時はいまほど物価が高くなかったし、地方での生活は、比較的地味なものだった。しかし、最近開業権を買い取ったばかりの医者が、自分は馬を二頭飼っていて当然で、食卓には惜しみなくご馳走が並んでいるべきだと考え、生命保険代に加えて庭付きの家の高い家賃を払っていれば、自分の出費が収入の二倍になっていることにすぐ気づくだろうということは、そんな些細なことはどうでもいいという人でもなければ、誰にでもわかる。一方、ロザモンドは、子供のときから贅沢な暮らしに慣れていたので、家庭の上手な切り盛りの仕方というのは、何でも最高のものを注文することであって、それ以外では「用が足せない」と思っている。リドゲイトも、「物事はやるからには、ちゃんとやらなければならない」ので、それ以外の生活の仕方があるとは考えられなかった。生活費の細目を前もって知らされたとしても、彼はたぶん、「たいしたことではない」と言っただろう。また、何かひとつでも節約できる、たとえば魚を上等なものから安いものに替えてみてもいいのではないか、などということを勧める人がいたとすれば、彼にはたんなるけちけちした考え方にすぎないように思えただろう。ロザモンドは、リドゲイト大尉の訪問というような特別な場合にかぎらず、客を招くのが好きだったし、リドゲイトは客を厄介に思うことも多かったけれども、それに干渉しようとはしなかった。人づき合いは、医者としてうまくやっていくうえで必要なことだと思えたし、人をもてなすからには、それなりのことはしなければならない。たしかにリドゲイトは、ずっと貧しい家も訪問し続けていて、食事療法を処方するさいにも、その家庭のわずかな収入に見合ったものにするようにしていた。しかし、そういう計らいも、近頃では珍しいことでなくなった。人間は、並行して進んでいる無数の経験を、いちいち比べてみようとしないものなのではないか？　出費とは——醜悪な事態や過失と同様——自分個人の問題となってから、自分と他人との間に現れている（と自分に感じられる）大きな相違によってそれを測ってみるときに、初めてまったく新しいものに見えてくるものなのだ。リドゲイトは、身なりにこだわらない人間のつもりだったし、服装の効果を気にするような人間を軽蔑していた。それでいて、新調の服が何着あろうと、ごく当然のことのように思っていた。服を新調するときには、何着かまとめて注文するものなのだと。ただし、彼はこれまでに、借金をしつこく取り立てられて生活が妨害されたことなどなかったということは、覚えておかねばならない。彼は習慣によって動いているのであって、反省しながら動いているわけではない。しかしここで、生活を妨害される事態となったのである。

それは新たな経験であるだけに、余計いまいましかった。彼の目的とはまったく異質で、彼が専念したいと思っている対象とは嫌になるほど関係のない状況なのに、そんなものが、気づかぬうちに、不意に襲ってきて彼をわしづかみにするとは、何たることかと驚き、むかついた。しかも、たんに借金があるというだけではない。このまま続けていると、ますます借金の深みにはまっていくことが確実なのだった。ブラッシングの二軒の家具商には、結婚前につけで買ったまま、予想外の出費のためいまだに支払いが済んでいなかった。そこから繰り返し不快な催促状が送り届けられてきたため、彼は嫌でもそれを目にせざるをえなかった。こういうことに対して、性格上、リドゲイトほど苛立たしく思う人間はいなかっただろう。彼はとりわけプライドが高く、人の世話になったり、誰かに恩を感じたりすることが、大嫌いだったからだ。彼はヴィンシー氏がどれぐらいの金銭的な援助をしてくれるのかと推測することさえも軽蔑していたのだから、よほどのことがなければ、義父に助けを求める気にはなれなかった。そもそも彼は、ヴィンシー氏自身もあまり金回りがよくないということを、結婚以来、いろいろな方面から間接的に聞き知っていたので、こちらが援助を求めようものなら、相手が憤慨するだろうということも見当がついていた。知り合いに頼めば何とかしてもらえるだろうと、気軽に考えるような人もなかにはいる。しかしリドゲイトは、自分がそんなことをする必要に駆られるなどとは、想像だにしたことがない。金を借りるということがどういうことなのかも、考えたことがなかった。しかし、いったんそういうことを考え始めると、どんな苦労もそれよりはましだという気がした。そうしている間にも、金はなくなり、金が入る見込みもなく、診察によって収入が増える兆しもなかった。

当然ながら、この数か月というもの、リドゲイトは、心のなかの悩みを隠し切れないと思っていた。ようやくロザモンドも元気を取り戻しつつあったので、この窮状について洗いざらい妻に打ち明けようかという気になった。商売人の請求書を念入りに見ているうちに、これからは買うものを比較検討するという新たな手順を踏まなければばならないこともわかってきた。新しい角度から見ると、注文した品物のなかには、必要な物とそうでない物とがあり、習慣をいくらか変えたほうがいいとも思い始めていた。ロザモンドの同意なしで、どうして変更を加えることができようか？　不愉快な事実を妻に打ち明ける必要が、緊急に生じてきたのである。

金がなかったので、自分のような立場の者にどのような担保が出せるかと、内々に助言を求めてみた結果、リドゲイトは、さほど取り立ての厳しくない債権者に、自分の力で何とかなりそうな担保を提供するに至った。その債権者は、銀細工と宝石を扱う商人で、ある期間利子を受け取ることと引き換えに、室内装飾業者への借金の支払いも引き受けてくれた。そのために必要な担保は、彼の家の家具類を競売に出した場合の代金ということになった。そういう条件ならば、四百ポンドに満たない借金に関しては、債権者もしばらくの間は支払いを待ってくれそうだった。しかも、銀細工商のドーヴァー氏は、一部の皿や、ほかにも何か新品同様のものがあれば引き取って、その分を貸し分から差し引くと申し出てくれた。「ほかにも何か」というのは、宝石類のことを指して遠回しに言ったのだが、もっと具体的に言うなら、リドゲイトが花嫁への贈り物として買った三十ポンドのアメジストのことだった。

彼がこのような贈り物をしたことが果たして賢明であったかどうかについては、意見が分かれるかもしれない。ある人はこう思うだろう。それは、いかにもリドゲイトのような男がやりそうな洗練された気遣いだ。その結果、厄介なことになってしまったのは、当時の地方の生活がしみったれていて、趣味と釣り合うだけの収入のない医者に対して、何ら便宜をはかろうとしないせいだ。しかも、リドゲイトは潔癖すぎて、知り合いに金の無心をしようとしないのだからと。

しかし、結婚前のあの晴れた朝に、彼が皿類の注文を決めようとして出かけたときには、それはたいした問題とは思えなかったのだ。ほかの法外な値段の宝石と比べれば——それに、まだ正確に総額を計算したわけではなかったものの、他の注文品にひとつ加えるだけなのだからと思うと——ロザモンドの首と腕にあでやかに似合いそうな装飾品に三十ポンド払うことは、持ち合わせの現金が余分になかったとはいえ、贅沢な買い物だとは思えなかった。とはいえ、このような危機に及んで、リドゲイトは、そのアメジストがまたドーヴァー氏の在庫品として店に並べられるさまを想像し、それもやむをえないかと思う一方で、このことをロザモンドに話さなければならないと考えると、ひるんでしまった。これまでは物事の因果関係を辿って考える習慣はなかったが、いまやそれについてしっかり認識しようと奮い立ち、科学実験に従事するときのような（それとまったく同じというわけにはいかないが）厳しい態度で、それに基づいて行動しようと覚悟した。彼はブラッシングから馬で帰る道々、その厳しさを忘れまいと気負いながら、これからロザモンドにどう説明したものかと頭をめぐらした。

彼が帰り着いたときには、もう日が暮れていた。さまざまな才能に恵まれた二十九歳のこの強い男が、いまや見る影もないほど惨めな思いをしていた。自分が重大な間違いを起こしたのだと認めて、自らを叱りつける気にはなれなかったが、その間違いは、慢性病の自覚症状のように彼の内部を侵食し、今後の見通しのひとつひとつに不安がまとわりついてくるようで、思考力が鈍っていった。廊下を歩いて客間に向かって行くと、ピアノの音と歌声が聞こえてきた。ラディスローが来ているのだということは、もちろんわかった。ウィルがドロシアに別れを告げてから数週間たっていたが、彼はまだミドルマーチで、前の仕事を続けていた。リドゲイトは、ラディスローの来訪に対して、特に文句があるわけではなかった。しかし、その瞬間は、わが家の炉辺が占有されていることを迷惑に感じた。彼が扉を開けると、二人は目を上げて彼のほうを見はしたが、歌を中断しようとはせず、そのままクライマックスにさしかかっていった。リドゲイトのように馬車馬のごとく働いている人間にとって、その日さんざん骨を折ったあげく、まだ先にも苦労が待ち構えているような思いで帰宅したときに、二人の人が彼のほうを向いて声を震わせながら歌っているさまを見るのは、決して慰めにはならなかった。いつもより青ざめていた彼の顔は、部屋を横切って椅子にどさっと座ったときに、苦々しい表情になっていた。

あと三小節で終わるのだからと思って歌いきった二人は、やっと彼のほうを振り返った。

「お元気ですか、リドゲイト君」と言って、ウィルは握手をしようと近づいた。

リドゲイトは差し出された手を握ったが、口をきく必要を感じなかった。

「もうお食事はすんだのですか、ターシアス？　もっと早くお帰りになるのかと思っていたのですけれども」ロザモンドは、夫がひどく不機嫌であることに、すでに気づいていた。彼女はそう言いながら、いつもの席に腰を下ろした。

「もう食事はすませたよ。お茶を入れてもらいたいんだが」とそっけなく言ったリドゲイトは、顔をしかめながら、前に伸ばした自分の足にじっと目を見据えていた。

ウィルはそれ以上聞かなくても、状況を察した。「ぼくは失礼します」と言って、彼は帽子に手を伸ばした。

「お茶が入りますから、もうちょっといてください」ロザモンドは言った。

「いや、リドゲイト君がうんざりしているようだから」ウィルは、ロザモンドよりはリドゲイトの気持ちがわかったので、彼の態度に対して気を悪くはせず、きっと外で嫌なことがあったのだろうと想像した。

「それなら、余計あなたにいていただきたいですわ」ロザモンドはおどけたように、軽い口調で言った。「主人は、一晩中私に口をきいてくれないでしょうから」

「いや、今晩は話すよ」リドゲイトは低い大きな声で言った。「君に話しておきたい重要な話があるんだ」

リドゲイトには、こんな事務的な切り出し方をするつもりは、もともとなかった。しかし、妻の無頓着な態度に対して、ついむかっとしたのだ。

「ほらね！　じゃあ、ぼくはこれから職工学校《メキャニックス・インスティテュート》[1]の会合に出ることになっているので。さようなら」ウィルはこう言うと、さっと部屋から出て行った。

ロザモンドは夫のほうを見なかったが、すぐに立ち上がって、ティーセットの置かれている場所へ移動した。彼女は、こんなに感じの悪い様子の夫を見たことがなかった。リドゲイトは暗い目を妻のほうへ向けた。彼女が細い指でお茶の道具を器用に扱い、すぐ目の前にあるものだけを見て、表情ひとつ変えないまま、自分は不快な人間は誰でも我慢ならないのだ、という抗議の気持ちをありありと漂わせているさまを、彼はじっと見ていた。かつては、知的な感受性の印だと思っていた、空気の精のような姿のなかに、女の鈍感さが突如新しい形をとって現れるさまを見て考え込んでしまい、彼はしばし自分の心の傷のことさえも忘れた。彼はロザモンドを見ながら、かつてパリに留学中に恋した女優ロールのことを振り返った。「この女も、ぼくにうんざりさせられたと言って、ぼくを殺すのだろうか？」と彼は内心問うた。そして、「女はみんなそういうものなのだ」と答えた。このように物事を一般化する力ゆえに、人間は物言わぬ動物よりも誤りを犯しやすい。その一般化する力を突如くじいてしまったのは、もうひとりの女性の振る舞いから受けた不思議な印象の記憶が蘇ってきたからだ。リドゲイトが往診をするようになったとき、彼女の夫を気遣う表情や口調――夫のために忠誠を尽くし共感したいという切実な思い以外は、自分のなかのあらゆる衝動を抑えなければ、といわんばかりに、夫を慰めるためにはどうするのがいちばんいいのか教えてほしいと言ったときの、あの激しい叫び――そういうものから得た不思議な印象の記憶だった。お茶が入れられている間に、こうした記憶が次々と走馬灯のように、そして夢を見ているかのように、リドゲイトの心に浮かんできた。瞑想の最後の瞬間、目を閉じると、彼の耳元にドロシアの声が聞こえた。「お教えください。

1　一八二〇年代に、職人の教育のためのこのような学校が、多数設立された。

私に何ができるか、お考えください。主人は生涯ずっと苦労して、自分の研究に前途をかけてきたのです。主人は、そのことだけを気にしているのです。私もただそのことだけが、気になるのです」

深い魂を持った女性の声が、いまも彼の心のなかに留まっていた。それは、死んで王座に祭られている天才[2]に対して燃え上がるような感動の念が心のなかに留まり続けているようなものだった（高貴な感情を持つ才能というものがあって、それが人間の精神やそれが帰結する行方をも支配しているのではないだろうか？）。音楽のようなその声が、彼から遠ざかっていき、実際、彼は一瞬まどろんでしまった。と、そのときロザモンドが、いつもの薄っぺらな鈴の音のような声で、「お茶が入りました、ターシアス」と言って、彼の脇にある小さなテーブルにお茶を置くと、彼のほうを見もせずに、もとの場所に戻った。リドゲイトが、妻のことを鈍感だと思ったとすれば、それは早まった考えというものだった。彼女も彼女なりに鋭い感受性を持っていて、夫から受けた印象をあとあとまでも引きずっていたからである。いま彼女が受けていたのは、不快感と嫌悪感の印象だった。それでもロザモンドは、嫌な顔も見せず、声も荒らげなかったのだ。誰も私の非を咎めることのできる人はいないはずだと、彼女は確信していた。

　おそらくリドゲイトもロザモンドも、互いにこれほど遠く離れてしまったように感じたことは、これまでなかった。しかし、たとえあのような唐突な切り出し方をしていなかったとしても、本当のことをこれ以上黙ったままにはしておけない明白な理由があった。夫の苦境に対して、妻にももっと敏感になってほしいという腹立たしさがあったせいで、あんな早まった言い方をしてしまった。その腹立たしさは、妻がこれから受けることになる打撃を予想する辛さのなかにも、なお交じっていた。とはいえ彼は、お盆が片付けられ、蠟燭に火が灯され、穏やかな夜の時間が期待されるときが来るまで待った。その間に、いったん退《ひ》いた愛情が戻ってきた。彼は優しく話しかけた。

「ロージー、仕事を置いて、こっちへおいで」彼は静かに言うと、テーブルを脇へ押して、手を伸ばし、自分の近くに椅子を引き寄せた。

　ロザモンドは言われるとおりにした。彼女がうっすらと色づいた透き通るようなモスリン地の服を身にまとって近寄ってきたときほど、ほっそりとしながらも丸みを帯

2　バイロン作『マンフレッド』（一八一七）の第三幕第四場に、「死んでもなお王座にいる支配者」という言葉がある。

びたその姿が、優雅に見えたことはなかった。彼女が夫のそばに腰を下ろし、彼の椅子の肘掛に片手を置いて、ようやく夫と目を合わせたときほど、その華奢な首と頰、綺麗な形の唇に、汚れのない美しさが漂っていたことはなかった。それは、春の季節や幼児など、甘美で新鮮なすべてのものに触れたとき、私たちを感動させるあの美しさだった。リドゲイトもいま、その美しさに感動した。すると、最初に彼女を愛し始めたころのことが思い起こされ、その記憶が、危機的な窮状のなかから呼び起こされた記憶と交じり合った。彼は大きな手を妻の手に重ねて言った。

「ねえ君」その言葉には、愛情のこもった響きがあった。ロザモンドもまた、同じ過去の思い出に揺り動かされていた。彼に認めてもらえることに喜びを搔き立てられた、あのころのリドゲイトは、いまもまだ夫のなかに留められていた。彼女は夫の額にかかった髪を、そっと撫で上げた。そして、もう一方の手を彼の手の上に重ねて、自分が夫を許す気持ちになっていることを意識した。

「君を傷つけるようなことを、ぼくは話さざるをえないんだ、ロージー。でも、夫婦でいっしょに考えなければならないような問題もあるからね。きっと君ももう気づいているだろうけれども、ぼくは金に困っているんだ」

リドゲイトは言葉を切ったが、ロザモンドは首をひねって、マントルピースの上にある花瓶を見ただけだった。

「結婚の支度で買ったものの支払いが、まだ全部は済んでいないんだよ。結婚してからも、いろいろと必要な出費があったから、その支払いもある。その結果、ブラッシングの町で大きな借金を作ってしまったんだ。三百八十ポンドもね。そのせいで、このところずっと追いつめられていてね、実は日に日に深刻な状態になってきているんだ。患者も金に困っていて、すぐには診察代を払ってくれないからね。君の具合が悪かった間は、君には知らせないように骨を折ってきたんだけれどもね。でも、もういまはいっしょに考えていかなきゃならない。君にも助けてもらわなければ」

「私に何ができるかしら、ターシアス？」と言って、ロザモンドはふたたび彼のほうに目を向けた。この短い言葉は、ほかのどの言語で言い表してもたいして変わらないだろうが、声の調子を変えれば、あらゆる心の状態を表現することができるだろう。どうしていいかわからないという頼りなげな気持ちから、徹底的に理屈を通そうとする意識まで、あるいは、心からの献身的な協力の精神から、まったく気のないよそよそしさに至るまで、すべての心の段階を表せるのである。ロザモンドのか細い声は、「私に何ができるかしら！」という言葉に、これ以上ないくらいのよそよそしさを含めていた。そのものの言い方はぞっとするほど冷たく、リドゲイトのなかに呼び起こされた愛情を凍りつかせた。彼は怒りに駆られてどなりつけたりはしなかった。ただ悲しみのあまり、心が沈んでいくばかりだった。ふたたび口を開いたとき、それは何としてでも仕事をやり終えなければ、と思っている人の口調になっていた。

「君にも知っておいてもらわなければならない。家具類の目録を作るために業者がやって来ることになるからね。しばらくの間、担保に入れて借金するから」

ロザモンドは真っ赤になった。「お金を出してほしいと、父に頼まなかったの？」口がきけるようになると、彼女は真っ先に言った。

「ああ、頼んでいない」

「じゃあ、私が頼みます！」と言うと、彼女はリドゲイトの手を離して立ち上がり、彼から二ヤードほど離れたところに立った。

「だめだよ、ロージー」リドゲイトはきっぱりと言った。「いまさら、もう遅い。目録作成は明日始まるからね。言っておくけど、ただの担保だよ。前と何も変わらないし、たんなる一時的なことなんだ。君のお父さんには、ぼくが言おうと思うまでは、知らせてはだめだよ」リドゲイトは駄目押しをするように、つけ加えた。

たしかにこれは、過酷なことだった。しかしロザモンドのほうでも、おとなしそうにしたまま、夫に逆らって何をしでかすか知れない、といった悪い予感を、彼に与えたのだった。こんな仕打ちは、彼女には許しがたいものに思えた。彼女はすぐに泣くたちではなかったし、泣くのは嫌だったが、このときには顎と唇が震えて、涙が湧き上がってきた。外からは物質的な難問に圧迫され、自分の内部では屈辱的な結果に対してプライドが抵抗するという二重のストレスと戦っているリドゲイトにとっては、わがまま放題にすることしか知らず、夢といえば、これからももっと自分の好みに合わせて気ままにすることしかないというような若い女が、この突然襲ってきた試練をどう感じるかということは、おそらくあまり想像がつかなかっただろう。しかし、妻にはできるかぎり辛い思いをさせたくなかったので、彼女の涙は身に染みてこたえた。彼はすぐには話を続けることができなかった。しかし、ロザモンドは泣くのをやめて、動揺を鎮めようとして涙をふき、目の前のマントルピースをじっと見ていた。

「ねえ、悲しむのはやめてくれないか」リドゲイトは、目を上げて彼女のほうを見ながら言った。自分が困った目に遭うとわかった瞬間、夫からわざと離れていこうとするような態度を妻にとられて、彼はますますものが言いにくくなった。しかし、彼はどうしても言わないわけにはいかなかった。「ぼくたちは、気を引き締めて、必要なことをしなければならない。責任はぼくにある。こんな暮らしをする余裕がないんだということに、気づくべきだった。ところが、いろいろ仕事のほうが思うようにいかなかったし、実は、いままさに最悪の状態になってしまっているんだ。取り返せるかもしれないが、当面の間は引き締めていかなきゃならない。つまり、暮らし方を変えなければね。乗り切っていけるはずだ。今回家具を担保に入れてしまえば、自分の状況を振り返ってみる時間もできる。それに君は頭がいいから、その気になれば、ぼくがもっと用心深くなるように仕込んでくれることだってできるだろう。ぼくは金の清算にかけては、本当に頭の足りない人間だった。ねえ、頼むから、こっちに来て座って、ぼくを許してくれ」

鋭いかぎ爪だけでなく、理性も備えているといった動物さながら、リドゲイトは頸木のもとで首を垂れた。理性ゆえに、私たちはおとなしくなってしまうことがよくある。彼が哀願するように最後の言葉を言い終えると、ロザモンドは彼のそばの椅子に戻った。彼が自分の非を認めたので、それならこちらの言い分を聞いてくれるかもしれないと期待して、彼女は言った。

「目録の作成を先に延ばせないのかしら？　明日業者が来たら、追い返せばいいわ」

「追い返したりしないよ」リドゲイトは、譲るわけにはいかないという気持ちに戻って、言った。これ以上説明したからといって、何になるだろうか？

「もし私たちがミドルマーチから出て行ったら、もちろん競売になるんでしょうから、それでいいんじゃありませんか」

「でも、ぼくたちはミドルマーチから出て行かないよ」

「ターシアス、そうしたほうが、ずっといいと思うわ。ロンドンに行ったらどうかしら？　それかダラムの近くとか。あそこでは、あなたのご親戚の名前が知れ渡っているでしょ？」

「金がなければ、どこへも行けないんだよ、ロザモンド」

「あなたのご親戚は、お金のないままであなたを放っておかれないわよ。きっと、意地汚ない商売人たちも、そのことをわからせれば、待ってくれると思うわ。あなたがちゃんと説明しさえすれば」

「ばかなことを言うもんじゃない、ロザモンド」リドゲイトは怒って言った。「君にわからない問題については、ぼくの判断に従うようにしてほしい。ぼくが必要な手配をしたんだから、そのとおりに実行するまでだ。親戚に関しては、言っておくが、ぼくは彼らに何かしてもらうことを望んでいないし、これからも何も頼む気はない」

ロザモンドは微動だにしなかった。そのとき彼女の頭のなかにあったのは、リドゲイトがこういう振る舞いをする男だとわかっていれば、彼とは結婚しなかったのに、という思いだけだった。

「いまは無駄なことを話している時間の余裕がないんだよ」リドゲイトはまた態度を和らげようとして言った。「君といっしょに考えなければならない細かなことがたくさんあるんだ。ドーヴァーが、皿類をかなりたくさん引き取ってくれると言っているし、もしよければ宝石も、と言うんだ。彼は本当に親切だよ」

「じゃあ、これからはスプーンもフォークもなしでやっていくんですか？」と言ったとき、ロザモンドの薄い唇は、消え入るような声とともに、ますます薄くなっているようだった。彼女はもうこれ以上抵抗したり、提案したりするのはよそうと思っていた。

「そこまではしないよ！ ほら、ごらん」と言って、ポケットから一枚の紙を引っ張り出してきて、それを広げながら続けた。「これがドーヴァーの明細書なんだ。ぼくはいくつかの項目に印をつけたんだが、それを返したら、合計三十ポンド以上はつけから差し引かれることになる。宝石には印をつけていないけれどもね」この宝石という点に関しては、リドゲイトも本当に言うのが辛かった。しかし、厳しく自分を説き伏せて、そんな気持ちは克服してしまった。彼はロザモンドに、自分が贈ったどの宝石を返すようにとは言えなかったが、ドーヴァーの申し出については、話さざるをえないと思ったのだ。それで彼女が自らその気になれば、事は簡単に片付くだろうと。

「私が見ても何にもならないわ、ターシアス」ロザモンドは落ち着いて言った。「どうぞあなたのお好きなものを、お返しになって」彼女はその紙に目を向けようともしなかったので、リドゲイトは髪の毛の生え際まで真っ赤になって、それを引っ込め、膝の上に落とした。その間にロザモンドは、静かに部屋から出て行き、リドゲイトはなすすべもなく戸惑って、ひとり取り残された。彼女は戻って来ないのだろうか？　彼に対するあの無関心さは、まるで二人が種類の違う、利害の対立した生き物同士だと言わんばかりではないか。彼は頭を振り上げ、ポケットの奥まで両手を突っ込み、仕返しをしたいような気分に駆られた。まだ学問がある――取り組むべき立派な目的が、自分にはあるのだ。もうひと踏ん張りしなければならない――ほかの満足が消えていっても、だからこそいっそう頑張らなければならないのだ。

しかし扉が開いて、ロザモンドがまた部屋に入って来た。彼女はアメジストの入った革製の箱と、ほかの宝石箱がいくつか入った装飾付きの小さな籠を持ってきて、さっき自分が座っていた椅子の上にそれを置くと、礼儀で固めたような態度で言った。

「これが、あなたが私にくださった宝石全部です。どれでもお好きなものを返してくださいい。それからお皿も。もちろん、私に明日、この家にいろとはおっしゃらないでしょ？　私は父に会いに行きますので」

そのときリドゲイトが彼女に投げかけた眼差しは、多くの女にとっては、怒りの眼差しよりも恐ろしいものだっただろう。そこには、彼女が夫婦間に置いた距離を、そのまま受け入れようとするような絶望的な態度が含まれていた。

「それで、いつ帰って来るんだ?」苦々しそうにつんけんした調子で彼は言った。

「あら、夕方には帰って来るわよ。もちろん、このことは母には話しません」ロザモンドは、自分ほど非の打ちどころのない振る舞いができる女はいないと、確信していた。彼女は裁縫台のところへ行って座った。リドゲイトは一、二分考えこみながら座っていた。そしてようやく、残っている情愛を振り絞るように言った。

「ぼくたちは夫婦なんだよ、ロージー。最初の災難で、ぼくをひとり置き去りにしたりしないでくれるね」

「もちろんよ」ロザモンドは言った。「私がすべきことは、何でもするわ」

「このことを、使用人たちに言わないままにしておくのはよくないし、かといって、ぼくから言うのも変だろう。それに、ぼくは出かけなければならない。何時ごろに家を出るかはわからないが。こういう金銭的な問題で恥ずかしい思いをしたくないという、君の気持ちはわかるよ。でもね、ロザモンド、プライドの問題に関しては、ぼくも君と同じくらい痛感してはいるが、この問題は何とか自分たちで解決して、できるだけ使用人の目に入らないようにしたほうがいいね。それに君はぼくの妻なんだから、ぼくにとっての不名誉は君にとっても不名誉なものになってしまうのは、しかたないんだよ。もし不名誉なことがあるとすれば、だがね」

ロザモンドはすぐには答えなかったが、ついに言った。「わかったわ、明日は家にいます」

「この宝石類には、手をつけないことにするよ、ロージー。もとの場所に戻しておいていいよ。でも、返す皿類、それから荷造りしてすぐに送れるもののリストを書き上げておくよ」

「そ、そんなことをしたら、使用人にも気づかれてしまうわ」ロザモンドはかすかにあてこすって言った。

「まあ、ある程度嫌な思いをするのは、しかたないさ。インクはどこにあるかな？」

と言うと、リドゲイトは立ち上がり、これから書き物をしようと、大きな机の上に明細書を投げ出した。

ロザモンドはインク壺を取りに行き、それを机の上に置いて、向こうへ行きかけた。そのとき、近くに立っていたリドゲイトは、彼女の身体に腕を回して、自分のほうへ引き寄せて言った。

「ねえ、何とか我慢しようよ。けちけちしなければならないのは、一時だけのことだと思うから。キスしてくれ」

純真で情に厚い彼の心は、かなり冷えきっていた。しかし男であるからには、世間知らずの若い女が自分と結婚したために苦労しているのを見れば、痛々しく感じざるをえない。彼女は夫からキスされて、それをかすかに返した。こうして、取りあえずは仲直りした形になった。しかしリドゲイトは、今後、出費について話し合い、暮らし方を完全に変えていかなければならないと思うと、恐怖を感じずにはいられなかった。

第59章

昔々、魂は人の形をしていたという。
それは自分の身体よりも小さく、捉えにくく、
そうしたいと思えば、空気のなかに彷徨《さまよ》い出ることができた。
見よ！　彼女の天使のような顔のそばに浮かんでいる
唇の青ざめた、空気のような姿が、
貝殻のような彼女の小さな耳に、囁きかけているのを。

噂というものは、しばしば軽率に、しかし効果的に伝えられていくものだ。それは、蜜蜂が好みの蜜を探しながらぶんぶん飛び回っているときに、（自分が粉だらけになっているとも気づかず）花粉を撒き散らすやり方に似ている。この絶妙の譬えは、フレッド・ヴィンシーについてのものである。彼はある夜、ローウィック牧師館で、

年輩のご婦人たちが盛んに噂話をしているのを耳にしたのだ。それは、牧師館に昔からいる使用人が家政婦タントリップから聞き出した噂で、カソーボン氏が亡くなる少し前に作成した遺言補足書に、ラディスロー氏のことについて奇妙な触れ方をしたというものだった。フェアブラザー氏がそのことは前から知っていたと言うと、姉のミス・ウィニフレッドはびっくりして、そんなことを知っていながら話してくれないなんて、キャムデンはなんて不思議な人なの、と言った。それを聞いたメアリ・ガースは、たぶん蜘蛛の習性の観察でもしておられて、遺言補足書のことはそれに取り紛れてしまったのでしょう、と言ったが、ミス・ウィニフレッドはそんなことを信じようとはしなかった。フェアブラザー老夫人は、ラディスロー氏が一度だけローウィックに来たのを見たことがあるけれども、そのこととこの噂には、何か関係があるのだろうと思った。そしてミス・ノーブルは、しきりに気の毒そうに小声で泣き言めいたことを言っていた。

フレッドは、ラディスローやカソーボン家の人たちのことは、よく知らなかったし、どうでもよかったので、この噂話のことはそれっきり忘れていた。ところが、ある日、母から通りがかりに立ち寄って伝言してほしいと頼まれ、ロザモンドを訪ねたときに、たまたまラディスローが帰って行くところを見かけて、このことを思い出した。フレッドとロザモンドの間には、いまではほとんど話題がなかった。彼女は結婚してから、兄や弟たちに不満を覚えてけんかすることもなくなっていたし、ことに兄が、ガース氏のやっているような職に就くために、聖職をあきらめるというような、彼女には愚かとしか言いようのないとんでもない道に踏み出してしまったからには、なおさらだった。そこでフレッドは、当たり障りない話題を選ぼうと思い、「それはそうと、あのラディスロー君のことなんだがね」と切り出して、ローウィック牧師館で聞いたことを話したのである。

リドゲイトも、フェアブラザー氏と同様、口に出して言う以上のことを、たくさん知っていた。そして、いったんウィルとドロシアの関係について考え出すと、事実を超えたことまでいろいろと推測をめぐらした。彼の想像では、二人とも互いに強く惹かれ合っている。だから、うっかり噂話などをしたら、たいへんなことになりかねないと思った。自分がカソーボン夫人のことに触れたとき、ウィルが妙に敏感な反応を示したことを思い出して、彼はいっそう用心するようになった。事実を知ったことに加えて、自分の憶測も作用したので、全般としては、ラディスローに対する親しみと寛容さも増し、ミドルマーチを去ると言ったあとも、なかなか去ろうとしない心の迷いが、理解できるように思えた。リドゲイトがこのことをロザモンドに話す気になれなかったのは、夫婦の心が離れてしまったことを示していた。それだけではなく、このことを知った彼女が、ウィルの前で黙っていられるとは、信じられなかったのだ。その点で、彼の考えに間違いはなかった。ただ、彼女の頭がどのように働いて、しゃべらずにいられなくなるのかは、彼には想像できなかった。

ロザモンドがフレッドから聞いた噂をリドゲイトに伝えたとき、彼は言った。「気をつけたほうがいい。そのことについては、ラディスロー君にほんのちょっとでも言ってはいけないよ、ロージー。君に侮辱されたといわんばかりに、食ってかかってくるだろうからね。とにかく、傷口に触れないほうがいい」

ロザモンドは首をくねらせて、髪を撫で、いかにも落ち着き払って無関心な様子だった。しかし、次にリドゲイトの留守中、ウィルがやって来たとき、あなたが前にロンドンに行くと言って脅《おど》かしていたくせに、なかなか行かないのはなぜなのでしょうね、と悪戯っぽく言った。

「私、すっかり知っているんですよ。私のところには、内緒話をしてくれる小鳥がいますからね」彼女はせっせと指を動かしながら編み物を持ち上げ、その上から気取った綺麗な顔を見せて言った。「この近辺に、強力な磁石があるんですよね」

「たしかにそのとおりですね。あなたがいちばんよくご存じなんでしょう」ウィルは大胆さを装いつつも、半ばけんか腰で言った。

「本当に、とってもロマンチックな話ですね。カソーボンさんは嫉妬深くて、ご自分が亡くなったあと、奥様が再婚したいと思う相手はその方しかいないし、その方ほど奥様と結婚したがる人はほかにいないと、見越しておられたのですものね。そして、もし奥様がその方と再婚したら、財産の相続権を奪って、何もかも台無しにしてしまう計画をお立てになって――それから――それから――きっと最後に、とってもロマンチックなことになるんですよね」

「いったい何の話ですか？」顔から首まで真っ赤になって、ウィルは言った。動揺のあまり、顔つきまで変わってしまいそうだった。「冗談はやめてください。どういうことなのですか」

「本当にご存じないのですか？」ロザモンドはふざけるのをやめて、こうなったら効果を上げるために話すしかないと思った。

「知りませんよ！」彼はいらいらして言った。

「カソーボンさんが、もし奥様があなたと再婚したら、財産権をすべて取り上げるということを、遺言で遺《のこ》されたってこと、あなた、ご存じじゃないのですか？」

「どうしてそれが本当のことだとわかるんですか？」ウィルは問い詰めた。

「兄のフレッドが、フェアブラザーさんのところで、その話を聞いてきたんです」

ウィルは椅子からさっと立ち上がって、帽子に手を伸ばした。

「きっと奥様は、財産よりもあなたのほうがいいんでしょうね」ロザモンドは遠くから彼を見て言った。

「そういうことは、もう二度と言わないでください」いつもの軽やかな声とはまったく違う低いかすれた声で、ウィルは言った。「あの人に対しても、ぼくに対しても、ひどい侮辱ですよ」それから彼は、またぼんやりとして座りこんで前方を見ていたが、何も目に入らない様子だった。

「私に腹を立てていらっしゃるのね」ロザモンドは言った。「私を恨むなんて、ひどいわ。話してあげたんだから、感謝してもらってもいいはずよ」

「感謝していますよ」ウィルはぶっきらぼうに言った。夢を見ながら質問に答えている人のように、魂が二重になった状態で話しているかのようだった。

「そのうち、ご結婚の噂を耳にすることになるんでしょうね」ロザモンドはふざけて言った。

「そんなことはありえませんよ！」

激しい口調でこう言うと、ウィルは立ち上がり、いまだ夢遊病者のような様子のまま、握手しようとロザモンドのほうに手を差し出し、そのまま立ち去った。

彼が出て行ったあと、ロザモンドは椅子から立ち上がり、部屋の向こうの端へと歩いて行った。そこの小型テーブルにもたれかかって、ものうげに窓の外を見た。彼女は倦怠と不満でふさぎこんでいた。そういう不満は、女心にあっては、つねに小さな嫉妬へと変わる。それは何らいわれのない嫉妬で、漠然とした自己中心的な要求から出てきただけで、それ以上深い情熱から生じたわけでもないのに、じっとしていられなくなって、話すだけではすまず、つい行動に走ってしまうのだ。「あんなこと、別に気にする必要なんかないわ」ロザモンドは心のなかでつぶやいて、彼女に便りを送ってこないクォリンガムの一族のことを思い出した。たぶんターシアスは、家に帰って来たら、また出費のことでしつこく私に嫌な話をするのだろう、とも思った。実は、彼女はすでに夫に背いて、こっそり父に助けを求めていたのである。すると父は、「こっちが助けてもらいたいぐらいだ」とぴしゃりと断ったのだった。

第60章

上手な言い回しというものは、本当にいつも、称賛に値するものです。

——ジャスティス・シャロー[1]

その数日後、もう八月の終わりだったが、ミドルマーチの町を沸き立たせるような出来事があった。名高いボースロップ・トランブル氏の主催のもとで競売会が行われ、大地主エドウィン・ラーチャー氏の所有する家具類や書物、絵画など、ビラによればどれも最高級のものが、市民の誰でも欲しければ買えるということになったのである。これは、商売が傾いた結果、売り立てになったというものではなかった。逆に、ラーチャー氏は運送業で大成功して、リヴァストン近辺の大邸宅を購入できるようになり、その家には著名な湯治医によってすでに高級な家具が備え付けられていたという事情によるものである。邸宅の食堂には、額縁入りの大きな絵もいくつか備え付けられていた。生々しい肉体が描かれたものだったので、ラーチャー夫人は気にしたが、絵のテーマが聖書に基づくものだと知って、やっと安心した次第だった。というわけで、ボースロップ・トランブル氏のビラでもしっかり指摘されていたとおり、これは買い手にとっては、絶好の機会なのだ。トランブル氏は美術史に明るかったので、最低競売価格《リザーブ》なしで売り出される大広間の家具類のなかには、ギボンズ[2]と同時代の彫刻家による作品も含まれているというようなことも、宣伝されていた。

当時のミドルマーチでは、大規模な競売は、一種のお祭りと見なされていた。上等な冷製料理が並べられたテーブルもあり、立派な葬式並みだった。酒も用意されていて、気前よく振る舞われたので、それを飲んでいるうちに気も引き立ち、余分なものまで買ってしまおうというように勢いづいてくるのだった。天気もよいうえに、立地

1　シェイクスピア『ヘンリー四世』第二部第三幕第二場における、登場人物シャローの台詞中の言葉。

2　グリンリング・ギボンズ（一六四八―一七二一）は、オランダ生まれのイギリスの木彫家・彫刻家で、セント・ポール大聖堂などの装飾を担当した。

条件も加わって、ラーチャー氏の競売はいっそう人々の興味をそそった。庭園と馬屋の付いたこの屋敷は、ちょうど町のはずれにあり、ミドルマーチの出入り口に位置するロンドン街道と呼ばれる感じのよい通り沿いに建っていた。この通りは、新病院や、シュラブズ屋敷という名で知られるバルストロード氏の隠居宅にも通じていた。つまり、競売は縁日のようなもので、暇のあるあらゆる階層の人々が集まっていた。値段を引き上げるだけのために思いきって入札するような人たちにとっては、競馬で賭けをするようなものだった。二日目には、最高級の家具類が売り出されるので、町中の「みんな」が集まった。聖ペテロ教会の教区牧師であるセシジャー氏までが、彫刻入りのテーブルが欲しいからと言って、ちょっと顔を出し、馬商人のバンブリッジ氏や「獣医」と呼ばれているホロック氏と親しく口をきいたりした。食卓の大きなテーブルは、椅子に腰掛けたミドルマーチの夫人たちにぐるりと取り巻かれていた。その部屋の一段高くなったところの机の前には、ボースロップ・トランブル氏が木槌を持って構えている。後ろのほうの列にいるのは、主に男性陣だったが、戸口や、芝生に向かって開かれた大きな張り出し窓からの人の出入りがあって、時々顔ぶれが変わっていた。

その日の「みんな」のなかに、バルストロード氏は含まれていなかった。彼の健康状態では、人込みや隙間風が耐えられなかったのだ。しかし、バルストロード夫人が特に欲しがっている絵――目録によれば、グイード[3]の作品とされる「エマオの晩餐」[4]という絵――があったので、競売の前日遅くになって、バルストロード氏はパイオニア新聞社に立ち寄った。彼はいまではこの新聞社の経営者のひとりとなっていた。彼はウィル・ラディスローに、絵画に関するあなたの優れた知識を使って、自分の妻が欲しがっている絵の価値を判断していただけないでしょうか、と頼んだ。そして、この周到なまでに礼儀正しい銀行家はつけ加えた。「ただし、競売においでいただくことがご出発の準備の妨げにならなければ、ですが。間もなくご出発になるとうかがっていますので」

この但し書きのような物言いは、ウィルが皮肉に対して敏感になっていたなら、彼の耳には嫌みに聞こえただろう。それは、もう何週間も前に、新聞社の経営者たちとの間で確認された了解事項のことを暗に示していた。彼がミドルマーチから離れたい

3　イタリアのボローニャの画家、グイード・レーニ（一五七五―一六四二）であると考えられる。

4　キリストの復活の現れのひとつ。「ルカによる福音書」第二四章第三〇―三一節。

と言ったため、いつでも好きなときに、これまで仕込んできた副編集人に仕事を引き継ぐようにと、話がついていたのである。しかし、すでに習慣化している仕事や、気晴らしになるような楽しい仕事をする気楽さに比べると、漠然とした野心が描く未来像はまだ弱々しいものだった。それに誰でも知っているように、いったんこうしようと決心はしたものの、できればそうせずにすめばいいのに、と密かに願っているような事柄は、それを実行するのがとても難しい。こういう心境のときには、ふだんは疑い深い人でも、心の内では奇跡を当てにすることになる——自分の願いがどのようにして達成されるのかはわからないとしても、どんな不思議なことが起こらないともかぎらないではないか！　ウィルは、自分のこういう弱さを正直に白状することはなかったが、依然として立ち去りかねていた。こんな時期にロンドンに行って、何になるだろうか？　彼のことを覚えていそうなラグビー校の卒業生は、もうそこにはいない。政治関係の執筆をするなら、あと何週間か、『パイオニア』紙で仕事を続けるほうがよかった。しかし、バルストロード氏に話しかけられたこの瞬間、彼は出発の決心を固めると同時に、出発前に必ずもう一度ドロシアに会おうと心に決めた。そこで彼は、出発を少し延期する理由ができたので、喜んで競売に行きましょうと答えた。

ウィルは喧嘩を売られたら買ってやろうというような態度になっていた。会う人みながら、たぶん事実を知っていて、彼のことを、身内の財産処分の仕方によってさもしい目論見が挫かれてしまう男であるというような、非難の目で見るのだろうと思うと、心が傷ついたからである。自分は因習的な差別には囚われないと主張する人はたいていそうだが、彼もまた、誰かから、そういうことを主張するのは何か個人的な理由があるからだろう――自分の血統や立場、性格のなかに、そういう意見を言って隠さなければならない何かの理由があるからだろう――といったことを少しでもほのめかされようものなら、すぐにも殴り込んでやろうという意気込みだった。こんないらいらした気分のときには、彼は好戦的な顔をして何日も歩き回った。いわば飛びかかっていく相手がいないか油断なく見張っているような構えだったので、透き通った皮膚の下で、彼の顔色はしょっちゅう変わった。

このような顔の表情は、競売ではとりわけ目立った。ちょっと風変わりだが穏やかな様子のときや、楽しそうにしている明るい雰囲気のときの彼にしか会ったことのない人ならば、あまりの変わりように驚いたことだろう。この機会に人前に出て、トラーやハックバットといったミドルマーチの面々にお目見えするのも悪くないと、彼は思った。こういう連中は、彼のことを山師だといって見下げているが、自身はダンテのこともろくに知らないというような無知な輩なのだ。ウィルにポーランドの血が混じっているといって愚弄するが、自分たちこそ、ちょっとは別の血を混ぜたほうがよさそうなやつらだ。彼は競売人の近くの目立つ場所で、両方の人差し指を脇ポケットに突っ込み、頭を後ろに反らして、誰にも話しかけようともせずに立っていた。とはいえ、トランブル氏だけは、自分の才能を思う存分に発揮できて機嫌がよかったので、ウィルを鑑定家として丁重に歓迎した。弁説の才を必要とするあらゆる職業人のなかでも、自分の冗談が面白くてたまらず、自分の博識さに感心している、田舎の繁盛している競売人ほど、幸せな人種はいない。ひねくれた人ならば、靴脱ぎ器からベルヘム[5]の絵画に至るまで、何でもかんでも、いいところばかり褒め続けるのは、いかがなものかと思うだろう。しかし、ボースロップ・トランブル氏の血管には、情け深い血が流れていた。彼は生来、何でも褒めるたちで、自分が推奨すれば高い値段がつくだろうと思うと、宇宙だって競売にかけたいぐらいだった。

といっても、いまのところは、ラーチャー氏の客間の家具類を売りさばくことで、彼は手一杯だった。ウィル・ラディスローが入って来たとき、炉格子のあった場所に置き忘れられていたという予備の炉格子のことが、急に競売人の熱狂の対象になった。最も褒めるべきものを褒めるという公平な原則に従って、彼は称賛の言葉をふりまいた。その炉格子は、磨き上げられた鋼鉄でできていて、先の尖った槍状刀《ランセット》のような形で、透かし細工が施されていた。

「さあ、ご婦人方」彼は言った。「どうかお聞きください。この炉格子ですが、ほかの競売だったら、最低競売価格なしで売るというようなことは、めったにないような逸品です。と申しますのも、鋼鉄の質といい、デザインの古風な趣といい、こういった品はですね」――ここでトランブル氏は声を落とし、少し鼻声になって、左手の指で自分の服装を整えながら言った。「そんじょそこらの人の趣味に合うようなものではございません。正直に申し上げますと、いずれこういうスタイルの細工が流行の中心になるかと思います――半クラウンとおっしゃいましたか？　ありがとうございます。この特徴のある炉格子に半クラウンの値がつきました。ある筋からの情報によりますと、古風なスタイルは、上流のお宅でとても人気があるそうです。三シリング――三シリング六ペンス――ジョウゼフ、よく見えるようにちゃんと持ち上げて。ご婦人方、ご覧ください、この上品なデザインはいかがですか。私の見るところ、前世紀に製造されたものにちがいないと思います。四シリングですか、モームジーさん？　はい、四シリングですね」

5　ニコラス・ベルヘム（一六二〇―八三）は、オランダの風景画家。

「私、あんなものをうちの客間に置きたくないわ」モームジー夫人は、夫が早まらないように警告するつもりで、聞こえよがしに言った。「ラーチャーの奥様は、どういうおつもりだったのかしら。あんな炉格子にぶつかったら、どんなお子さんだって、頭をざっくり切ってしまいそう。先がナイフみたいに鋭利だもの」

「おっしゃるとおりです」トランブル氏はすぐに応答した。「だから、もし革の靴紐や糸なんかを切りたいのに、お手元にナイフがないようなときには、こういう切れる炉格子があると、ずいぶん重宝するんです。首を吊ったまま放ったらかしにされている人が多いのは、紐を切るナイフがないからなんです。紳士方、万一、皆様が運悪く首をおくくりになるようなことがあっても、この炉格子があれば、すぐ紐を切っておろしてもらえます——あっという間に切れますからね——四シリング六ペンス——五シリング——五シリング六ペンス。四柱式寝台[6]のある予備の寝室に、ちょっと頭がおかしくなりかけているお客を泊めるような場合に、こういう炉格子があるともってこいですよ——六シリング——ありがとうございます、クリンタップさん。六シリングで、はい、落札です！」競売人は、それまでは入札のどんな合図も見逃すまいと、異様に鋭い目で周りを見回していたのだが、ここに至って、目の前にある紙切れを見た。彼は無関心そうなそそくさとした調子に声色を変えて、言った。「クリンタップさんだ。さっさとしろ、ジョウゼフ」

「いつもそういう冗談の種になるような炉格子なら、六シリングの価値はありますよね」クリンタップ氏は、小声で笑いながら、隣の人に言い訳がましそうに言った。彼は名の通った苗木屋だったが、内気なので、見ていた人たちから自分の入札がばかげているように思われないかと恐れたのである。

その間に、ジョウゼフは小物をいっぱい載せたお盆を運んで来た。「さあ、ご婦人方」トランブルは、そのなかのひとつの品を手に取って言った。「このお盆に載っているのは、選び抜かれたとびきりの品々でありまして、客間のテーブルにぴったりの小物のコレクションです。小物を集めることによって、人間の持ち物はみな成り立っているわけでありまして――小物ほど大切なものはないわけです――はい、ラディスローさん、わかりました、あとでまた――ジョウゼフ、お盆を回しなさい――珠玉のような品々を、しっかりご覧になってくださいよ、ご婦人方。私が手に持っておりますこの品には精巧な仕掛けがございます――一種の実用的な判じ物《リーバス》と申しましょうか。ほら、ご覧ください。優雅なハートの形の箱に見えますね。持ち運びができて、ポ

6 四隅に高い支柱があり、それにカーテンを吊ったり天蓋をつけたりした大型ベッド。

ケットにも入ります。さて、今度はこうして見ますと、すばらしい八重咲きの花みたいになって——テーブル用の装飾品になります。さて」と言って、トランブル氏がその花を下に向けると、なんと不思議なことに、今度はハート形の葉が数珠つなぎになったのである。「こちらは、なぞなぞの本です！　五百以上のなぞなぞが、美しい赤色で印刷されています。紳士の皆様、私が良心的な競売人でなければ、実は本心としては、この品には高い値はつけないでいただきたいんですよ。私自身がこれを欲しいので。よいなぞなぞほど、無邪気な楽しみを与えてくれるものはありません。徳も与えてくれるかもしれません。下品な言葉遣いをしなくなりますし、洗練された女性の方々とのおつき合いにも役立ちます。この風雅なドミノの牌《はい》入れやトランプ入れの籠などがなくても、この優れものひとつだけでも、お盆の上の品々は高値がつくはずです。これをポケットに入れていったら、どこの社交界でも人気者になれますよ。四シリングですか、旦那様？　このすばらしいなぞなぞ集に、いろいろおまけが付いて、四シリング。なぞなぞの例を挙げてみましょう。『テントウムシをつかまえるための蜜の綴りは？[7]　答えはお金です』　わかりましたか？　レディーバード、ハニー、マニーですよ。頭の働きをよくする遊びです。ちくっとした皮肉——あの風刺というやつです——それと、品の悪くない機知を含んでいます。四シリング六ペンス——はい、五シリング」

入札は続き、競争の熱はだんだん高まっていった。いま入札したのはボウヤー氏だったが、こんな男が値をつけるとは、実に腹立たしい。ボウヤーは払う金もないくせに、ほかの誰かが脚光を浴びるのを邪魔したいだけのことなのだ。この流れは、ホロック氏までをも巻き込んだ。彼はさりげなく、いつもどおり無表情のまま値をつけたので、バンブリッジ氏が友達のよしみで悪態をつかなければ、値をつけたのが彼だとは誰も気づかないところだった。バンブリッジ氏の言い分はこうである――こんな小間物屋にしか用のなさそうないまいましい物を手に入れて、ホロックはどうするつもりなんだ、そんなもので身を持ち崩すことが、浮世ではあとをたたないことは、馬商人の自分にはよくわかっているのに。結局この品は、近くに住んでいる「スレンダー」[8]という仇名のスピルキンズ氏によって、一ギニーで落とされた。これは金遣い

7　lady-birdには、「テントウムシ」のほかに、「恋人」「浮気な女」などの意味がある。honeyをmoneyと綴り替えることにより、女性を惹きつける甘い蜜は金である、というような含みになる。

8　シェイクスピアの『ウィンザーの陽気な女房たち』に登場する愚鈍な若者。

の荒い若者で、なぞなぞを出すには自分は記憶力が足りないと感じていたのである。

「おい、トランブル君。どこかのオールドミスの持ち物だったがらくたまで売りに出すなんてひどいね」医師のトラー氏は、競売人に近づきながら囁いた。「私は版画が見たいんだ。すぐに帰らなきゃならないのでね」

「すぐですから、トラーさん。こんなのは慈善のためにやっているような売り物ですから、あなたのようなご立派な方は、お見逃しください。ジョウゼフ！　早く版画を持って来い――二百三十五番のものを。さて、紳士の皆様。絵の鑑定家でいらっしゃる皆様には、これから目の保養をしていただきますよ。こちらは、ウェリントン公爵がワーテルロー[9]の戦場で参謀部に取り巻かれているところを描いた版画です。最近の出来事のために、我らが偉大なる英雄は、いわば暗雲で隠されてしまった感もありますが、私は敢えて申し上げます――私と同業の人間は、政治の風向きに左右されてはならないのでして――いまの時代に属する近代的テーマとしては、これよりすばらしい絵のテーマは、人知には及ばないものだと言えましょう。天使ならともかく、人間の知力には及びますまい」

「作者は誰かね？」パウダレル氏は、いたく感動して言った。

「これは名前を入れる前の試し刷りでしてね、パウダレルさん。画家の名前はわかりません」トランブルは答えた。最後の言葉をせわしい息づかいで言ってしまうと、唇をすぼめて、じろっと見回した。

「一ポンドにしよう！」パウダレル氏は、自ら切り込む覚悟を決めたかのように、決然と言った。それに恐れをなしたのか、気の毒に思ったのか、誰もそれ以上の値をつけようとはしなかった。

次に現れたのは、トラー氏が欲しがっていたオランダの版画二点で、彼はそれを手に入れると、出て行った。ほかの何点かの版画や、そのあとで出てきた絵画は、それらが目当てで来ていたミドルマーチの主要メンバーたちによって買い取られた。客の出入りは、ますます激しくなっていった。欲しいものを買って出て行く人もいれば、いま入って来たばかりの人も、芝生に設置された大テントに用意された軽食を取りに座を外したあとで戻って来た人などもいた。バンブリッジ氏が買おうと心に決めていたのは、この大テントそのものだった。彼は、それを手に入れたときの感じを前もって味わうために、たびたびテントのなかを覗きに来ているようだった。さっき彼が大

9　ウェリントンは、一八二八年に審査法が廃止されるさい、非国教徒を擁護し、一八二九年にカトリック解放法を支持した。

テントから戻って来るときには、新しい客で、トランブル氏はじめ誰も会ったことのない男と連れ立って歩いているのが目撃されていた。その男の風采からすると、馬商人バンブリッジの親戚で、やはり「道楽者」ではないかと思われた。豊かな頰髯《ほおひげ》、いばり散らしたような歩き方、脚の振り方などが、妙に目立つ男だ。しかし、黒いスーツの縁が擦り切れていることからすると、本人が望んでいるほど道楽に興じる余裕がないのではないかと、かんぐりたくなる。

「バム、誰だい、君が連れて来たあの男は？」ホロック氏は脇で尋ねた。

「自分で聞いてみろよ」バンブリッジ氏は答えた。「通りぎわに、ちょっと寄り道してみただけだと言っていたよ」

ホロック氏は、この余所者をじろじろ見た。男は後ろに回した手に持ったステッキに寄りかかり、もう一方の手で爪楊枝を使いながら、落ち着きのない態度で辺りを見ていた。この状況では黙っているしかないので、そわそわしているような感じだった。

ようやく「エマオの晩餐」が持ち込まれ、ウィルは心からほっとした。それまでの経過を見ながら飽き飽きしてきて、彼は一歩引きさがり、競売人のすぐ後ろの壁に、肩をもたせかけて立っていた。いま彼が前に進み出たときに、この妙に目立つ余所者が彼の目に入った。すると驚いたことに、その男のほうでも、まじまじとこちらを見ていた。しかしウィルは、すぐさまトランブル氏から呼びかけられた。

「はい、はい、ラディスローさん。目利きのあなたのことですから、この絵がお気に召したのですね」競売人はいっそう熱を帯びた口調でしゃべり続けた。「こういう絵を、ご列席の皆様方のご覧に入れることができるのは、嬉しいことです。絵の値打ちがわかると同時に、それに見合った収入をお持ちの方にとっては、いくら払っても惜しくないような絵です。イタリア画派の絵です――作者はかの有名なグイード、世界一の画家、いわゆる巨匠《オールド・マスターズ》[10]たちのなかでも筆頭となる画家です。巨匠と呼んでしかるべきだと、私は思いますよ。われわれたいがいの者には及びもつかないようなことを、一つや二つできた人たちで、今日、大多数の人間が失ってしまった秘密の才を持ち合わせていた人たちなんですからね。実はですね、紳士の皆様、私はこれまで巨匠たちの作品をずいぶんたくさん見てまいりましたが、それらもみな、この絵の水準には達しませんね。そういう絵は、お好みよりも暗過ぎたり、家庭的なテーマではなかったりしますからね。しかし、ここにあるグイードの作品はですね――額縁だけでも何ポン

10　特に十六世紀から十八世紀の大画家たち。ミケランジェロ、ラファエロ、ルーベンス、レンブラントなど。

ドもの値打ちがあります――どちらの奥様も、これを掛ければご自慢になれますよ。自治体行政機関《コーポレーション》ご所属の旦那様方のなかで、気前のよさを見せたいというお方がおられれば、慈善施設の大食堂なんかに掛けるのにも、ぴったりの絵です。はい、少し向きを変えてお見せしましょうか？　ジョウゼフ、少しラディスローさんのほうへ向けなさい。ラディスローさんは、外国にいらっしゃったので、こういうものの価値がおわかりになるんですよね」

一瞬、すべての目が一斉にウィルのほうへ向けられた。彼は冷めた態度で、「五ポンド」と言った。競売人は不満を露《あらわ》にして、大声で叫んだ。

「なんですって、ラディスローさん！　額縁だけでも、その値段はしますよ。皆様、この町の名誉に関わりますよ！　国宝級の美術作品がこの町にあったのに、ミドルマーチの誰もそれに気づかなかったということが、このあと発見されたら、どうしますか。五ギニー[11]ですね――五ポンド七シリング六ペンス――五ポンド十シリング。もう少しいかがですか、ご婦人方、もう少し！　逸品ですよ。詩人の言葉を借りるなら、『あまたの宝』[12]、がですね、わずかな値段で売られてしまったことがあります。というのは、世間の連中には値打ちがわからなかったからです――というのは、その宝が売られた場所がですね――いや、私が言おうとしたのは、もうひとつ奮わないということでして――いや、六ポンドですか――六ギニー――グイードの第一級の名画が六ギニーですか。これでは、宗教への冒瀆になりますよ、ご婦人方。こういうテーマの絵がこんな安値で売られたら、紳士の皆様、われわれキリスト教徒みんなの沽券《こけん》に関わりますよ――はい、六ポンド十シリング――七ポンド――」

入札は活発に続いた。ウィルは、バルストロード夫人がこの絵をなんとしてでも欲しがっているということが頭にあったので、十二ポンドまではつり上げても大丈夫だろうと思いながら、入札に参加し続けた。しかし、その絵は十ギニーで、彼の手に落ちた。それが終わると、彼は人波をかき分けて張り出し窓のほうへ向かい、そこから外へ出た。暑くて喉が渇いていたので、水を一杯飲もうと思って、彼は大テントのところへ行った。ほかには誰も客がいなかった。彼は給仕係の女性に、水を持って来てほしいと頼んだ。この女性が出て行く間際に、さっき彼をじろじろ見ていた例の赤ら顔の見知らぬ男が入って来たので、厄介だなと思った。その瞬間、ウィルの頭に浮か

11　一ギニーは一・〇五ポンド。一ポンドは二〇シリング。したがって、五ギニーは五ポンド五シリング。
12　トマス・グレイ（一七一六―七一）の『田舎の墓地にて詠める哀歌』（一七五一）より。

んだのは、この男は、ウィルが選挙法改正問題について演説したのを聞いたことがあると言って一、二度関わりを求めてきた、政治の寄生虫のような厚かましいやつのひとりではないか、ということだった。何か情報を売ろうとして、金をせびりにやって来たのかもしれない。そう思うと、夏の日にこんな男を見るのはただでさえ暑苦しいのに、その見た目はますます不快に感じられた。ウィルは庭椅子の肘掛に軽く腰を下ろしたまま、男から目を逸らしていた。しかし、そんな態度を示されても、私たちもすでに知っているこのラッフルズという男は、何とも感じない。自分の目的にかないさえすれば、人に嫌がられてもいっこうに構わず、しゃしゃり出てくる人間なのだから。彼は一、二歩進み出て、ウィルの前に立つと、大声でせっかちに言った。「失礼だが、ラディスローさん、あんたのお袋さんの名前は、セアラ・ダンカークかね?」ウィルははっとして立ち上がると、一歩退いて、眉をひそめ、激しい口調で言った。

「そうですが、それがどうかしましたか?」

ウィルの性質からすると、最初に火花を飛ばしてしまうことは、質問にまっこうから答えると同時に、その結果を受けて立つという挑戦を意味した。「それがどうかしましたか」と最初に言ってしまったということは、ごまかしのようにも聞こえるかもしれない。自分の出生について人に知られるのを気にしているようにもとれるからだ。

ラッフルズの側では、威嚇的な態度に出てきたラディスローほどには、衝突を望んではいなかった。小娘のような顔色のこのほっそりした若者は、いまにも飛びかかろうと身構えているトラネコのように見えた。こういう状況では、相手に嫌がらせをして楽しみたいというラッフルズの気持ちも、一時失せた。

「気を悪くしないでくれ、なあ、気を悪くはせずに。ただちょっと、あんたのお袋さんを思い出したんだ——お袋さんが娘っ子のころのことを、知ってたもんでね。しかし、あんたは父親似だな。おれは、あんたの親父さんにも会ったことがある。親御さんたちは元気かい、ラディスローさん？」

「いや！」ウィルは前と態度を変えず、どなった。

「あんたの役に立ちたいんだ、ラディスローさん。本当だぜ！　じゃあ、また会おう」

帽子を持ち上げてこう言い終わると、ラッフルズは足を揺らしながら向きを変え、歩み去った。ウィルがしばらくラッフルズを目で追っていると、彼は競売の部屋には戻らずに、街道へ向かって歩いているのがわかった。そのとき一瞬、あの男に続きをしゃべらせなかったのは、ばかなことをしてしまったと思った。しかしすぐに、やっぱりあんな男からは何も聞き出さなくてよかったのだ、と思い直した。

しかし、その夕方遅く、ラッフルズは通りでウィルに追いついた。前に会ったときに邪険にされたことを忘れてしまったのか、それとも、大目に見てやると言わんばかりに馴れ馴れしくして、仕返しをしようと思ったのか、陽気に声をかけてウィルと並んで歩きながら、この町の周辺は楽しいところだな、というような話から切り出した。ウィルは最初、この男は酒に酔っているのだと思い、どうやって追い払おうかと考えていた。すると、ラッフルズがこう言った。

「おれも外国にいたことがあるんだ、ラディスローさん。世界を見たってわけさ——フランス語もちょっとは話したんだ。親父さんに会ったのは、ブーローニュだったな。あんた、親父さんにそっくりだな、本当に。口、鼻、目——そんなふうに額の髪をさっとよけるところなんかもな——ちょっと外国人っぽくて。英国民《ジョンブル》は、そんなふうにはしない。おれが会ったとき、親父さんはひどく具合が悪くってな。いや、まったく、手なんか透き通って見えるほどだったぜ。そのころあんたは、まだ小さかったんだな。親父さんは、あれからよくなったかね？」

「いや」ウィルはぶっきらぼうに言った。

「そうかい、ふん。あんたのお袋さんはどうなったんだろうかって、時々気になっていたんだがな。小娘だったころ、家族を置いて家を出ただろ？　プライドの高い美人だったなあ、まったく。なんで家出したのか、おれは知ってたよ」と言いながらラッフルズは、ウィルのほうをはすかいに見て、ゆっくり目くばせした。

「母について不名誉なことは何もないはずです」ウィルは激怒したように、相手のほうを見た。しかしラッフルズは、この場で相手の態度の微妙な変化などを気にしたりしなかった。

「そりゃ、ないよ、まったく！」彼は頭を振り上げて断言した。「あの人は、名誉心が強過ぎて、家族のことが気に入らなかったんだ――そこなんだよ！」ここでまたラッフルズは、ゆっくり目配せした。「それがなあ、おれはその家族のことを全部知ってたんだ――まあ、体《てい》のいい泥棒筋っていうか、高級な盗品売買業ってところだな。しかも、隠れてこっそりやるんじゃなくて、一流の店だった。豪勢な店で、すごく儲かってたことは、間違いない。ところがだ！　セアラさんは、何も事情を知らずにすんだところだったんだがな。粋な娘さんで、立派な寄宿学校に入っていて、貴族の奥さんにだってなれそうだったのにな。アーチー・ダンカンの野郎がセアラさんに惚れて、相手にされなかったことを恨んで、腹いせにばらしてしまったんだ。そういうわけでセアラさんは、何もかも縁を切ってしまおうと、家を出たわけだ。おれはな、連中のために旅回りをしてたんだ――ちゃんとした紳士のふりして、高い給料をもらってね。家族もはじめのうちは、セアラさんが家出したことを、気にしなかった。信心深そうな連中だったなあ、うん、すごく信心深そうだった。セアラさんは舞台に立ちたかったんだ。そのころは、その家の息子が生きていたから、娘は軽んじられたんだな。おや、青い牛亭《ブルー・ブル》まで来てしまったよ。どうだね、ラディスローさん、一杯やっていかないかい？」

「いや、ぼくは失礼します」と言って、ウィルはローウィック・ゲイトへつながっている道を大急ぎで歩いて行った。ラッフルズから逃げようと、走らんばかりの勢いだった。

彼は町から離れてローウィック街道を長い間歩いていた。歩きながら暗い空に星が輝いているのを見ると、ほっとした。彼は嘲りの罵声を浴びながら、泥を投げつけられたような気がした。あの男が言ったことに間違いはない——母がなぜ家出をしたかということを自分に話さなかったのは、まさにこういう理由があったからなのだ。ところで、母の実家に関する真相が最悪のものであったとしても、そのせいで、彼、ウィル・ラディスローの落ち度ということになるだろうか？　母はそのような一家と縁を切るために、苦労をものともしなかったのだ。しかし、ドロシアの知り合いがこのことを知ったら——もしチェッタム家の人たちがこのことを知ったなら——もともと彼のことを怪しげな人間だと見ていた彼らの疑いに、好都合な色合いを添えることになるのではないか。彼が彼女に近づくのは不適切だという考え方にとって、ちょうどいい理由になってしまうのではないか。だが、疑いたいのなら、勝手に疑うがいい。それが間違いだったことが、そのうちわかるだろう。彼の血管に流れている血が、彼らの血と同様、汚れのないものであることが、いずれわかるだろう。

第61章

「矛盾した二つのことが、両方とも正しいことはありえません。しかし、人間がしたことなら、両方とも真実だということもあるでしょう」とイムラックは言った。

——サミュエル・ジョンソン『ラセラス』[1]

同じ夜、バルストロードがブラッシングで所用をすませて帰って来ると、妻が玄関のところで夫を待ち構えていて、彼の私室へ引き入れた。

「ニコラス」彼女はまっすぐな目を夫のほうへ心配げに向けて言った。「あなたを訪ねて、変な人が来ていたんですよ。本当に嫌な感じだったわ」

「どんな人だった?」とバルストロードは言ったが、答えは聞く前からわかっていた。

「頬髯がもじゃもじゃの赤ら顔の男の人で、態度がひどく厚かましかったわ。あなたの昔からのお友だちだなんて言っていましたよ。自分に会えなければ、あなたが残念がるだろうとか。ここであなたのお帰りを待つって言ったんですが、明日銀行で会ってくださいって、私、言っておきました。なんてずうずうしいんでしょう！　私のことをじろじろ見て、ニックは女房運がいいなあ、なんて言うんです。たまたまブルーチャーが鎖をちぎって砂利道を駆けて来たからよかったものの、そうでなければ、あの人、帰ろうとしなかったと思うわ。ええ、そのとき庭にいたんです。私、こう言ってやりました。『お帰りになったほうがいいですよ。その犬は獰猛《どうもう》ですから、おとなしくさせることができませんので』って。あなた、本当に、あんな人のことをご存じなんですか？」

「誰のことかは、わかっているよ」バルストロードは、いつもながらの抑えた声で言った。「運が悪くて身を持ち崩したやつで、昔、いろいろ面倒をみてやったことがある。だが、おまえはもう嫌な思いをすることもないだろう。たぶん銀行に来るだろ

1　サミュエル・ジョンソンの教訓的物語『ラセラス』（一七五九）の第八章より。イムラックは、作品に登場する老哲学者。主人公ラセラスに従って単調な「幸福の谷」を去り、エジプトに出かける。

うから。金の無心にちがいない」

翌日、バルストロードが町から帰って、夕食のための着替えをしていたときまで、その話題は出なかった。夫が帰っているのかどうかわからなかったので、妻は着替えの部屋を覗いてみた。すると、夫は上着を脱いでネクタイを外したまま、片腕をたんすに掛けて寄りかかり、庭をぼんやり眺めていた。妻が入って来ると、彼はぎくりとして見上げた。

「お加減がとても悪そうね、ニコラス。何かあったのですか?」

「頭痛がひどくてね」バルストロード氏は言った。彼はしょっちゅう身体の不調を訴えるので、妻は夫がふさぎ込んでいる理由はそれだと、すぐに思い込んでしまう。

「お掛けになって。お酢を塗ってみましょう」

バルストロードは、身体に酢を塗ってもらう必要はなかったが、思いやりのある手当てを受けて、精神的には癒された。つねに礼儀正しい人間ではあるものの、ふだんの彼は、このように世話をされても、妻の当然の務めとして、主人顔をして受け止めていた。しかし今日は、妻が自分のほうに身をかがめていたとき、「ありがとう、ハリエット」と、いつもとは違った口調で言った。珍しいのでどうしたのだろうかと思いつつ、彼女は女の直感で、夫がこれから病気になるのではないかという不安に駆られた。

「何か心配事がおありになるの？」彼女は言った。「あの人が銀行に来たんですか？」

「ああ、思ったとおりだったよ。一時は、もっとましな人間になるかと思ったんだがね。飲んだくれの落ちぶれた人間に成り下がっていた」

「あの人、もう帰ったのでしょうね？」バルストロード夫人は心配そうに言った。しかし、ある理由から、「あの人があなたのことを自分の友達だと言うのを聞くのは、すごく不愉快だったわ」とつけ加えるのは、やめておいた。再婚前の夫の縁者たちは、自分の親類よりも身分が低かったのではないかという思いが、いつも彼女の頭のなかにはあるのだが、それに関するようなことは、いまは言いたくなかった。といっても、夫の縁者のことをよく知っていたわけではない。夫が最初は銀行に勤めていたこと、その後、本人の言葉によれば、町の仕事に携わるようになり、三十三歳にしてひと財産築き上げたこと、ずっと年上の未亡人と結婚したこと――その相手は非国教徒であったばかりか、その他の点でも、後妻の冷静な目で批判的に見れば、先妻にありがちな好ましくない性質を備えていたこと――などが、彼女の知り得たほぼすべての情報だった。それ以外では、若いころ宗教に身を入れていたとか、説教者になりたかったとか、伝道事業や慈善事業に関わっていたというようなことも、ときおり夫が話す内容から、それとなく知った。彼女は、夫が優れた人であると信じていた。聖職者ではなく平信徒であるからこそ、夫の信心は卓越しているのだ。夫の影響力で、彼女も真面目にものを考えるようになったのだし、夫の現世での財産のおかげで、妻としての地位も上がったのだ。しかし彼女は、バルストロード氏にとっても、この自分ハリエット・ヴィンシーと結婚できたことは、どの点から見てもよかったのだ、とも考えたかった。ヴィンシー家といえば、ミドルマーチではどこに出しても恥ずかしくないような家柄だ。ロンドンの大通りや、非国教徒の教会堂で見かけるような種族とはわけが違う。昔ながらの地方の人間は、ロンドンをうさんくさく思った。真の宗教ならば、どこでも人を救うはずなのだが、正直なバルストロード夫人は、どうせなら国教会で救われるほうが世間体がいいのだと思っていた。だから、夫がかつてロンドンに住んでいた非国教徒だったということは、他人には言わずにすませたかったし、夫に話すときでさえ、そのことは避けようとしていた。彼もそのことに、じゅうぶん気づいていた。実は、彼はこの純真な妻が、どこか怖かったのである。自分を真似て抱くようになった信仰も、うぶな俗っぽさも、ともに裏表のないものだった。彼女は何ひとつ恥じるべきものがない人間だ。自分の好みにぴったりだったから彼女と結婚し、いまもその気持ちに変わりはない。しかし、彼が抱いていたのは、世間によって認められている自分の最高の地位を失うまいとする人間が持つ恐怖感だった。妻の尊敬の念を失うということは、敵意からこちらのことを本当に憎んでいる人を別として、それ以外の人から尊敬されなくなるのと同様、彼にとっては死が始まることに等しかった。そのとき彼女は言った。

「あの人、もう帰ったのでしょうね？」

「ああ、きっとそうだと思うよ」彼は、できるだけ無関心を装い、落ち着いた口調で答えた。

しかし実は、バルストロードは、落ち着いてそのように考えられる心境ではなかった。銀行で会って話したとき、ラッフルズは、嫌がらせをしたくてたまらない気持ちが、貪欲さに劣らず強いものであることを、明らかにしたのだった。自分がわざわざミドルマーチに来たのは、この近辺が住むのに合う土地かどうかを、見て回るためだったと、彼は言ってのけた。予想していたよりも、二、三余分の借金を抱えていることは確かだが、前にもらった二百ポンドはまだ使ってはいない。いまのところは、正味二十五ポンドあれば、ここから出て行くのにはじゅうぶんだろう。自分がここへ来た第一の目的は、親友のニック・バルストロードとその家族に会って、大好きな友人の繁栄ぶりをこの目で確かめることだった。そのうち戻って来て、もっと長い間滞在する予定だ。ラッフルズの言うには、今度は「屋敷を追い払われる」のはご免こうむりたい。バルストロードに監視されてミドルマーチを去るのは、お断りだ。もしその気になれば、明日にでも乗合馬車に乗って行くつもりだから。

バルストロードには、なすすべもなかった。脅してもすかしても、役に立たない。不安の種を与えたところで長続きはしないだろうし、何かを約束しても守ろうとするとはかぎらない。逆に、ラッフルズは――神意によって死んでおとなしくならないかぎり――ミドルマーチにすぐにも戻って来るだろう、という冷然とした確信が、バルストロードの胸の内にはあった。その確信は恐怖に変わった。

といっても、バルストロードが法的な制裁を受けるとか、一文無しになってしまうという危険があるわけではない。彼が危惧しているのは、過去のある事実が知れて、隣人たちから批判され、妻が悲しむのを見なければならないことだった。その事実のせいで、彼は軽蔑の対象となり、彼がこれまでひたむきに関わってきた宗教に汚点がついてしまうのだ。批判されるという恐怖が、記憶を研ぎ澄ました。長らく振り返ることのなかった過去の情景が、その恐怖のせいでまざまざと浮かび上がってきた。その過去は、もう言葉という形でしか思い出さなくなっていたのだが。記憶がなかったとしても、人生というものは、栄えるときも衰退するときも、因果の帯によってひとつにつながっているものだ。それでも強烈な記憶は、非難されるべき過去を認めよと、人間に迫ってくる。開いた傷口のように記憶がうずくとき、人間の過去はたんなる死んだ経歴の一部でもなければ、現在の準備を終えて用済みになったものでもない。後悔しても、その過ちは生活からふるい落とされることはないのだ。震えながら自分の一部をなしていて、おののきと、苦々しい味と、逃れられない恥辱のうずきを与える。

この第二の人生とも言うべき現在に、バルストロードの過去が蘇ってきた。過去のなかにもあった喜びは、すべて色褪せてしまっていた。夜も昼も、眠っているとき以外は、たえまなく若いころの生活の情景が浮かび、自分とほかのすべてのものとの間に立ちはだかっているようだった。それは、灯りのついた窓から外を眺めようとすると、背を向けたはずのものが窓ガラスに映っていて、外の草木が見えなくなるように、しつこく現れた。浅い眠りのなかでさえも、追憶と恐怖が交じり、異様な現在を織りあげてしまうのだった。心のなかや外部で次々と起こった出来事が、一望できた。ひとつひとつについて順を追って考えるのではなく、ほかのこともつねに意識のなかに混在しているのだった。

銀行員だった若いころの自分の姿が、バルストロードの目に浮かんだ。見栄えもよく、計算が得意だっただけではなく、弁も立ち、神学上の説明をするのも好きだった。

悔悛（かいしゅん）して許しを得たという目覚ましい体験があったので、ハイベリーのカルヴィン派の非国教会では、まだ若いのに傑出した信徒と見なされていた。祈禱会で説教壇に立って演説をするさい、あるいは、個人の家で説教をするさいに、自分が「ブラザー・バルストロード」とみんなに呼ばれていた記憶が蘇り、彼の耳に響いた。おそらく牧師になるのが自らの天職だと考え、伝道の仕事に携わりたいと考えていた自分の姿を、鮮やかに思い出した。あれは彼の人生のなかでも最も幸福な時期だった。目覚めるとすれば、いままさにその時点に目覚めたい。そして、ほかのことはすべて夢だったとわかればいいのに。ブラザー・バルストロードが突出した存在だったとはいっても、それを取り巻く信徒たちはごく少数だった。それでも、親密な人たちだっただけに、彼は満足感を掻き立てられた。狭い世界ではあっても、彼の影響力は大きかったから、その効果をじゅうぶんに味わえたのだ。神の恩寵《おんちょう》が自分の内で特別に働いていること、神が彼を特別な道具として意図されておられる予兆がさまざまな形で現れていることを、彼は容易に信じることができた。

それから転機が訪れた。商業慈善学校で教育を受けた孤児にすぎなかったバルストロードが、会衆のなかでもいちばんの金持ちだったダンカーク氏の豪邸に招かれたとき、彼は出世の機会が訪れたように感じた。まもなく彼は一家と親しくなり、夫人は彼の信心深さを敬い、主人のほうはロンドンの繁華街とウェストエンドの高級住宅街で商売して財を築いただけのことはあって、バルストロードの商才に注目した。それが、彼の野心の新しい流れの発端となった。神の「道具」として働くという彼の展望は、それ以降、優れた宗教的才能を商売繁盛に結びつける方向に向かった。

そのうちに、ある外的な事情によって、彼の進む道は決定づけられた。ダンカーク氏がこれまで頼みとしていた副社長が亡くなり、その後任者がぜひとも必要になったとき、若い友人バルストロードほどそれにぴったりの人物はいないように思われたのである。ただ、そのためには、会計に関する機密は守ってもらわなければならないという条件があった。バルストロードはそれを受け入れ、話がまとまった。仕事の内容は質屋経営で、規模においても収益においても並外れたものだった。仕事に携わって間もなく、バルストロードは、これだけ莫大な利益を生むのには原因があって、それは、商品の出所を厳重に調べないで、質に入れられたものをたやすく受け入れるということにあるのに気づいた。しかし、高級住宅街のウェストエンドにも支店があり、恥ずかしい仕事をしているというような、けちで後ろめたい感じはまったくなかった。

最初のころはしりごみしたことを、彼は覚えていた。人知れず、自分の心のなかで議論を繰り広げ、それが祈りの形になることもあった。店の土台はしっかりしていて、伝統もあった。酒場経営でも、新しい店を開くのと、古い店ののれんを引き継ぐのとでは、違うのではないか？　罪人から得た儲けではある。しかし、どこからがまっとうな人間との取り引きで得た儲けであるという線引きなどできるものだろうか？　神が選民を救われるさいでさえも、似たようなことが行われるのではないだろうか？

「神はご存じだ」そのとき若いバルストロードは、いまの年をとったバルストロードと同じように言った。「私の魂は、こういうものから離れたところにある。荒野から救われた神のあちこちの庭を耕すための道具として、私がこれらのものを見ているということは、神もご存じなのだ」

　この地位を維持し続けることが、彼に求められた神への奉仕なのだ、と思わせられるような暗喩や前例にも、特殊な精神的体験にも事欠かなかったので、結局彼はそのまま留まった。富を築く見通しも、すでに開かれていた。だから、バルストロードのしりごみは、心の内のことだけで終わった。躊躇することがあろうなどとは、ダンカーク氏は予想もしなかった。また、商売が救済の計画と関係があろうとは、思ってもみなかった。たしかにバルストロードは、自分が二つの異なった生き方をしていることに気づいた。しかし、宗教的な活動と商売とは矛盾するわけではないのだ、と自分に言い聞かせさえすれば、両立しないでもなかった。

この過去の事情に心が取りつかれると、バルストロードはいまでも同じ言い訳を繰り返す。というのも、年月をかけてたえず言い訳の糸を紡いでいると、蜘蛛の巣の固まりのように複雑に絡んで厚みを増し、道徳的な感受性が鈍ってしまったからだ。それに、年をとるにつれて自惚れが強まり、楽しみが減ってきたので、自分がしてきたことはすべて神のためであって、自分自身の利益のためではなかったという思いが、ますます心に染みついたのである。それでも、あの遠い昔に帰れるものなら、若い貧しかったころに戻って、伝道師になりたいという気はあった。

しかし、因果の連鎖は続き、彼をそのなかに閉じ込めていった。ハイベリーの豪邸には、悩みの種があった。何年か前に、ひとり娘が親に反抗して家出し、芝居の舞台に立ったのである。さらにひとり息子も亡くなり、その後間もなくダンカーク氏までもがこの世を去ったのである。妻は気取りのない信心深い女性で、この大規模な商売の内外から入る全財産のすべてを相続したものの、商売の性質そのものは正確には知らず、ただただバルストロードを信頼し、女性によくありがちなことだが、牧師や心の指導者を崇めるように、彼のことを無心に慕うようになった。その後しばらくして、二人が結婚を考えるようになったのは、自然の成り行きだった。しかしダンカーク夫人は、家出して長らく神とも親とも縁を切ってしまっていたわが娘のことを、あきらめられず、良心の咎めも募らせていた。娘が結婚したということはわかっていたのだが、まったく行方知れずになっていた。跡取り息子を亡くした彼女は、もしかして孫がいるかもしれないと思うといたたまれず、二重の意味で娘にまた会いたくなった。もし娘が見つかれば、財産も譲渡できる。おそらくかなりの財産を譲って、何人かの孫を養えるだけのことはしてやれるだろう。とすれば、自分が再婚する前に、娘を捜す努力をしなければならないと、ダンカーク夫人は考えた。バルストロードもこれに同意した。しかし、捜し人の広告を出したり、そのほかいろいろな手段を講じてみたりした結果、ついに娘が見つからないものとあきらめた夫人は、財産の留保条項をつけ加えないまま再婚に踏み切ったのである。

実は、娘は見つかっていた。しかし、これを知っていたのは、バルストロードのほかにひとりの男しかいなかった。男には金を握らせて口を封じ、立ち去らせたのだった。

以上が、バルストロードがいま振り返らざるをえない紛れもない事実であった。彼の取った行動は、傍観者が見ればこういう形にしか見えようがない。しかし彼にとっては、あの遠い過去の日にも、焼けつくような記憶に苛まれているいまも、事実は連続するいくつかの事柄に細分化され、そのひとつひとつが、それで正しかったと証明できるような理屈によって正当化できた。バルストロードのそれまでの人生行路は、驚くべき神意によって是認されたもののように、自分では思えた。莫大な財産を最善の用途に使い、それが悪用されないよう、神の代理人となる道が彼に示されたのだ。人の死や、その他の顕著な性質の出来事――たとえば、人を信じやすい女性の性質などもそうだが――が次々と起こった。だからバルストロードとしては、「おまえはこれを、ただの偶然の出来事だというのか？　なんと情けない！」というクロムウェルの言葉を[2]、使ってみたいところだった。出来事自体は比較的小さなことだとはいえ、そこには必須の条件が含まれていた。つまりそれは、彼の目的にかなうということだった。自分が他人に何をなすべきかを決めることは、彼にはたやすかった。自分に関して神がどのような意図を持っておられるのかを、ただ問えばよかったからだ。この財産のかなりの部分を、若い娘とその夫に渡すことは、神のお役に立つことになるだろうか？　彼らはすでに軽薄な営みに身を任せているのだから――もう摂理の道を踏み外しているのだ――その財産をつまらぬことに浪費してしまうのではないか。バルストロードも、前は「娘を捜すべきではない」とまでは思っていなかった。しかし、

2　クロムウェルからエディンバラの総督へ宛てた一六五〇年九月十二日付けの手紙。

いったん娘が見つかったとき、彼は彼女の存在を隠してしまった。そして、そのあと、不幸な娘はもう生きていないのかもしれないと言って、その母親を慰めたのである。自分の行動は正しくなかったと感じるときも、バルストロードにはあった。しかし、いまさら引き返しようがない。彼は自分をつまらない人間と呼び、贖《あがな》いを求め、神の道具として生きようと、精神修行を続けた。そして五年後に、死がふたたび訪れ、今度は彼の妻が神に召されるという形で、彼の道を開いた。彼は徐々に資本を回収したが、わざわざ犠牲を払ってまで商売を閉ざしはしなかった。その後十三年間営業を続けてから、店は廃業となった。一方、ニコラス・バルストロードは彼の莫大な財産を思慮深く使って、地方で重要人物として力を固めていった。銀行家で国教会教徒、著名な慈善家に変身したのだ。商業の方面でも匿名組合員として、原料を効率的に使用することに才覚をふるった。たとえば、ヴィンシー氏の商う絹を傷める染料の改善でも、彼は尽力した。こうして、彼の揺るぎない地位は、三十年近くにわたって確立した。いまや、その年月に先立つことはすべて、はるか昔に記憶のなかで麻痺してしまった。だのに、その過去が頭をもたげてきて、彼の思考のなかに侵入してきたのである。まるで、弱い者いじめをするように新しい感覚が襲いかかってきたかに思えた。

そうしているうちに、ラッフルズと交わした会話のなかで、彼はきわめて重大なことを知ったのである。それは、彼の切望と恐怖との葛藤のなかに、勢いよく分け入ってきた。そこには、精神的な救い、おそらくは物質的な救いにもつながる道が開かれていたのだ。

彼は特に精神的な救いを、強く欲していた。世の中を騙すために、信仰と感情を意識的に装おうとするような低劣な偽善者もいるかもしれないが、バルストロードはそんな人間ではない。彼はただ、欲望のほうが理論上の信仰よりも強かっただけで、欲望を満足させたうえで、それが信仰にうまく合致するように、あとで少しずつ説明づけしようとしているわけだ。たとえこれが偽善であるとしても、こういうプロセスは私たちの誰にでも時おり見られることなのではないか。私たちがどんな宗派に属していようとも、それは関係ない。人類がやがて完璧なものになることを、あるいは、世界の終末が近い将来に定められていることを、信じているかどうかも関係ない。この地上を、私たちの自身を含めた生き残りにとっての腐敗した病巣と見なすかどうか、あるいは、人類の結束を熱烈に信じているかどうかも関係ないのだ。

信仰という大義のためになしえる奉仕こそ、生涯を通じて、自分が行動を選択するさいの拠り所なのだと、彼は自分に言い聞かせてきた。この動機のことは、祈りの言葉の一部もなしてきた。彼ほど、金や地位をよい目的のために使う人間がいるだろうか？　自分を貶《おとし》め、神の大義を持ち上げることにかけて、彼をしのぐ者がいるだろうか？　バルストロードにとっては、神の大義と、自分の行動が正しいかどうかということとは、無関係だった。神の大義によって、神の敵を見分けなければならない。その者たちは、たんなる道具として扱われ、できれば金や金の威力から遠ざけておいたほうがよいのだ。また、俗世間の王者が商売で凄腕をふるって儲けた金でも、その利益を神の僕《しもべ》の手で正しく用いたなら、神聖なものとして浄《きよ》められるのだ。

このような見方を暗に含んだ論法は、本質的に、福音主義の信仰の特徴というわけではない。それは、狭い了見で行ったことについて、広い意味を持たせるような言葉遣いをするのが、イギリス人のみの特徴ではないことと同じだ。どんな一般的な教義も、ひとりひとりの人間が身近な仲間に対して直接共感を抱くという、生活に深く根差した習慣を抜きにしては、人間の道徳性を食い尽くしてしまうものなのだ。

しかし、自分自身の貪欲さ以外の存在を信じる人間は、当然、自分が多少とも拠って立つべき良心なり基準なりを持っているものだ。バルストロードの基準とは、神の大義のために自分を役立てることだった。「私は罪深いつまらない人間で、神様にお使いいただくことによって浄められる器にすぎません――どうぞお使いください！」

というのが、彼にとっては、自分が卓越した重要人物になりたいという野望を流し込むための鋳型だった。ところがいま、この鋳型が壊れ、まったく使いものにならなくなってしまうような危険な瞬間が訪れたのである。

自分の行為は、神の栄光を達成するための強力な道具なのだと、これまで自分を納得させてきたのに、その行為こそが彼を嘲笑する人たちの根拠になり、栄光を汚してしまうとすれば、いったいどうなるのか？　もし神の摂理が下した決定がこれなのだとするならば、彼は汚れた捧げ物をした人間として、神殿から追われる者だということになる。

懺悔の言葉は、これまでも長い間、祈りのなかで口にしてきた。しかし、今日懺悔の言葉を口にしたとき、それはいつもよりも苦い味がした。摂理は彼を脅かし、たんなる教義上の処置とは違った種類の償いをせよと迫った。神の法廷は、彼に対して様相を一変させてしまったのである。身を伏して拝むだけでは足りず、自分の手で損害賠償をしなければならないということだ。バルストロードは、そのような償いを、できるものなら神の前で実際に試みてみようとしていた。大きな恐怖が、彼の敏感な身体を捕らえた。身を焼くような恥辱の日が近づくにつれて、彼のなかに新たな精神的支えを求める気持ちが生じた。夜も昼も、恐ろしい過去の蘇りとともに良心の呵責を覚えつつ、いったいどうすれば自分は心の平和と信頼を取り戻せるのだろうか、どんな犠牲を払えば、神の鞭を防げるのだろうかと考えた。このような恐怖の瞬間に彼が考えついたのは、自分が自発的に何か正しいことをすれば、神は悪行の結果から自分を救ってくださるかもしれないということだった。宗教は、それを満たす感情が変わるときに、初めて変わる。個人的な恐怖から成り立っているような宗教心は、いまだ野蛮人の水準のままだと言わなければならない。

バルストロードとしては、ラッフルズがブラッシング行きの乗合馬車に乗るところを確かに見届けたので、こちらに関しては、一時ほっとした。差し迫った恐怖からは解放された。しかし、精神的な葛藤や、神の保護を必要とする気持ちは、これでお仕舞いになったわけではない。ついに彼は困難な決断に至り、ペンをとった。ウィル・ラディスロー宛てに手紙を書いて、内々に会って話したいことがあるので、夜の九時にシュラブズ屋敷にお出でいただきたいと伝えたのである。ウィルはこのような依頼の手紙を読んでも、特に驚かなかった。『パイオニア』紙のことで、何か新しい意見があって、その関連の用事なのだろうと思ったのだ。しかし、バルストロード氏の私室に案内されたとき、銀行家のやつれきった顔を見て、彼は驚いた。「ご病気なのですか?」ともうちょっとで言いそうになったが、唐突な質問を押しとどめて、奥様はお元気ですか、奥様のために買った絵はご満足いただけたでしょうか、とだけ尋ねた。

「ありがとうございます、家内はとても気に入っています。家内は今晩、娘たちといっしょに出かけています。ラディスローさん、あなたにお越しいただいたのは、ごく内密のことをお話ししたかったからで——というか、神にかけて秘密にしておいていただきたい性質の話を、お伝えしたいのです。まさかとはお思いになるでしょうが、あなたの経歴と私の経歴との間には、過去に重要なつながりがあったのです」

ウィルは電気ショックを受けたように感じた。すでに神経が過敏な状態になっていたので、過去のつながりというような話題に対して、動揺を鎮めることができなかったし、嫌な予感がした。次々と移り変わっていく夢を見ているようだった。最初は大声でしゃべる偉そうな見知らぬ人間から始まって、この目のどんよりとした病弱な名士風情の男へと、夢が連なっているようだった。この男の沈んだ口調や、上辺だけの形式ばった物言いは、これとは正反対の例の男の話し方とほとんど同じぐらい、ぞっとするもののように、その瞬間に感じた。彼は顔色を変えて答えた。

「そんなはずはありません」

「ラディスローさん、いまあなたの目の前にいるこの私は、深い痛手を受けた人間なのです。良心にせきたてられなかったなら、そして、人間とは違った見方をされる神の裁きの場に、自分が引き出されているのだということを知らなかったなら、何もわざわざあなたを今晩ここへお呼びしてまで、こんなことを打ち明けはしなかったでしょう。人間の作った法律に照らすかぎりは、あなたは私に対して何も要求する権利はないのです」

ウィルは、相手が何を言わんとしているのだろうかと思う以上に、強い不快感を覚えた。バルストロード氏は言葉を切り、片手で頭を支えながら、床を見つめていた。しかし、いまは探るような目つきでウィルを見つめながら言った。

「あなたのお母さんはセアラ・ダンカークという名前だと聞きました。お母さんは家族のもとを去って、舞台に立たれたそうですね。それから、お父さんは一時、ご病気で弱っておられたそうで。お尋ねしますが、このことに間違いないでしょうか?」

「ええ、みな事実です」どうしてこういう順番で尋ねることになるのか、不思議に思いながら、ウィルは言った。こういうことは、銀行家が最初にほのめかしたことよりも、先に言ってもいいようなことではないのか。しかし、バルストロード氏は今夜、自分の感情の流れに任せて話したまでのことだった。償いの機会が訪れたことは疑いようがなかったので、懲罰から免れるために、懺悔の気持ちを表したいという衝動に駆られていたのである。

「お母さんのご実家について、何か詳しいことをご存じですか?」彼は続けた。

「いいえ、母はそのことを話したがりませんでした。母は心の広い、立派な人でした」ウィルは怒ったように言った。

「私はお母さんに不利なことを申し上げようと思っているのではありません。では、お母さんは、ご自身の母上のことについては、あなたに何も話されなかったのですか?」

「ぼくが母から聞いたのは、自分の母親は、娘が家出した理由を知らなかっただろう、ということだけです。『かわいそうなお母さん』と、母は哀れむような口調で言っていました」

「そのお母さんという人が、私の妻になったのです」バルストロードは一瞬言葉を切ったあと、つけ加えた。「だから、あなたは私に対して要求する権利があるのです、ラディスローさん。ただ、さっきも申しましたとおり、法的な権利じゃありませんよ。私の良心がお認めする権利です。その結婚によって、私は金持ちになりました。もしあなたのお祖母さんが娘を見つけていたなら、おそらくそういう結果にはなっていなかったでしょう。つまり、私はこれほどの金持ちにはなっていなかったかと思います。

その娘さんは、もうご存命ではないのでしょうね」

「もう生きていません」と言ったウィルは、強烈な疑いの気持ちと反感が湧き上がってきて、思わず床から帽子を取って、立ち上がった。明かされた関係を、はねつけたいという衝動が、彼の内にはあった。

「どうかお掛けください、ラディスローさん」バルストロードは不安そうに言った。「突然こんなことがわかって、さぞ驚いておられるのでしょう。でも、こうして心の試練によって身を屈してお話ししているのですから、どうかもう少し辛抱してください」

年配の男が自ら卑下しているさまに対して、半ば軽蔑しつつも、少し哀れになってきて、ウィルはもう一度腰を下ろした。

「あなたのお母さんは財産権を剝奪されたわけですから、その償いをさせていただきたいのです、ラディスローさん。あなたに財産がないことは存じています。お祖母さんがあなたのお母さんが生きていると知って、再会できていたとすれば、たぶんあなたのものになっていたはずの貯えがありますから、そのなかからじゅうぶんなものをあなたに差し上げたいのです」

バルストロード氏はここで口を閉ざした。上出来だと、彼は思った。聞いている相手には、びっくりするほど良心的に思えるだろうし、神の目にも、悔悛の行いとして映るだろう。彼には、ウィル・ラディスローの心の内を知る由もなかった。ウィルの心は、ラッフルズの露な当てこすりでうずいていたうえに、もともと物事をすぐさま解釈してしまうたちなので、できることなら闇に葬り去りたいような秘密が発覚することを予期して、刺激された状態になっていた。ウィルはしばらくの間、何も答えなかった。バルストロードも、先ほど話し終えたあと、床に目を落としていたのだが、ついにその目を上げて、探るようにウィルを見た。まともに目が合って、ウィルは言った。

「あなたは、母が生きていたことも、母の居場所も、ご存じだったのでしょう」

バルストロードはたじろいだ。彼の顔も手も震えていることは、目に見えてわかった。彼は、相手がこういうふうに出てくることを、まったく予想していなかったのだ。これだけ話せばじゅうぶんなはずだったのに、それ以上のことを明るみに出せと言われるだろうとは、思ってもみなかった。しかしその瞬間、彼は嘘を言う気にはなれなかった。すると、これまで自信をもって踏みしめていた土台が、突然ぐらついたように感じた。

「そのご推測が、間違いだとは言いません」彼は口ごもった調子で答えた。「私のせいで損害を被られた方で、ただひとり生き残られたあなたに対して、私は償いをさせていただきたいと思っています。あなたは、私の目的をかなえてくださいますよね、ラディスローさん。その目的は、たんなる人間の要求よりも、もっと高邁《こうまい》な要求に関わるものなのです。先にも申し上げたとおり、それは、法的な強制とはまったく無関係なのです。私は自分の財産を切り詰め、私の家族に遺す見込みのものを減らしても、かまいません。私の存命中は、年に五百ポンドあなたに差し上げ、私が死んだときには、それに見合った額をお譲りすることを約束します。いえ、あなたに立派なご計画があって、そのためにぜひ必要だとおっしゃるなら、もっと差し上げてもかまいません」バルストロード氏が、ここまで詳細に話し続けたのは、ラディスローがさぞこの申し出に感激して、喜んで受け入れ、ほかのことを水に流してくれるだろうと思ったからだった。

しかしウィルは、口を尖らせ、両手の指を脇ポケットに突っ込んで、頑として応じるまいとするような態度を見せた。彼はまったく心を動かされず、きっぱりと言った。

「お申し出に答える前に、一つ二つお尋ねしたいことがあります。いまお話に出た財産を築くもととなった商売に、あなたは関わっておられたのですか？」

そのときバルストロード氏の頭に浮かんだのは、「ラッフルズのやつ、ばらしやがったな」ということだった。こういう質問を引き出すようなことを、自ら進んで申し出ておきながら、答えを拒むことができようか？　彼は「はい」と答えるしかなかった。

「その商売は、完全に不名誉なものだったのでしょうか？　というか、本当のことが公にされたなら、それに関わった人たちが、泥棒や犯罪者と同一視されてしまうような商売だったのですか、それともそうではないのですか？」

ウィルの口調は辛辣をきわめていた。彼はできるかぎりあからさまな質問をしてやりたいという気持ちになっていたのだ。

バルストロードは怒りを抑えきれず、真っ赤になった。卑下しなければならない場面があることは覚悟していた。しかし、恩恵を施してやるつもりだったこの若造から、裁判官然とした態度で食ってかかられて、彼の高いプライドと、人より優位に立つ習慣が力を増し、悔悛の気持ちも恐怖感も吹き飛んだ。

「その仕事は、私が携わる前から、すでに土台が出来ていたのです。あなたはそのようなことを聞き出す立場にはありません」声を上げはしなかったが、挑むように早口で、彼は答えた。

「いえ、そうしなければならないんです」ウィルは帽子を手にして、ふたたび立ち上がった。「そういう質問をすることが、まさにぼくには必要なんです。あなたと取り引きして、あなたのお金を受け取るかどうかを決める立場にあるわけですから。自分の名誉を汚さないことが、ぼくには重要なのです。自分の家名に汚点をつけないことが、ぼくには重要なのです。ですがいま、自分にはどうにもならない汚点があることがわかりました。母はそう感じたからこそ、できるだけ汚されまいとしたのです。ぼくもそうします。あなたは、不正に手に入れたその金を持っておかれるといい。ぼくにもし財産があって、あなたが話したことが偽りだと証明してくれる人が誰かいるのなら、ぼくは喜んでそれを差し出しますよ。あなたがいままでその金を取っておいてくださったことには、感謝します。おかげで、いまそれを拒否することができます。内実が紳士であるかどうかは、本人が決めることですからね」

バルストロードは口をきこうとしたが、ウィルはきっぱりとした態度で足早に部屋から出て行った。そのすぐあと、玄関の戸が閉まった。ウィルは、いきなり真相を突きつけられ、親から引き継いだこの汚点に対して、激しく反発することに夢中だった。バルストロードに対してあまりにも態度が厳しすぎたのではないか、六十歳にもなった男に対して、あまりにも無慈悲で傲慢すぎる態度だったのではないか――しかもその男は、いまとなっては手遅れなのに、なんとかして償おうとしているのに――と反省するだけの余裕が、いまの彼にはなかった。

第三者がこの会話を聞いていたとしても、なぜウィルがあそこまで猛然とはねつけたのか、なぜあそこまでずけずけ言ったのか、じゅうぶんには理解できなかっただろう。自分の品位を守りたいという気持ちにつながるすべてのものが、自分とドロシアの関係、そしてカソーボンの自分に対する扱いとの関係に、直接どう絡んでくるのかということは、当のウィルにしかわからない。衝動に駆られてバルストロードの申し出を即座にはねつけながらも、もしそれを受け入れたら、ドロシアにそのことを話しようがない、という気持ちも頭にちらついていた。

バルストロードのほうは、ウィルが去ってしまうと、急激な反動から、女のように泣いた。ラッフルズよりもまともな人間から、あからさまな態度で侮蔑されたのは、これが初めての経験だった。その侮蔑は、毒のように彼の身体中を駆けめぐり、慰めを受け入れる感覚はもはや残っていないほどだった。しかし、ほっとして泣いているわけにもいかなかった。妻と娘たちがまもなく帰宅したのだ。東洋の宣教師の演説を聞いて来た彼女たちは、お父さんも聞けなかったのはとても残念だと言って、その興味深い話を伝えようとした。

人に言えない隠し事はたくさんあったが、そのなかでひとつ、いちばん慰めになったのは、ウィル・ラディスローは少なくとも、今晩の出来事を、表には出さないだろうということだった。

第62章

彼は身分の低い従者ではあったが、
ハンガリーの王の娘を愛した。
――古い物語

いまやウィル・ラディスローの頭のなかは、もう一度ドロシアに会ってから、すぐにミドルマーチを去るのだ、という思いでいっぱいになった。バルストロードとの間で激しいやり取りを交わしたあの日の翌朝、彼は彼女に宛てて短い手紙を書いた。諸事情のために、思っていたよりも長い間、この地に留まっているのだが、もう一度ローウィックにお訪ねしたい。ついては、ご都合のよいときで、なるべく早い日時をご指定いただければと思う。早くここを発ちたいのだが、その前にぜひお会いいただかなければ、それができないので、というような内容だった。彼は手紙を事務所に預けて、使いの者に、それをローウィック屋敷に届けて、返事をもらって来るようにと言い渡した。

ラディスローは、別れの挨拶を二度までも求めることに、戸惑いを覚えた。前に別れを告げに行ったときには、サー・ジェイムズ・チェッタムが同席していたし、それが最後だということは、執事の耳にさえ届いていた。もう来ないと思われているのに、またもや姿を現すのは、男としての沽券に関わるようにも思えた。最初の別れには、それなりの哀れさも伴うが、二度目の挨拶をしに戻って来るのは、滑稽に見えかねなかった。ぐずぐず留まっている動機は何なのかと探られて、冷笑を招かないともかぎらない。それでも、ウィルとしては、率直な態度でドロシアに会おうとするほうが、偶然会ったような手を使って、実はとても会いたかったのだと彼女にわかってもらおうとするよりは、自分の気に染むように感じられた。この前彼女と別れたときには、二人の関係に新しい様相を加えるような事実、そのとき思っていた以上に二人を引き離すような真相のことは、何も知らなかったのだ。彼は、ドロシアに個人の財産があることなど知らず、そういうことについて頭が働くたちでもなかったので、カソーボン氏があのような取り決めをした以上、ドロシアがこの自分、ウィル・ラディスローと結婚するなら、それは一文無しになることに同意するに等しいと思い込んでいた。

そんなふうになることを、彼は自分の胸の内で望んではいなかった。たとえ彼女が自分と結婚するために、そのような厳しい変化に耐えようとしているのだとしても、それを望むわけにはいかない。そこへ、母の実家のことまで暴かれたものだから、彼の心は新たな痛みを覚えた。こんなことがドロシアの周囲の者たちに知れでもしたら、彼のことを彼女にはまったく不釣り合いな相手として見下す理由が、さらにつけ加わることになるだろう。何年か先に、少なくとも彼女の富に釣り合うだけの価値のある人間になって戻って来たいという密かな望みも、いまや夢のまた夢となってしまった。ここまで事態が変わったからには、ドロシアにもう一度会ってほしいと頼んでも、それは当然のことだと思ってもらえるだろう。

しかし、その朝ドロシアは家を留守にしていたので、ウィルからの手紙を受け取ることはなかった。伯父が手紙で、一週間したら帰宅するつもりだと言ってきたので、そのことを知らせに、まずフレシット屋敷へと馬車を走らせたのである。そのあと、彼女は伯父の屋敷に行って、伯父から任されたことを、使用人たちに指示するつもりだった。任せた伯父としては、「ちょっとばかり頭を働かせる、未亡人向きの仕事」だと思ったのである。

その朝フレシット屋敷で交わされた話が、もしウィル・ラディスローの耳に入ったとしたら、自分がこの辺りにぐずぐず留まっていることに関して、嘲笑したがる人たちがいるのではないかという予想がまったく正しかったとわかっただろう。実際、サー・ジェイムズは、ドロシアについては大丈夫だろうと思いはしたものの、ラディスローの動きには警戒していて、この件で信頼を置いているスタンディッシュ氏に言い含めて、事情を探らせていたのだ。ラディスローがすぐにも立ち去ると言っておきながら、二か月近くもミドルマーチに留まっていることは、サー・ジェイムズにはいかにもうさんくさく思えたし、この「若造」を自分が嫌う当然の理由でもあると感じた。サー・ジェイムズにとって彼は、くだらない移り気な人間で、まともな親戚もしっかりした職業もない者にありがちなように、いかにも向こう見ずなことを仕出かしそうだった。サー・ジェイムズは、ついさっきスタンディッシュからある情報を耳にしたところだったが、それは、ウィルについての推測が当たっていたことを示すと同時に、ドロシアに及ぶ危険を、すっかり食い止めてくれる手段にもなりそうだった。

異例の状況に置かれると、私たちは人が変わってしまうことがあるようだ。最も威厳のある人だって、くしゃみをしてしまうことがあるのと同様に、私たちも状況によっては、自分らしくない行動を取ってしまう。サー・ジェイムズのような善良な人でも、この朝はいつもとは違って、お互いに気まずくなるのでふつうなら避けそうな話題を、ドロシアに向かって口にしたくて、うずうずしていた。いま彼の頭のなかにあったのは、シーリアには知らせたくない種類の話題だったので、妻をとおしてドロシアに知らせようとは思わなかった。自分が内気で口が立たないので、どうやって伝えたものかと気をもんでいたところ、たまたまドロシアがやって来た。予想もしなかったときにドロシアが現れると、やはり自分は何ひとつ不愉快なことを言う技量を持ち合わせていないのだとわかり、彼は気落ちした。しかし、必死になると知恵は浮かんでくるものである。彼は、カドウォラダー夫人宛てに鉛筆で走り書きした手紙を馬丁に持たせて、馬に鞍もつけず大急ぎで庭園を突っ切って行かせた。夫人ならば、この噂のことをすでに知っていて、頼まれれば何度でも平気で繰り返し話してくれそうだと思ったのだ。

ドロシアは、もうすぐガース氏が屋敷に来るというもっともらしい口実で引き留められた。彼女のほうも彼に会いたいと思っていたのだ。ドロシアがケイレブと砂利道で話をしているとき、サー・ジェイムズは、教区牧師夫人がやって来るのを待ち構えていた。彼女を出迎えると、彼は必要なことを耳に入れておいた。

「よくわかりました」カドウォラダー夫人は言った。「あなたは、知らないことにしておいてください。私はもともと悪者だから、何をしたって大丈夫ですよ」

「たいしたことではないと思いますが」と言いながら、サー・ジェイムズは、カドウォラダー夫人に変に気を回されたくないと思っていた。「ただ、ドロシアさんには、あの男ともう会わないほうがいいという理由を知ってもらいたいのです。ぼくの口からは、そういうことは言えませんので。あなたなら、あっさり話ができるでしょうから」

それは、いかにもあっさりと話された。ドロシアがケイレブとの話を終えて、二人のほうへ近づいてきたとき、いかにもカドウォラダー夫人は、ちょっと立ち寄って、赤ちゃんのことでシーリアと女同士の話がしたくなった、という風情だった。そうなの、ブルックさんが帰って来るんですか。そりゃあ、よかったわ。議会だの開拓《パイオニアリング》だのという熱からすっかり冷めて、帰って来るといいですけれども。『パイオニア』といえば、誰か言っていましたが、あの新聞は、間もなく瀕死のイルカみたいに、どうしようもなくなって、すっかり色が変わってしまうんですってね。だって、ブルックさんのお抱えの、あの才気溢れるラディスローさんとやらが、出て行ってしまったとか、これから出て行くとかいう話ですものね。サー・ジェイムズは、そのことをお聞きになりましたか?

三人は砂利道をゆっくり歩いていた。サー・ジェイムズは、低木に鞭を当てようと横を向きながら、そういうことを聞きました、と言った。

「でも、そんな噂、みんな嘘なんですよ！」カドウォラダー夫人は言った。「あの人は、出て行ってもいなければ、出て行く気もなさそうですよ。だから、『パイオニア』の色は変わりません。ハンサムなラディスローさんは、皆さんもご存じのリドゲイトさんの奥さんと、いつも歌を歌ってよくない噂を蒔き散らしているんですよ。その奥さんは、たいへんな美人だとか。あちらのお宅に行った人はみんな、このお若い方が敷物の上に寝転がっていたり、ピアノのそばで歌っていたりするのを見かけるそうですよ。まあ、工場町では、たいがいの人は品がなさそうですけれどもね」

「奥様、あなたはさっき、ある噂が嘘だとおっしゃいましたけれども、こちらの噂のほうも嘘だと、私は思いますわ」ドロシアは怒りをこめて言った。「少なくとも、それは間違って伝わったにちがいありません。私はラディスローさんに関する悪口など、聞きたくありません。あの方は、すでにずいぶん不当な扱いを受けてきたのですから」

ドロシアは、感情が大いに高ぶっているときには、ほかの人からどう思われようとも気にしなかった。よく考え直してみる余裕があったとしても、自分が誤解されることを恐れて、ウィルが中傷されるのを黙って聞いているのは、了見が狭いと思ってしまっただろう。彼女は顔を真っ赤にして、唇を震わせた。

彼女のほうをちらっと見たサー・ジェイムズは、自分の取った手口を悔やんだ。しかし、どんな場合にも平静なカドウォラダー夫人は、両手を広げて言った。「そりゃあ、そうでしょ！　私は、悪い噂はみんな嘘だろうというつもりで、言ったのですよ。それにしても、あのお若いリドゲイトさんがミドルマーチの娘さんなんかと結婚したのは、残念でしたね。いいおうちの息子さんだそうだから、血筋の立派な人とでも結婚できたでしょうに。それに、そこまで若くないお相手なら、お医者さんの仕事のことも理解して、ついていけたでしょう。たとえば、クレアラ・ハーファガーさんなんかも、身内の人たちが相手探しで気をもんでいらっしゃるし、あの人なら持参金もあるんですけれどもね。あの方なら、私たちもおつき合いできたのに。まあね、ほかの人たちのためにあれこれ考えても、何にもなりませんからね。シーリアさんは、どちらにいらっしゃるのかしら？　ねえ、なかへ入りましょうよ」

「私はすぐにティプトンへまいりますので、失礼します」ドロシアはややそっけない態度で言った。

サー・ジェイムズは、馬車まで彼女を見送って行ったとき、ひと言も言えなかった。こんな企みを弄することについて、前から気が咎めてはいたのだが、こういう結果になり、しまったと思っていたのである。

木の実のなった生け垣や、刈り込んだ麦畑に沿って馬車を進めていたとき、ドロシアの目には何も見えず、耳には何も聞こえなかった。涙が溢れて、頬を伝わり落ちたが、彼女は何も気づかなかった。世界は醜く厭《いと》わしいものに変わってしまったようだった。彼女にはもう、信じられる余地はどこにもないような気がした。しかし、「そんなこと、ありえないわ！」という心のなかの声に、彼女は耳をすました。しかし、その間にも、ある場面の記憶が蘇ってきて、そこに漠然とした不安がまとわりつき、彼女はいやおうなく注意を引かれてしまった。それは、ウィル・ラディスローがリドゲイト夫人といっしょにいるところを見かけ、ピアノ伴奏に合わせて歌う彼の声を聞いた、あの日の記憶である。

「あの人は、私がよくないと言うことは、しないと言っていたのに。そういうことはしないほうがいいと、言えばよかったわ」ドロシアは、心のなかでつぶやいた。ウィルに対する怒りと、何としてでも彼をかばいたいという思いとの間で、彼女の心は奇妙に揺れ動いた。「みんなして、私の前であの人のことを悪者に仕立てようとしているけれども、あの人にやましいところがないのなら、私は何とも感じない。あの人はいい人だと、私はずっと信じてきたのだもの」こんなことを考えていたとき、馬車がティプトン屋敷の門番小屋のアーチ道をくぐり抜けようとしていることに気づき、彼女は急いでハンカチを顔に当てて、何の用事で来たのだったか考えようとした。御者が、蹄鉄の具合が悪いので、三十分ほど馬を馬車から外させてくださいと言ったので、ドロシアは休憩しようと思い、手袋とボンネットを取って、玄関の広間にある彫像にもたれかかりながら、家政婦に話しかけた。やがて、彼女は言った。

「私はしばらくここにいなければならないの、ケルさん。書斎に行って、伯父様の手紙に書かれていたあなたへの伝言を、メモしておきたいのよ。鎧戸を開けてくださるかしら」

「鎧戸は開けてあります、奥様」ケル夫人は、話しながら歩いているドロシアのあとについて行きながら、言った。「ラディスロー様がお見えになっていて、何か探していらっしゃるようです」

（ウィルは、荷造りをしているとき、自分のスケッチの入った紙ばさみがないことに気づき、それを置いて行きたくなかったので、取りに来ていたのだった）。

ドロシアはショックを受けて、心が動転しそうだったが、それを表には出さなかった。実は、ウィルがそこにいると知って、一瞬、なくした大切な品を見つけたかのように、心から満足を覚えていたのだ。ドアのところまで来ると、彼女はケル夫人に言った。

「先に入って、私が来ていると言ってちょうだい」

ウィルは紙ばさみを見つけて、部屋の向こうの隅にあるテーブルにそれを載せ、スケッチをひとつひとつ見ながら楽しんでいるところだった。自然との関係が謎めいていて私にはよくわからない、とドロシアに言われた作品のことを、懐かしんだりしていた。思わず微笑みながら、スケッチをきちんとそろえ、ミドルマーチに帰ったらドロシアからの返事が待っているだろうかなどと考えていたとき、ケル夫人が近づいて来て、「カソーボンの奥様がおいでです」と言った。

ウィルがさっと振り返ると、次の瞬間にはドロシアが入って来るところだった。ケル夫人が出て行ってドアを閉めると、二人は向き合った。互いに見つめ合いつつも、溢れる思いで、言葉が出てこなかった。取り乱していたために、口がきけなかったのではない。二人とも、別れが迫っていると感じていたし、悲しい別れの場では、恥ずかしさなどどうでもいいことだった。

彼女は無意識のうちに、書き物用テーブルのところにある伯父の椅子のほうへ近づいて行き、ウィルはその椅子を彼女のために少しずらすと、自分は何歩か離れて、彼女の向かい側に立った。

「どうぞお掛けください」ドロシアは膝に手を重ねて言った。「ここでお会いできて、とても嬉しいです」ローマで初めて握手したときと同じ顔だ、とウィルは思った。未亡人がかぶる室内帽はボンネットの内側にぴったりとくっついていたので、ボンネットを取ったとき、いっしょに取れてしまっていた。彼女がたったいままで涙を流していたことが、彼にはわかった。しかし、彼女の興奮に混じっていた怒りは、彼を見たとたんに消えてしまった。二人で顔を合わせるといつだって、信頼の気持ちが湧き上がってきて、互いに理解し合っているという幸せな気持ちでのびのびとしてくるのだった。他人が何やかや言ったからといって、そういう気持ちが急に消えてしまうものだろうか？　私たちの身も心も捕らえて、喜びで満たすような音楽を、もう一度奏でてみるとよい。奏でられていなかったときに、その音楽が悪しざまに言われていたとしても、それがどうだというのか？

「お会いしたかったので、今日、ローウィックにお手紙を出しました」ウィルは彼女の向かい側に腰を下ろして言った。「すぐにここを発つつもりですが、その前にどうしてももう一度お話ししたいことがありまして」

「何週間も前にローウィックにいらっしゃったときに、お別れしたものと思っていました。あのときにも、ここを発とうと思っていらっしゃったのですよね」と言ったとき、ドロシアの声は少し震えていた。

「ええ、でもあのときには知らなかったことを、ぼくはいま知っているのです。それは、将来に関するぼくの気持ちが変わってしまうようなことなのです。前にお会いしたときには、いつか戻って来られたらいいなあと想像していました。でもいまは、そういうことはないと思います」ウィルはここで言葉を切った。

「その理由を、私に知らせたいと思っていらっしゃるのですか？」ドロシアはおずおずと言った。

「そうです」ウィルは激しい口調で言うと、頭を後ろに振りかざし、いらいらしたような表情で、彼女から目を逸らした。「もちろん、お知らせしなければならないと思います。ぼくはひどい侮辱を受けて、あなたやほかの人たちからそんな目で見られてしまうのですから。ぼくの品格に関わるような卑劣なことが言われたのです。どんなことがあっても、ぼくは自分の品位を落とすようなことはしないということを、あなたにわかっていただきたいのです。本当は金目当てなのに、何かほかのものを求めるような口実を作っているのだと、人から言われるようなことを、ぼくは絶対にしないということを。ぼくから身を守るための壁は必要ありませんよ。財産という壁があるだけで、じゅうぶんですからね」

最後の言葉を言うと、ウィルは立ち上がり、どこへともなく歩き出すと、そばの張り出し窓へ近づいた。それは、一年前のいまごろの季節に、ここでドロシアといっしょに立って話をしたときにも、開かれていた窓だった。この瞬間、彼女は心からウィルの怒りに共感を覚えた。自分が彼に対して不当なことをしたことがないということを、ただただわかってほしかった。それなのに彼は、まるで彼女もまた、つれない世間の側にいるかのように、顔を背けているようだった。

「私があなたのことを蔑んでいるとでも思っておられるなら、ひどいわ」彼女は口を開いた。そして、必死で彼に訴えかけるように、椅子から立ち上がって、一年前と同じ窓辺に行き、彼の前に立って言った。「私が一度だって、あなたを信じなかったことがあると、思っていらっしゃるの？」

彼女がそこにいるのを見ると、彼ははっとして、彼女の視線を避けるように後ずさりした。それまでの怒ったような口調に続いて、このような動作に出られて、ドロシアの心は傷ついた。辛いのはあなただけではなく、私だって辛い、でも、どうしようもないのだ、ともう少しで口から出かかった。しかし、二人が奇妙な関係にあり、どちらからもはっきりとは言い出せない事情があるだけに、彼女は言い過ぎてはならないという気持ちに、いつも押し留められるのだった。この瞬間、ウィルが自分と結婚したがっているとは、とても思えそうにもなかったので、彼女は、自分がそんなことを信じていると取られるような言葉遣いをしないように、警戒した。彼女はただ、彼の最後の言葉に戻って、心をこめて言った。

「あなたから身を守る壁が必要でなかったことは、確かですね」

ウィルは返事をしなかった。荒れ狂っていた彼の心には、彼女のこの言葉は、残酷なほど気のないように聞こえた。怒りを爆発させたあと、彼は青ざめて、惨めな思いをしていた。彼はテーブルのほうへ行って、紙ばさみに留め金をかけ、ドロシアはその様子を離れたところから見ていた。別れの前の最後の時間を、二人はともに惨めな気持ちで押し黙ったまま、無駄に過ごしていた。彼に何が言えただろうか？　彼の心を容赦なく占めていたのは、彼女への恋情だったにもかかわらず、それを口にすることを自分に禁じていたのだから。彼女のほうだって、何と言いようがあっただろうか？　彼を助けてあげることができないのだし、本来は彼のものであるはずの財産を、自分の手許に留めておかざるをえないのだから。それに、いつもは親愛の情から、自分に反応してくれる彼が、今日は心を閉ざしてしまっているではないか。

しかし、ついにウィルは紙ばさみを置いて、また窓のほうに近づいた。

「ぼくはもう行かなければなりません」と言った彼の目には、辛い気持ちを示す独特の表情が浮かんでいた。まるで、間近で灯りを見つめていたために、目が疲れてあぶられているといったような眼差しだった。

「これから何をして暮らしていかれるのですか？」ドロシアはおずおずと言った。「あなたの計画は、この前お別れしたときと同じままなのですか？」

「ええ」ウィルは、そんなことはどうでもいいと、吐き捨てるように言った。「取りあえず最初に手に入った仕事をやりますよ。幸せとか希望なんかなくたって、何でもやっているうちに習慣になりますからね」

「なんて悲しいことを！」ドロシアは泣きそうになりながら言った。それから微笑もうとしながらつけ加えた。「私たちは、ものの言い方が強すぎるという点で、似た者同士だと、前に意見が一致したことがありましたね」

「いまは、言い方が強すぎるわけではありません」ウィルは、壁の角にもたれかかりながら言った。「男には、人生で一度しか経験できないようなものがあります。そして、自分にとっていちばんいい時期が終わったことを、いつか悟らざるをえないのです。ぼくの場合、ずいぶん若いうちに、こういう経験をしてしまいました。それだけのことです。ぼくがほかの何よりも求めているものが、ぼくには絶対に禁じられているのです。ただ手が届かないだけではない。かりに手が届いたとしても、自尊心と名誉のために——自分の威信がかかっているすべてのもののために——ぼくには禁じられているのです。もちろん、これからもぼくは生きていきますよ。夢うつつのうちに天国を見てしまった男みたいな生き方になるでしょうけれども」

これだけ言えば、誤解の余地はないはずだと想像して、ウィルは口を閉じた。ここまであからさまに言うのは、自分の意図と矛盾するし、自ら認めたことに背くことにもなると思いはした。とはいえ、女性に向かって、決してあなたには求婚はしませんと言うことは、求婚とは呼べないはずだ。それはあくまでも幻の求婚にすぎない。

しかし、ドロシアは心のなかで、彼とは違う見方で過去をさっと見渡していた。自分こそがウィルの最も大切な存在なのだと思うと、一瞬彼女はときめいたが、すぐに疑いが生じてきた。ウィルがたえず交際してきたもうひとりの女性との関係のほうが、どれほど豊かなものであったか、と思わせられるような記憶の前では、二人で過ごしたわずかな時間の記憶など、色褪せて萎縮してしまった。彼の言ったことはすべて、別の女性との関係のことを指しているのかもしれない。彼と自分との間にあったことは、自分はただの友情だと思っていたのに、夫の侮辱的な行為によって残酷にも横槍を入れられたもの、というだけでじゅうぶんに説明がつく。ドロシアはぼんやりと目を伏せ、黙ったまま立っていた。その間にさまざまなイメージが群がってきて、ウィルが言っているのはリドゲイト夫人のことなのだ、というむかつくような確信だけが残った。しかし、なぜむかつくのか？　彼はこの点でも自分の行動がやましいものではないことを、彼女に知ってほしかったのだろう。

ドロシアが黙っていても、ウィルは驚かなかった。彼のほうでも、彼女を見つめながら、心がざわめいていたのである。二人の別れを妨げるようなことが何か、奇跡でもいいから起こってくれればいいのにと、彼は捨て鉢になって考えていた。しかし、二人の慎重な話しぶりからは、そんなものは生じてきそうにもなかった。それにしても、彼女はぼくのことを愛しているのだろうか？　彼女は人を愛する苦しみなど知らないほうがいい、とまで自分に向かって言うことはできない。彼女から愛されていることを確かめたいという密かな思いが、自分の言葉の底にあることを、彼は否定できなかった。

どのくらいの間、そのような状態のまま立っていたのか、二人ともわからなくなった。ドロシアが目を上げて、口を開こうとしたとき、ドアが開いて、従僕が入って来て言った。

「馬のご用意ができました、奥様。いつでもお出かけになれます」

「すぐに行くわ」ドロシアはウィルのほうを振り返って言った。「家政婦に連絡することを書いておかなければなりませんので」

「ぼくは帰ります」ドアがまた閉まると、彼女のほうへ歩み寄りながら、ウィルは言った。「明後日、ミドルマーチを去ります」

「あなたの取られた行動は、どこから見ても正しかったと思います」ドロシアは低い声で言った。胸に圧迫感を覚えて、話しづらかった。

彼女は手を差し出した。ウィルはその手を一瞬握ったが、何も言えなかった。彼女の言葉は、彼にとっては残酷なほど冷たく、彼女らしくないように思えたからである。二人の目が合った。しかし、彼の目には不満の色があり、彼女の目には悲しみしかなかった。彼は背を向けて、紙ばさみを腕に抱えた。

「私はあなたのことを悪く思ったことはありません。どうか私のことを覚えていてくださいね」ドロシアは、泣きそうになるのをこらえながら言った。

「どうしてそんなことをおっしゃるのですか？」ウィルはいらいらしながら言った。「まるで、あなた以外のことなら覚えているというような言い方ですね」

実際、その瞬間の彼の振る舞いには、彼女に対する怒りが現れていた。彼はその勢いで、すぐさま立ち去った。ドロシアにとっては、瞬く間の出来事だった——彼の最後の言葉も、ドアのところから彼女によそよそしくお辞儀したことも——もう彼はここにいないのだと悟ったことも。彼女は椅子に沈み込むように座って、しばらくの間、彫像のようにじっとしていた。そのとき、さまざまなイメージや感情が、矢継ぎ早に押し寄せてきた。最初に来たのは、喜びだった。その背後には、彼女を脅かすものが次々と現れたにもかかわらず、である。それは、ウィルが愛して、いまあきらめようとしている相手は、実は私なのだ、という喜びだった。たしかに、これほど許されない、非難される愛はない。名誉のために、彼はその愛から逃げようとしているのだ。ともかく二人は別れたのだ――ドロシアは深く息を吸い、また力が湧き上がってくるのを感じた――でも、私は彼のことをありったけ考えてもいいのだ。そう思った瞬間、別れを耐えることができると感じた。愛し、愛されていると初めて実感すると、悲しみは消えた。硬い氷に閉じ込められていたのに、それが溶けて、意識を自由に広げる余地ができたような感じだった。過去が戻ってきて、もっと大きな意味に解釈できるようになった。喜びが減ることはなかった。いや、取り返しようのない別れであるだけに、喜びはより完全なもののように思えた。というのは、もはや誰の目にも口にも、想像で非難したり、驚いて軽蔑したりしようがないからだ。彼は非難を寄せつけないように行動し、驚きを、敬意を表するべきものに変えたのだ。彼女の心の内に何かが生じて力づけいまの彼女を見守っている人がいたとすれば、られているのだということが、わかっただろう。アイデアが次々と浮かんでくるときには、ちょっとした用事でも容易にこなせるものだ。小さな割れ目からでも日光が射し込んでくるようなものだ。ちょうどそれと同じで、いまのドロシアにとっては、家政婦のためにメモを書くのは、たやすいことだった。彼女は明るい口調で家政婦に別れを告げた。そして馬車の座席に腰を下ろしたとき、陰気なボンネットをかぶってはいても、彼女の目は輝き、頰は赤らんでいた。彼女は未亡人用の重苦しいベールを後ろに払って、前方を見て、ウィルはどの道を通って帰ったのだろうかと思った。彼には非難すべき点がないということを、誇らしく思うのは、彼女らしいことだった。そして、さまざまな想いのなかをひと筋貫いていたのは、「あの人をかばった私は、正しかった」という気持ちだった。

御者は葦毛の馬を速歩で走らせるのに慣れていた。カソーボン氏は生前、机から離れるといつも不機嫌でいらいらしていて、どこへ出かけても、すぐに家に帰りたがったからである。だからいまもドロシアは、すいすいと進んで行く馬車のなかで揺られていた。馬車は快適だった。昨夜雨が降ったので、埃がたたなくなっていたし、固まって浮かんでいる大きな雲の向こうには、青空が覗いていた。広大な空の下で、大地は幸福な場所のように見えた。ドロシアは、ウィルに追いついて、もう一度彼の姿を見たいと思った。

道を曲がると、紙ばさみを脇に抱えたウィルの姿が目に入った。しかし次の瞬間、帽子を上げて挨拶している彼のそばを、馬車で通り過ぎたとき、彼女は自分が高みに座って彼をあとに残していくことに、胸の痛みを覚えた。振り返って彼を見ることはできなかった。あたかも、無関係なものが二人の間にぎっしり割り込んできて、彼らを引き裂き、別々の道を歩かせていて、互いにどんどん遠ざかっていき、もはや振り返るのも無意味になってしまったかのようだった。馬車を止めて彼を待つことができないように、「私たち、別れる必要があるのでしょうか?」と思っているのだと合図を送ることもできなかった。この日の別れの決断をひっくり返してくれる未来を待ち望んで、心が動いたが、それを妨げようとする理由が、あまりにもたくさん押し寄せてきたのだった。

「もっと前にわかっていたらよかったのに――あの人にもわかってもらいたかった――そうしたら、たとえ永久に別れるとしても、お互いに想い合うだけでも、私たちは幸せになれたのに。そして、あの人に財産を譲ることができさえすれば、楽にしてあげられるのに!」という願望が、しつこく頭にこびりついた。にもかかわらず、世間の圧力は、彼女に重たくのしかかってきた。彼女は独立心が旺盛ではあったけれども、援助を必要としていて世間的な立場が不利なウィルのことを思うと、二人の関係が親密になることを不適切だと考えている自分の周囲の面々のことが、やはり頭に浮かんできたのだ。ウィルがあのような行動に出る気になったのも、いかにやむをえないことであったかということが、彼女は切実に理解できた。亡き夫が二人の間に築いた防壁を、彼女がものともしないなどと、ウィルに想像しようがあっただろうか？彼女としても、防壁をものともしないと、自分に向かって言いきれただろうか？

馬車が遠ざかって小さくなるにつれて、ウィルの確信は強まり、いっそう苦しみが増した。彼は神経が過敏になっていたので、些細なことにも傷ついた。自分が欲しがっているものを、与えてくれそうもない世間のなかで、自分の地位を求めて、情けない姿でとぼとぼと歩いている自分の脇を、ドロシアが馬車で通り過ぎていくのを見て、自分の取った行動は、たんに必要に迫られてしたことにすぎず、その決心を支えるものは何もないのだ、という気持ちになった。結局のところ、彼女が自分のことを愛しているのかどうか、彼には確信が持てずじまいだった。こんな場合に、自分だけが苦しみを引き受ければよいのだ、という気になれる人間がいるだろうか？

その夜、ウィルはリドゲイト家で過ごした。翌日の夜、彼は去っていった。

読書ガイド

廣野由美子

『ミドルマーチ』第三巻をお届けする。全八部のうち、本巻には、第五部・第六部が収録されている。まずは、第二巻(第三部・第四部)のあらすじを振り返っておこう(第一巻のあらすじについては、第二巻の「読書ガイド」を参照)。そのあと、第三巻までを読み進めるにあたって手引きとしていただけるよう、いくつか項目を挙げる。

第二巻あらすじ

フレッドは借金を支払うために、自分の馬を売ろうとして取り引きに失敗した結果、ケイレブ・ガースに損害を与えてしまう。ガース家を訪れて謝罪したあと、フレッドはストーンコート屋敷でフェザストーン老人の看護人を務めているメアリを訪ねる。彼女の怒りに触れて落ち込んだフレッドは、帰宅後、病気で倒れる。リドゲイトは、フレッドの病気が腸チフスであると診断し、新しい掛かりつけ医としてヴィンシー家に出入りするうちに、ロザモンドと親密になっていく。

カソーボンとドロシアは新婚旅行から戻り、ローウィック屋敷で家庭生活を始める。シーリアは姉を訪ね、サー・ジェイムズ・チェッタムと婚約したことを告げる。ラディスローから手紙が届いたことをきっかけに、カソーボン夫妻の間で口論になる。このあとカソーボン氏は心臓発作を起こして倒れる。治療に当たることになったリドゲイトは、カソーボン氏の容態が予断を許さないことを、ドロシアに告げる。彼女はブルック氏宛てに手紙を書き、夫が病気のため客の訪問を受け入れられないことを、ラディスローに伝えてほしいと頼む。ブルック氏はラディスロー宛ての手紙を書くうちに、彼をティプトン屋敷に招くことを思いつく。

回復期に向かったフレッドは、フェザストーン氏の求めに応じて、母とともにストーンコート屋敷に滞在する。ロザモンドとリドゲイトの噂を耳にしたバルストロード夫人は、姪を訪ね、本人の口から、まだ婚約していないということを聞き出す。リドゲイトに結婚の意思がないことを、夫を通して確認したバルストロード夫人は、リドゲイトに会い、これ以上姪に会わないようにと警告する。リドゲイトは、いったんこれに同意するが、ストーンコートに滞在するヴィンシー夫人から伝言を頼まれて、ヴィンシー家を訪ねたさい、家に独りきりでいたロザモンドと気まずい対面をする。

彼女の悲しみに接したリドゲイトは、その場で求婚してしまう。

死の近づいたフェザストーン老人のもとに、遺産を当てにしている身内の者たちが集まる。ある夜、老人はメアリに、二通の遺言状のうち新しいほうの一通を焼くようにと命じる。メアリが命令に従うことを拒むと、老人は間もなく死亡する。フェザストーン氏の葬儀ののち、弁護士により遺言状が一族の前で読み上げられる。その場に、ジョシュア・リッグという見知らぬ男が登場する。二通目の遺言状により、故人の隠し子リッグが遺産を相続してフェザストーンの姓を名乗ることになり、一通目の遺言状でフレッドに譲渡されることになっていた金は、養老院の建設費と寄付金に充てられることが明らかとなり、一族を失望させる。ヴィンシー氏は、フレッドに大学に戻って学位を取るようにと言い渡す。リドゲイトとロザモンドは、結婚の日取りを決め、新婚家庭のための準備に取りかかる。

ブルック氏は新聞『ミドルマーチ・パイオニア』を買い取り、ラディスローを編集者に任命する。ある日ラディスローは、ドロシアを訪ね、自分の生い立ちや家系の事情を話すうち、二人は共感を深め合う。ドロシアはカソーボン氏に向かって、ラディスローにもっと経済的支援をしてはどうかと提案して、夫を激怒させる。カソーボン氏はラディスロー宛てに手紙を書いて、新聞編集人として近辺に住むことに異を唱え、指示に従わないのなら、以後ローウィック屋敷への出入りを禁じると申し渡す。これに対しラディスローから、自分の自由を貫くという意志表明の返事が届く。

サー・ジェイムズは、ブルック氏の政治改革活動を止《や》めさせたいと考え、ブルック氏の地所の管理が疎かであることを指摘して、ケイレブ・ガースに委任するよう促す。これを機に大口の仕事が入り、ガース家に経済的な余裕ができたため、家庭教師になる予定だったメアリの就職は取りやめとなる。そこへ牧師フェアブラザーが訪れ、フレッドからの詫びの伝言を述べる。フェアブラザーはメアリに対して密かな愛情を抱いていたが、フレッドのために彼女のことを断念せざるをえなくなる。ケイレブはフレッドに土地の管理の仕事を手伝わせてはどうだろうかと思いつき、妻に提案する。

フェザストーンの後継ぎとしてストーンコートに住み始めたリッグのもとへ、彼の継父ラッフルズが訪ねて来る。ラッフルズは経済的支援を請うが、リッグは拒否する。ラッフルズは立ち去りぎわに、部屋に落ちていた紙切れをフラスクに詰めて帰る。

カソーボン氏は、自分が死んだら、遺産を相続するドロシアが、ラディスローの意のままになってしまうのではないかと不安になる。カソーボン氏から病状について尋ねられたリドゲイトは、彼の心臓病が深刻な状況で、死の危険があることを伝え、ドロシアもそのことを知っていると漏らす。リドゲイトが帰ったあと、カソーボン氏は冷淡な態度で妻を避ける。ドロシアは、心を傷つけられつつも、夫の苦悩を思いやり、悶々とする。

1　登場人物の相関関係

《この項目の後半には、本巻の物語の展開を明かす部分が含まれることを、予めお断りしておく。》

以下の図に示したとおり、『ミドルマーチ』の主な登場人物たちは、大部分が姻族関係でつながっている。カソーボン氏の母の姉ジュリアは、ウィル・ラディスローの父方の祖母であるため、カソーボン氏と結婚したドロシアは、ウィルと姻戚関係になる。また、フェザストーン氏の先妻とガース氏は姉弟であり、フェザストーン氏の後妻とヴィンシー夫人は姉妹であるというつながりから、ガース氏の長女メアリと、ヴィンシー夫人の長男フレッドとは、幼馴染の関係にあった。このように遠い親戚にすぎなくても、ドロシアとラディスロー、フレッド・ヴィンシーとメアリ・ガースのように、互いに惹かれ合いつつ、次第に強く結びついていく人物関係もある。フェザストーン氏に関わる人物が数多く存在することは、彼の遺産相続をめぐるドラマが錯綜する要因となる。

人物同士をつなぐ要素として、職業も大きな役割を果たしている。たとえばリドゲイトは、ミドルマーチの外からやって来た余所者であるが、医師という職業上、病院経営のうえで慈善家バルストロードと緊密な利害関係ができる。あるいは、カソーボン家やチェッタム家、ヴィンシー家の掛かりつけ医になったり、開業医としてミドルマーチの患者たちを診察したりすることにより、多くの人々とつながりを持つ。フェアブラザー氏は、ミドルマーチの聖ボトルフ教会の牧師として、ヴィンシー家やガース家、リドゲイト家など、ミドルマーチのさまざまな人々と関係がある。カソーボン氏の死後は、ローウィック教区の牧師を兼務することによって、ドロシアとも親しくなる。また、人物相関図では省略したが、カドウォラダー牧師夫妻も重要な人物たちである。カドウォラダー氏は、ティプトン教区とフレシット教区を兼務する牧師であるため、ブルック家やチェッタム家と親しい間柄にある。

ケイレブ・ガースは、土地の差配をはじめ、多様な職をこなす手腕を買われ、地域のさまざまな人々から仕事の依頼を受ける。ラディスローも、ブルック氏が経営する新聞の編集人になったのち、地域での交際関係が広がり、バルストロード氏と仕事上の関わりができたり、リドゲイト夫妻やミス・ノーブル（フェアブラザー牧師の叔

『ミドルマーチ』人物相関図

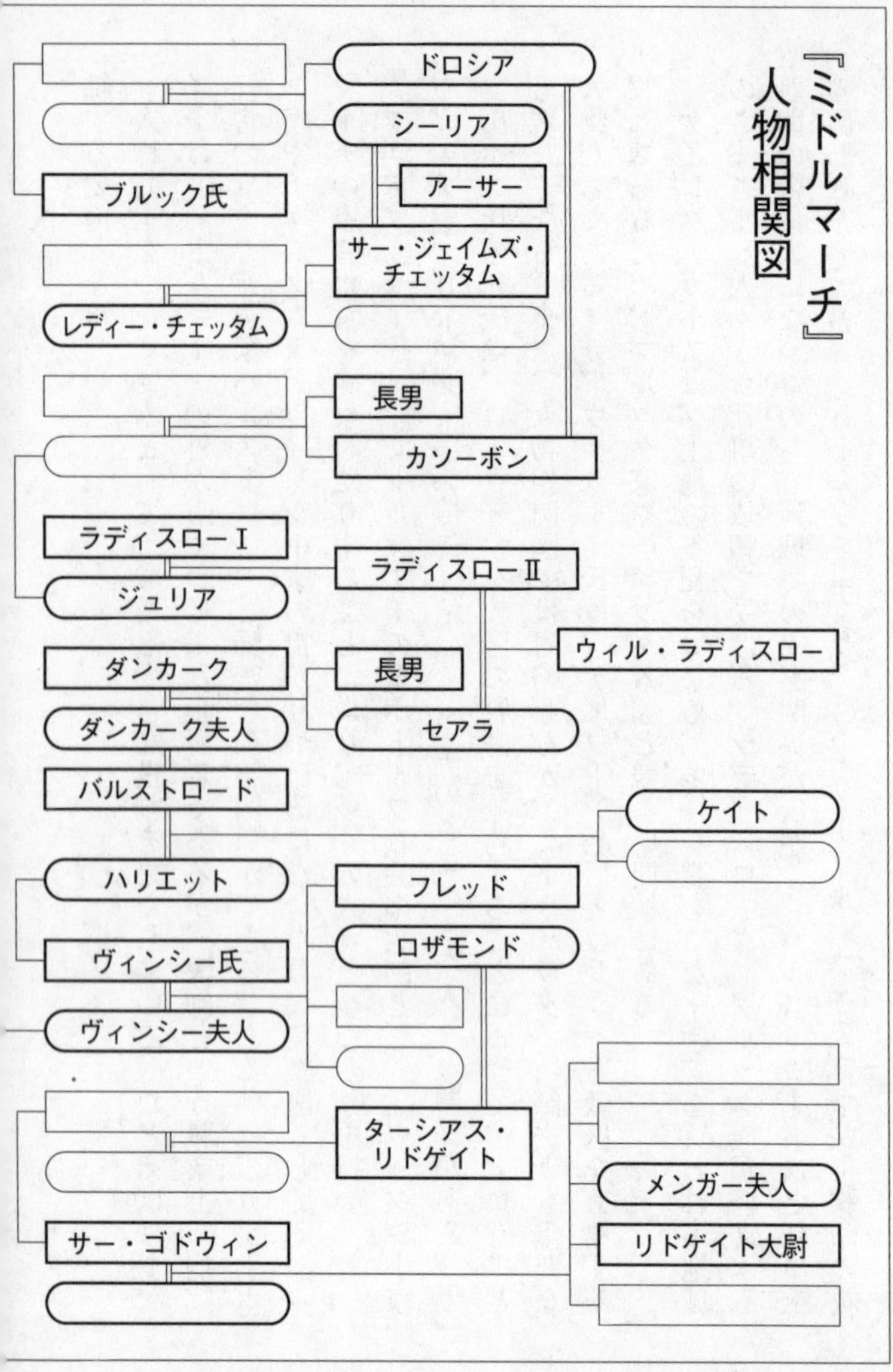

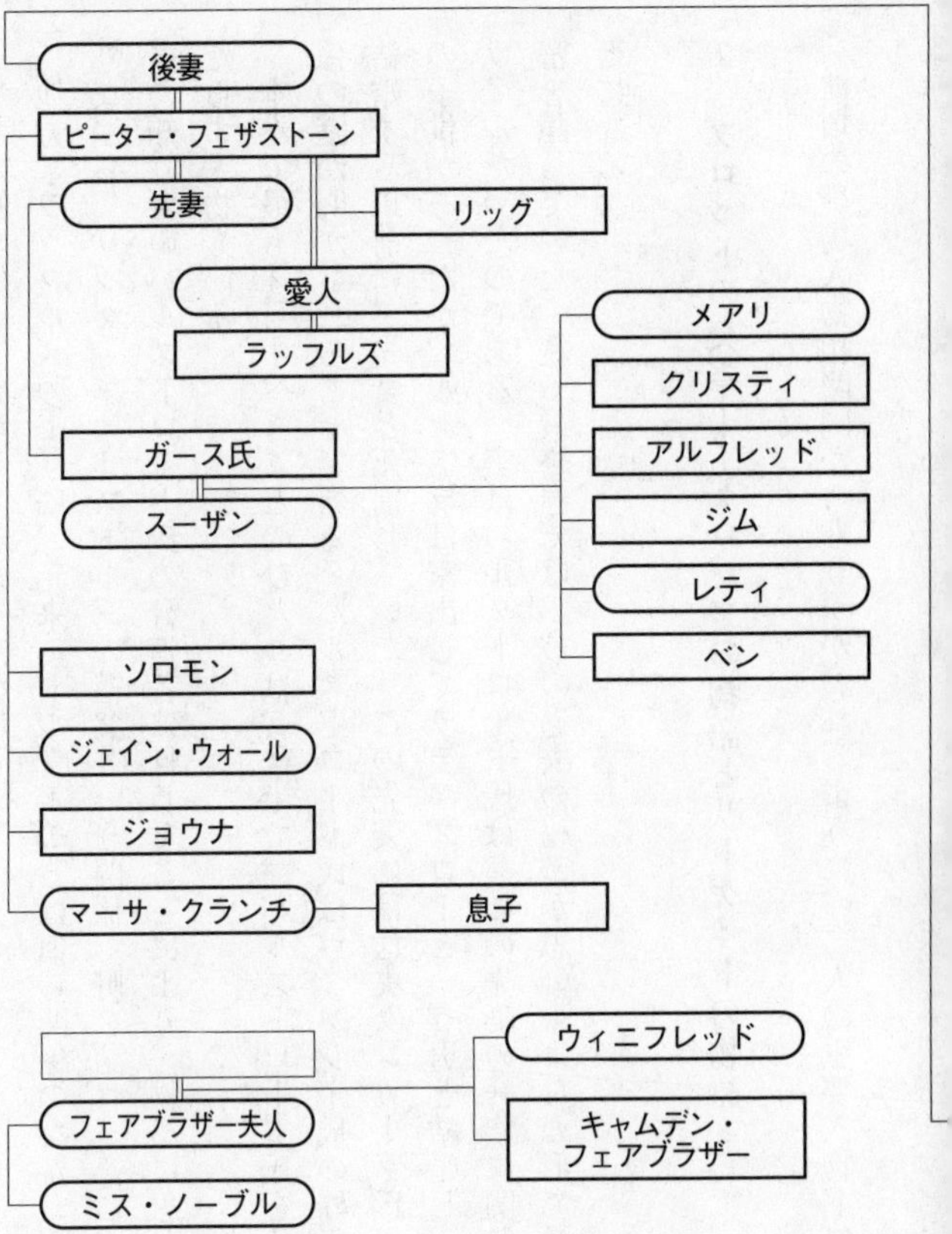

●図中、□は男性、⬭は女性を示す。二重線は婚姻関係を表す。
●本シリーズに登場しない人物は、細い罫線で囲っている。
●「ヴィンシー夫人」と「後妻」は姉妹である。

母）と友好関係を深めたりするようになる。

他方、ラッフルズのように、元来ミドルマーチとは何ら関係のなかった異分子でありながら、リッグ・フェザストーンの継父という関係で町を訪れ、そこで再会した過去の知り合いバルストロード氏の脅迫者に転じることにより、物語に思わぬ展開をもたらす人物もいる。

本巻で最も注目すべきことのひとつは、後半で、バルストロード氏をめぐる人物関係の謎が明かされることである。バルストロード氏はヴィンシー氏の妹ハリエットと結婚する以前に、先妻と死別していた。この先妻には亡夫ダンカーク氏との間に二人の子供があったが、娘セアラは家出してラディスローという男と結婚し、その息子がウィルだったのである。実はバルストロード氏は、この先妻の一族に関わる重大な秘密を隠していた。続く最終巻では、彼の過去の秘密が思いもよらぬ形で暴露されることになる。

2　プロットの交差――ドロシアの物語とリドゲイトの物語

前項の登場人物相関図からもうかがわれるように、二人の主要人物ドロシアとリドゲイトは、姻族関係という点では、遠く隔たっていて、ほぼ他人同士に等しい。プロット上も、ドロシアとカソーボン、リドゲイトとロザモンドという二組のカップルをめぐる物語は、それぞれ並行しながら進んでいく。

ドロシアとリドゲイトが初めて出会うのは、第10章（第一巻）で、ドロシアの結婚前、ブルック氏がティプトン邸で開いた晩餐会の席上においてである。しかし、二人が話をしている場面は、チェッタム老夫人がカドウォラダー夫人に向かって言う「あら、ドロシアさんとリドゲイトさんは、ずいぶん熱心に話し込んでいますよ！」という台詞のなかで、遠景として描かれているにすぎず、本人同士が交わしている会話は前面に現れない。この章で語り手は、ただリドゲイトがドロシアに対して抱いた印象を述べるに留める。それは、「あんな花盛りの若さで、しおれた学者ともうすぐ結婚しようとしていること、そして、社会に役立つことに興味を持っていること――この組み合わせがふつうではないので、面白い人に思えた」というような、好奇心にすぎなかった。続いて、「彼女はいい人だ。すばらしい女性ではある。だが、まじめすぎるな……あんな女性と話をするのは、煩わしいだろうな。あの手の女性はいつも、なぜですかと理由ばかり聞いてくるが、それでいて、無知なために、聞いて何になるのかということがわかっていない。結局は、自分の道徳観をよりどころに、自分の好みに合わせて物事に決着をつけるのだ」というように、リドゲイトの本音としては、ドロシアに対してどちらかというと否定的な見方である。ひと言で要約するなら、初めて会ったとき、「たしかにドロシアは、リドゲイト氏の好みのタイプの女性ではなかった」のであり、二人は当分の間、別々の道を歩んでいくことになる。

しかし、第二巻に入ってから、ドロシアの物語とリドゲイトの物語は、次第に交差し始める。カソーボン氏が心臓発作で倒れたあと、サー・ジェイムズ・チェッタムの紹介で、リドゲイトが呼ばれて診察することになるのである。第30章では、リドゲイトとドロシアが、カソーボン氏の病状をめぐって二人きりで話す場面が描かれる。ドロシアは、夫が病気のために研究を断念しなければならなくなることを案じて、泣きながら医師リドゲイトに訴えかける――「お教えください。私に何ができるか、お考えください。主人は生涯ずっと苦労して、自分の研究に前途をかけてきたのです。主人は、そのことだけを気にしているのです。私もただそのことだけが、気になるのです」と。ドロシアのこの悲痛な叫びは、リドゲイトに強い印象を与え、今回はそれが彼の心の奥底にまで達する。「この先何年もの間、リドゲイトは、彼女が思わず知らず投げかけたこの言葉から受けた感動を、忘れることができなかった。それは、お互い同類の人間として、同じ明暗の入り交じった迷路のような人生を辿っているという意識からのみ発せられた、魂から魂への叫びのような言葉だった」とあるように、語り手はリドゲイトの運命を予言しつつ、注釈を加えるのである。ドロシアの物語とリドゲイトの物語は、このあとも各々の方向へ進行していくが、ここで「魂から魂への叫び」という形でそれらが連結したことは、意味深い。人生についての共通意識、あるいは運命において、二つの物語が底流でつながっていることが、暗示されているからである。

本巻には、二人の運命が一瞬強烈に結びつく箇所がある。経済的苦境にひとり悩むリドゲイトが、借金の返済に奔走して疲れきって帰宅し、自分の目の前でお茶を入れているロザモンドに目を向けながら、物思いに耽る場面である。夫の苦しみをまったく理解しようとしないばかりか、無言で不満を漂わせている無神経な妻の姿を見つめながら、リドゲイトの脳裏にドロシアの不思議な印象の記憶が蘇ってくる。夫のために忠誠を尽くしたいという切実な思いから発せられた、あの悲痛な叫びを急に思い出したのである。「こうした記憶が次々と走馬灯のように、そして夢を見ているかのように、リドゲイトの心に浮かんできた。瞑想の最後の瞬間、目を閉じると、彼の耳元にドロシアの声が聞こえた。『お教えください。私に何ができるか、お考えください……』」。そして、「音楽のようなその声が、彼から遠ざかっていき、実際、彼は一瞬まどろんでしまった」とある。語り手はそれ以上詳しくは述べないが、あたかも幻覚に陥っているかのようなリドゲイトの潜在意識のなかに、《ドロシアがもし自分の妻であったなら》という仮定が浮かび、一種の転移現象が生じていると見るのは、深読みのしすぎかもしれない。しかし、研究への没頭を痛切に願うリドゲイトと、夫の研究を助けることのみをひたすら願うドロシアこそ、魂の質のうえでぴったり適合した組み合わせであるという皮肉に気づく読者は、少なくないのではないか。男女としては互いに親和力を持たない彼らが、魂の内奥でつながるさまを、この幻想的な一瞬は、強烈に描き出していると言えるだろう。

しかし、この場面はリドゲイトにとって運命を転換させるきっかけにはならない。結局、リドゲイトは、お茶が入ったというロザモンドの「薄っぺらな鈴の音のような声」で目覚め、現実に戻っていくのである。リドゲイトはロザモンドへの執着からどうあっても逃れられない宿命的弱さを負った人間として、このあとも描かれ続けることになるだろう。最終巻のクライマックスへ向けて、ドロシアの物語とリドゲイトの物語とがどのように結びつくかが、今後の見どころのひとつとなる。

3 医療事情

『ミドルマーチ』には、何人かの医者が登場し、医療に関する問題がしばしば人々の間で話題に上る。そこで、当時の医療事情について概観しておこう。

十九世紀のイギリスの医学界においては、階級制度が存在した。最高の社会的地位にあったのは内科医である。十九世紀初期のイギリスで開業していた医者のうち、内科医はほんの一握りしかおらず、しかもロンドンに集中していた。これはおそらく、ロンドンのほうが裕福で社会的地位の高い患者を確保しやすかったためであると推測される。ロンドンで内科医として開業するには、王立内科医師会（Royal College of Physicians）の認可が必要だった。加えて、オックスフォード大学かケンブリッジ大学に行っていれば、特別研究員《フェロー》となり、さらに特権的な地位が与えられた。医学は主として書物から学ぶものであると考えられていて、医学校で訓練を受けるという制度はなかった。実際、一八一九年までは、王立医師会による資格試験は、古い医学書からの文章を解釈するというようなものだったし、特別研究員の試験もすべてラテン語で行われていた。つまり、内科医であるということは、高い費用のかかる教育を受けることのできる紳士の身分であることを意味したのである。内科医の主な仕事は、患者の病歴を調べて、薬剤師に指示するための処方箋を書くことだった。そもそも彼らが「フィジシャン」と呼ばれるのは、「フィジック」つまり薬を投与することであったからである。

地方都市ミドルマーチにも、二人の内科医スプレイグ医師と、ミンチン医師がいる。「ドクター」の称号が付せられた彼らは、この町の優秀な医者の双璧とされていたが、タイプが異なる。スプレイグ医師は、三十年前に髄膜炎の権威ある論文によって地位を確立し、重々しい態度の「貫禄のある」人物で、無宗教であるにもかかわらず、大法官でもあるかのように町の人々からその欠陥を大目に見られ、権威ある医者として通っていた。他方、ミンチン医師は温和な牧師のような外見で、洗練されたものを好み、権威のある出典からの引用を得意とし、病気を「見る目がある」という定評があった(第一巻第16章・第18章)。

内科医より一段下の身分に位置づけられていたのが、外科医である。彼らの仕事は、人体を切り開いたり、内科医が薬を処方することによっては対処できないような病気や怪我の治療に当たったりすることだった。外科医を開業するには免許は不要で、訓練を受ける場合にも、内科医ほどには費用がかからなかった。他の手作業と同様、見習いに出ることによって外科医術を学ぶことができたのである。

内科医が「ドクター」と呼ばれるのに対し、外科医は「ミスター」だけで済まされる。ミドルマーチの医者たちのなかで、開業医のトラー氏とレンチ氏には「ミスター」しか付いていないため、もともと外科医であることがわかる。といってもトラー氏は、ミドルマーチの旧家の出で、町で最も高級な開業医として通っている。育ちがよくておっとりした彼は、立派な家に住んで、時々猟に行くのを趣味としているが、その治療法は、ふだんの流儀とは裏腹に、患者の血を抜き取ったり発泡剤を用いたり、といった大胆なもので、患者にも評判がよく、医者仲間でも人気がある。それに対してレンチ氏は、病気がちな妻と子沢山の貧乏家庭の主としてあくせく働き、気短な性質の医者として描かれる。レンチ氏やトラー氏より地位の低い開業医として、産科医のギャンビット氏なども登場する。ギャンビット氏の患者は、主に小売商が相手である。このように、医者の格によって、それ相応の患者がついていたという様子がうかがわれる。ミドルマーチでは、外科医トラー氏やレンチ氏をはじめ、ギャンビット産科医も、本来内科医の仕事であった薬の処方を行いながら、開業医として手広く医療に携わっている。

外科医の下位に位置づけられているのが、薬剤師だった。彼らの職は、もともと内科医の処方箋に従って調剤することだった。外科医と同様、薬剤師も、経験者のもとへ見習いに出て仕事を学ぶことができた。当時、内科医のいない地域では、薬剤師が診察を行うことも少なくなかった。たとえば、シャーロット・ブロンテの『ジェイン・エア』では、女主人公ジェインが親戚のリード家で居候として冷遇されながら暮らしていた少女時代、リード夫人や子供たちの具合が悪いときには内科医が呼ばれ、ジェインや使用人の具合が悪いときには、薬剤師が呼ばれていたと書かれている。しかし、内科医や外科医が数多く登場する『ミドルマーチ』では、薬剤師はほとんど表に登場しない。

さて、前述のようなミドルマーチの医学界に新たに参入してきたリドゲイトは、どのような存在だったのだろうか。リドゲイトの過去の経歴については、父親を亡くしたあと、医学の教育を受けたいと後見人に申し出て、地方の開業医に弟子入りし、その後、ロンドン、エディンバラ、パリで学び、外科医学の先端の専門知識を身につけた、と説明される。物語中に登場したとき、リドゲイトは地方都市ミドルマーチへ移り住み、引退した外科医ピーコックから権利を買い取って、開業し始めたところである。彼は当初から、ふつうの田舎の医者とはまったく違う雰囲気を持ち込む。

第15章（第一巻）で語り手は、いまだ「暗黒時代」にあった当時の医療事情について、次のように説明している。

ロンドンでは無知な若造が偉い医者になり、地方ではさらに多くの者が法的権利を得て手広く開業していた。医学校が高い水準を掲げていることは、一般にも知られていて、高い教育費を払ってめったに手の届かない医学教育を受けたオックスフォード大学とケンブリッジ大学の卒業生にしか、特別の認可を与えていなかった。にもかかわらず、いかさま治療が幅を利かすことは、防ぎきれなかった。というのも、開業医の仕事は、主に薬をたくさん処方することにあったから、一般人は、安く手に入るものなら、薬は飲めば飲むほどよいと思っていて、学位も持っていない藪医者の処方した大量の薬を飲んでいたのである。

新任の医者リドゲイトは、そうした状況を改善し、医療の水準を上げるべく、改革に乗り出そうという野心を抱いていたのである。

時代の推移とともに、内科医と外科医の境界線は次第に曖昧になっていた。外科医たちは自分たちの威信を高めようとして、ロンドンの王立外科医師会（Royal College of Surgeons）に、内科医と同様の特別研究員を作らせようとした。他方、内科医たちも、科学的発見が目覚ましくなってきたことに伴い、外科医と同様、細菌や人体について学ばなければならないことを、自覚せざるをえなくなった。その境界線上に、一般開業医（generic practitioner）という存在が新たに登場し始める。これが、まさにリドゲイトのように、内科と外科の両方に精通し、両者の知識を融合した総合診療所を目指す新しいタイプの医者だったのだ。しかし、新しいことを始めようとする人間が、因習にしがみつこうとする旧勢力から、どのような激しい抵抗に出会うかというさまが、『ミドルマーチ』には克明に描き込まれている。

リドゲイトが試みようとしていた具体的な改革とは、できるだけ薬を投与しない治療法を試みたり、定められた法律を遵守して、処方箋を出すだけに留め、調剤したり薬剤師から手数料を取ったりせず、医薬分業を試みたりすることだった。これは、田舎の町で開業する者としては革新的なことで、同業の医者たちからは、挑発的な批判と受け取られた。ミドルマーチの名医を自認し、医者の信望という特権を等しく享受していたスプレイグ医師とミンチン医師は、互いに考え方は異なっていたものの、医療改革を行おうとする試みに対しては、手を組んで妨害する構えでいた。

外科医レンチ氏とトラー氏は、リドゲイトに対して、強く反発した。リドゲイトが薬を出さないことはもちろん、総合診療医を名乗って同業者間での専門分化を曖昧にしようとしていること、解剖や臨床研究を必要としないイギリスの大学ではなく、エディンバラやパリで学んだ経験があるといって気取っていることなども、彼らにとっては鼻持ちならなく感じられたのである。ことにレンチ氏は、フレッドの腸チフスを誤診したことにより、ヴィンシー家の掛かりつけ医の地位をリドゲイトに奪われたことを、快く思わず、「リドゲイトのやり方は、いかにも偽医者がやりそうなことで、騙されやすい人に対してこれ見よがしの評判を取ろうとしているにすぎない」（第二巻第26章）と言ってリドゲイトを中傷する。

リドゲイトに反発したのは、医学の専門家ばかりではない。薬を過信する患者たちからも、彼は反発を買うようになる。たとえば、リドゲイトは、「もし開業医の収入の道が、水薬や大丸薬、混合薬などを大量に処方して代金を請求することしかないとすれば、医者の質はどんどん落ちて、世の中の人間はみなその被害に遭うようになりますよ」（第45章）というようなことを、素人のモームジー氏相手に軽率に口走ってしまう。薬の効き目を信じ、これまで自分が家族の薬代を払ってきたことに誇りを抱いていたモームジー氏は、反感を覚えて、リドゲイトの言葉を他人に触れ回る。リドゲイトに診察してもらっている患者たちのなかにも、薬を使わずに、本当に治療してくれているのだろうかと不安になる者もいた。

このような情勢のなかで、バルストロードが新病院を設立し、リドゲイトに医療管理を任せたことから、病院に対して猛烈な反対運動が起こることになる。反対の声は、医者たちに留まらず、市民をも巻き込んでいく。たとえば、酒場の女将ドロップ夫人は、リドゲイトは患者を「とにかく病院で死なせるつもりなのだ。それは遺体を解剖したいからにほかならない」と吹聴する。「リドゲイトは、驚くべき治療法を使って、ほかの医者から見放されてしまったような患者でも治してしまう」という噂も流れ、彼を推す人々もいる一方で、「死んだも同然の人間を生き返らせることができるというのは、必ずしも褒められるものではなく、神意に対する介入になりかねない」(第45章)というような前近代的な考え方も有力だった。このように、リドゲイトの研究への熱意は、かえって邪推を生みがちであったことがうかがわれる。

リドゲイトの新しい治療法が具体的にどのようなものであったかは、詳しく述べられてはいない。ブルック氏は、「リドゲイトさんは、いろいろ新しい考えを持っていますよ。換気とか食事とか、何やかやについてね」(第一巻第10章)と述べているが、作品ではこのような曖昧な表現に留められているのである。一例のみ挙げると、リドゲイトが聴診器を使って診察しているという言及がある(第二巻第30章)。その箇所に「聴診器は、当時まだ、あまり使用されていなかった」と括弧書きで補足されている。イギリスの内科で聴診器を用いる方法の採用が遅れたのは、手作業による仕事をすることがジェントルマンには相応しくないとされていたことにも、一因がある。したがって、このような些細な点からも、リドゲイトが新しい医療を率先して取り入れているさまがうかがわれると言えるだろう。

4　新聞事情

ミドルマーチには、『トランペット』紙と『パイオニア』紙という二大地方新聞の話題が出てくる。両紙は政治的立場において対立し、互いに批判し合いながら、購読者を奪い合っていた様子がうかがわれる。いずれもミドルマーチという架空の都市の新聞なので、紙名も架空であるはずだが、当時のジャーナリズムの状況の一端をうかがわせる。そこで、イギリスにおけるマス・メディアとしての新聞事情について、概観しておこう。

イギリスは近代新聞の母国のひとつとされているが、その原初は十七世紀初期ごろに遡る（以下、イギリスの新聞史については、主として芝田正夫『新聞の社会史』を参照した）。一六二〇年にオランダで刊行された新聞がイギリスに輸入され、『コラント』として英訳されたものが、イギリスにおける最初の新聞の刊行とされている。これに刺激されて、一六二二年にはロンドンで週刊誌『ウィークリー・ニュース』が発行されている。

ただし、定期的ではないニュース刊行物は、すでに前世紀から現れていて、絶対王政による統制が行われていた。一五八六年にエリザベス一世によって星室庁印刷条例が布告され、すべての出版物は許可なしには出版できず、その許可は組合に属する親方に限定された。一六三〇年には、ジェイムズ一世の布告により、国内ニュースの報道が禁止されたため、刊行物には大陸諸国のニュースしか掲載されなかった。しかし、清教徒革命中の一六四一年に星室庁印刷条例が廃止され、組合による独占体制が崩れ、国内ニュースの報道が可能となった。これに伴い、定期刊行の時事的出版物として、冊子型のニュースブックも出現するようになった。

こうして、読者の関心は国内ニュースや議会報道へと移っていき、新聞やニュースブックが急速に量的拡大を示すようになる。すでに一六四二年には、十六種類に及ぶニューズブックが週刊で刊行されていたという記録がある。一六四三年には、政治的立場の異なるニューズブックが登場し、両派間で激しく攻撃し合うという新しいタイプの刊行形態が現れる。王党派の『マーキュリアス・アウリカス』が刊行され、議会派の指導者の個人攻撃を始めると、これに対抗して刊行された議会派の『マーキュリアス・ブリタニカス』が、議会派の宣伝を行った。両派の対立が深まるなか、議会による検閲という形で出版統制が復活する。

王政復古後、一六六五年には、官報として『オックスフォード・ガゼット』（のちに『ロンドン・ガゼット』と改名）が創刊される。この時期には、特許検閲法による新聞統制の強化により、しばらくの間、『ロンドン・ガゼット』がニュース市場を独占するという状況が続いた。一六七九年から一六八五年までの間、特許検閲法が一時的に失効すると、新聞の自由が復活し、ホイッグ党派新聞や、それに対抗する王党派系新聞などに入り交じり、多様な新聞が出現した。混乱期をへて、一六九五年に特許検閲法が廃止されると、ロンドンでさらに新しい新聞が続々と刊行されるようになる。特に『フライング・ポスト』『ポスト・ボーイ』『ポスト・マン』は「三大新聞」と呼ばれ、発行部数も多く、短命な新聞が多いなかで三十年以上の歴史を保った。十八世紀の後半には、『モーニング・クロニクル』『モーニング・ポスト』『モーニング・ヘラルド』、それに『タイムズ』などの日刊紙が創刊され、発行部数を伸ばしていった。

このようなロンドンでの新聞事情を背景にして、ほぼ同時代に、イギリスにおける最初の地方新聞が誕生した。地方では、豊かな支配層はロンドンからのニュースを入手することができたが、ロンドンに知り合いのいない庶民は貧しい情報環境で生活していた。しかし、印刷業者の地方への移住や、識字率の上昇など、次第に条件が整っていったため、十八世紀初期に地方紙が出現するようになった。最古の地方紙については諸説あるが、現存する有力な地方紙のなかで最古とされているものには、『ヨークシャー・ポスト』や『ウースター・ポストマン』、『ノリッジ・ポスト』などがある。

さらに、十八世紀初期二十年間に刊行された独特の内容をもつ刊行物として、エッセイ・ペーパーがある。これは著名な文人たちが編集したり、記事を書いたりして、政治的な諸問題について論じたもので、ペーパーとはいっても、むしろ内容や形態からすると、一種の雑誌としての性格を持っていた。有名なものには、チャールズ・レスリーの『リハーサル』、デフォーの『レビュー』、アディソンの『スペクテイター』、スティールの『タトラー』などがある。

十八世紀末から十九世紀の前半には、フランス革命の影響が拡大するのを恐れた政府により、スタンプ税が増税されたり、新聞法（一七九八年）、扇動規制法（一七九九年）が制定されたりするなど、新聞の統制が行われた。しかし、『タイムズ』を中心とする中産階級向けの新聞が順調に発展する一方で、非合法的な急進主義の反政府新聞も登場し、また、労働者向けに娯楽的な内容の日曜新聞も誕生した。史料によると、一八一一年にロンドンで発行されていた六十紙中、十三紙の統計をもとに計算すると、同年の新聞の発行部数は、一日あたり七万から八万部、主要な日刊紙の発行部数は三千部を超えていたという。

さて、以上、十九世紀前半までの新聞史をざっと辿ったところで、物語中のミドルマーチの地方新聞に関する話に戻ることにしよう。『パイオニア』紙は、進歩主義の先頭に立つ新聞とされているので、それと対立する『トランペット』紙は、より保守的な政権側に立った新聞であると考えられる。しかし、第37章（第二巻）の冒頭で語り手が述べているとおり、ジョージ四世が没し、議会が解散した直後の政治混乱期には、「ミドルマーチの新聞の購読者たちは、自分たちが異常な状況に置かれていることに気づいた」。カトリック問題をめぐる主張において、「自社の自由主義に汚点をつけて」しまった『パイオニア』紙から、多くの購読者が離れていった一方で、国民感情が無気力になるにつれ、「トランペットのごとく鳴り渡っていた響きが弱まってきた」ことにより、購読者たちは、『トランペット』紙に対しても不満を抱くようになったのである。

このような状況になる数か月前に、ブルック氏は『パイオニア』紙を密かに買い取っていた。若いときから、広く世間に自分の所信を表明したいという願いを抱いていたブルック氏は、新聞の所有者が経営権を手離したとき、この機会に飛びついたのである。ちょうどそのころ、ブルック氏はラディスローを招待する手紙を書く機会があり、実際に彼に会ってみたところ、この青年が政治情勢を捉える才に長《た》けているばかりか、文芸に精通していて筆が立つということがわかったため、急遽、編集人として雇う。ブルック氏は、自分の代わりにラディスローに記事を書かせ、改革を推進して世論の支持を得ようと試みる。こうしてブルック氏は、自分の経営する新聞を母体として政治運動に乗り出し、無所属候補として選挙に出ることを決意するに至るのである。

『パイオニア』紙には、「いまこそまさに、長年の経験を通じて精神の内に一点集中だけでなく幅広さを、寛容さだけではなく決断力を、勢いだけではなく冷静さを培ってきた人々をして、気の進まない社会的行動に踏み出させ、国家の急務に応えてもらうべきときであった」というような論調の記事が掲載される。それを読んだ人々の間で、その出所であるブルック氏やラディスローについての噂が話題に上る。

続く第38章では、新聞の話題がサー・ジェイムズとカドウォラダー夫妻の会話においても展開する。ブルック氏が世間の晒し者になることを恐れて、サー・ジェイムズが苦言を呈すると、カドウォラダー夫人も、「困ったものですね——笛を買い込んでは、みんなに吹いて聞かせて回ろうっていうんですから」と同調する。カドウォラダー氏は、対抗紙の『トランペット』に、選挙に出馬しようとしているブルック氏を猛烈に攻撃する記事が掲載されていることを指摘し、「ミドルマーチからわずか百マイル以内のところに住んでいる地主が、地代を取るだけで、なんの見返りももたらしはしないと、ずいぶん皮肉られていますよ」と述べている。

当時、地方新聞に携わる仕事は、まだ社会的地位がかなり低かったようである。サー・ジェイムズが、一族のブルック氏やラディスロー（ブルック氏は、サー・ジェイムズの妻の伯父であり、ラディスローは義理の姉ドロシアの夫カソーボンの親戚である）が『パイオニア』紙に関わることを、名誉が傷つくことのように気にしていることからも、それがうかがわれる。「きちんとした縁者がいるのに、新聞の編集者として現れるなんて！『トランペット』紙を経営しているケックを見れば、わかるでしょう……書いている内容はしっかりしているんですが、とにかく下品なやつですからね」と、サー・ジェイムズは言う。それに対して、教区牧師カドウォラダー氏も、「ああいうくだらないミドルマーチの新聞に、何が期待できますか？……そんなに質のいい記者は、どこにも見つからないと思いますよ。当人には関心がない問題について書かせて、しかもわずかな給料しか払おうとしないなんてやり方では」と応じている。

ラディスローはカソーボン氏と仲違《なかたが》いし、ローウィック屋敷から追い払われるが、引き続き仕事に没頭し、新しい知識を得ながら世論を動かし、『パイオニア』紙の名を広めることにやり甲斐を感じていた。第46章では、選挙運動に乗り出そうとしているブルック氏に対して、ラディスローが、「選挙法改正の問題が起こったからには、一般大衆の気分もまもなく彗星のごとく熱を帯びていきますよ。近々、また選挙が行われるでしょうから、それまでにはミドルマーチの人たちも、もっと頭に考えを詰め込むことになるでしょう。だからいまぼくたちがしなければならない仕事は、『パイオニア』紙を発行して、政治集会を開催することです」と述べて、はっぱを掛けている。

しかし、第51章で、選挙演説に失敗したブルック氏は、即座に別の候補者に譲って選挙運動から身を引き、それと同時に『パイオニア』紙も投げ出してしまう。ラディスローはしばらく編集人の地位に留まったのち、後任者に仕事を任せて新聞社を辞し、ミドルマーチを去って行く。

5 鉄道と旅

本作品では、第一巻後半でドロシアとカソーボン氏がローマに新婚旅行をする箇所以外は、ほとんど舞台がミドルマーチ近辺から離れることがない。移動のさいの交通手段として描かれるのは、大部分が馬車である。しかし、わずかに鉄道について触れた箇所もある。そこで、小説『ミドルマーチ』、および作者エリオットとの関わりで、鉄道と旅について簡単に解説しておきたい。

一七七五年にジェイムズ・ワットが石炭を動力とした蒸気機関を開発し、一八〇一年にトレヴィシックが蒸気機関の原型を作った。実用上の機関車が最初に作られたのは、一八一四年、ジョージ・スティーヴンソンによってである。一八二一年、ストックリン―ダーリントン間で、鉄道の公共事業が開始された。このころは、技術が目覚ましく進歩し、都市のイメージが近代的なものへと様変わりしていった時期だった。しかし、地方都市コヴェントリで育ったエリオットは、たとえばディケンズのように近代都市ロンドンのただなかで、その近代化を経験したわけではない。一八二五年には、まだ鉄道はイギリス全土でやっと三マイル程度しか敷設《ふせつ》されていなかった。しかし、地方でもまた、蒸気機関の発達に先んじて風景が変化し始めていた。エリオットは、そうした近代化の波を強烈に感じ取っていた地方の人々の経験や感性を、作品のなかに記録している。

一八三〇年にマンチェスター―リヴァプール間で鉄道が開設されたとき、エリオットは十一歳だった。この前後の時期を舞台とした『ミドルマーチ』では、新しい時代の旅の先駆けとなる鉄道網が地方に交差していくことへの、地元の人々の驚きと不安が描き込まれている。ケイレブ・ガースは、ローウィック教区の土地に鉄道を導入するという大事業に関わることになる。第56章には、近辺の人々の間に興奮が巻き起こり、汽車で旅行することに対して強硬に反対する者たち、鉄道が馬車に取って代わることにより失業を恐れる馬の関連業者、鉄道会社にできるだけ高い値段で土地を売りつけようとする地主たち、鉄道という得体の知れないものによって土地を分断されることに反発する住民たちの反応などが描かれている。地元の労働者たちが、鉄道工事の準備のためにやって来た測量技師たちに襲いかかり、暴力によって妨害しようとしたとき、ケイレブ・ガースは、「おまえたちには、鉄道の邪魔はできないんだ。おまえたちがどう思おうとも、線路はできるんだ」「そりゃあたしかに、線路を敷くとなれば、あちこちにあれこれ迷惑をかけることにはなるだろう。お日様にだって、そういうことはある。でも、鉄道っていうのは、いいものなんだ」と言って、彼らをたしなめる。世の中の変化に対して柔軟に対応し、社会の進歩を信頼しようとするケイレブの基本的な態度が、ここからはうかがわれる。それは、ケイレブを全般的に肯定的に描いている作者エリオットの考え方であるとも推測できる。

一八五二年に、エリオットはブレイ家の人々を訪ねてコヴェントリに行ったあと、鉄道列車でロンドンへひとりで帰ったことについて、友人カラ・ブレイへの手紙で触れている。これは、このころには、女性が鉄道を利用して安全な一人旅ができる時代だったことを、示していると言えるだろう。鉄道は、旅の速度を速めただけではなく、以前よりも旅を楽なものに変えたため、人々の活動範囲は広がっていった。十九世紀半ばには、大陸旅行はもはや裕福な人々だけの特権ではなくなっていた。エリオットが最初に海外旅行したのは、一八四九年六月、父の死後間もなく、ブレイ夫妻とともにフランス、イタリアからジュネーヴへ行ったときである。彼女はひとりで数か月間スイスに滞在した。

彼女の人生において最も重要な旅は、一八五四年、法律上の妻子がいるジョージ・ヘンリー・ルイスとともに、ドイツへ向かったことであろう。ヨーロッパへ行くのは初めてではなかったが、これは彼女にとって、人生上も職業上も岐路となる旅だった。

それは、上品なヴィクトリア朝社会の枠を超え出た新しい生活を迎えるための決断の旅立ちだったのである。このときの体験をもとにエリオットが書いた紀行記事「ワイマールでの三か月間」(『フレイザーズ・マガジン』一八五五)には、フランクフルトからの鉄道の旅について記されている。

エリオットは、その後もしばしばルイスと同伴で国内外を旅行した。ルイスの海洋生物研究のため、一八五六年には、デボンシャー北部海岸のイルフラクーム、続いてウェールズ南部海岸のテンビ(ここで最初の小説「エイモス・バートン師の悲運」の着想を得る)に滞在している。一八五八年には、海辺の研究の件で科学者に会うために、ドイツのミュンヘンを訪れているが、そのさい鉄道列車の窓から風景を眺めて楽しんだということを、エリオットは日記に記している。そのあと、彼らはザルツブルク、ウィーン、プラハなどにも立ち寄った。一八五九年には、『フロス河の水車場』のリサーチのために、イングランド東部のリンカーンシャーを訪れている。一八六〇年に、イタリアに休暇旅行したさいには、歴史小説『ロモラ』の着想を得て、翌年、リサーチのためにフィレンツェを再訪する。その後も夫妻は、イタリアをはじめ、スペイン、フランス、ドイツ、スイスなどに、取材のほか、観光や健康上の理由で旅したこともある。

『ミドルマーチ』では、イタリアの歴史や芸術についての言及が多いが、それはエリオットが旅で得た豊富な知識にも基づくものであると言えるだろう。ただし、この作品では、登場人物が旅をするエピソードはあっても、旅の道中のこと自体は直接書かれていない。例外としては、第41章（第二巻）で、ラッフルズがリッグを訪ねたあと、駅馬車に乗り、ブラッシングで新設の鉄道に乗り換えて、車中で乗客相手に大声で話をするという箇所ぐらいであろう。

6　家具・調度品のイメージ

『ミドルマーチ』には、家具や食器などの調度がしばしば出てくる。家具や食器自体が描写されるというよりも、むしろ人間の性格や物の見方を示すさい、それらの調度が引き合いに出され、象徴的なイメージとして用いられると言える。

第15章（第一巻）で、語り手はリドゲイトがどのような人物であるかを紹介する。そのさい語り手は、リドゲイトの経歴を説明しながら、彼の性格を分析し、長所を指摘するだけではなく、弱点にも切り込んでいくのである。「彼の知的情熱を生み出す卓越した精神は、家具や女性に対する感じ方や評価……にまでは、浸透していなかった。いまのところ、彼は家具について考えるつもりはない。しかし、いったん考えるとなると、自分の家具は最高のものでなければ不釣り合いだ、とつい思ってしまうような俗っぽさが出てしまいかねない」と。このように、リドゲイトの「俗っぽさ」を象徴するものとしても、家具が用いられるのである。前にも取り上げたが（第一巻「読書ガイド」4）、家具と女性が同列に並べられていることは注目に値する。リドゲイトが高邁な志を抱きつつも、この先挫折する危険があること、その原因が、妻として選ぶことになる女性と、家具に象徴される俗物性であることを、彼の登場の時点で、早くも暗示しているように思えるからである。

フレッドの病気をきっかけに、リドゲイトが掛かりつけの医者になってヴィンシー家に出入りするようになり、リドゲイトとロザモンドは親密になっていく。ミドルマーチの外からやって来た良家の男性であることが、ロザモンドの結婚相手の条件だったので、それを満たしているリドゲイトから、自分が恋い慕われていることを確信して、ロザモンドは舞い上がる。「ローウィック・ゲイトに一軒立派な家があるが、あそこがそのうち空き家になればいいのに、という思いで、彼女は頭がいっぱいになった。父が家に招いている客たちは、みな気に入らなかったので、自分が結婚したら、ああいう人たちはうまく排除しようと、ロザモンドは決めていた。そして、あのた」（第二巻第27章）とある。結婚の可能性を考えると、彼女の頭に浮かぶのは、まず住む家であり、次は家に招く客層、そして家具へとつながっていく。ここには、ロザモンドの世俗性や物質的な欲望が露呈している。

やがてロザモンドと婚約したリドゲイトは、早速、町で見かけた高価な正餐用の食器類一式を気に入って買ってしまう。「こういうことは、思いついたときにすぐ用事を済ませてしまうのが、時間の節約になる。それにリドゲイトは、見苦しい陶器類が大嫌いだった」と、語り手は彼の動機を説明する。このあと、さらにリドゲイトが、蓄えをかなり使い、支払いを一部つけにして、食器の買い物を続ける箇所でも、語り手はリドゲイトの心理を描く。「自分が精魂を傾けて取り組む対象は、科学の研究と医者の仕事だけなのだということが、リドゲイトにはわかっていた。しかし、レンチ医師のようなみすぼらしい家で、そういうものに取り組んでいる自分の姿を想像することはできなかった……ナイフの柄は黒ずんでいるし、食器は安っぽい柳模様ときている。しかもレンチの妻はリンパ体質で生気に欠けていて、ミイラみたいに、いつも大きな肩掛けをして家のなかにこもっている。あの医者は、まともな準備がそろわないまま、家庭生活を始めてしまったのにちがいない」（第二巻第36章）と。ここでは、リドゲイトの研究や仕事に対する野心が、世俗的条件がかなって初めて遂行されうるものであることが、暴露されている。レンチ医師の家とその夫人とを並べて連想していることからも、リドゲイトが妻を家庭の調度の一部のように考えていることがわかる。このように、リドゲイトの物質的な高級趣味、そして、そのなかに美貌の妻を装飾品として位置づける価値観が暗示され、ロザモンドと彼との接点が強調されるのである。

本巻では、結婚後のリドゲイトが、収入を上回る贅沢な家庭生活のために、次第に家計が苦しくなり、苦悩するさまが描かれている。このままの生活を続けていると、借金の深みにはまることが確実になったため、リドゲイトは実情を妻に打ち明けて、金策の協力を請うが、ロザモンドは理解を示さず、冷たく夫を突き放す。こうして、金銭的な問題から夫婦関係がこじれ、リドゲイトの人生の矛盾や軋みが次第に顕著になっていき、最終巻の破局へと向かう。

さて、第60章では、ストーリーの流れが一時止められ、ミドルマーチで開催された大規模な競売の風景が詳しく描かれている。それは、競売人ボースロップ・トランブル氏（故ピーター・フェザストーンのまた従弟としてすでに登場している人物）の主催のもとで行われ、富裕な大地主ラーチャー氏が他所へ転居して手離した屋敷を、公開した催しだった。ビラによれば、ラーチャー氏の所有する最高級の家具類や書物、絵画などが、市民の誰でも欲しければ買えるということで、大勢の人々が立ち寄る。つまり、ミドルマーチでは「競売は縁日のようなもので、暇のあるあらゆる階層の人々が集まっていた」のである。欲しい家具や絵画などを当てにして立ち寄る者もいれば、気前よく振る舞われた酒を「飲んでいるうちに気も引き立ち、余分なものまで買ってしまおうというように勢いづいてくる」人々、競馬で賭けをするように「値段を引き上げるだけのために思いきって入札するような人たち」もいる。部屋の壇上の机の前には、トランブル氏が木槌を持って構えながら、巧みな弁舌によって人々の購買欲をそそり、次々と品物を競り売りしていく。ここでは、金銭によって物を手に入れたいという欲望が、誰しもが持つ普遍的な感情として扱われ、一幅の絵のように情景が描かれている。

一方、そのような物欲の象徴とは無縁なものとして、調度が扱われている箇所が作品にはある。第28章（第二巻）で、ロザモンドとはまったく性質の異なるドロシアが、新婚生活を始めたときの心境もまた、家具のイメージをとおして描かれているのだ。新婚旅行から帰り、新居で妻としての生活を始めたのに、ドロシアの心は浮かない。私室の窓から見える陰鬱な雪景色が描かれたあと、次のような語りが続く。「部屋のなかにある家具調度までが、前に見たときよりも萎縮してしまっているように見えた。タペストリーの雄鹿は、陰気な青緑色の世界のなかで、幽霊のようにいっそう陰気に見えた。本棚の上品な文学全集は、そこから動かせない模造品のようだった」。さらに、「妻としての務めは、さぞ大きなものだろうと、結婚前には考えていたのに、いまは家具調度や、靄に包まれた白い風景と同様に、萎縮してしまったように思えた」と畳みかけて述べられているとおり、ここでは心象風景として家具調度が描かれ、結婚に対するドロシアの失望感が強調されるのである。つまり、物欲の乏しいドロシアを描くさいには、家具調度が、人間の欲望をそそる原因ではなく、人間の心理を投影した対象として扱われているのがわかる。

※参考文献

Alexander Andrews, *The History of British Journalism: From the Foundation of the Newspaper Press in England, to the Repeal of the Stamp Act in 1855*, 2 vols. 1858; rpt. Hard Press, 2017.

Tim Dolin, *George Eliot*. Author's in Context series. Oxford UP, 2005［ティム・ドリン著、廣野由美子訳『ジョージ・エリオット』彩流社、2013］.

Gordon S. Haight (ed.), *The George Eliot Letters*, 9 vols. Yale University Press, 1954–78.

Margaret Harris and Judith Johnston (eds.), *The Journals of George Eliot*, Cambridge University Press, 1998.

Margaret Harris (ed.), *George Eliot in Context*. Cambridge University Press, 2013.

Yumiko Hirono, "The Fateful Moments: The Principle of Plot in *Middlemarch*." 日本ジョージ・エリオット協会『ジョージ・エリオット研究』創刊号、一九九九年。

Daniel Pool, *What Jane Austen Ate and Charles Dickens Knew: From Fox Hunting to Whist—The Facts of Daily Life in 19th-Century England*. New York: Simon & Schuster, 1993.

芝田正夫『新聞の社会史——イギリス初期新聞史研究』晃洋書房、二〇〇〇年。

本書中に「ジプシーのような」「ジプシーみたいなものだから」という、ロマ民族に対する不適切な呼称及び比喩が用いられています。数世紀にわたって謂れのない迫害を受け、流浪を余儀なくされてきたロマ民族への差別は現代でも続いており、今では定住するものが多いにもかかわらず「流浪の民」と称され、その民族性を犯罪行為と不当に結びつけられるなど、根強い偏見にさらされていることはご承知のとおりです。

また、「彼女のことをあきらめなければならないのなら、義足をつけて生きていくようなものです」という、身体障碍に関する差別的な表現も用いられています。

これらは、本書が発表された一八七〇年代初頭のイギリスの未成熟な人権意識に基づくものですが、作品成立時の社会情勢および本書の歴史的・文学的価値を考慮した上で、原文に忠実に翻訳しています。差別の助長を意図するものではないということを、ご理解ください。

編集部

kobunsha classics
光文社古典新訳文庫

ミドルマーチ3

著者　ジョージ・エリオット
訳者　廣野《ひろの》 由美子《ゆみこ》

2020年7月20日　初版第1刷発行

発行者　田邉浩司
印刷　萩原印刷
製本　ナショナル製本

発行所　株式会社光文社
〒112-8011東京都文京区音羽1-16-6
電話　03（5395）8162（編集部）
03（5395）8116（書籍販売部）
03（5395）8125（業務部）
www.kobunsha.com

落丁本・乱丁本は業務部へご連絡くだされば、お取り替えいたします。
ISBN978-4-334-75429-7 Printed in Japan

いま、息をしている言葉で、もういちど古典を

長い年月をかけて世界中で読み継がれてきたのが古典です。奥の深い味わいある作品ばかりがそろっており、この「古典の森」に分け入ることは人生のもっとも大きな喜びであることに異論のある人はいないはずです。しかしながら、こんなに豊饒で魅力に満ちた古典を、なぜわたしたちはこれほどまで疎んじてきたのでしょうか。

ひとつには古臭い教養主義からの逃走だったのかもしれません。真面目に文学や思想を論じることは、ある種の権威化であるという思いから、その呪縛から逃れるために、教養そのものを否定しすぎてしまったのではないでしょうか。

いま、時代は大きな転換期を迎えています。まれに見るスピードで歴史が動いていくのを多くの人々が実感していると思います。

こんな時わたしたちを支え、導いてくれるものが古典なのです。「いま、息をしている言葉で」――光文社の古典新訳文庫は、さまよえる現代人の心の奥底まで届くような言葉で、古典を現代に蘇らせることを意図して創刊されました。気取らず、自由に、心の赴くままに、気軽に手に取って楽しめる古典作品を、新訳という光のもとに読者に届けていくこと。それがこの文庫の使命だとわたしたちは考えています。

このシリーズについてのご意見、ご感想、ご要望をハガキ、手紙、メール等で翻訳編集部までお寄せください。今後の企画の参考にさせていただきます。
メール　info@kotensinyaku.jp